Du thé pour les fantômes

DE LA MÊME AUTRICE

Derniers jours d'un monde oublié

Chris Vuklisevic

Du thé
pour les fantômes

LUNES D'ENCRE
DENOËL

L'extrait du poème « Envelhecer » de Mário Quintana, page 9,
paru dans le recueil *Canções* aux éditions Editora Alfaguara, est reproduit
avec l'aimable autorisation de l'auteur et de son agent, Agência Riff.

À celui qui est la fin de toute phrase,
l'or dans chaque fêlure,
et le tempestaïre de tous les orages
dans ces jours qui mesurent la largeur d'une paume.

Antes, todos os caminhos iam.
Agora todos os caminhos vêm.
A casa é acolhedora, os livros poucos.
E eu mesmo preparo o chá para os fantasmas.

« Avant, toutes les routes passaient.
Maintenant toutes les routes arrivent.
La maison est accueillante, les livres peu nombreux.
Et je prépare moi-même le thé pour les fantômes. »

Mario QUINTANA

Le salon des étranges-thés

Faut pas croire ce qu'on voit. C'est de la connerie à tous les coups.
Non : faut croire ce qu'on regarde.

Et je ne parle pas de regarder le 20 heures ou s'il reste du lait. Je parle de regarder avec cette chose que vous avez au fond des yeux, derrière, celle qui vous donne des idées, et des histoires, et des envies de falaises et de vent.

Vraiment, il faut pas croire tout ce qu'on voit.

C'est comme la patronne derrière sa caisse. En la voyant on se dit : c'est une sorcière. Bon, ça, je vous l'accorde ; on fait difficilement plus sorcière. Manque plus que la pomme rouge et on se croirait chez Blanche-Neige. Mais en vérité, quand on la connaît, elle n'est pas si vilaine… La plus gentille personne de Nice, même. Enfin, je ne le dis pas trop fort : si elle m'entend, je me fais virer du salon.

Alors oui, les chaises ont l'air vides. Mais regardez mieux.

Les théières, d'après vous, elles montent et descendent toutes seules ? Et les tasses, elles sont bues comme ça, par évaporation ? Allons. Un peu de sérieux.

Ce sont les fantômes, bien sûr. Les fantômes de Nice qui se servent le thé et se le boivent.

Vous comprenez maintenant pourquoi la patronne vous a fait asseoir avec moi : il n'est jamais vraiment désert, son salon. Quand on est vivant, on occupe les places que les morts ont laissées. C'est la règle.

Mais franchement, qu'est-ce qui vous a pris de venir à cette période… Faut pas s'étonner de finir trempé. Vous dégoulinez, ma parole, on dirait un pan-bagnat. Je suis sûr qu'il ne le mentionnait pas, ça, votre guide, qu'on a toujours une pluie d'Irlandais pendant le festival de Cannes. Quand on est venu pour les plages, forcément, ça donne la rougne. Ce qu'ils auraient écrit dans votre bouquin s'ils m'avaient posé la question, à moi, c'est que le ciel d'ici, il est jaloux qu'on regarde un tapis davantage que lui. Alors chaque année, il nous fait un esclandre.

On a le ciel qu'on mérite, que voulez-vous.

Enfin, au moins, vous êtes au bon endroit. Les jours de pluie à Nice, mieux vaut les passer ici qu'ailleurs, je vous le dis. Moi, en tout cas, je me sens comme un cake en train de dorer au four. Avec le fauteuil bien mou dans le dos, tout autour les fantômes paisibles, les gouttes qui crépitent contre la fenêtre, les théières empilées et, de l'autre côté, si on essuie la buée – voilà : le cours Saleya. Le cœur palpitant du Vieux-Nice. Pour l'instant, il est tout mouillé. C'est joli aussi. Mais il faut l'imaginer quand il fait beau, avec ses parasols rayés qui couvrent le marché aux fleurs. J'espère que vous aurez au moins un jour de soleil pour y sentir le poivre des dahlias et le parfum vert des bassines.

Vous hésitez ? Moi, je vous conseillerais l'étrange-thé de la Masque, mais ils sont tous excellents vu qu'ils viennent du coin. De la vallée des Merveilles, à deux heures d'ici. Comment ça, vous n'en avez pas entendu parler… Donnez un peu votre guide. Donnez voir. C'est quoi, ça : *Sentiers débattus, le guide expert de vos balades secrètes…* Ça me fait rire. L'expert de rien du tout, si vous voulez mon avis. Un expert comme celui-là, il en pousse trois pour chaque pissenlit sur le bord des chemins.

Ce qui est dommage pour vous, au fond. Parce que, en vous regardant entrer avec votre gourde qui pend du sac à dos, là, je me suis dit tout de suite : Tiens, voilà quelqu'un qui aime les secrets. Les vrais. Pas ceux qu'on lit dans les pages « Le saviez-vous » pour s'instruire pendant la bronzette. Non, vous, ça se voit que vous préférez poursuivre un véritable mystère plutôt qu'un gosse en brassards sur les galets brûlants.

Si c'est de l'insolite que vous cherchez, je peux vous en donner, moi. Avec d'authentiques morceaux de village hanté à l'intérieur. Du secret que votre guide, même pas en rêve il imagine que ça puisse exister, quelque chose d'aussi secret.

Par contre, attention : l'excursion dont je vous parle là, très peu de vivants la connaissent. Il y a moi, ceux qui ont lu mon rapport aux archives, et puis la sorcière derrière le comptoir. Pas grand monde, quoi. Et ne la répétez pas trop, d'accord ? On ne voudrait pas monter là-haut dans trois mois et y trouver une boutique avec des porte-clés *I Love Bégoumas*.

Bon.

Alors, pour vous y rendre, il faut monter dans l'arrière-pays. Vous visiterez Nice plus tard, ne vous inquiétez pas ; depuis deux mille ans qu'elle se tient là, elle ne risque pas de bouger. Vous aurez tout le temps d'aller à la colline du château, sur la Promenade, chez Fenocchio manger des glaces au gianduja, à la tourte de blettes ou à toutes les fadaises qu'il vous plaira. Mais d'abord, montez dans l'arrière-pays.

Si vous réussissez à sortir en vie des embouteillages et de l'autoroute, déjà, remerciez le ciel, puis traversez le pont qui enjambe la Vésubie. Vous ne pouvez pas le rater : on dirait le corsage à lacets rouges d'une géante déshabillée. Après le pont, direction les montagnes. Vous empruntez la route de la Vésubie, celle qui tourne et vire à flanc de gorge le long du cours d'eau.

Le chemin vous semblera d'abord joli, large et paisible.

Profitez-en.

Bientôt le niveau de la rivière s'abaisse, les ravins se resserrent. Le torrent coule au fond du précipice sur les carcasses rouillées et les troncs fendus par l'orage. Contre les parois, les pierres qui menacent de s'écraser ne sont retenues que par des filets maigres.

Castagniers. Utelle. Le Colombier. Lantosque.

À partir d'ici, les gens de la côte ne connaissent plus le nom des villages. Sauf nous aux archives, bien sûr, et le majordome-cartographe qui sait chaque impasse, chaque lieu-dit du pays, le pas des hérissons qui les traversent et jusqu'au craquement des coquilles fêlées par les oisillons.

La Bollène. Gordolon.
Roquebillière.

Depuis presque cent ans, les bâtisses de Roquebillière-Vieux ont des parpaings aux fenêtres et des fissures plus larges que ma main. On en trouve partout dans la vallée, des villages abandonnés, à cause de la montagne qui parfois sursaute comme au réveil d'un cauchemar, et la Vésubie d'engloutir un ou deux hameaux pour la consoler.

À Rocca Sparvièra, par exemple, pendant des siècles ils se sont coltiné la peste, les sauterelles, les séismes ; au bout d'un moment, ils ont fini par déguerpir. Il paraît que le fantôme de la reine Jeanne, comtesse de Provence, erre là-haut depuis qu'elle y a tué son mari et dévoré un ragoût de ses propres enfants.

Je ne peux pas vous confirmer, je n'y suis pas monté.

À Tournefort aussi, un tremblement de terre a tout secoué. Je vous parle de ça, c'était il y a cent cinquante ans. On n'y trouve plus aujourd'hui que les ruines d'un château mangées par les silènes et les lavandes sauvages.

Roquebillière, c'est encore autre chose. Des gens tenaces à faire douter une tique de sa vocation. Ils ont subi leur lot d'éboulements et d'inondations comme le reste, mais eux, ils n'ont pas lâché l'affaire. Six fois ils ont déménagé et reconstruit leur village. Six fois ils sont montés et descendus dans la vallée, d'un côté à l'autre des gorges. L'ancien nom de Rocabiera est devenu Roquebillière, beaucoup sont morts et d'autres nés, la rivière les a poussés plus loin et ils se sont laissé porter.

Peut-être qu'ils se disent, à force, la Vésubie va finir par comprendre qu'elle ne se débarrassera pas de nous, qu'on est encore plus testards qu'elle, et elle cessera de nous tomber dessus. On l'aura fatiguée. Peut-être. En vérité, ils ont toujours un coin de la tête en train de faire la valise. L'une de leurs deux oreilles attend sans cesse qu'un grondement retentisse depuis le fond des gorges.

Mais ce n'est pas là que je vous emmène. Vous, vous montez plus haut, vers le patelin fantôme le plus secret de la région : Bégoumas.

En sortant de Roquebillière-Vieux, prenez le virage qui contourne un rocher. Vous verrez un bouquet séché et une photo fanée d'enfant qui blanchissent sous le soleil. Le genre de rappel qui vous ralentit les chauffards plus sûrement qu'un radar.

La route en montant se rétrécit encore ; ce n'est plus qu'une piste. Une piste longue et cahoteuse qui décourage les curieux, ou ceux qui ne le sont pas assez. Au bout, tout au bout, quand le sentier s'arrête, il faut laisser derrière soi la voiture pour gravir à pied un chemin muletier. On vient de pénétrer dans la vallée des Merveilles.

Attendez ; ne vous réjouissez pas trop vite.

Ici, la merveille, la *meraviglia*, ce n'est pas la féerie : c'est la chose étrange. C'est l'impression que quelqu'un marche derrière vous. C'est la surface du lac du Tremblement qui s'agite sans brise. L'orage qui explose en plein ciel bleu quand vous passez le val de la Masque. La spirale gravée sur le col du Diable, plus vieille que ce monde et les mondes d'avant, qui vous envoûte à vous faire oublier le chemin du retour.

Grimpez les flancs du mont Bégo. Traversez les pentes arides, les forêts obscures. Si vous tremblez, c'est normal. L'ombre de la montagne couvre les mélèzes et frigorifie la rocaille.

Après deux heures de marche vous apercevrez, enfin, les ruines d'un hameau se reflétant dans un lac noir. Bégoumas. Abandonné depuis les événements étranges survenus voilà près de soixante-dix ans, dans la nuit du 15 au 16 août 1956.

L'épicentre du mystère se situe juste au-dessus du village, sous les pierres d'une ancienne bergerie. Entre ses murs écroulés ont poussé des buissons de thym.

Autrefois y sont nées deux sœurs qui traquaient les fantômes.

Monstres

On est en 1940 et l'été se grime en hiver.

Carmine, la femme du berger, aurait dû accoucher il y a plus d'un mois. Ce jour-là, son mari est mort. Comme ça, d'un coup, écroulé face contre table en plein dîner. Les deux petites qui croissent à l'intérieur de Carmine ont dû le sentir parce que, depuis, elles refusent de sortir, et son ventre n'en finit plus de s'étendre. Elle ne peut même plus se lever sans tomber vers l'avant, alourdie par le poids des créatures qui la parasitent.

Les enfants à naître se battent sans relâche.

Elle ne voulait pas de jumeaux, pas de double portée. Un bébé, juste un, fille ou garçon peu importe, mais unique. C'est déjà bien assez. Celui qui sortira en second, il ne faut pas y penser. Rien que d'y songer, ça lui déclenche des tempêtes.

Avec un peu de chance, à force de s'étriper, l'un des deux tuera l'autre avant la naissance.

Les premiers coups ont commencé dès la troisième semaine – beaucoup trop tôt, a dit Mireille, la sage-femme. Elle a crapahuté chaque mois jusqu'à la bergerie au-dessus du hameau ; chaque mois elle est repartie un peu plus pâle.

Les entrailles de Carmine abritaient des batailles de chats sauvages.

Le terme arrivé, l'accoucheuse lui a appuyé sur le ventre et fait boire les herbes de délivrance. Sans succès. Elle s'est promis de ne plus jamais monter dans cette maison de jobastres. Il ne sortirait rien de bon de cette guerre intestine. Rien de bon.

Si elle avait su que, deux heures après son départ, en plus de tout le reste, le père rendrait l'âme, elle aurait envoyé le curé de Belvédère exorciser la bergerie.

Dix mois, donc, que Carmine est réveillée la nuit par les griffures et les gifles qui agitent ses entrailles. Et, plus récemment, par les cauchemars nés du cadavre du berger, allongé sous un drap derrière la porte. Grosse comme elle est, elle a tout juste trouvé la force de traîner le corps devant l'entrée.

Alors parfois, elle aperçoit son mari qui ravive le feu, balaie les cendres, lui éponge le front. Dans sa fièvre, Carmine se demande si ces visions la terrifient ou la réconfortent.

C'est un jour de brouillard ; on n'y voit pas à trois mètres. La sage-femme est prise de remords. Elle le sait, elle, à cette brume qui recouvre tout, que c'est un jour où naissent les démons. Et démons ou pas, elle ne va pas laisser une fille accoucher seule, non ? Surtout qu'on se gèle, même en plein été, à l'ombre du mont Bégo.

Carmine est déjà en train de hurler quand Mireille enjambe le drap puant sous lequel elle ne veut pas savoir ce qui se trouve. Les cris la rassurent ; elle retrouve son rôle.

L'eau est mise à bouillir, les plantes à infuser, la Carmine retournée à quatre pattes. Le ventre énorme s'enfonce dans le matelas.

L'accoucheuse n'a pas le temps de dire « pousse » que, aussitôt, une tête de poupon apparaît entre les cuisses de la mère et, en un instant, *plop !*, le petit corps a glissé hors du conduit comme un savon pour atterrir entre les bras de la sage-femme.

Elle reste interloquée quatre secondes. Deux pour s'étonner de cette rapidité inédite chez une jeunette qui n'a jamais enfanté, deux pour se demander s'il est normal que le bébé soit si… normal. Ni cornes, ni queue fourchue, ni langue bifide. Mais elle s'ébroue, pose la petite – c'est une fille – près du visage de sa mère, la couvre d'une peau lainée et reprend son ouvrage.

La première aurait dû ouvrir la voie et faciliter l'arrivée de la seconde. Mais Carmine pousse, pousse encore, et rien ne vient. Elle se murmure à elle-même des mots, des encouragements et des insultes, des noms qui ne sont pas le sien. L'accoucheuse lui entre une main entière dans le corps pour aller chercher le réticent – et la retire avec un cri. Sur son index, elle trouve une profonde marque de dent.

Mireille est de bonne volonté, mais elle en a jusque-là. C'est fini. Elle va pour partir quand Carmine lâche un hurlement qui éclate comme un coup de tonnerre et qu'on dira, le lendemain, avoir entendu dans toute la vallée.

Les doigts sur la poignée, la sage-femme soupire.

Elle lui fait avaler de force l'infusion de laurier. Lui éponge le front. Lui parle avec douceur ou violence selon les contractions de son ventre, lui enjoint de respirer. Carmine lui serre la main comme si ses pieds pendaient d'une falaise. Pauvre petite.

Derrière le mur, les moutons bêlent à s'en fendre la glotte.

Au bout d'une heure, Mireille n'en peut plus. Elle s'assoit sur une chaise tandis que Carmine gémit faiblement. Elle ne va quand même pas la découper pour sauver ce bébé infâme, non ? Le père, paix à son âme, n'est même pas là pour en prendre soin. Ou alors… Elle pourrait préparer une autre infusion, de thym et de gaulthérie. Oui, se dit-elle, c'est la meilleure chose à faire. La première a l'air robuste, elle occupera bien assez sa mère. Tant pis pour la seconde. Elle n'avait qu'à sortir.

Mais, tandis qu'elle a le dos tourné pour assembler ses herbes abortives, voilà qu'un nouveau crâne pointe entre les jambes de Carmine.

La petite regarde à gauche, à droite. Puis, sûre que personne ne l'a vue, elle se hisse hors de son cocon de chair, rampe jusqu'à la tête du lit, se glisse sous la peau de mouton et pousse sa sœur aînée qui tombe sur le plancher en braillant.

La sage-femme se retourne. Elle marque un temps d'arrêt et hausse les épaules ; plus rien ne la surprend. Mireille récupère par terre le nouveau bébé, qui a dû sortir seul par un prodige quelconque. Encore une fille ; elle ressemble exactement à la première. À tel point que c'en est étrange.

L'accoucheuse place les deux côte à côte, pour comparer. Elles ne se ressemblent pas tant que ça, en réalité. Celle qu'elle vient de ramasser a les yeux gris, le crâne pâle ; l'autre, déjà allongée, a les cheveux sombres. Elle tète sa mère effondrée de fatigue. Soudain, Carmine sursaute et crie :

« Aïe, elle m'a mordue ! »

Mireille reconnaît alors, dans la bouche de la merdeuse, l'incisive qui a laissé l'empreinte sur sa main. Elle attrape le monstre, le tenant à bout de bras pendant qu'il se débat et hurle, toute dent dehors.

Mais à part cette incisive incongrue et ce bizarre échange de places, la cadette n'a rien d'extraordinaire. Elle est rose, vigoureuse, vulnérable.

L'accoucheuse secoue la tête. Il faut couper les cordons, redescendre au village le plus vite possible, et ne plus jamais revenir. Il se produit ici des choses qui la dépassent, et elle aime ce qui est simple. Elle donne le placenta à manger aux moutons.

Les enfants sont rincées, langées et mises chacune sur un sein. L'aînée séduit déjà sa mère par sa douce tétée ; la cadette, qui a voulu prendre sa place, tente de se frayer un chemin jusqu'au téton.

« Dès que tu auras retrouvé des forces, Carmine, descends t'installer au village. Tu ne pourras pas t'occuper toute seule de deux nourrissons et d'un troupeau. »

Juste avant de repasser par-dessus le tas nauséabond devant la porte, Mireille se souvient de demander :

« Comment tu vas les appeler ? C'est pour le registre municipal. »

Carmine sursaute à nouveau ; la seconde l'a encore mordue. Elle la repousse et répond :

« Agonie pour celle-là. » Puis, caressant la tête de l'autre : « Et pour ma jolie, Félicité. »

L'accoucheuse opine sans discuter. Mais arrivée devant le maire, au moment d'inscrire les prénoms sur le grand cahier aux pages crème, elle se dira que, tout de même, cette enfant part suffisamment mal dans la vie sans avoir besoin d'en rajouter. Alors elle prendra la première lettre, la dernière, les bousculera un peu et, en dessous du nom de Félicité, elle écrira :

Egonia

Les enfants ont grandi et les moutons sont morts. Carmine s'en est à peine rendu compte. Elle avait bien assez à faire avec ses deux monstres de filles.

Félicité rangeait ses jouets bien parallèles, coloriait sans dépasser, babillait toute seule en montrant le vide et caressait des animaux invisibles. Elle est brave, décréta sa mère, mais un peu fada, c'est-à-dire quelque part entre la folie et la fée.

Quant à Agonie… Carmine avait sauvé de l'hécatombe une brebis pour allaiter la petite. Sa dent, sinon, lui déchirait le sein. La cadette tétait goulûment et grandissait deux fois plus vite que sa sœur.

Là où Carmine vidait les langes d'Agonie, dans le pré derrière la maison, poussaient la nuit des plantes qui n'existaient pas. Des fleurs que le mont Bégo redoutait, gigantesques, trop exubérantes pour être honnêtes, qui envahissaient la terre et enlaçaient de leurs racines le vieux banc déjà fendu. Leurs pistils bleu électrique ondulaient comme des algues parmi les mâchoires couleur d'hématome et de pétrole qui se refermaient sur les moineaux subitement, *clac*, sans leur laisser le temps de piailler. Une fois rouvertes, elles poussaient des sifflements d'oiseaux.

On vit bientôt derrière la bergerie un pré entier de ces fleurs monstrueuses, et plus aucun volatile dans les environs.

Mais les fleurs, ça faisait juste un jardin original à côté de ce qui lui jaillissait de la bouche. Parce que dès qu'Agonie babillait ou toussait trop fort, il fallait se cacher : elle crachait des papillons. Des papillons, comme ça, on se dit : c'est joli. Si les ailes sont colorées, pourquoi pas. Mais les insectes d'Agonie sortaient, précisément, d'Agonie. Et ils ne semaient pas autre chose. Là où ils se posaient, le bois vert s'asséchait, les cheveux devenaient blancs et les visages prenaient des rides.

Pour se protéger elle, et sa maison, et sa première fille, sa mère lui attacha un bâillon sur les lèvres.

Carmine s'était acheté, peu après l'accouchement, un petit miroir ovale au cadre argenté, une toile tendue, un chevalet, deux pinceaux et une boîte de couleurs. Quand elle avait fini de s'occuper des moutons restants et de ses enfants, elle attrapait la glace, debout, et la scrutait intensément. On aurait dit, m'a rapporté plus tard Félicité, qu'elle y cherchait quelque chose, une chose invisible au réel que le reflet seul pourrait lui révéler. Elle traçait sur la toile, tout en se regardant, les contours de son propre visage, le ressort de ses boucles, les virgules de ses cils. Le portrait en paraissait approfondi, comme éclairé de l'intérieur. Au bout de quelques mois il semblait avoir pris vie. Il vous suivait des yeux si vous passiez devant. Quand on lui demandait pourquoi elle peignait toujours ce portrait depuis longtemps terminé, Carmine répétait qu'il ne lui ressemblait pas encore, pas tout à fait. Qu'elle devait l'embellir. Seuls les yeux au milieu demeuraient inchangés, dorés, à rouler comme des billes dès que quelqu'un traversait la pièce. Le reste du tableau, autour, continuait à se nuancer, à se charger d'ombres et de reliefs.

Les jumelles ont grandi. Les filles de berger savent s'occuper d'elles-mêmes plus tôt que les autres ; à cinq ans, elles trayaient les brebis et rapportaient ensemble des œufs du village pour se préparer des omelettes. Et heureusement, parce que, quatre fois par an, Carmine s'absentait, deux semaines environ. Elle revenait les habits mouillés. Le regard moins fatigué, aussi. Elle se rendait près de la mer, expliquait-elle à Félicité, pour faire des provisions de fruits venus d'un monde lointain, de pamplemousses et de grenades, et de trésors.

C'est au retour de l'un de ces voyages que Félicité a reçu son tout premier service à thé. Une théière miniature d'un blanc nacré, pas plus grosse qu'un poing d'enfant, ornée de motifs bleus et bordée de dorures, trois tasses assorties avec leurs soucoupes, un pot à lait et un sucrier. La porcelaine était si fine qu'on pouvait voir, à travers, la foudre zébrer la nuit certains soirs d'orage.

Avertissement

Je vous explique tout ça, mais au fond, je n'en sais pas tant.

Je vous raconte les choses telles qu'on me les a dites. Ou telles que je m'en souviens, puisque Félicité m'a parlé de tout ça il y a deux décennies – et qu'à l'époque son récit avait déjà vingt ans. C'était en 2003 et je cherchais les fuyards du mont Bégo, échappés avec leur histoire.

On a longtemps répété que la bergerie était hantée. Le village, en dessous, vidé à cause de ça. Que ses occupants avaient pris leurs ânes et leurs marmots pour ne plus revenir. En vérité, personne ne savait ce qui s'était réellement passé. C'est bien pour cette raison, d'ailleurs, qu'on m'a envoyé les trouver. J'ai fini par comprendre que je n'étais pas le premier aux archives à qui on confiait cette mission suicide. Quand les collègues ont vu que j'héritais du dossier Bégoumas, ils m'ont tapé sur l'épaule avec un air désolé.

Je les ai cherchés, les anciens habitants des Merveilles.

J'en ai repéré deux ou trois, éparpillés dans la région. Et quand je leur ai demandé ce qui leur était arrivé sur le mont Bégo, tous m'ont tiré la même tête. Une tête qui disait : On te parlera de ce que tu veux, du loup qui a mangé trois de nos agneaux, de la récolte qui a brûlé, de ce con d'immeuble qu'ils ont construit juste à côté et qui nous cache la mer, on te donnera même notre recette de la soupe au pistou, mais de ça, non, on ne te parlera pas.

Je leur ai demandé si la bergerie était hantée, histoire de vérifier, puisque c'est ce que j'avais entendu. Et tous – sans une seule exception, comprenez-moi bien –, tous ont eu un petit rire tristoune pour personne d'autre qu'eux-mêmes, et ont murmuré en baissant la tête :

« Évidemment que oui… Si ce n'était que ça, on serait restés. On le sait que les bergers sont des jeteux de sorts et des tempestaïres. S'il en est un qui devait devenir fantôme, c'était bien lui. Non, c'est quand il est mort que les choses se sont gâtées. Quand il est parti et que la bergerie s'est remplie de masques. »

D'abord j'ai cru qu'ils parlaient de sorcières, puisqu'on les appelle comme ça, là-haut, les masques. Je n'ai saisi que beaucoup plus tard ce qu'ils voulaient me dire.

Je sentais bien qu'il aurait fallu les laisser en paix avec mes questions, mais j'avais une mission à remplir, moi. Alors j'ai demandé plus de détails. J'ai insisté.

Là, ils n'ont pas tous réagi pareil. Vous voyez le trait blanc, sous mon sourcil ? Moulin à poivre. Jeté par l'un des vieux que j'ai interrogés. Un autre m'a juste regardé droit dans les yeux jusqu'à ce que je m'éclipse de malaise.

Il y en a quand même une, à la fin, qui m'a répondu.

« La petite de Carmine. La seconde. Je n'ai pas eu le cœur à la laisser s'éteindre à la naissance. Ma foi, peut-être que j'aurais dû. »

Ce qui n'était pas tout à fait vrai, comme Mireille me l'avouerait plus tard et comme je vous l'ai déjà raconté, puisque si Agonie n'avait pas fini par naître de son propre chef, la sage-femme l'aurait avortée sans remords.

« Egonia a disparu cette nuit-là. La nuit où on a fui Bégoumas. Je ne sais pas où vous pourriez la trouver. Sa sœur, on dit qu'elle a ouvert à Nice un bureau de détective spécialisée. Aucune idée de ce que ça signifie, mais j'imagine qu'on n'en compte pas des douzaines de ce côté du Var. »

Voilà comment j'ai recueilli l'histoire de Félicité.

Il pleut toujours, dehors, de plus en plus dru. Même les mouettes se sont mises à l'abri. Vu comme c'est parti, on en a pour la journée.

Maintenant, si vous voulez passer le temps pendant qu'on boit notre thé, je peux vous conter le récit de Félicité, qui est aussi celui de Bégoumas et de son abandon.

Je peux vous retracer ce que j'ai compris d'elle, de sa sœur, de sa mère surtout, de leur village hanté et de l'été où les habitants l'ont fui. Je ne vais pas tricher, je ne vais pas mentir. Je vous donnerai toutes les vérités de ceux qui ont vécu cette histoire. Et comme je ne dirai que le vrai, il n'y aura sans doute là-dedans pas grand-chose de réel.

Vous voilà prévenu.

Chez la passeuse de fantômes

La porte de chez Félicité, vous avez forcément dû passer devant : elle se situe juste à l'angle du salon de thé, dans une rue de Nice qui ressemble à celle d'avant et à celle d'après. Si on tend bien l'oreille, à l'heure de la sieste, on peut entendre au loin le port et le ressac.

Le jour où je la trouve, moi, il pleut un tel déluge que la ville entière n'est qu'un tambour gigantesque. Comme aujourd'hui, en fait. Des lambeaux de nuages s'accrochent aux clochers ; on ne voit même plus les horloges qui pointent au-dessus des tuiles. La pluie vernisse les pavés d'un sirop transparent. Aux coins des caniveaux transformés en rivières, le marché a laissé des mimosas brunis et des bouts de poisson qui attirent les mouettes. L'eau coule sur les portes des chapelles, sur les grilles des boutiques, dégouline sur les poignées, les heurtoirs, les sonnettes.

Mais sur cette porte-là de cette rue de Nice, la pluie n'a rien où s'accrocher. Pas de poignée, pas de heurtoir. Pas de serrure. On n'aperçoit dans le mur qu'une enseigne qui tremble sous les rafales. Son dessin affadi pourrait se confondre avec une figure de barbier. Un pain de boulanger, peut-être.

C'est une tête de mort.

Un crâne coiffé d'un haut-de-forme, une loupe devant son orbite creuse. Et en dessous, si petit qu'on doit plisser les yeux pour lire, il est écrit :

DÉTECTIVE SPÉCIALISÉE

FANTÔMES, ÂMES EN PEINE, ESPRITS ERRANTS

Entrez sans frapper

Cet accès-là est réservé aux spectres.

Pour vous et moi, une autre porte existe. Il faut longer le bâtiment, passer devant la fenêtre où nous sommes assis, et rejoindre l'entrée principale du palais Caïs de Pierlas.

Là, depuis le seuil, on voit le cours Saleya tout entier. Les façades rouille et sable, les volets couleur de mer bousculée, la chapelle safran des pénitents noirs, les palmiers qui n'ont rien à faire ici mais qui plaisent aux touristes et, derrière soi, le vieux palais, qui se dresse avec son silence et sa peinture effritée. Le souvenir de gens très riches qui se sont éteints très vite et n'ont laissé derrière eux que cet immense bouton d'or fané.

Les Niçois et les artistes qui l'avaient occupé l'ont déserté, alors Félicité y a élu domicile. Ou bien l'inverse, allez savoir. Elle cherchait un endroit au-dessus de la foule.

La porte côté Saleya a tout ce qu'il faut pour entrer : heurtoir, serrure, sonnette. Ensuite, par contre, on doit monter jusqu'au quatrième, et l'ascenseur fonctionne à peu près un jour sur deux. De temps en temps, les grilles métalliques se coincent ou les boutons ne marchent plus, et on se retrouve à emprunter l'escalier, de plus en plus étroit à mesure qu'on grimpe.

Franchement, si vous pouvez prendre l'ascenseur, prenez-le. Ça vous évitera d'arriver là-haut tout transpirant. Félicité n'est plus là pour vous expliquer que vous sentez mauvais, mais faites-le par respect. Elle n'aimait pas qu'on débarque chez elle en sueur. Après, elle n'arrivait plus à apprécier son thé. Et qu'elle soit en train de le boire ou de le préparer, il y avait toujours du thé qui fumait quelque part chez Félicité.

Pour le servir, elle suivait un rituel qui lui donnait une allure de ballerine dans sa boîte à musique.

D'abord elle remplissait la bouilloire. Puis, en attendant les premiers frémissements de l'eau, elle sélectionnait une théière parmi les dizaines alignées le long des murs, sur le dessus des commodes et le bord des fenêtres, de toutes les formes concevables – un potiron avec une anse végétale, une dame en jupons, un piano à queue, une cabane au toit de chaume, un cygne, et puis des rondes, des ovales, des en forme de poire, des en cuivre, en céramique, en fonte, en porcelaine, en argile, des élancées, des courtaudes, blanches, peintes, dorées – enfin, vous avez compris, beaucoup de théières. Elle sortait ensuite les tasses. Là-dessus, elle se montrait beaucoup moins pointilleuse : elle attrapait n'importe lesquelles et les posait sur des soucoupes dépareillées.

Sauf pour les fantômes, bien sûr.

Le service dédié aux spectres, lui, tenait dans une mallette pas plus grande qu'un dictionnaire. Quand elle l'ouvrait, on apercevait à l'intérieur la couleur d'un cœur qui pulse. Chaque tasse, chaque soucoupe, chaque cuiller y dormait dans sa coquille de velours. Elle les sortait une par une comme des œufs fragiles ; ça faisait chuchoter le tissu duveteux. Sur la porcelaine, des lignes bleues esquissaient des dragons et des nénuphars.

Assez vieillot pour plaire à la plus usée de vos grands-tantes, assez sublime pour vous imposer le silence.

Félicité déposait dans la théière quelques bourgeons d'un étrange-thé qui tintaient en tombant. Quand la bouilloire chantait le bon accord, elle la retirait du feu. Elle regardait les feuilles se délier, s'étendre sous l'eau fumante, et leurs vapeurs diaphanes entourer le plateau.

Elle portait le tout au salon et s'installait face aux fenêtres. L'été, quand il pesait en bas une chaleur de goudron liquéfié, rien ne lui plaisait plus que de rester au frais, en haut de sa tour, à boire son thé au-dessus de la mer telle une mouette dans son nid. Alors, en secret, elle sortait d'un tiroir un sachet qui laissait deviner, entre les illustrations fluo imprimées sur le plastique, des colliers de bonbons. Elle croquait dans les perles roses et blanches comme de petits glaçons, en mettant de côté les bleues.

Et s'il pleuvait dehors, une vraie pluie d'ici, elle respirait encore mieux.

Elle ne se contente pas de pleuvioter, la pluie d'ici. Elle ne fait pas semblant. La pluie vide Nice de ses vacanciers, de ses bruits de klaxon, de ses voitures en triple file, du bleu fond-de-cuvette que prend la mer les jours où il fait trop beau, elle nettoie tout, lave les couches criardes de peinture pour carte postale et rend à la ville le gris pur de sa toile.

Félicité portait toujours un chapeau anthracite, un foulard aux reflets de lame aiguisée, un chemisier chute-de-grêlons, un pantalon mare-de-goudron, des bottes aux talons en acier et une cape en laine ardoise. Sur les trottoirs elle projetait une ombre pleine d'orage.

Et si vous lui demandiez : « Tu ne veux pas mettre un pull mauve ? ou un peu de rouge à lèvres, peut-être ? », elle vous lançait un sourire à vous donner des cauchemars de congélateur.

Le gris, c'est comme Félicité. Il faut un esprit plus subtil que la moyenne pour en apprécier les nuances. Parce que Félicité n'était ni brave ni fada, contrairement à ce qu'avait décrété sa mère. Elle était redoutable.

Deuxième avertissement

Avant de continuer, j'ai deux choses à vous dire à propos des fantômes.

D'abord vous avez peut-être entendu, dans des reportages qui passent la nuit sur des chaînes à trois chiffres, que les spectres vont errer dans un lieu précis auquel ils sont attachés. Qu'après leur mort, ils se retrouvent liés à un endroit qui a marqué leur vie.

Eh bien, je ne sais pas d'où ils tiennent leurs informations, mais tout ça est parfaitement vrai.

C'est là, dans ce point aveugle de la mémoire, que se cachent les fantômes. Dans leurs moments de honte, leurs culpabilités, leurs regrets en suspens. Dans leurs vérités sous les masques. Saisir les remords du vivant pour débusquer le spectre, Félicité en a fait son métier.

Ensuite, n'importe qui ne devient pas fantôme. Ça ne vous arrivera que si cette malpolie de mort vous interrompt en plein discours. Si vous voulez partir pour de bon, sans traîner vos désespoirs éternellement, laissez quelque part – de préférence à quelqu'un qui vous aime assez pour payer ses tarifs exorbitants – le numéro d'un collègue de Félicité.

Parce qu'un passeur devra terminer la phrase à votre place, à haute voix, aux oreilles de celui qui devait l'entendre.

Je vous avertis en tant qu'ami. Au moins, maintenant, vous savez : taisez-vous quand vous mourez.

Forêt de marbre

Angèle-Victoire, par exemple, elle n'a pas eu l'idée de se taire. Depuis deux siècles, la comtesse qui vivait ici autrefois n'arrête pas de parler. Félicité l'entend sans l'écouter pendant qu'elle bavarde et se plaint tout le jour. Elle se plaint de l'ennui, du thé trop peu infusé à son goût, des habitudes lassantes de Félicité, Félicité qui nettoie encore au lieu de venir discuter, Félicité qui range l'appartement pour la douzième fois, Félicité qui lui passe une main au milieu du ventre pour tapoter un coussin sur le canapé. Quand la comtesse lui demande pourquoi elle s'acharne à cirer un meuble qui brille déjà, la passeuse répond :

« Je n'aime pas qu'on voie mon désordre. Et j'ai un client qui arrive.

— Tenez donc ! Et qui, je vous prie ?

— Le président du conseil régional.

— Du conseil régional ! Alors il vient de Marseille… Pauvres de nous. »

Cet été-là, on est en 1986. Félicité a quarante-six ans et les cheveux écarlates. Avec le carré vermeil qui couronne sa longue silhouette grise, elle ressemble à une allumette éteinte.

Elle réaligne les théières assoupies sur leurs étagères, empile les tasses et les livres semés un peu partout, repasse un coup d'éponge sur le plan de travail, va fermer la porte de sa chambre, attrape sur sa table de nuit un miroir ovale pour vérifier que son chapeau est droit et son tailleur défroissé.

« Mais oui, ma chère, vous êtes parfaite, comme d'habitude. Écoutez-moi, maintenant : j'y suis allée, à Marseille. Les rues y sont nauséabondes et le vent affreux. Votre client va nous rapporter le choléra. Je vous interdis de lui ouvrir la porte.

— Trop tard, il est là. Taisez-vous. »

En bas, sur le cours Saleya, l'élu descend de sa berline. Il contemple au-dessus de lui le palais qu'il croyait vide. Personne ne veut avoir pour voisine la dame qui parle aux spectres. Attention, comprenez-moi bien : ce n'est pas que les Niçois craignent les maisons hantées – un Niçois n'a peur de rien – ; ils ont simplement le bon sens de s'en tenir éloignés, voilà tout.

L'homme entrevoit, derrière les rideaux du quatrième étage, la détective qui l'attend ; il pénètre dans la bâtisse.

Au moment où l'ascenseur atteint le palier, Félicité aperçoit sur la table basse des ficelles ponctuées de perles bleues – les restes des colliers multicolores qu'elle grignotait encore dix minutes plus tôt. Elle jette les élastiques mâchonnés sous le canapé et s'assoit dignement dans son fauteuil en cuir.

Quelqu'un a dû remettre au président une note bien informée : il entre sans bruit, retire ses chaussures, traverse l'appartement et prend place sur la chaise en bois. Devant lui s'alignent une tasse, une bouilloire et divers petits tas de feuilles brunes. Félicité ne se lève pas pour l'accueillir.

La mère du client est morte le mois précédent. Il a trouvé dans les affaires de la défunte les preuves d'une vie qu'il ne connaissait pas. Une vie secrète auprès d'une première famille, avant lui et son père, tout un passé qu'il n'avait jamais soupçonné derrière le masque de la mère humble et attentionnée. Il a cherché des réponses, des explications. Comme on peut s'en douter, les détectives qui s'occupent des vivants ne lui ont été d'aucune aide.

Félicité observe cet homme qu'on appelle dans les journaux le Requin de la Côte et comprend mal pourquoi tout le monde le craint. Ici, dans son salon, assis sous les théières qui le toisent, sa chaussette droite trouée au bout du petit orteil, elle lui trouve surtout l'air d'un enfant perdu dans un supermarché.

« L'acompte ? »

Le président du conseil sort de sa poche un chèque plié qu'il pose entre eux. Félicité ne le vérifie pas.

« Vous avez des questions. Je vous écoute. »

L'homme se racle la gorge et remue sur sa chaise.

« Vous êtes… chasseuse de fantômes ?

— Chasseuse ! Allons donc ! Je n'ai rien d'un faisan ! »

Depuis le canapé, Angèle-Victoire s'étouffe d'indignation.

« Les gens, morts ou vivants, apprécient rarement d'être comparés à du gibier, confirme Félicité. Non, je suis détective spécialisée en spectres et "passeuse" de fantômes : je les trouve et les fais passer, s'ils le souhaitent, vers un trépas plus… définitif. »

Yeux fuyant vers la gauche, mains agitées, toussotements.

Félicité balaie du regard les thés alignés sur la table. Tous arracheront à cet homme une vérité que lui-même ignore, mais chacun a son effet spécifique. Ces étranges-thés qui sentent la mousse et le vent, c'est la théilogue qui les cueille dans la vallée des choses étranges et les fournit à Félicité, une boîte pour chaque provenance : rives du lac des Mille-fonts, algues du lac de Fenestre, col du Diable, val de la Masque, col de la Couillole, tête de la Lave… et, bien sûr, le thé des Merveilles. Celui qui pousse dans un recoin secret du mont Bégo et fait parler les morts.

Pour le Requin, Félicité sait exactement lequel servir. Lac du Tremblement. Elle allume la bouilloire et l'eau commence à crépiter. Elle se tourne alors vers le mur où attendent ses dizaines de théières et frappe deux fois dans ses mains.

Rien ne se passe.

Félicité sourit à son client et recommence. Plus fort. Les théières restent immobiles. Le président se retourne, personne ; il se demande si c'est lui qu'on applaudit.

Elles ont toujours été comme ça, les théières de Félicité. Une insolence d'adolescentes. Elle ignore d'où lui vient ce manque d'autorité sur son troupeau ; chaque fois, ça lui fiche un coup. Elle se lève, en saisit une en forme de forteresse médiévale – tourelle tordue pour le bec, pont-levis pour l'anse – et l'apporte à table. Parmi les soucoupes, elle choisit celle qui contient les feuilles du Tremblement, en respire le parfum, la vide dans la théière.

Sans regarder le président qui tente de cacher le trou de sa chaussette en le couvrant de son pied gauche, elle demande :

« Vous a-t-on expliqué ma méthode de travail ?

— On m'a juste dit : vous allez discuter.

— Vous allez boire et nous allons parler. Ou plutôt : vous allez parler.

— Je vous ai déjà transmis tous les documents…

— Chut. Taisez-vous. »

Le client hausse les sourcils, il lui vient des envies de répliquer qu'on ne le traite pas comme ça, à Marseille, qu'il y a sans doute bien des passeurs de fantômes de l'autre côté du Var, mais il se retient. Quelque chose dans la posture de Félicité, qui tend l'oreille près de la bouilloire, l'empêche de briser le silence. On dirait que l'avenir des mondes va se jouer dans les prochains chuchotements de l'eau.

Soudain elle se redresse et, dans un chuintement, verse l'eau fumante au creux de la théière. Pendant que les feuilles se déploient sous la chaleur, Félicité ferme les yeux, compte mentalement jusqu'à cent soixante-cinq et, enfin, remplit la tasse d'une liqueur dorée qui tourne avec lenteur entre les parois.

« Pourrais-je avoir un peu de sucre ? »

La passeuse fait semblant de n'avoir pas entendu.

S'il trouve la boisson amère ou fade, il n'en laisse rien paraître. Félicité croise les bras et s'enfonce dans son fauteuil : le vrai travail débute ici.

« Dites-moi tout.

— Tout ?

— Commencez par l'image qui vous vient en premier à l'esprit au sujet de votre mère. »

Le thé du Tremblement le calme déjà. Il respire moins haché. Ses yeux fixent le fond de la tasse. Après quelques secondes, les mots surgissent d'eux-mêmes.

« C'était une femme réservée. Elle me paraissait heureuse.

— Buvez, avant que le thé refroidisse. »

Il boit. À chaque gorgée l'homme rentre davantage en lui-même et, peu à peu, les souvenirs insignifiants qui intéressent vraiment Félicité remontent comme des bulles à la surface de sa mémoire. Les moments les plus banals lui reviennent dans toute leur intense précision, la chute du cacao en poudre depuis la cuiller sur le lait chaud, les 1er novembre seul avec son père devant la télévision, le beige de la boîte où il rangeait son déjeuner, la texture des chaussons qu'on devait enfiler pour monter à l'étage, le parfum de la rambarde cirée de l'escalier, le papier peint du couloir rugueux sous ses paumes, sa mère aux yeux rougis le 31 octobre, le plafonnier à franges dans la chambre des parents, le bouquet de fleurs sèches sur la table de nuit, le bouquet de fleurs sèches de moins en moins fourni, chaque année plus dépouillé, le bouquet réduit à une fleur unique quand il a treize ans, le vase vide, le 1er novembre de ses quinze ans et sa mère avec eux, devant la télévision, qui regarde quelque chose au-delà de l'écran.

« Où se rendait-elle le 1er novembre de chaque année ?

— Mon père disait qu'elle allait voir ma grand-mère. Je me demande s'il était au courant pour le premier mari. »

Félicité cherche là-dedans un secret, un basculement. Déterrer les mesquineries des défunts, celles qui plongent les vivants dans le malaise parce qu'il faut sanctifier les morts, voilà le métier de la passeuse de fantômes. Elle n'y peut rien. Elle ne sait pas faire autre chose.

Mais le fond de sa conscience lui susurre : Ce n'est pas vrai. Tu sais faire autre chose. Tu aurais pu. Ces explorations avortées entre les théiers du monde. Ces cultivars que tu n'as jamais rapportés des continents bleutés parcourus par les théilogues. Cette vie sans habitudes partie avec ta sœur voilà presque trente ans.

Trente ans.

Peut-être qu'Agonie est morte. Oui, sans doute. La nuit même de son départ, probablement, ou peu après, puisqu'elle a disparu entre les arbres de la forêt pour ne plus en ressortir. Agonie n'a pas su que leur mère, depuis cette nuit-là, n'a plus jamais été la même. Qu'elle l'avait détraquée au point de l'éparpiller.

Félicité secoue la tête. Cette amertume au fond c'est un enfantillage. Un caprice. Sa mère, elle, ne s'est jamais plainte de devoir lui essuyer la bouche et les fesses. Et ce n'est pas après trente ans de patience et de soins qu'elle va céder comme sa sœur à l'égoïsme lâche de la liberté. Mais franchement, pourquoi penser encore à Agonie… Sa jumelle lui a déjà pris une mère. Elle ne va pas en plus la laisser gâcher un bon client.

« Vous disiez que votre mère effectuait l'aller-retour dans la journée. Elle ne pouvait pas se rendre bien loin. Elle partait en voiture ?

— Non, elle ne conduisait pas. Elle devait prendre l'autobus en bas de la rue, j'imagine. L'arrêt s'appelait Champfleuri. Bizarre, comme nom. On n'a jamais vu de fleurs ni de champs dans ce quartier, seulement des maisons grisâtres qui se ressemblaient toutes, serrées les unes contre les autres jusqu'à la ville suivante.

— Et ce bus, jusqu'où menait-il ? »

Il retrouve aussitôt le nom de chaque arrêt, comme si le plan s'étalait sous ses yeux. Champfleuri. Les bosquets. Saint-Joseph. Bateliers. Bateliers-Rive gauche. Rouget-de-Lisle. Cimetière.

Une heure plus tard, Félicité et son client descendent du bus à l'arrêt Cimetière. Elle le guide à travers la forêt de marbre, vers une tombe qui n'a rien de remarquable hormis le bouquet séché, sans couleurs mais complet, posé près d'une plaque.

À mon fils bien-aimé

Assis sur la dalle, le fantôme de la vieille femme élude les questions de Félicité. Son regard reste ennuagé, perdu dans des vies éteintes. La passeuse sort alors la mallette réservée aux morts, avec le thermos qui garde l'eau à quatre-vingt-trois degrés, et prépare le thé des Merveilles. La mère se penche malgré elle vers la porcelaine en attendant qu'on lui serve une tasse.

Agiter un objet phantopréhensible devant un spectre, c'est mieux qu'un ruban sous les yeux d'un chat. Leur âme est aimantée par ces ancres. Elles leur rendent de la consistance, presque de la vie. De loin, ils les sentent et ils viennent, s'ils peuvent. Ça explique pourquoi le salon, ici, est toujours rempli de clients invisibles.

La défunte racontera bientôt, quand le thé aura agi, le premier mariage, le premier enfant, les petits poumons qui respirent mal, les semaines dans une chambre blanche, le bouquet qu'elle n'a pas réussi à déposer sur le cercueil, ce 1er novembre-là, parce qu'on ne peut pas déposer tout son chagrin d'un seul coup et qu'une fleur à la fois rend le deuil moins brutal. Elle racontera le mariage qui s'étiole, le second mari et la douleur qui se tolère mieux dans le secret.

Félicité lui demandera ce qu'elle disait au moment de mourir et à qui, quelle phrase interrompue l'a condamnée à son état de spectre. Elle lui offrira, si elle le désire, de prononcer pour elle ces derniers mots inachevés à celui qui devait les entendre. Mais la vieille femme préférera, peut-être, rester près de ses fleurs aux couleurs passées.

L'homme-requin, rasséréné par ces réponses, oubliera ses airs d'enfant perdu. Il repartira à Marseille, Félicité rentrera à Nice. Elle encaissera son chèque.

Dans son palais flétri au fond du cours Saleya, elle croquera dans un collier de bonbons, se préparera un thé, celui du lac Petit qui l'aide à mieux remonter les méandres du passé, elle en boira une pleine théière pour se rappeler sa mère, sa mère telle qu'elle s'en souvient, quand Agonie ne l'avait pas disloquée et qu'elle n'était encore que sa mère, quand elle ne disparaissait pas derrière trop de visages, trop de voix, quand elle ne partageait pas son corps avec cinquante-six inconnues et ne répondait qu'à son véritable nom, le nom de Carmine.

Avant de s'endormir, lorsque les lignes de son livre se croiseront au bout des pages, elle se tournera vers sa table de nuit où ne trône aucune photo de famille. À côté du réveil, ses doigts trouveront d'eux-mêmes le petit miroir ovale au cadre argenté. Et puisqu'elle est trop vieille pour garder une peluche, elle cherchera le sommeil comme ça, la main sur le dos du miroir où sont gravés ces mots :

Pour ma Félicité, maman.

Dernier avertissement

Depuis qu'elle m'a offert cette histoire, Félicité est morte. Et elle a bien pris soin de se taire, alors ne rêvez pas : elle n'existe plus nulle part, sous quelque forme que ce soit.

Son appartement, tout son immeuble en réalité, que les Niçois évitaient parce qu'ils trouvaient qu'elle portait le parfum de la mort, a été racheté, rénové et investi par des vivants qui parlent fort. Non, pas des Italiens. Des Russes je crois, ou des Anglais. Les gens du quartier ne les aiment pas beaucoup plus que Félicité. Ça me console un peu.

Elle sentait bon, pourtant. Jusqu'à la fin elle avait ce parfum de thé blanc et de fleur d'oranger. Pas de mort, quoi.

Mais ce que je veux vous raconter, pendant que la pluie tombe, ce n'est pas tant l'issue de l'histoire que son commencement. Pourquoi le village de Bégoumas s'est soudain vidé de tous ses habitants sauf d'une seule, ce mois d'août 1956. Comment des murs ont pu s'écrouler alors qu'aucun orage ni séisme n'a été enregistré dans la région. Comment des mélèzes ont fendu des toits alors que la forêt commence bien plus loin sur la montagne.

Tout a débuté avec la naissance des deux sœurs, bien sûr. Vous le savez déjà. Seulement parfois, une histoire n'existe pas dès son premier moment. Elle trouve ses racines plus tard, plus haut dans l'arbre, et il faut descendre ensuite le long du tronc, grimper encore quelques branches, repartir vers les nœuds du bas, ramasser les feuilles mortes et cueillir les nouveaux fruits pour en saisir tous les contours et la mesure.

Cette histoire-là, c'est Félicité qui me l'a racontée, alors elle commence par Félicité. Félicité qui, le mardi 22 juillet 1986, comme tous les mardis ou presque depuis trente ans, monte chez sa mère au fin fond de l'arrière-pays sans se douter que, ce mardi-là, elle la verra vivante pour la dernière fois.

Couronne de rubis

Les fleuristes s'éventent au milieu de leurs seaux sous les parasols du cours Saleya quand, dans le brouhaha du marché, un claquement résonne sur les pavés. La dame aux talons d'acier approche. Vite. Ils se redressent, attrapent une tige au hasard. Leurs mains se tendent hors de l'ombre.

Dans l'allée centrale blanche de lumière, Félicité avance. Elle saisit au passage, sans même regarder à qui appartiennent les mains tendues, un tournesol, une passiflore, un œillet, et la voilà partie avec un bouquet qui ne ressemble à rien mais réjouira sa mère.

Les fleuristes soufflent et se rassoient en se demandant, comme d'habitude, d'où leur vient ce respect teinté de frissons, eux qui ont l'aigle pour emblème et n'ont peur de personne. C'est que le palais Caïs de Pierlas est glauque, s'expliquent-ils entre eux, avec sa peinture safran qui s'écaille et ses moulures défigurées. Il faut être un peu fatiguée pour vivre seule là-dedans. Sans doute qu'elle les observe depuis le dernier étage, d'où on surplombe tout le cours… Alors ils lui offrent des fleurs, comme on offre des cierges à un saint : au cas où.

Au volant de sa Panther gris lune, Félicité slalome dans les rues du Vieux-Nice, klaxonne dans les bouchons de la

Promenade, prétend ne pas voir le fantôme du mendiant au feu rouge qui continue à demander, dans l'indifférence des vivants, une pièce pour manger. Elle a rempli son coffre de boîtes de conserve pour un mois. De lingettes, aussi. Sa mère oublie de se baigner quand elle n'est pas là pour le lui rappeler.

Et puis le miroir. Elle a failli le laisser. Mais avant de partir, au dernier moment, elle est repassée par sa chambre et s'est dit : Pourquoi pas ? Ça se tente.

Félicité monte moins depuis quelques mois. La déception qui l'y attend est devenue insoutenable. Elle ne sait pas si elle pourra continuer longtemps. Elle n'est plus vraiment jeune, Félicité, et les ombres qui l'ont déconcentrée pendant l'entretien avec son dernier client viennent de plus en plus souvent se masser sous son crâne.

Elle klaxonne à nouveau et s'énerve contre les piétons ; c'est le meilleur moyen de repousser cette terrible envie de faire demi-tour qui la gagne à chaque intersection. Elle n'a pas le droit. Elle ne peut pas la laisser là-haut, à se débattre sans aide avec les intruses qui l'assiègent. Cette mère lui a appris le monde et comment s'y faire une place, à coups d'épaule si besoin. Carmine a tiré de sa vie simple au village la sagesse des lavoirs, le savoir du berger, une profondeur d'astre. Elle connaissait les creux et les pleins de l'âme humaine, et avait quelque chose d'une fée.

Et on ne laisse pas une fée, même sans ailes, même vieille et démente, croupir dans un village abandonné. Même si elle refuse d'en partir.

La voiture a quitté les embouteillages. Elle suit le trajet vers l'arrière-pays, celui dont je vous parlais tout à l'heure.

Félicité ne voit plus le paysage : elle a trop arpenté ces gorges pour remarquer encore les reflets fauves sur les cimes, ou les échos réverbérés que se renvoient les pierres. La Panther s'y conduit toute seule, virage après tunnel au-dessus de la rivière asséchée. À chaque tournant, les boîtes de conserve s'entrechoquent dans le coffre. Sur le trajet de presque deux heures jusqu'à l'entrée des Merveilles, il n'y a qu'un endroit qui la réveille et lui rappelle, invariablement, les mêmes souvenirs.

C'est sur le chemin qui bifurque vers les montagnes, peu après Roquebillière-Vieux. Sur le bas-côté. Là, le fantôme d'une fillette brune la regarde toujours passer, jupe au vent, poings sur les hanches. Félicité aperçoit chaque fois, dans le rétroviseur qui tremble, la silhouette de l'enfant qui redescend en contrebas de la route, vers un vieux puits caché entre les oliviers sauvages.

Le petit spectre, avec son regard effronté, lui rappelle la journée des cheveux rouges. Le souvenir se déclenche en automate, court-métrage lancé malgré elle par sa mémoire mécanique.

Sa mère ce jour-là avait eu les yeux de la fillette fantôme.

Félicité est rentrée de l'école plus silencieuse encore que d'habitude. Si elle parle, elle dira la vérité, puisqu'elle ne sait pas la retenir. Et on l'a prévenue : elle doit se taire. Alors elle prend son temps pour remonter vers la bergerie. Elle attend que les larmes sèchent au bout de ses cils et que sa voix n'ait plus l'encombrement pâteux de ceux qui ont pleuré.

Par contre, elle ne pourra pas cacher ses cheveux. Si elle rentre assez tard, peut-être, si la lumière baisse suffisamment, maman ne verra pas la différence. Et si elle fait une remarque, Félicité dira juste qu'ils ont poussé comme ça dans la journée. Rien de plus. Ce n'est pas un mensonge après tout.

Sa sœur court vers elle sur le chemin, couverte de suie des paumes jusqu'au front. Mains plaquées sur la bouche, elle écarquille les yeux. Félicité secoue la tête et continue d'avancer. Sa jumelle se plante face à elle :

« Comment ? »

Un gros papillon noir s'échappe de ses lèvres.

« Je ne te dirai pas comment, Nanie. Maintenant, laisse-moi passer, s'il te plaît. Et n'oublie pas ta muselière si tu veux parler. D'accord ? »

Félicité sait que sa sœur déteste la muselière qu'elle lui a fabriquée, et qui emprisonne les papillons contre sa bouche au point de lui dissoudre peu à peu les dents. Mais c'est toujours mieux que le bâillon de maman. Et ce soir-là, elle n'a pas assez d'énergie pour la douceur et la compassion.

Puis, en regardant sa jumelle, une idée lui vient.

Cinq minutes plus tard, Nanie lui a rapporté de la suie et l'aide à s'en barbouiller les cheveux. Tout se passera bien.

Félicité atteint la bergerie, rassurée par son plan infaillible, pendant que sa sœur rejoint les poutres de la charpente par la cheminée. Félicité a préparé ce qu'elle doit dire : elle veut dormir tôt, sans manger, elle n'a pas faim, elle est fatiguée. Maman la verra à peine traverser la pièce. Elle ne se rendra compte de rien.

À l'intérieur, dos à la porte, maman repeint son éternel portrait. Quand Félicité entre, Carmine s'interrompt et se tourne.

« Mais enfin, pourquoi tu t'es mis de la suie sur la tête ? J'espère qu'on ne t'a pas vue comme ça au village… »

Félicité sent tout son aplomb la déserter d'un coup. Maman s'accroupit près d'elle et lui demande ce qui lui arrive. « On dirait au moins que tu as croisé la sorcière au pain d'épice », elle lui chuchote. Alors Félicité rigole, d'un rire qui sonne un peu trop comme un sanglot. Quand elle était petite, rien ne la terrorisait davantage que la sorcière d'Hansel et Gretel dans le livre que lui lisait sa mère le soir.

« Viens, ma chérie. Je vais te laver les cheveux et tu vas m'expliquer. »

Félicité ne bouge pas.

« Je ne veux pas te parler.

— Ah bon ? Et pourquoi ?

— Parce que. Je n'ai pas le droit.

— Pas le droit ? s'amuse sa mère. Tu es la fille de Carmine. Personne ne peut te dire si tu as le droit ou pas. Qui t'a fait croire une chose pareille ? »

Félicité se mord très fort la joue pour ne pas pleurer mais ça ne sert à rien. La vérité jaillit toute seule en même temps que les larmes, entrecoupée de hoquets : les filles de l'école ont vu ses cheveux blancs. Elles les lui ont arrachés.

Sa mère ne s'amuse plus du tout. Elle la regarde avec dans les pupilles une brûlure qu'elle réserve d'habitude à Agonie.

Depuis qu'elle a eu dix ans, des fils argentés de plus en plus nombreux couvrent la tête de Félicité. Les moqueries ont commencé dès la rentrée. On n'attendait que ça, une excuse, quelque chose enfin de tangible, pour cracher son dégoût à la figure de cette fille bizarre qui parlait seule en affirmant répondre au fantôme de son petit papa. Les railleries se sont peu à peu changées en menaces et, cet après-midi-là, en cheveux déracinés par poignées derrière la fontaine, dans la cour de l'école.

Pour chaque mèche blanche arrachée, dix ont repoussé aussitôt.

Les filles se sont énervées. Elles ont tiré sur sa chevelure d'un côté et de l'autre comme dans un jeu de tir à la corde, jusqu'à ce que Félicité saigne et que la cloche sonne la fin de la récréation.

Sous la suie, sa tête n'est plus couverte que de cheveux argentés, tachés çà et là de sang séché.

Carmine lui embrasse le front et quitte la bergerie.

Quand elle rentre une heure plus tard, la nuit est tombée. Ses habits par endroits semblent avoir été brûlés. Elle déclare à sa fille : « Les autres ne te toucheront plus, ne t'adresseront plus la parole, ne te lanceront pas un regard, ne penseront même plus à toi, tu seras parfaitement tranquille. »

Et parfaitement seule, songe Félicité.

Sa mère lave et soigne avec douceur les plaies sur son crâne. Puis elle sort un bocal rempli d'une poudre vert sombre et, après l'avoir humidifiée, la lui applique en boue sur la tête, face au miroir ovale où leurs deux visages se reflètent ensemble.

« Moi aussi, de toute façon, je voulais commencer à les teindre », annonce Carmine, et elle enveloppe sa chevelure de la même mixture verdâtre qui sent le foin.

Une fois leurs têtes rincées et séchées, mère et fille se placent de nouveau devant le miroir au cadre d'argent. Les cheveux de Carmine, bruns et bouclés, se sont teintés d'acajou. Ceux de Félicité, lisses jusque sous son menton, en sont ressortis cramoisis, plus incandescents que les braises dans l'âtre presque éteint.

Le reflet de Carmine affirme à celui de Félicité :

« Écoute bien ce que je vais te dire, ma fille. Ne laisse plus jamais quiconque te peiner comme ça. Tu es la Félicité de maman. Si tu n'es pas joyeuse, alors maman non plus. Et puis rappelle-toi : l'âme rattrape toujours le visage. Toujours. Les gamines du village, ce sont des cageots. La plupart, elles ont le cul large comme la porte d'Aix. Toi, tu as le cou long, la taille fine, et désormais ta propre couronne de rubis. C'est aux autres de baisser les yeux devant toi, Félicité. Pas l'inverse. Maintenant maman va se coucher. Elle est très, très fatiguée. »

Les filles de l'école ne s'étaient plus jamais moquées d'elle. Le son même des pas de Félicité leur inspirait une terreur à leur piquer les yeux de larmes.

Chaque samedi matin, jusqu'à ses quinze ans, elle et sa mère consacraient ce moment à deux, face au miroir ovale, à teindre les cheveux l'une de l'autre. Pendant que la couleur reposait, Carmine se cherchait des rides dans la glace, essayait des tenues et se désolait de ne pas pouvoir les partager avec Félicité, trop maigre pour ses robes. Elles se racontaient par reflets interposés leur semaine, leurs secrets, et inventaient pour elles seules des histoires semées de pièges en pain d'épice et de hideuses sorcières aux dents cariées.

Comment ça a débuté

Félicité dépasse le village délabré de Roquebillière, les cadavres de boutiques, la photographie blanche, le spectre de l'enfant, des lieux-dits épars aux maisons silencieuses et vides, toujours en travaux. À mesure qu'elle grimpe, le paysage se réduit à une glissière de sécurité, aux feuilles mêlées de figuiers et d'oliviers sauvages, et aux montagnes autour. Le froid qui s'infiltre par les ventilations de la voiture la saisit peu à peu.

Les trous et les bosses du macadam la secouent dans son siège. Les figuiers laissent place aux sapins, les villas neuves aux masures abandonnées. Le ciel aussi s'est assombri ; les sommets disparaissent dans la brume. L'été ne monte guère jusqu'ici.

À l'approche du mont Bégo, tout devient plus brut et plus flou, la lumière, l'arête des rochers, l'air qui se raréfie. Plus de chalets. Plus de panneaux. Seuls ceux qui connaissent vraiment les Merveilles se risquent jusque-là, jusqu'à cet espace où la route perce soudain au-dessus de l'ombre, au-dessus des mélèzes, et traverse l'immense tapis de pierre et de lacs.

La voiture ne peut pas monter plus loin : ici commence le territoire des gravures, des lièvres blancs et des chamois.

Vous verrez, quand vous irez à votre tour. Grimper vers les hauteurs de Nice, c'est plonger son corps de l'autre côté du miroir, dans l'envers sauvage de la côte, loin de sa rutilance, sa moiteur et ses bruits.

Félicité coupe le contact. Elle échange ses souliers de ville contre des chaussures de marche, prend son bouquet, range au fond de sa poche la petite glace ovale et claque la portière. Dans le coffre, elle récupère le gros sac de randonnée – plus énorme encore que le vôtre, si vous pouvez le croire – où elle a entassé des paquets de pâtes ; elle se noue autour de la taille la corde qui tient, au bout, la caisse à roulettes pleine de boîtes de conserve.

Sur la piste qui sillonne entre les buissons d'épineux, elle entame son ascension vers Bégoumas.

En quelques minutes sa nuque se couvre de sueur. Le sac est lourd sur ses omoplates. La corde lui blesse la peau du ventre. Derrière, la caisse en métal qu'elle traîne se renverse en cognant contre les cailloux.

Plus jeune, elle montait jusqu'à Bégoumas en moins d'une heure. Mais elle a besoin de pauses maintenant pour gravir la montagne sans que ses genoux cèdent.

Tout ça, peut-être, pour ne pas voir sa mère.

La pente devient raide et le souffle lui manque. Pour lutter contre l'urgence croissante de faire demi-tour, pour ignorer le point de côté qui lui perfore le flanc, elle fixe son regard sur le sommet du mont Bégo, plus proche à chaque pas. Même quand la violence du soleil rend la cime douloureuse à contempler, elle ne la quitte pas des yeux. Elle s'enfonce dans cet outre-monde où pendant six mille ans ont marché les bergers qui précédaient son père.

Parfois, elle contourne un fantôme en train de graver un poignard ou un taureau sur un rocher couleur d'ancre rouillée. Je lui ai dit, moi : « Félicité, faut le prévenir, le musée de Tende… Ils racontent à tout le monde que ces gravures-là, elles sont sacrées, voire occultes… Il faut leur expliquer que ce sont des publicités pour le fabricant d'armes et les marchés aux bêtes… » Mais Félicité n'aimait pas décevoir.

Elle aperçoit enfin, de loin, la bergerie où elle a grandi. La bâtisse trône, éternelle, au-dessus du hameau. Derrière, l'ancien pré des fleurs bariolées d'Agonie n'est plus qu'un champ de tiges noires. Même le banc qu'elles enserraient de leurs racines a été calciné.

En descendant vers le village en ruine, elle appelle sa mère. Rien ne lui répond sinon son écho et le crissement des graviers sous ses pas.

Tout à coup, d'une ruelle, quelqu'un surgit. Félicité, en un instant, se retrouve épinglée à une porte, pointe d'arbalète sur le ventre.

C'est Carmine.

Sans cette énergie qui la rend silencieuse et rapide, on pourrait croire que Carmine a le double de son âge. À même pas soixante-dix ans, sa peau est déjà molle et transparente de partout, comme une gélatine crue traversée de veines lavande. Ses yeux n'ont plus de cils, ni ses poignets la force de tenir son arme. Elle tremble, minuscule et fragile, sous un gilet orange à bandes fluorescentes.

Elle baisse sa flèche et s'écrie d'une voix de chèvre :

« Vous m'avez fait peur ! Je vous ai prise pour la garde forestière. Ça ne lui plaît pas quand je chasse. C'est interdit, soi-disant. Comme si j'avais le choix. »

Félicité lisse ses habits, redresse son chapeau, soupire de soulagement en déposant son sac et dénoue la corde. Avec douceur, elle prend la main frêle de Carmine :

« Ce n'est que moi. Est-ce que maman est là ? »

La chasseuse l'observe. Félicité espère presque que sa mère va lui parler mais, brusquement, Carmine retire sa main comme pour se dégager d'un piège. En marmonnant, elle enfile en bandoulière une écharpe tricolore. Son sourire devient alors chaleureux, sa voix plus assurée.

« Bienvenue, Félicité. Cela fait longtemps qu'on ne vous a pas vue par ici. Votre mère ne peut pas vous recevoir pour l'instant. Est-ce que je vous ai annoncé ma réélection à l'unanimité ? Venez donc avec moi boire un verre à l'Hydre, que je vous donne des nouvelles. Vous verrez, la patronne prépare des cocktails de moins en moins mauvais. »

La maire qui occupe le corps de Carmine lui serre poliment la main. Il faudra s'en contenter.

Félicité la suit entre les bougainvilliers secs qui tremblent sous la brise. Une mésange pépie depuis un tronc empalé sur un toit. Derrière la vitrine de la boulangerie fissurée en étoiles, une affiche jaunie annonce : *Ouverture un jeudi sur deux, de 7 heures à 9 h 30.*

Tout sent l'humidité. Sur les quelques murs qui tiennent encore debout rampe une moisissure verte, vomie par les carreaux brisés. Des tiges sèches se dressent dans des pots sur deux ou trois balcons.

Félicité observe Carmine qui marche devant elle, autrefois si belle avec ses boucles sombres et son visage en cœur, désormais vieillarde démente. Depuis qu'elle s'est repliée tout au fond d'elle-même, seul demeure son corps menu, agité de trop d'habitantes – et puis son ombre, aussi. Son ombre difforme, démesurée, qui projette sur les trottoirs un nombre impossible de têtes et de bras entremêlés.

Ça a commencé, cet éparpillement de sa mère, la nuit du retour de Félicité, après son année d'études avec la théilogue. Elle avait seize ans. Agonie a décidé de partir. Le village s'est vidé.

Dans les jours qui ont suivi, Carmine a pris ses quartiers dans le hameau désert. Elle a investi la boulangerie et fabriqué son pain ; puis, comme il fallait bien gagner de quoi vivre, elle se l'est vendu ; avec l'argent du pain, elle a payé de quoi fournir le bar ; elle a voté des lois pour réguler le débit d'alcool et de tabac, et elle s'est élue maire.

Carmine, au fil du temps, n'est devenue qu'une infime partie d'elle-même. Un cinquante-septième, au dernier décompte. Quand elle monte jusqu'à Bégoumas, Félicité a une chance sur presque soixante de tomber sur sa mère. Carmine reste une habitante discrète. Elle s'efface devant celles qui apparaissent tour à tour sous ses traits, la maire affable, la policière méfiante, la boulangère attentionnée, et de nouvelles Carmine qui n'existaient pas lors de la dernière visite – l'éboueuse épuisée, la coiffeuse inspirée, la musicienne curieuse. Il semble à Félicité que chaque jour qui passe, sa mère se morcelle, se multiplie et lui échappe un peu davantage.

Sur la grand-place, c'est-à-dire autour d'un carré d'herbes hautes pas plus large que cette table où nous sommes, on trouve une cabine téléphonique – jamais utilisée mais toujours en état, Félicité y veille – et le bar-tabac de l'Hydre qui n'accueille personne. Les banquettes sont vides. Même les spectres ont déserté les lieux.

Carmine passe derrière le comptoir et lance :

« Oh, la petite de Carmine ! Qu'est-ce que je lui sers ? Elle a goûté mon nouveau cocktail ? »

Elle prononce coq-queue-telle. Torchon sur l'épaule, elle remplit un verre d'une substance jaune où pétillent des bulles, puis vient s'asseoir face à Félicité.

« Je l'ai appelé l'Ouvrier, à cause de la couleur. J'hésitais avec le Tournesol mais ta mère m'a dit que c'était moins marrant et qu'elle aimait pas les noms de fleurs. Devine ce que j'y ai mis. »

Félicité ignore le verre, pose son bouquet sur la table et demande prudemment :

« Ma mère, puisque tu en parles, comment elle se porte ? J'ai apporté pour elle des fleurs du cours Saleya. De quoi manger, aussi. Et des lingettes. »

La serveuse soupire. Son haleine rappelle à Félicité l'étable de son enfance. Sous les paupières parcourues de veinules flasques, ses yeux autrefois dorés sursautent dans les coins, comme si elle percevait partout des claquements fantômes.

« Tu le répéteras pas à la patronne, hein, que je m'assois ici avec les clients. Ta mère… Je l'ai pas croisée depuis un moment. Mais j'entends ce qui se raconte sur les banquettes et ta mère, il paraît qu'elle est fatiguée.

— C'est-à-dire ?

— J'ai pas les détails. Je t'ai dit que j'entends, pas que j'écoute. »

Depuis une demi-heure que Félicité est arrivée, elle a vu défiler une bonne partie du village, ça oui, mais sa mère elle-même, rien. Même pas l'effort de lui dire au moins bonjour.

Elle repense aux deux heures de virages qui l'attendent au

retour. À la sueur qui lui colle les vêtements contre la peau. À cette randonnée qui lui laisse les genoux douloureux, chaque fois un peu plus longtemps – quand chez elle l'ascenseur fait son caprice et qu'il faut descendre à pied les étages, elle doit s'arrêter sur chaque demi-palier pour ne pas s'écrouler ; une fois, même, elle a descendu tout l'immeuble sur les fesses. Ses jambes ne la portaient plus. Elle repense à ces sursauts d'acide au fond de l'estomac dès qu'elle imagine, vingt fois par jour, sa vieille mère sans personne dans ce hameau abandonné dont elle refuse de partir, peu importe le reste, quitte à laisser Félicité grimper jusqu'ici, repartir, remonter chaque fois genoux fêlés, dos ployé pour la ravitailler, la laver, la changer, recommencer, sans jamais un mot, pas un seul mot d'une mère pour sa fille.

Elle n'attend aucune gratitude pour ce qu'elle fait. Pas de récompense. Elle s'en fout. Elle veut juste sa mère. Et cette femme qui la regarde poliment sur la banquette, depuis longtemps, ce n'est plus sa mère.

C'est là, en observant cette étrangère qui bavarde sous les traits de Carmine, que Félicité se rend compte qu'elle ne peut plus. Elle n'a plus la force. Cette escalade sacrificielle, ces discussions absurdes, ses genoux ne sont plus assez solides pour les porter. Pas si, au bout du chemin, il n'y a plus Carmine.

« Maman, si tu veux me dire quelque chose, dis-le-moi. Mais ne prends pas la voix de la serveuse pour m'en parler. »

Les yeux turbulents de la vieille femme se figent.

« J'ai pensé à toi, regarde. Je t'ai apporté des fleurs. »

Sa mère respire plus vite. Elle caresse un pétale jaune. Une lame de pitié traverse Félicité, qu'elle s'oblige à repousser.

De l'intérieur de sa veste, elle sort le petit miroir ovale et le pose entre elles sur la table.

« Tiens, prends-le. Tu te souviens ? Les matins où tu me teignais les cheveux en rouge ? »

Carmine approche ses doigts tremblants du cadre en argent. Elle s'apprête à le frôler, mais elle retire d'un coup sa main comme s'il allait la brûler et secoue la tête, les yeux clos.

Félicité aussi ferme un instant les paupières. Elle veut revoir leurs deux visages dans la glace, leurs cheveux plâtrés de la même boue verte, les fausses bagarres pour en peindre une trace sur le nez de l'autre. Pas ce miroir vide qui ne reflète plus que la moisissure du plafond.

« Viens, maman. J'ai quelque chose à te montrer. »

Elle lui attrape la main, plus fermement cette fois pour ne pas qu'elle s'enfuie.

« Après, je te laisserai tranquille. Promis. »

De sa main libre elle reprend le miroir, puis se lève et emmène sa mère hors du bar-tabac. La vieille femme hésite mais se laisse entraîner. Son poing reste inerte dans celui, serré, de Félicité.

L'une derrière l'autre, reliées par un bras tendu et un bras mou, avec pour troisième compagne l'ombre monstrueuse qui les suit, elles remontent vers la bergerie. Tandis qu'elles en approchent, le corps de Carmine se met à résister. Félicité ne regarde pas en arrière. Elle avance sans céder aux menaces, ni aux reproches, ni aux gémissements, ni au silence.

Entrer dans la bergerie, quand un tel soleil brille dehors, ça donne l'impression de se glisser entre les parois d'une grotte. Glacée, humide, obscure. À l'aveuglette, Félicité ouvre un volet rouillé ; un rai de lumière trébuche à l'intérieur, opaque de particules en suspens.

Rien n'a bougé depuis sa dernière visite il y a des années. Sauf peut-être les toiles d'araignées, encore plus épaisses, et puis l'odeur de renfermé. Sinon tout est pareil. La cuisine sommaire. L'âtre éteint. Le matelas en paille sur la mezzanine. Le chardon cloué à la porte du fond, celle qui donne sur l'étable où on n'a plus entendu un bêlement depuis trente ans. Et, au milieu de la pièce, un grand drap grisâtre.

La vieille, réfugiée dans un coin, se couvre le visage. Les cinquante-sept femmes à l'intérieur d'elle connaissent ce qui se cache sous le tissu. Elles savent que Félicité va le dévoiler et elles ont peur. Depuis tellement d'années elles ne l'ont plus regardé en face.

Félicité soulève le drap et le laisse retomber par terre. Derrière le nuage de poussière se dresse, presque intact, à peine craquelé, le portrait de Carmine sur son chevalet.

Dans son souvenir, il ne ressemblait pas à ça – c'est-à-dire à rien, ou à pas grand-chose. Le tableau est difforme, gonflé de milliers de couches superposées qui ont fini par former une sculpture. On dirait qu'une version étrange de Carmine, plus jeune, plus inhumaine, a passé la tête jusqu'au cou à travers la toile et s'est fixée là, créature décapitée pendue en trophée contre un mur de manoir.

Sur le chevalet, le visage – si on peut appeler visage cet amas creusé, multicolore, où on devine entre les fissures une bouche gercée et des trous de narines parmi les boursouflures – cligne des paupières comme pour se réveiller. Seules les billes des yeux, au milieu, sont nettes et brillantes. Vivantes.

Elles roulent à droite, à gauche, et se posent sur la femme qui les a peintes.

Félicité aimerait l'inviter à s'approcher, à toucher le tableau, à reprendre les pinceaux, même, pourquoi pas. Ça l'a toujours apaisée après ses tempêtes. Mais elle n'ose pas élever la voix. Il semble se passer quelque chose entre la Carmine de chair et la Carmine de gouache.

Sa mère a baissé les bras et avance vers le portrait qui la suit des yeux. Des expressions fugaces agitent ses traits. Du bout de l'index, elle longe le contour des cloques sur le nez, la mâchoire cabossée. Quand son regard plonge dans celui de la sculpture, elle paraît presque se réveiller à son tour. Puis, lentement, Carmine lève sa figure vers Félicité.

Une figure qui veut dire : je suis désolée.

Je suis désolée, mais moi non plus, je n'ai pas la force.

Elle recule, son bras tombe, son visage se ferme. Son regard repart ailleurs, au fond d'elle-même.

Félicité se précipite vers elle mais sa mère la fixe sans la voir. Comme au travers d'un fantôme, songe Félicité qui la tient par les épaules.

« Maman, c'est moi. C'est Félicité. Tu es là ? »

Sa voix s'est brisée sur les derniers mots. Parce que de toute évidence, non, Carmine n'est pas là. Elle s'en veut d'avoir espéré.

« Écoute-moi. Et si c'est quelqu'un d'autre, d'ailleurs, écoutez-moi aussi. Je ne monterai plus à Bégoumas. D'accord ? Pas si vous m'empêchez de parler à ma mère ou si elle refuse de sortir. Je ne viens pour personne d'autre, mais elle n'est jamais là. »

Les lèvres de Carmine se mettent à trembler.

« C'est pour ton bien, maman. Tu es la seule famille qui me reste. »

La vieille hurle aussitôt en se plaquant les mains sur les oreilles :

« Carmine monte la garde ! »

Voilà. Elle a fait dérailler sa mère pour de bon. Pourtant elle sait qu'elle ne doit pas interférer avec ses différents visages, ni tenter de s'adresser à l'un quand Carmine choisit de montrer l'autre. Sa mère vit en somnambule qui change de rêve, et qu'il faut saisir sans la réveiller lorsqu'elle traverse le bon.

Et surtout Félicité sait qu'il ne faut jamais, même en creux, même pour souligner son absence, évoquer sa jumelle. Mais si Carmine a définitivement disparu dans les profondeurs de son corps assiégé, si vraiment Félicité n'a plus de mère, il ne lui reste que sa sœur – si elle n'est pas morte. Le souvenir d'Agonie et la réalité de sa disparition s'imposent d'un coup à Félicité.

Trop tard. La crise prend des proportions incontrôlables. Carmine crie, se lamente, gémit, les yeux rivés sur un point invisible, hameçonnés, impossible de s'échapper, tout son corps tressaute et oscille, elle débite ses délires incohérents –

> *personne personne ne me parle personne ne m'écoute je voudrais non tu ne peux pas dire ce qui nous coûte on n'écouterait pas tais-toi il ne faut pas parler pas parler tais-toi on t'a dit garde ça pour toi pour nous cette sœur n'a rien à faire là rien du tout ça ne doit pas sortir ça t'appartient à nous à personne d'autre à personne d'autre c'est nous les autres tais-toi tais-toi*

– et Félicité ne sait pas comment réagir, elle se sent triste et démunie, enfin elle croit, elle n'a pas l'habitude de ces sentiments-là, alors doucement elle se lève, lui pose une main sur l'épaule et lui promet, au milieu des vociférations, qu'elle reviendra si sa mère l'appelle, qu'il suffit de lui laisser un message téléphonique, qu'elle montera pour le jour et l'heure où sa mère pourra l'accueillir. Personne d'autre.

Elle abandonne derrière elle les cris et, sur la table en bois, le miroir au cadre argenté. Son ovale ne reflète plus que les poutres du toit plongées dans le noir.

Félicité sort de la bergerie à la hâte. Elle se prend les pieds dans les herbes mauvaises, plantées par Carmine près d'un demi-siècle plus tôt pour essayer d'enrayer l'invasion des fleurs d'Agonie. Les nids de tiges sèches s'enroulent autour de ses chevilles. Elle se débat et se dégage et hurle des injures qui font fuir les oiseaux.

En redescendant la montagne sans se retourner, poursuivie par l'ombre froide du mont Bégo qui s'étend, Félicité calcule : voilà plus de dix ans que sa mère ne lui a pas adressé la parole.

Moi, je dirais que ça faisait même davantage, parce que sur la fin, Félicité n'avait plus bien la notion des durées et du temps. Et j'ajouterai que, lorsqu'elle m'a montré la photo élimée de sa mère encore jeune, sous les boucles noires son regard m'a semblé déjà fiévreux, comme incendié par une sorte d'exaltation.

Mais qu'est-ce que j'en sais ?

Peut-être ai-je vu la folie que je voulais y trouver, après tout ce que m'a raconté Félicité.

Pleureuse

Ce soir-là, elle trouve à peine la force de se préparer l'étrange-thé de la Couillole. Elle s'affale élégamment sur le canapé pendant qu'Angèle-Victoire, qui n'a rien bu depuis le matin pour s'ancrer au réel, lui raconte les faux événements de sa journée – toujours les mêmes, ceux qui lui restent de sa vie, ses neveux qui peignent des églises et plantent des palmiers, les après-midi dans la forêt de Valdeblore dont on revient les joues roses et les sacs pleins de châtaignes, la dame terrifiante de Rocabiera qui a baptisé sa nièce, ses sœurs religieuses qu'elle envie presque quand son vieux mari se déshabille.

Félicité ne fait même pas semblant de s'y intéresser. Voilà bien longtemps qu'elle n'écoute plus les ressassements sans fin des fantômes enfermés dans une vie qui n'existe pas. Sauf pour le travail, bien sûr. Elle ne tend l'oreille que si on la paye. *Je tends l'oreille si on me paye* ; elle devrait inscrire ça sur son enseigne, tiens, comme slogan. Peut-être que si on la payait pour monter voir sa mère, ça la dérangerait moins, n'est-ce pas, peut-être qu'avec un chèque elle se trouverait capable d'agir de façon juste décente. Voilà ce que tu es désormais, Félicité, elle se répète, une femme qui abandonne sa mère sénile parce que ça fait un peu mal au dos alors que pour tes clients, tout va bien, tu te déplaces sans poser de question. Tu te sens à l'aise, là, dans ton petit appartement, sur ton petit canapé, avec tes jolies petites théières, pendant que là-haut une vieille femme se débat seule contre elle-même, avec en plus la douleur d'avoir entendu sa fille lui promettre qu'elle ne reviendrait pas ? Bien sûr que tu vas y retourner. Dès demain matin. Tu vas demander pardon. Faire oublier les horreurs que tu lui as crachées.

ça ne doit pas sortir ça t'appartient à personne d'autre

Cette litanie tourne comme une mouette au-dessus de sa mémoire. Le souvenir de ces cris l'a accompagnée sur tout le chemin du retour, dans les embouteillages de la Promenade, entre les ruelles du Vieux-Nice et jusque sur ce canapé.

Il y avait quelque chose d'inhabituel dans cette voix qui n'était pas celle de sa mère, ni celle de la serveuse, ni d'aucune habitante que Félicité connaisse, mais encore une autre. Une voix tyrannique qui en rassemblait plus de cinquante, intimant à Carmine de se taire.

il ne faut pas en parler ça ne doit pas sortir on n'écouterait pas

« Voilà pourquoi je me suis trouvée fort surprise quand Joseph est arrivé. Oh, ma chère, votre engin clignote depuis tout à l'heure. Joseph est donc passé me voir…

— Pardon ? »

Au milieu du déluge verbal de la comtesse, Félicité vient de se prendre un grêlon. Elle la coupe, Angèle-Victoire insiste, elle veut raconter ses faux souvenirs, sa vie qui n'existe plus lui paraît bien plus excitante et vive tant que le thé n'a pas encore agi, mais elle finit par expliquer :

« Votre machine qui chante, dans l'entrée. Elle clignote rouge. »

Félicité se rue vers le téléphone.

Vous avez – un – nouveau message

Aujourd'hui – à – 15 heures – et – 57 minutes

Elle était dans la voiture à cette heure-là, sur le chemin du retour.

BIP

Un vacarme indistinct jaillit du haut-parleur. Bruits étranglés, chocs contre le micro. Cri étouffé. Fracas de verre brisé, des mots soufflés à toute allure :

« C'est moi, j'ai réussi à m'échapper… J'ai repris les pinceaux. Les matonnes ne voulaient pas, elles m'ont arraché la peinture… J'ai réussi à sortir. C'est moi, d'accord ? Il faut bien m'écouter. J'ai si peu de temps pour le dire. C'est moi… »

Sa phrase est interrompue par un cri.

Gémissement. Respiration rauque.

Silence.

Silence qui s'étire, seulement rempli par le crépitement de la bande-son.

BIP

Fin du nouveau message

Pour effacer – tapez 1 – Pour archiver – tapez 2 – Pour réécouter – tapez 3 –

À la deuxième écoute, le message n'a pas changé. Ni à la troisième, ni à la vingtième, ni à la trente-huitième. Pourtant Félicité le relance. Frénétiquement d'abord, en tendant l'oreille. Puis elle tire sur le câble du téléphone pour le poser par terre. Elle s'assoit avec sur le parquet et continue, machinalement, d'appuyer sur le bouton 3.

Pour réécouter – tapez 3 –
Pour réécouter – tapez 3 –
Pour réécouter – tapez 3 –

Félicité fait tout plus vite et mieux que les autres.

Les choses que vous et moi nous connaissons trop bien, le choc et le déni, la terreur, la détresse, toutes ces choses-là devraient se succéder chez Félicité. Seulement voilà : elle sait déjà. Elle n'a pas besoin, elle, de cinq ou douze étapes pour savoir immédiatement, sans prendre de détour, ce qui est vrai.

Sa mère vient de mourir. D'une mort malpolie qui l'a interrompue.

Elle pourrait essayer de croire que Carmine est encore sauvable, mais elle ne croit pas aux mensonges. La vérité, elle la sent. Elle la connaît comme son propre reflet. Sa mère est morte.

Le message téléphonique qui recommence à répétition imprime la vérité sur ses tympans. Cette vérité à laquelle Félicité ne peut pas – ne veut pas se soustraire.

Carmine est morte. Elle est morte parce que sa fille est partie.

Sur la table du salon, le thé de Félicité a refroidi dans sa tasse. Angèle-Victoire a fini par le boire.

La lune est haute sur la mer quand la comtesse, lentement, rejoint la passeuse de fantômes assise par terre dans l'entrée.

« Le jour du décès de ma mère, paix à son âme, je n'ai pas pleuré. J'avais onze ans. »

Contre le ventre de Félicité, le répondeur diffuse pour la centième fois le grésillement parasité qui suit la fin du message.

« Ni les jours suivants. J'ai appris que mes frères avaient l'interdiction de pleurer, et moi le devoir. Mon père s'est mis très en colère. Je n'ai pas pleuré davantage. »

Pour réécouter – tapez 3 –

La comtesse attend que les hurlements de Carmine passent et se taisent à nouveau pour continuer :

« Pour l'enterrement, mon père a engagé des pleureuses. J'ai caché mon visage sous un voile noir. Je craignais que l'on remarque mes joues sèches… Les crieuses de mort marchaient derrière moi dans le cortège. Leurs étranges lamentations ont retenti longtemps entre les tombes, et plus longtemps encore dans mon esprit quand je repensais à ma mère. »

De ses mains gantées, elle lisse les pans de sa robe en ajoutant à voix basse :

« Si vous voulez, ma chère, je peux être votre pleureuse. »

Félicité ne répond rien. Elle ne lâche pas des yeux le vide. Mais quand le long grésillement du message vocal se termine dans un nouveau *bip*, elle ne le relance pas.

Alors Angèle-Victoire, les bras ballants sur le taffetas de sa robe, baisse à peine la tête. Ses épaules s'affaissent.

Sans bruit, une larme fantomatique tombe et s'étend sur son jupon. Une autre la rejoint. Elles tachent le tissu d'un bouquet pourpre.

Dehors, en bas, des gens qui ne savent pas que Carmine est morte, ni même qu'elle a vécu, commandent en terrasse une bouteille de rosé. Le serveur dit quelque chose qui les fait rire.

Un hoquet échappe à la comtesse; elle se mord le poing pour l'étouffer. Son nez coule sur la soie du gant et elle ne l'essuie pas. Entre ses lèvres elle laisse échapper un gémissement long et suffoqué qui emplit le couloir.

Demain, se répète Félicité.

Demain matin, je remonterai vers les ruines, je marcherai entre les pierres, sans fatigue ni reproche, sans écouter mes os. On sera de nouveau mardi alors je grimperai comme on remonte sa mémoire, sans prendre avec moi ce couloir, cette nuit diluée dans des pleurs de fantôme. Eux, je les laisserai là, dans les caniveaux du marché. Ça devrait faire plaisir aux mouettes. Je lui achèterai un bouquet, un vrai, un noir et feu qui lui ressemble, et je l'offrirai à ma mère. Je n'aurai rien à dire. Elle me parlera, et ce sera assez.

Demain.

Demain je retournerai voir ma mère.

Bien plus tard, dans le silence revenu, Angèle-Victoire finit par se redresser. Elle passe une main à travers l'épaule de Félicité et s'éloigne, les yeux gonflés.

Pour réécouter – tapez 3 –

Le domaine des mensonges

Félicité m'a toujours affirmé : « Je fais fuir les gens parce qu'ils sentent la mort collée à mes bottes. »

Peut-être. Possible. Mais je pense, moi, qu'ils craignaient surtout sa vérité. Félicité ne pouvait pas prononcer une fausseté ni croire à un mensonge. Incapable. Tout ce qu'elle faisait était vrai. Même les étranges-thés soutiraient mieux la vérité quand elle les préparait.

Alors oui, vous me direz, la seule personne à qui elle mentait très bien, c'était à elle-même. Elle avait fini par croire parfaitement à ses propres impostures, si bien, d'ailleurs, qu'elle ne mentait même plus en se les répétant.

Mais à part ce petit domaine réservé de mensonges, Félicité connaissait et désirait la vérité. À votre avis, pourquoi elle a cherché si furieusement le fantôme de sa mère, les mois qui ont suivi ? Hormis la culpabilité de l'avoir plus ou moins tuée, je veux dire. Parce que Carmine s'est révélée un abysse de tromperies, et que Félicité s'était laissé berner. Elle avait vécu presque un demi-siècle, sans rien soupçonner, auprès de la plus grande mystificatrice de toute la Provence.

Et puis selon vous, pourquoi je l'ai écoutée me raconter cette histoire trois après-midi par semaine pendant deux ans ? Parce qu'elle m'avait promis de m'expliquer l'abandon de Bégoumas. Et je n'en ai jamais douté.

Aussi, d'accord, parce que j'aimais son charisme d'impératrice. Et que ses étranges-thés me plaisaient.

Qu'est-ce que vous avez choisi, d'ailleurs ? Lac de Fenestre ? Excellent. Je vous en commande une autre théière ? Mais si, ça me fait plaisir.

De toute façon il pleut à vous trouer le parapluie. Encore un peu et c'est en gondole qu'on devra rentrer.

Et puis regardez, on nous allume la cheminée. Le feu derrière nous, la théière nouvelle sur la table, c'est à rendre jaloux les princes de Monaco. J'espère que vous allez m'entendre, entre les bûches et les averses. Sinon vous me dites, je parle plus fort.

Enfin, Félicité et sa vérité, c'était quelque chose. Autrement, pourquoi est-ce qu'elle aurait prévenu sa sœur, le soir où leur mère est morte, après trente années entre elles d'un froid plus glacé que les hivers turbiasques ?

Le message dans la tasse

Au milieu de la nuit, Félicité se lève. Elle repose le téléphone sur le meuble dans l'entrée, époussette son pantalon et se dirige vers la cuisine.

Elle a un nouveau fantôme à traquer.

Dans le placard à thé elle fouille, les deux mains en avant, derrière les dizaines de boîtes enrobées de washi aux motifs argentés. Elle les écarte, les empile sur les côtés et, tout au fond, trouve ce qu'elle n'a pas cherché depuis ses dix-sept ans : un bocal en cuivre verdi, sans étiquette. Le relent âcre d'un thé trop souvent infusé vient lui piquer le nez.

Deux pincées de feuilles et un litre d'eau chaude plus tard, Félicité attend, debout contre le comptoir de la cuisine, que le vieux thé infuse à nouveau. Elle va devoir le boire et il sera infect. Tant pis. Elle a vu pire.

Elle l'avale d'un trait en se forçant à ne pas recracher. Un frisson de dégoût la parcourt.

Au fond de la tasse gisent les feuilles noires et mouillées. Du bout d'une cuiller, elle les déplace et les arrange pour écrire, sur le blanc de la porcelaine :

MAMAN EST MORTE

Félicité se douche. Se lave les dents trois minutes. Plie chacun de ses vêtements avant de les poser dans la panière à linge. Se glisse dans ses draps repassés.

Au moment de dormir, sa main se dirige d'elle-même vers la table de nuit. Elle n'y trouve pas le miroir au cadre argenté.

Elle se réveille le lendemain à 7 heures. Se douche, se lave les dents trois minutes, enfile une tenue grise et va préparer son thé du matin.

En apercevant les restes de la veille – le bocal rouillé, la tasse, le vieux thé –, Félicité s'immobilise un instant sur le seuil de la cuisine, puis se met aussitôt à ranger. Mais quand elle va pour replacer les feuilles encore humides dans leur boîte, un détail attire son regard. Le thé, au fond de la tasse, n'écrit plus que maman est morte.

Les feuilles ont bougé. Félicité doit s'agripper au plan de travail.

JARIVE

Chez la sorcière

Pour vous rendre chez la sorcière, il vous faut encore quitter Nice – direction l'Italie, cette fois. Roulez vers Menton, passez la frontière, sortez de l'autoroute. Prenez les chemins qui montent vers les hauteurs.

Traversez les banlieues qui s'enchaînent, les zones industrielles, les voies de train, les lieux ni habités ni déserts où se côtoient les décharges et les villas blanches, les campings, les viaducs, les vendeurs de fontaines et de statues mortuaires sur le bas-côté, les pins qui se changent en sapins, les routes en pistes, les collines en montagnes.

Saluez sur votre passage – c'est plus poli – les bergers édentés qui vous regardent comme s'ils n'avaient jamais vu une voiture – c'est probablement le cas.

Éloignez-vous des bruits du monde. Atteignez le silence. Voilà, vous y êtes.

Les alpages s'arrêtent brutalement aux premiers arbres, très noirs, très hauts, qui se dressent comme un mur. Sous leurs épines, entre leurs troncs serrés, s'enfonce un chemin englouti par l'obscurité. C'est là que vous allez.

Le mont Bégo est sombre ; celui-ci est lugubre. On n'a pas voulu donner de nom à cette partie du massif – sur les cartes, du moins. Les gens qui vivent autour l'appellent *il monte della Strega.*

Si vous frissonnez, c'est normal. Tous les voyageurs qui empruntent ce sentier tremblent un peu. À cause de l'humidité, peut-être. Peut-être de la brume dont les lambeaux se déploient sur le sol. Ou peut-être des ténèbres opaques qui soudain vous entourent et de l'orée du bois qui, derrière vous, a déjà disparu.

Vous pouvez respirer : le chemin débouche bientôt sur une clairière.

Un rayon de soleil éclaire un ruisseau, un moulin à eau, une maisonnette. Des fruits et des lapins sont sculptés dans le bois du toit et des balcons. De petits cœurs trouent les volets. Sur les murs, des personnages à bretelles et chapeau sont paralysés dans d'étranges poses.

Le tableau est charmant, non ?

Il le serait sans aucun doute s'il ne se désagrégeait pas. L'herbe autour de la maison est morte. Les colombages se fissurent. Sur la peinture écaillée des murs, si vous regardez mieux, les sourires figés ressemblent à des grimaces. D'ailleurs, on n'entend rien. Aucune brise, aucun pépiement, aucun bruit hormis celui des gouttes sur les mousses.

Nous venons de poser les pieds sur les terres de la sorcière.

La sorcière s'appelle Egonia. Elle vit là depuis si longtemps qu'elle en a oublié les ailleurs qui existent. Le monde autour, pour elle, c'est juste une infinie forêt qui a déteint ses lichens et ses fougères sur les haillons qu'elle porte. Ou peut-être qu'elle les a colorés exprès. Elle ne sait plus. En tout cas c'est pratique pour chasser les mulots. Suffit de s'accroupir dans un coin sombre. En moins de trois minutes une bête arrive toujours. Alors, *paf*, elle abat sa main sur le cou de l'animal. Ça sent bon après en rôtissant sur le feu. Le goût, Egonia n'a jamais connu. Ce qui touche sa langue pourrit aussitôt et descend déjà décomposé dans son gosier. Lui restent les odeurs. C'est tout.

Les derniers rayons de l'après-midi traversent les persiennes ébréchées. Ils éclairent la poussière sur la table. Le sang sec dans les écuelles. Les ordures partout.

Un seul objet brille au milieu du chaos, intact ; on dirait une colombe endormie. C'est une tasse en porcelaine.

Quand le soir tombe, Egonia y jette une pincée de feuilles noires et y verse de l'eau fumante. Elle trempe les lèvres. Ça brûle un peu. Elle avait soif. Le bouillon la réchauffe en lui coulant dans la gorge et sur le menton.

En reposant la tasse elle remarque, au fond, que le tas d'herbes humides a pris une forme anormale. Elle l'apporte près du feu. À la lumière des flammes elle déchiffre, syllabe après syllabe, le message que le thé dessine :

MAMAN EST MORTE

Maman.

Elle avait presque réussi, en oubliant tout le reste, à éliminer aussi ce mot-là. Maintenant, le visage d'épouvantail de sa mère lui attaque la mémoire. Même en fermant les yeux elle le voit, plus palpable que s'il venait de passer par la fenêtre.

Maman. Pas d'autre précision. Il n'y a qu'une sœur pour dire le mot comme une évidence. Enfin, si on peut appeler sœur quelqu'un qui vous muselle, vous abandonne, vous trahit, puis vous ignore pendant trente ans.

Morte.

Elle respire et, tout à coup, les parfums autour lui semblent plus vifs. La lumière qui vient du dehors, moins froide. L'air s'est réchauffé. Si elle savait nommer les choses elle dirait : Je suis soulagée. Mais elle ne sait pas nommer, Egonia. Elle a oublié beaucoup de mots. Ou elle ne les a jamais appris. Alors elle respire mieux, c'est tout. Et c'est déjà ça.

Mais quand, la minute d'après, ses poignets perdent leur force, quand elle doit reposer la tasse qui s'est mise à osciller entre ses doigts, cette fois, pas besoin de nommer. Elle sait ce qui lui prend. Parce que ces mots-là, ces questions-là, celles qui lui font trembler les mains, elle les garde collées sous le palais depuis trente ans.

Pourquoi ce nom qui portait la mort?

Pourquoi cet amour pour Félicité, et pour moi ce dégoût?

Pourquoi?

Sa mère lui semblait éternelle. Elle croyait avoir bien plus de temps pour lui demander ce qui, malgré la distance, les arbres qui la cachent, la forêt qui l'entoure, la maison où elle se terre, ne l'a jamais quittée.

Egonia émet un vagissement. Sa voix racle comme un cri de corbeau. Depuis trente ans elle ne l'a pas utilisée.

Elle réarrange les feuilles au fond de la tasse pour répondre au message, puis elle sort. Elle a l'impression un instant d'oublier quelque chose, puis se rappelle qu'elle ne possède rien à emporter.

Dehors, sur la façade décrépite, la porteuse de lait, les petits qui jouent et les hommes à salopette, bière à la main, immobiles sous l'éclairage gris de la lune, s'agitent pour la première fois. Les buveurs clignent des paupières. La balle des enfants, suspendue en l'air, tombe et rebondit. Quelqu'un renverse une bouteille en s'étirant. Tous se regardent, hébétés, et suivent des yeux Egonia sur le pas de la porte.

La sorcière a les doigts qui fourmillent. Elle les plie et les déplie. Les articulations craquent. C'est comme se réveiller d'une très longue sieste.

La laitière peinte ramasse les petits, les hommes remontent leurs bretelles, et ce monde d'images se presse dans l'angle de la maison pour voir s'en aller la sorcière. Sur la façade nue, derrière eux, ne restent que les bières à moitié bues, une flaque de lait et une balle abandonnée. Ils se sont réveillés pour dire adieu à Egonia, leur sorcière mutique, qui s'en retourne cette nuit au village de son enfance, de l'autre côté des montagnes, obtenir des réponses aux questions qu'elle n'a pas posées.

La porcelaine et la muselière

Je ne saurais pas vous dire ce que ça fait, moi, de retrouver quelqu'un qu'on a aimé et perdu. Ce qui s'en approche le plus, j'imagine, c'est après l'accident de mon fils. Quand j'ai égaré la gourmette qu'il m'avait offerte. Vingt-cinq fois j'ai visité les objets trouvés. Vingt-cinq fois ils m'ont dit : Non monsieur, on vous jure monsieur, on n'a rien, elle a dû tomber dans une bouche d'égout.

Chaque jour où je posais les yeux sur la trace idiote de bronzage autour de mon poignet, ça me crispait la gorge.

Puis un matin, deux ans plus tard, par habitude presque, je leur téléphone. Et soudain : gourmette retrouvée. Depuis tout ce temps elle était là, de l'autre côté de l'accueil. Ils l'avaient juste rangée dans le mauvais tiroir et pas eu l'idée jusque-là de fouiller le compartiment voisin.

Il y a des gens comme ça, on se demande si on a envie de leur baiser les orteils ou de leur casser la gueule.

Félicité a repris la Panther et remonte la Vésubie sans lever le pied de l'accélérateur.

Sa sœur arrive. Elle s'est demandé d'abord si c'était bien elle – oui, forcément, personne d'autre ne peut utiliser le thé des Gravières. Des questions frénétiques agitent ses pensées, est-ce que sa sœur sera toujours aussi belle, avec ses boucles et ses yeux dorés qu'elle tenait de Carmine, est-ce qu'elle a vieilli autrement, est-ce qu'avec l'âge elles se ressemblent comme de vraies jumelles, sa sœur est bien vivante, et elle arrive, et puisqu'elle n'est pas morte, d'ailleurs, il va falloir lui demander pourquoi, parmi les choses qu'elle a trouvé le temps de faire pendant qu'elle vivait, elle a jugé secondaire de signaler, par exemple, qu'elle n'était pas morte.

Félicité presse encore le pied sur la pédale.

En passant le fantôme de la fillette sur le bas-côté, cette fois-ci, un souvenir différent remonte à sa mémoire. C'est l'image d'Agonie qui ressurgit, ce mercredi-là, sur le chemin qui mène aux Merveilles.

Agonie qu'elle appelle encore par un nom plus doux, que sa mère a peu à peu délaissé.

Elles ont douze ans.

Nanie, rictus édenté derrière sa muselière, grimpe jusqu'à la fenêtre de la boulangerie comme un insecte sur un mur. Elle sourit plus grand quand Carmine s'absente.

Félicité, elle, entre par la porte qui tinte et salue M. Pietro qui, forcément, n'a pas l'air ravi de la voir. Personne au village n'aime avoir affaire aux deux petites du berger. L'une parce qu'elle rampe et cliquette dans les ombres, couverte de suie, l'autre parce qu'elle parle aux morts et dit des vérités qu'on n'a pas très envie d'entendre. Mais le boulanger cache son aversion encore moins bien que les autres. Alors avec lui, les jumelles ont encore moins de scrupules.

Félicité lui demande, tout à fait poliment, s'il se rappelle la fois où sa sœur a explosé ici, dans la boulangerie, et où il a fallu fermer le magasin un mois entier pour tout réparer. La teinte plâtreuse de l'homme, le visage un ton plus gris à peine que la peinture toujours fraîche des cloisons, répond à sa place.

Elle lui balance comme ça, en rafales, des vérités atroces au goût de fruits mûrs sur la langue – sa calvitie qu'il cache mal avec ses mèches peignées de côté, son pain qu'on achète au village plus par défaut que par choix, sa fille qui ressemble étonnamment à sa nièce, sa femme que tout le monde trouve beaucoup trop jolie pour lui…

Un fracas de verre renversé interrompt sa litanie.

Derrière le boulanger, accroupie sous les moulures à la manière d'une grosse araignée, Nanie plonge un bras jusqu'au coude dans une bonbonnière, des colliers de sucre entassés autour du cou.

Le temps qu'il réagisse, elle s'est déjà enfuie par la fenêtre. Félicité lui souhaite une excellente journée, toujours aussi polie, puis sort sans hâte en laissant derrière elle le tintement furieux de la porte pour rejoindre l'orée du bois, au-dessus du village.

Elle s'enfonce entre les arbres, dépasse le tronc couché, avance jusqu'à la souche fendue, contourne un rocher. Derrière, sa sœur l'attend avec le butin.

Ici, la cadette peut détacher sa muselière sans crainte. Les jumelles ont choisi ce coin de la forêt pour y établir leur quartier général. Chaque fois que leur mère s'en va, elles passent leurs après-midi dans cette vallée miniature qui n'appartient qu'à elles. Les papillons d'Agonie ont détruit tout ce qui pouvait l'être, depuis le temps. On dirait la tanière d'un dragon, un vaste nid d'os, de bois mort et de mousses blanchies, décoré seulement par les fleurs gigantesques qui poussent sous les postillons de la cadette. Par quelques livres, aussi, que Félicité apporte en secret de l'école pour apprendre à lire à sa sœur. En guise de protection elles ont accroché tout autour de leur cercle, sur les troncs secs des mélèzes, des crânes d'oiseaux peints et de grands papillons épinglés.

Quand Nanie voit entrer sa sœur, elle désigne le tas de friandises d'un large geste, comme pour révéler toute l'étendue de son trésor. Assise sur la bonbonnière renversée, une cigarette en chocolat entre les gencives, elle ressemble à une enfant pirate.

La viande, les fruits, le pain, tout verdit et s'avarie sous la salive de Nanie. Tout, sauf les bonbons. Félicité pense que c'est à cause des couleurs qu'ils mettent dedans.

« Regarde, j'ai pris plein de colliers... »

Nanie montre une colline de perles aux couleurs pastel. C'est ce qu'elles préfèrent, les colliers, parce qu'ils font double emploi : bonbons et bijoux. Deux trésors en un. Pour ne pas se les disputer, elles se les répartissent en jouant aux cartes.

Félicité distribue pendant que Nanie fait semblant de fumer sa cigarette en chocolat. Puis, assises face à face au milieu du nid, elles se regardent par-dessus leurs mains. Nanie, brusquement, débite quelque chose comme « celle qui gagne c'est la vraie reine du mont Bégo pour toujours » et pose sans prévenir sa première carte sur la souche entre elles.

Félicité baisse les siennes et proteste : l'autre fois, elle a gagné la partie qui faisait gagner toutes les parties d'avant et d'après jusqu'à la fin du monde. Elle est la vraie reine du mont Bégo.

« Oui, mais cette fois, celle qui gagne, elle aura vraiment gagné toutes les parties de l'univers entier, et ce sera vraiment la vraie reine de toute la vallée des Merveilles pour toujours et à jamais. »

Félicité redresse son jeu et imite la pose de sa sœur, yeux plissés, sourire carnassier au coin des lèvres. Les cartes s'abattent. Les cris fusent. Les colliers sont répartis à la fin de chaque manche.

Félicité les gagne toutes.

Une heure après, adossées aux feuilles larges comme des coussins, elles ouvrent les papiers brillants des papillotes. Egonia, comme d'habitude, accuse Félicité d'avoir triché, juste pour le principe. Et lui demande de lui laisser au moins les perles bleues.

Félicité lui vole sa fausse cigarette pour feindre à son tour de la fumer.

« Tu sais qu'elles ont toutes le même goût, pas vrai ?

— Pas du tout. Les bleues, elles sont meilleures. Elles sont à la framboise.

— N'importe quoi. Et puis comment tu pourrais savoir, puisque tu les gardes sans les manger ?

— Je m'en fous. Un jour j'aurai beaucoup de perles bleues, plein plein plein, tellement que je pourrai me fabriquer des colliers et ça me recouvrira tout entière.

— Ah oui ? Et qu'est-ce que tu en feras ? »

Nanie récupère sa cigarette et s'allonge sur le dos. Félicité la rejoint. En regardant les cimes asséchées osciller sous la brise, Nanie répond :

« Je monterai tout en haut du mont Bégo et je deviendrai invisible. On me confondra avec le ciel. On se demandera pourquoi il y a un bout du ciel qui bouge, mais on me dira rien. On me fera rien. Parce que le ciel, lui, personne l'embête jamais. Et c'est lui qui décide sur qui tombent les tempêtes. »

Félicité lui prend la main puis ajoute, après une longue pause :

« Pour ça, il faudrait déjà que tu gagnes aux cartes. »

Quand Carmine partait, elles vivaient là, sans contrainte, libres d'aller et de venir sur toute la montagne. Félicité n'aimait qu'à moitié ces périodes-là. La bergerie lui semblait sinistre sans la chaleur de sa mère. Elle aurait voulu que Carmine lui lise des histoires et lui caresse le front. Mais elle voyait sa sœur sourire, plus grand que d'habitude, et elle ne disait rien.

Nanie, c'est vrai, respirait mieux. Elle pouvait dormir sur le matelas avec sa jumelle plutôt que sur le sol devant l'âtre, et rentrer par la porte au lieu de la cheminée. Pendant quelques jours, même, elle n'était plus couverte de suie. Et Félicité, avant de dormir, lui lisait des histoires et lui caressait le front.

À mesure qu'approchait le retour de Carmine, ce silence-là grandissait entre elles. Leur mère reviendrait bientôt avec des valises pleines de mets d'une saveur et d'une abondance impossibles. On ne trouvait pas sur toute la montagne de grenades ni de pamplemousses, mais Carmine en rapportait des dizaines qui ne périmaient jamais.

Tant que la cadette, du moins, en restait éloignée.

Leur mère parlait d'Agonie comme ça, la cadette, juste parce qu'elle venait en second. D'abord elle avait essayé de trouver des raisons d'aimer cette fille en trop, cette fille tumeur, mais la seule présence de la petite déclenchait en Carmine des colères qui la débordaient, de plus en plus incontrôlables. Nanie était devenue Agonie, puis la cadette. Les tempêtes cataclysmiques qui se déchaînaient contre elle effaçaient ses noms successifs ; à la fin aucun n'est resté. Autour de cinq ou six ans, Carmine ne l'appelait plus par aucun prénom. Elle ne la voyait plus ; son regard la traversait comme un corps de fantôme, invisible aux yeux de sa propre mère.

Alors elle se contentait de récupérer les pelures des pamplemousses et les raclait de son unique dent. Si on lui donnait des fruits neufs, ils se rempliraient d'asticots avant même qu'elle les goûte. On n'allait pas gâcher des provisions si rares rapportées de si loin.

La dernière brebis du troupeau, avant de mourir, l'avait allaitée jusqu'à l'âge de sept ans.

Sept ans.

Au début de l'hiver, Carmine a rapporté de l'un de ses voyages, parmi les litchis et les mangues, un service à thé miniature. La porcelaine luit contre le velours de la boîte.

Dès que leur mère s'absente de nouveau, les deux sœurs préparent une mixture à base de mauvaises herbes et jouent à se la servir comme du thé de tsar. Félicité sort de la bergerie, cueille quelques pissenlits, descend remplir la théière au lavoir, remonte chez elle en la tenant très fort pour ne pas la laisser tomber. De retour dans la cuisine, sous la surveillance du fantôme de son père, elle écrase les tiges au pilon avant de les mêler à l'eau.

Agonie la suit partout. Mains dans le dos, bouche fermée. Carmine n'a rien dit, mais c'est inutile. Elles savent toutes les deux que le service adorable appartient à l'aînée.

« Fais attention, lui répète Félicité sur un ton maternel. Ne t'approche pas. Recule encore. Voilà. Je ne pourrai pas mentir si tu casses quelque chose, tu le sais. Et si maman apprend que tu as touché mes affaires, elle va te gronder. Je ne veux pas qu'elle te gronde, d'accord ? Et je ne veux pas la rendre triste. C'est mieux pour tout le monde si tu touches avec les yeux. »

Elles n'ont pas encore construit leur abri dans les bois, alors elles jouent dans la bergerie. Agonie scrute avidement sa sœur, de son regard exorbité qui lui croque la moitié du visage.

« Voilà : une tasse pour Nanie, une pour papa, une pour moi. Papa dit que lui non plus ne peut pas boire le thé, mais que ce n'est pas grave puisque je le bois pour vous. C'est presque pareil, tu vois ? »

Et elle feint de se délecter pour eux trois de la mixture verdâtre.

Seulement, Agonie ne sait pas se contenter de regarder. Quelquefois elle veut tant jouer elle aussi avec le service miniature qu'elle s'en mord les poings, les larmes lui rougissent les yeux et des sanglots de rage s'échappent de sa gorge. Félicité, dans ces moments-là, l'entoure de ses bras et murmure pendant que sa sœur étouffe des hoquets furieux.

« Calme-toi, dit aussi le fantôme du père à sa fille qui ne l'entend pas, c'est juste pour s'amuser. Félicité, range tout. Nanie risque d'exploser. »

Mais elle n'a que sept ans, Félicité, et elle ne voit pas pourquoi elle devrait cesser ce jeu qui lui plaît tant. Il faut déjà éviter les gronderies de maman quand elle est là, aider Nanie à se faire oublier, et quand maman s'en va, il faut encore plier devant les crises de sa sœur.

De temps en temps, elle veut juste avoir sept ans et faire semblant de boire du thé.

Alors elle se lève, pose ses petits poings sur ses hanches et ordonne d'une voix qu'elle espère impressionnante :

« Nanie, sors tes mains de ta bouche. Respire. Voilà. Ça va mieux ? Tu n'exploses pas, tu te retiens, d'accord ? »

Sa sœur se contente de pleurer et de trembler, la plupart du temps.

Mais d'autres fois, en secret, elle retourne plus tard vers la boîte et s'imagine caresser du bout des doigts la porcelaine lisse, la finesse des anses, les dorures des soucoupes. Félicité le sait parce que, après son passage, les tasses ne sont jamais rangées comme il faut. Elle pourrait lui en vouloir, mais pour quoi faire ? Félicité reconnaît déjà, bien trop lucide pour son âge, la hargne et l'impatience que Carmine lègue à sa sœur. Et elle essaie, avec le peu qu'on possède à sept ans, de lui faire don d'autre chose.

Puis un jour, alors que Félicité joue avec son service à thé miniature, Agonie ne sait pas retenir la détresse violente qui lui brûle tout l'intérieur du corps. Les traces de son explosion s'étalent toujours dans la maison au retour de leur mère.

Cette gronderie-là, plus encore que les autres, Félicité n'aime pas se la rappeler.

Peu après, elle fabriquait la muselière de sa sœur, pour lui permettre de respirer et de parler sans répandre ses papillons ni déclencher les foudres de Carmine. Félicité l'avait décorée de jolies perles bleues. En quelques mois Nanie avait perdu toutes ses dents, sauf une, celle de sa naissance.

Félicité entendait parfois, au milieu de son sommeil, résonner des cris déments depuis les hauteurs de la montagne, des hurlements qui faisaient taire les loups et prier les habitants du village. Elle n'avait pas peur. Elle voyait entre les poutres de la charpente la muselière accrochée à un clou et reconnaissait, dans l'écho des mugissements, la voix fiévreuse et libre de sa sœur. Heureusement, ils ne réveillaient pas Carmine.

Elle n'a plus entendu cette voix-là depuis l'âge de seize ans, depuis cette nuit où Agonie s'est évanouie dans les ombres du mont Bégo, au-delà des mélèzes. On ne l'a jamais revue. Ni les villageois, ni sa mère, ni sa jumelle qui l'a crue morte pendant trente ans, et qui commence à se demander si, au fond, elle ne préférerait pas le croire encore.

Quatre oiseaux de malheur

La matinée est encore fraîche quand Félicité atteint Bégoumas.

Ce qu'elle va y trouver risque de vous donner la nausée, je préfère vous prévenir. Moi, le jour où elle m'a décrit le tableau, j'ai dû sortir prendre l'air. Buvez une gorgée de thé, commandez une pâtisserie, respirez un grand coup. Ou alors bouchez-vous les oreilles. Mais si vous n'y comprenez rien après, ce ne sera pas ma faute.

Bon.

Tout est immobile dans le village désert – plus vide encore que d'habitude. Elle ne sent pas la présence habituelle qui l'attend derrière le silence des ruines. Juste un autre silence, plus profond.

Une ombre file à ses pieds : un rapace plane au-dessus des toits. Il laisse tomber depuis le ciel un os qui se brise contre les rochers du mont Bégo.

Félicité avance parmi les maisons défoncées jusqu'à la cabine téléphonique. À son approche, deux corbeaux s'envolent.

Carmine est allongée là, sous le combiné qui pend au bout du câble. Autour le sol est jonché d'éclats qui baignent dans une flaque de sang coagulé. Elle a les mains plaquées sur les oreilles, un pinceau enfoncé en travers de la gorge, le cou et les bras couverts de lacérations noires. Ses yeux sont écarquillés, ses lèvres bleues. Le dernier cri de Carmine y a laissé son empreinte.

En remarquant soudain l'odeur de viande tiède, Félicité recule. La tête lui tourne. Elle essaie de cracher la pestilence qui tapisse ses sinus, son palais, ses gencives, et finit par vomir sur la grand-place.

Pourtant, les corps estropiés, elle a l'habitude avec les fantômes. Mais eux ne sentent pas. Ils n'attirent pas les corbeaux. Et ils ne sont pas sa mère.

Elle appelle sur tous les tons, agacée, implorante, autoritaire, chacune des cinquante-six personnes qu'abritait sa mère, elle tente d'agiter une tasse phantopréhensible comme on brandit un os pour appâter un chien.

Le spectre de Carmine reste caché.

Elle se dirige alors, mallette à la main, vers le seul lieu du village qu'elle n'a pas encore exploré : la bergerie. Tandis qu'elle monte à la hâte, Félicité lève les yeux, et se fige. Près de la bâtisse, à contre-jour sur le ciel blanc, se dessine une ombre.

« Félicité. »

Un papillon velu déploie ses lourdes ailes entre les sœurs jumelles.

Vérité coloriée

En réalité, Félicité n'est pas la seule qui m'ait raconté cette histoire. J'ai aussi recueilli les échos d'Egonia.

Félicité m'a toujours dit la vérité, mais dans ses propres tons, dans les gris et les taupes à travers lesquels elle voyait le monde. Le regard d'Egonia y a mis des couleurs. Il a éclairé les nuances, révélé les creux, rendu au récit ses reliefs et sa profondeur.

J'espère que, de là où elle est, Félicité ne m'entend pas.

Agonie

Sa mère est morte. Le village vide. Plus rien pour l'enfermer.

Toute la nuit, Egonia a marché sur ses propres traces comme on remonterait le temps. Retourner vers les lieux du passé, c'est presque rajeunir.

Ça ne lui plaît pas du tout. Elle se sent redevenir cette fillette violente et terrifiée qu'elle croyait disparue.

Son visage, heureusement, reste celui qu'elle s'est choisi. Une figure de sorcière pour remplacer celle héritée de Carmine. Mais les souvenirs de l'enfance, eux, on n'y échappe pas. On a beau les enterrer, leur douleur ressurgit toujours, pire que d'anciens membres coupés.

Elle a six ans et sa mère ne l'appelle même plus Agonie.

Depuis la poutre de la charpente où elle s'est perchée, elle regarde trois mètres au-dessous Carmine et Félicité jouer avec la porcelaine qui fait danser sur les murs des reflets irisés. Elle observe la théière et les deux silhouettes en bas avec une faim d'ogresse.

Félicité est fade. Yeux gris, peau pâle. Il faut lui donner des couleurs. C'est pour ça que maman lui a offert le service crème et or. Agonie, elle, n'a pas besoin de couleurs. Yeux noisette, joues roses. Tu es déjà très jolie, on ne peut pas tout avoir, lui répète Félicité. Et c'est vrai qu'elle a de la chance. Même port de tête, même petit nez que Carmine. Boucles noires, taches de rousseur.

Dans l'autoportrait que sa mère repeint et remanie sans arrêt, pourtant, elle ne se reconnaît pas, même si tous les traits sont là. Ce n'est pas elle.

Enfin maman est belle, Agonie aussi. Il faut s'en contenter. C'est idiot de faire la nuit des rêves où maman la câline comme Félicité, comme quand elle l'appelait encore Nanie. Quand elle lui tenait même la main, parfois. Pas longtemps. Il suffisait qu'elle babille et laisse échapper un papillon pour que leur mère sursaute, recule, le chasse du bout de sa pantoufle.

Ses insectes enlaidissaient tout, et la laideur horrifiait Carmine. À la seule idée que les insectes d'Agonie pourraient se poser sur son visage et le rider avant l'heure, des éclairs électriques parcouraient sa peau.

Je vois ce que vous pensez.

Moi aussi, au début, je me disais, franchement, se mettre dans des états pareils parce qu'on a peur de la mocheté, on ne connaît rien de plus con. Et puis, un matin, je me suis réveillé, allez comprendre, avec des boutons gros comme ça sur tout le visage et le cou. Attention, ça ne me grattait même pas, rien du tout, non, seulement une sale tête d'amanite tue-mouches. Eh bien, j'ai posé deux jours de congé maladie. Juste pour pas qu'on me voie. Jamais, avant ça, je ne me serais cru coquet. Au troisième jour, il a bien fallu que je retourne au travail – chapeau, lunettes de soleil, col relevé, la totale. On s'est moqué de mon déguisement d'espion, puis moins gentiment, alors j'ai retiré mes lunettes. La petite Brigitte s'est précipitée aux toilettes. Les autres ont marmonné des trucs en retournant à leurs bureaux. Même Sylvette du secrétariat, avec son crâne grisonnant, et surtout sa verrue à poils sur le côté de la lèvre qui s'agitait comme une petite bestiole touffue quand elle parlait, on ne pouvait regarder que ça, impossible de l'écouter. L'autre secrétaire, Brigitte, chignon blond et bouche lisse, on l'écoutait beaucoup mieux. Je ne m'en étais pas rendu compte, jusque-là, qu'on préférait écouter Brigitte que Sylvette.

On peut bien se croire au-dessus de ça. On peut juger malgré tout que Carmine restait une niaise superficielle, si ça nous fait plaisir. Mais si on a déjà eu plus de compassion pour un orphelin aux joues rondes que pour un clochard aux dents brunes, alors on la comprend. Sondez votre reflet. Si vous avez déjà désiré vivre, même un instant, dans l'inouïe quiétude de ceux qu'on déclare beaux, alors vous comprendrez Carmine.

Si Carmine rapporte de jolies choses, c'est toujours pour Félicité. Agonie ne mérite pas. Ce qu'elle touche vieillit à toute allure et meurt. Elle sait bien : la théière ne durerait pas entre ses doigts. Plus de reflets dansants sur les murs, ni pour elle ni pour Félicité.

Quand même. La bordure dorée des soucoupes l'attire.

Félicité prête quand maman n'est pas là. Mais ce n'est pas pareil. Agonie veut une dînette rien qu'à elle. Elle inviterait maman à jouer, et maman se souviendrait qu'elle existe, et elle l'appellerait ma Nanie, comme elle dit : ma Félicité.

L'aînée casse jamais rien, elle raconte toujours la vérité, elle a le droit de parler à l'intérieur de la bergerie, de rire, de lire des livres avec maman. Elle sait comment lui plaire et obtenir ce qu'elle demande. Même quand elle fait des bêtises, rarement, pas de gronderie pour Félicité. Les tempêtes de maman, c'est pour la cadette.

Ce jour-là, comme tant d'autres, Carmine embrasse Félicité sur le front et sort dans le jardin, chevalet sous le bras. Son éternel tableau l'appelle.

Un répit, quelques minutes. En profiter. Agonie va se tenir sage. Félicité peut la laisser approcher la porcelaine, pour une fois.

Elle se penche en avant, manque de tomber. Son cri de frayeur la dénonce. Sa sœur lève vers elle ses yeux d'acier et, c'est certain, y perçoit d'un coup toute l'ampleur de la jalousie qui la ronge. Félicité serre la théière contre son cœur.

Non, n'aie pas peur, pense Agonie. Je ne vais pas toucher. Juste observer d'un peu plus près.

Elle descend le long de la charpente comme un gros insecte, tête la première, griffes dans le bois. Son ombre s'étire, avale le petit salon et cherche à étendre ses doigts sur les tasses.

Félicité ne recule pas.

« Nanie, qu'est-ce que tu fais, remonte ! Si maman rentre, elle va te gronder… »

Quand maman gronde, c'est terrible. Agonie ne veut pas être grondée. Elle veut voir de près, de très près, les volutes bleutées sur la porcelaine.

« Papa aussi te dit d'arrêter. Le service est à moi. Toi, tu as une brebis rien que pour toi, une vraie. Tu as même son lait !

C'est bien mieux, une brebis vivante, non ? Va, avant que maman te voie. On jouera ensemble à la dînette quand elle partira pour de bon. Là, c'est trop dangereux, d'accord ? »

Aucune colère dans sa voix : Félicité parle avec l'assurance de celle qui sait qu'elle ne ment pas. Quand elle dit que le fantôme de papa lui demande de se calmer, c'est la vérité. Quand elle dit qu'Agonie est impatiente et jalouse, c'est la vérité. Quand elle dit que leur mère risque de la gronder, c'est la vérité. Quand elle lui dit qu'elle restera à jamais sa sœur préférée, ces jours où maman n'est pas là et où elles inventent ensemble des jeux, des guerres et des royaumes entre les mélèzes, c'est la vérité.

Aujourd'hui, les vérités de sa sœur, Agonie les vomit. Elle veut qu'elle se taise. Elle veut jouer à la dînette. Si elle déclenche les foudres de maman, tant pis. Au moins sa mère la regardera. Elle se souviendra qu'elle a une autre fille, et qu'elle l'appelait Nanie.

Son ombre se rétracte brutalement. Agonie se jette sur Félicité et lui arrache la théière. La minuscule porcelaine est là entre ses ongles, délicate et légère et lisse, et elle l'a tant voulue et elle est si heureuse de la tenir enfin qu'elle la serre, la serre fort, très fort et, dans un sursaut, la brise entre ses doigts.

« Je te l'avais dit », constate Félicité. Et c'est encore la vérité. « Maintenant, maman va te gronder. »

Agonie gémit. Les éclats nacrés gisent sur les tomettes, éteints. En se cassant ils lui ont tailladé la peau. Elle a mal. Elle a peur.

« Viens dans la salle d'eau, chuchote sa sœur. On va vite te rincer les doigts pour enlever le sang. »

Non. Elle gifle la main que lui tend Félicité. Pas la salle d'eau. Carmine l'a déjà coincée là-bas pour la punir. Plus jamais. Plus jamais cogner contre la porte pendant des heures, jusqu'à s'en faire des bleus aux poignets, pendant que, de l'autre côté, sa mère et sa jumelle lèchent sur leurs paumes dégoulinantes le jus des mangues et des oranges.

Elle respire plus vite. L'explosion approche.

« Retiens-toi, Nanie, s'il te plaît… »

Mais la chaleur monte déjà, trop intense pour être contenue. Ses doigts la piquent, centaines d'aiguilles à travers la peau, plus de jambes, tout rouge autour, brûlure dans le ventre et la tête, brûlure qui enfle, gonfle, boule de plomb dans la gorge – onde de choc. Le rugissement plaque en arrière les cheveux de Félicité, éclate les tasses en porcelaine contre les murs, souffle les carreaux des fenêtres, couche l'herbe au-dehors et claque en cascade toutes les portes du hameau.

Dans le silence qui suit, Agonie se met à trembler. Sa sœur tente de lui toucher l'épaule ; elle recule, paniquée.

« Je vais nettoyer. Va te cacher avant que maman arrive. »

Se cacher. Encore. Félicité a raison et Agonie voudrait la détester pour ça.

Carmine accourt, taches de peinture sur les doigts. Un éclat de verre lui a éraflé la joue.

« Ma chérie, tu vas bien ? »

Elle s'agenouille près de sa fille, la parcourt frénétiquement du regard pour chercher la moindre blessure.

« Très bien, sourit Félicité. J'ai envie de sortir, tu me montres ce que tu as peint ? »

Mais Carmine pose les yeux sur le miroir ovale qu'elle a

gardé avec elle et, mains souillées sur la bouche, retient un cri d'horreur. Elle vient d'apercevoir, sur son reflet, l'égratignure qui lui traverse la pommette.

Un gémissement lui échappe. À l'écouter, on dirait que le verre l'a défigurée.

« Maman, c'est juste une griffure. Même pas de sang qui coule. Je vais chercher un linge… »

Sa mère ne l'entend plus. Dans le miroir, elle a remarqué par terre, derrière elle, les morceaux brisés de la théière. Ses épaules s'affaissent. Son souffle ralentit. Elle lève les yeux vers le toit.

« Maman… »

Mais quand Carmine s'apprête à gronder la cadette, elle ne répond même plus à son propre prénom. Félicité recule dans un coin sombre.

Ça y est, pense Agonie. C'est fini.

« Descends. » L'ordre est lâché dans un soupir. « Descends ou je viens te chercher. »

Agonie ne veut pas tomber de si haut, alors elle obéit.

« Tu as encore tout détruit, dit Carmine d'une voix qui siffle et résonne comme une bourrasque. Je devrais te donner aux loups. »

Le feu s'éteint dans un grand souffle – noir complet dans la bergerie. Agonie ferme quand même les yeux. Elle sait ce qui vient.

Un éclair jailli du corps de Carmine fend soudain les ténèbres dans un craquement de séisme, s'enroule autour d'elle et la jette au sol. La fillette qui d'habitude sait si bien se taire ne peut retenir un cri quand ses cheveux se dressent sur son crâne et qu'elle s'écroule, secouée de spasmes.

« Ferme la bouche, tonne sa mère, tu vas nous encombrer de papillons. »

Alors Agonie verrouille ses lèvres, ses yeux, ses poings, sa pensée. Elle attend que le fracas de la foudre passe sur elle et que la tempête s'éloigne.

De l'autre côté du mur, plus tard, la vieille brebis lèche ses coupures, seul souvenir de la porcelaine entre ses paumes. La salive pique mais la langue lui caresse la peau.

Avant, quand maman se calmait après ses orages, elle entrait sans bruit dans l'étable. Elle demandait en chuchotant si Nanie n'avait pas trop mal. Elle s'allongeait près de sa fille dans la paille et lui posait une main sur le front. Elle lui disait : Je suis très triste, je ne voulais pas me mettre en colère, il ne faut pas faire de telles bêtises et énerver maman comme ça.

Les tempêtes ont gagné en violence. Sa mère n'est plus venue. Ces intempéries, Agonie a presque appris à les aimer. Au moins, dans ces moments-là, maman se souvient d'elle.

À l'intérieur de la maison, elle entend Carmine cajoler Félicité, la taquiner, la faire rire.

Agonie tète aux mamelles de la brebis. Comme d'habitude, le lait tourne et rancit à mesure qu'il coule dans sa gorge. Elle voit des choses, dans les yeux de cet animal. Des choses que personne d'autre ne remarque. Une sagesse millénaire, tellement supérieure à celle des hommes qu'elle passe pour un vide dans le regard. Agonie, elle, sait y puiser conseil et consolation.

« Ce n'est pas beau, la jalousie », lui disent ce soir-là les pupilles rectangulaires.

« Je sais », répond Agonie sans parler.

« Elle fait ce qu'elle peut, Félicité. Elle partage tout avec toi. Les bonbons, les jeux, même les livres qu'elle rapporte en secret de l'école. Elle partagerait l'amour de Carmine aussi, si elle le pouvait. »

« Je sais, pense Agonie. Je sais que ma sœur n'y peut rien. Ce n'est pas beau d'être jalouse. »

Mais la colère lui pulse dans les mains.

Dans les semaines qui suivent, elle la laisse quelquefois déborder, juste pour voir sa mère se tourner vers elle. Les tempêtes de Carmine redoublent chaque fois de brutalité. Un jour, pense Agonie, elle m'aura trop blessée, presque tuée, elle sera obligée de s'occuper de moi.

C'est aussi ce que croit Félicité, et elle la prévient : bientôt leur mère la tuera, sans même s'en rendre compte, dépassée par un orage trop puissant.

Peu importe. Mourir, après tout, pourquoi pas. Quand on a six ans, mourir, ça ne fait pas plus peur que de traverser un couloir la nuit.

Alors Agonie provoque. Elle casse une assiette. Lâche un papillon dans la bergerie. Étale un trait de salive par terre où pousse une traînée de ses fleurs carnivores. Ajoute une touche de peinture au portrait sur le chevalet.

Juste une. À peine un point blanc dans un coin.

Carmine ne s'énerve pas. Elle agrippe son tableau et se met à gémir. Agonie cherche des yeux sa jumelle, terrifiée. À l'instant où l'éclair déchire la bergerie dans une déflagration, Félicité passe devant elle.

La suite, elle ne s'en souvient pas très bien. Le corps de Félicité par terre. La tempête aussitôt éteinte. Carmine paniquée, qui hurle et tente de ranimer sa fille. Elle se revoit debout, pétrifiée, incapable de penser autre chose que : J'ai déjà été jetée au sol, moi aussi. Comme Félicité. Maman ne s'est pas agenouillée. Elle a continué à me foudroyer.

Ce soir-là, dans l'étable, les yeux de la brebis la condamnent. Sa jumelle a pris le coup qu'elle méritait. Félicité n'a pas l'habitude des éclairs. Elle aurait pu y rester.

Alors le lendemain, Agonie dit à sa sœur que, désormais, mieux vaut détourner d'elle l'attention de maman, plutôt que de l'en protéger. Ce sera plus simple pour tout le monde si Carmine l'oublie un peu.

Méfiez-vous de vos vœux.

C'est ce que m'a dit Egonia quand elle m'a donné cette histoire. Parce qu'on l'a oubliée, oui. Et pour de bon.

Félicité mettait la table pour deux. Elle gardait en cachette des restes de repas qu'elle déposait, plus tard, dans l'étable. Elle attirait sa mère au-dehors pour qu'Agonie puisse se laver sans trahir sa présence. Elle a essayé de l'inscrire à l'école, l'année suivante, mais il fallait la signature d'un adulte.

Agonie n'est plus allée en classe.

La bergerie a retrouvé la paix. Les tempêtes ont presque disparu. Les poutres de la charpente, où elle se réfugiait, sont devenues son domaine.

Dans les livres que Carmine lisait à Félicité, en bas, il y avait des orphelins. Leurs parents mouraient, ou les chassaient hors du foyer, ou les déposaient au seuil des couvents. Jamais on ne parlait d'enfants abandonnés dans leur propre maison.

Ni de sœur qui fabrique une muselière à sa jumelle pour la faire taire. Joliment décorée, la muselière, pour qu'elle doive en plus dire merci.

Egonia se souvient mais sait qu'elle ne racontera rien. Félicité ne pourrait pas l'entendre.

Sa mère à elle lui offrait des caresses et des théières en porcelaine.

Deux sœurs

Félicité, il fallait se lever tôt pour l'étonner. Elle vivait dans un univers de fantômes mutilés. En attrapant un paquet de yaourts au supermarché, il lui arrivait d'enfoncer la main dans un spectre en pleine sieste au rayon laitages. Ou, sur l'autoroute, de voir errer sur une bande d'arrêt d'urgence un auto-stoppeur qui traînait derrière lui ses entrailles. Elle haussait à peine un sourcil.

Face à cette silhouette noire écrasée par le soleil de midi, pourtant, ses talons d'acier restent collés au sol.

Elle dévisage sa jumelle. La femme qui se tient près de la bergerie ne lui ressemble pas et pourtant il s'agit bien d'elle. Félicité le sait, comme elle sait quand cligner des yeux et avaler sa salive. Son corps et celui de sa sœur se sont nourris de la même chair pendant plus de dix mois.

Agonie paraît au moins bicentenaire. Son dos est bossu, sa peau flasque. De rares mèches parsèment son cuir chevelu.

L'âme rattrape toujours le visage.

« Bonjour, Agonie.

— Egonia.

— Pardon ?

— Je m'appelle Egonia. »

C'est joli, pense Félicité, on dirait presque un nom de fleur. Ça ne lui va pas du tout.

Lorsque Agonie a parlé, cinq papillons sont sortis de sa bouche, un pour chaque mot. Ils se posent sur cinq brins d'herbe qui flétrissent aussitôt.

« Tu ne portes plus ta muselière ?

— Non. »

Un nouvel insecte, plus énorme que les précédents, vacille devant le visage de la sorcière avant de s'envoler vers le mélèze le plus proche. Les épines passent en un instant du vert au brun, depuis la cime jusqu'aux branches basses, comme un sapin de Noël dont on déroule les guirlandes.

« Tu devrais. »

La cadette ricane de son rire de corneille. Elle ne lui dit pas que la muselière a brûlé il y a trente ans, la nuit où elles se sont parlé pour la dernière fois.

« Pourquoi es-tu venue ? »

Si vous les aviez vues ensemble, même à cet âge où elles ne se ressemblaient plus, vous auriez vite compris qu'elles étaient jumelles. Leurs attitudes, leur visage, leur nom, rien ne les réunissait ; malgré tout, on trouvait l'écho de l'une dans les mots de l'autre, une cadence commune au creux d'un geste, et on se souvenait alors que ces deux-là partageaient leur sang. Même à elles, je pense, ça devait faire drôle. Comme de voir d'un coup bouger son reflet dans une vitrine, au détour d'une rue, quand on se croit seul.

« Tu m'as appelée.

— Je t'ai prévenue, c'est différent.

— Carmine est morte. »

Elle se retient d'ajouter : Et c'est pas trop tôt. Elle se contrefout des états d'âme de Félicité, mais certains réflexes de l'enfance, apparemment, restent plus ancrés qu'elle ne le pensait.

« Et qu'est-ce que cela peut te faire ? » demande Félicité.

Agonie se gratte les mains et se mordille la langue de son unique dent. Quand elle bouge d'un pied sur l'autre, un boucan métallique retentit. On dirait qu'elle trimballe sous ses couches de haillons un tas de casseroles ou de canettes.

« C'était ma mère, figure-toi. »

Félicité se dresse face à elle, en contrebas de la bergerie, aussi élégante et sereine qu'Egonia se sent sale et fébrile. Cheveux rouge vif, comme à l'adolescence. Sous le soleil éblouissant, son carré brille. Goutte de sang au bout d'un doigt piqué. Visage anguleux, yeux félins, manières de duchesse. Chat gris qui se frotte aux jambes et récolte les caresses.

Elle, Egonia, elle est le vieux corbeau contagieux qu'on chasse des poubelles, qui vit caché dans l'ombre des rameaux en attendant la nuit, l'oiseau noir qui vole au-dessus des odeurs de répulsion et des pluies qui s'apprêtent à tomber.

« Ta mère morte, ta sœur en vie. Ma pauvre. L'inverse t'aurait plu, non ? »

Les papillons battent des ailes et se répandent ; l'un d'eux approche Félicité, qui recule. Egonia s'esclaffe.

« Nanie, calme-toi. Peut-être que nous pourrions parler comme des adultes. »

Même à cette distance, Egonia sent les relents de pitié et de dégoût. Elle déteste ces parfums âcres qui saturaient son nez plusieurs vies en arrière. Félicité ne sentait pas ça, à l'époque. L'odeur de sa mère a dû déteindre sur elle. Trois décennies ensemble, ça laisse des marques.

« M'appelle pas Nanie », tranche Egonia. Elle ne rit plus. « Donner des petits noms aux bêtes n'empêche pas l'éleveur de les abattre. Garde tes surnoms. Et enlève tes poings de tes hanches. T'impressionnes plus personne. »

La passeuse baisse lentement les mains.

« Tu n'as pas changé… Tout comme il y a trente ans. Peut-être que tu t'es pris deux-trois baffes depuis… Non, on ne dirait pas. Il en faut plus que ça pour ébranler sainte Félicité. »

Félicité reste immobile. Elle sait exactement ce que cherche Agonie et elle ne lui donnera rien. Pas une injure, pas une plainte. Rien ne trahira son désarroi face à cette sœur retrouvée et déjà perdue.

Puis la sorcière, sans prévenir, s'engouffre dans la bergerie.

La fillette sous le toit

Egonia observe la pièce. Le portrait de sa mère est toujours là, plus difforme encore que dans sa mémoire. On dirait que quelqu'un a essayé de poignarder la toile.

Près de la pompe à eau, elle reconnaît l'écuelle où Carmine jetait les pelures de fruits. Félicité les récupérait pour elle.

Même les fissures sont restées identiques le long des poutres où elle grimpait. Elle se sentait en sécurité là-haut, seulement là-haut. Entre l'ombre du toit, les voiles des araignées et les échos des voix qui lui parvenaient d'en bas.

Peut-être que le carnet, lui aussi, se cache encore au même endroit.

Un à un, avec son corps malhabile qui fait un fracas de vaisselle, elle escalade les barreaux de l'échelle jusqu'à la mezzanine. Elle a rarement dormi là, sur le lit. Privilège de l'aînée. Mais elle sait où Carmine cachait son cahier : juste ici, sous la latte flottante dissimulée par le matelas de paille.

Le voilà. Moins grand que dans son souvenir. Plus abîmé. Sur la couverture, une main a tracé des milliers de fois un unique mot : *Carmine*. La lettre du milieu, plus repassée d'encre que les autres, est ornée d'une couronne.

Sa mère le sortait certains jours, pendant que Félicité se rendait en classe. Elle écrivait dedans tandis qu'Agonie l'observait depuis son perchoir.

Puis Carmine rangeait son carnet, Félicité rentrait de l'école, et sa mère l'asseyait sur ses genoux pour lui montrer des lignes du bout du doigt, dans de grands livres colorés. D'en haut, la cadette ne suivait pas bien le tracé des lettres. Elle entendait mal les syllabes qui se murmuraient. Mais elle avait l'habitude des restes.

Quand elles quittaient la pièce, Agonie descendait des poutres pour déchiffrer la page à laquelle le livre était demeuré ouvert. Pas vraiment pour comprendre, non. Surtout pour imiter sa sœur. Elle s'inventait une maîtresse qui lui tapait sur les doigts si elle hésitait. Une enseignante sévère qui lui apprenait à lire, la punissait avec des phrases à copier, l'autorisait à sortir pendant la récréation, cinq minutes, pas plus, la laissait effacer le tableau avec l'éponge humide, s'asseoir plus près du poêle si elle tombait malade, respirer sans muselière, et pleurer, mais en silence, si elle s'écorchait les genoux.

Terreur. Solitude. La charpente est imprégnée de ces parfums qu'elle y a laissés. Ça lui donne envie d'attraper la fillette cachée dans l'obscurité, de la serrer contre sa poitrine et de lui murmurer des mots, n'importe lesquels pourvu que la petite arrête de dégager ces effluves rances.

Sa mère devait aimer sentir la peur chez elle. C'est une odeur tonique, la peur, fortifiante, presque jouissive pour ceux qui la provoquent. Egonia le sait à cause de ces mois où elle était, elle, la sorcière crainte du village.

Elle n'a pas essayé de lire depuis plus de trente ans. Son regard parcourt les lignes du carnet et le peu qu'elle saisit parmi les pages la déroute.

Ce n'est pas la vie de sa mère, ça. C'est celle de quelqu'un d'autre, forcément, de la mère de Carmine peut-être. Ou pire, un conte idiot. Il ne peut rien y avoir de vrai là-dedans. Ces lieux, ces gens n'existent pas. Les noms sont inventés.

Elle ne comprend pas tout, pas exactement, parce que l'encre a pâli. Parce qu'elle ne connaît pas tous les mots. Parce que l'histoire qui s'y raconte par bribes n'a pas de sens. Parce que les feuilles sont couvertes de messages raturés, griffonnés en tas, bousculés, tracés par des mains aux graphies différentes. Et surtout parce que se retrouver ici, dans ce lieu, face à ces lettres qu'on ne lui a jamais apprises, qu'elle doit arracher une à une aux pages avec les outils élimés qu'elle s'est forgés, tout ça lui brouille l'esprit et les yeux. Ce qu'elle comprend, en revanche, c'est que des feuilles entières parlent d'elle, de la seconde jumelle dont personne ne veut, celle qui ne doit pas exister, celle qu'on doit oublier et reléguer aux ombres. Ses doigts commencent à picoter, mais elle ne lâche pas le carnet. Quand la chaleur rampe le long de sa gorge, elle ne lâche pas le carnet. Même quand la brûlure parcourt en ondes électriques la peau de ses bras, de ses paumes et explose entre ses mains, elle ne lâche pas le carnet.

L'instant d'après, quand Félicité pénètre à son tour dans la pièce, essoufflée, il ne reste de la vie consignée de Carmine qu'un petit tas de poussière sur le sol de la bergerie.

Cent reflets dans les ruines

Félicité s'est assise.

« Je ne savais même pas que maman tenait un journal. »

Elle prononce ces mots sur un ton plus blessé que prévu. Pour reprendre contenance, elle dit :

« Voilà, tu as détruit ce qui restait de la vie de maman et vu de tes yeux qu'elle est morte. Tu peux retourner d'où tu viens, elle ne va pas se réveiller.

— Je ne suis pas là pour ça.

— C'est ce que tu attendais, non ? Sois soulagée et va-t'en.

— J'ai un truc à lui demander.

— Il aurait fallu t'y prendre plus tôt. »

Sa sœur est encore plus laide de près, remarque Félicité.

« Il faut que je lui pose – que tu lui poses ma question.

— Elle ne te répondra pas.

— Je m'en fous. »

En face, au moins une fois, elle doit parler à Carmine. Pour consoler l'enfant qui continue d'errer dans l'ombre entre les poutres, l'inviter à descendre et la laisser s'endormir, enfin, auprès du feu.

Félicité se relève. Elle fait le tour de la pièce en passant la main sur les surfaces, lentement, pour rien, juste pour ne pas regarder sa sœur quand elle annonce :

« Je n'ai pas trouvé son fantôme. »

Egonia crache par terre. Une tige énorme crève le parquet, se déploie, éclôt. Les pétales de la fleur s'ouvrent dans la pénombre, comme pour y déverser un peu plus de nuit.

« C'est vrai. Tu sais que je dis la vérité : elle n'est pas au village. Il faudrait chercher sur la montagne, partout où elle paissait le troupeau. Mais je n'y crois pas. Elle a passé sa vie ici ; il n'y a qu'un seul autre lieu où son spectre aurait pu être rappelé…

— Là où elle partait. L'endroit des fruits et de la pluie.

— La pluie ? Maman allait sur la côte. Elle revenait toujours les habits humides à cause des embruns. »

Les haillons de la sorcière font un bruit de débris entrechoqués quand elle hausse les épaules.

« Je me souviens de l'odeur de la pluie. C'est tout. Et me regarde pas comme ça, je dirai pas ce que j'ai lu. »

Egonia veut trouver le fantôme de sa mère. Elle veut comprendre. Elle veut connaître. Elle veut savoir pourquoi c'est elle qu'on a sacrifiée. Mais ce qu'elle a retenu du carnet, pour l'instant, ça n'a pas beaucoup de sens. Il lui faudra d'autres indices pour en saisir le fond. Elle dira à Félicité ce qu'elle sait quand ce sera la dernière pièce. Le dernier territoire de la carte qui leur montrera où aller. Pas avant.

Ça lui fera les pieds, à Félicité, pour une fois, de ne pas obtenir ce qu'elle veut juste parce qu'elle est Félicité.

Un effluve aigre d'exaspération traverse la bergerie. L'aînée détache chaque syllabe comme pour s'adresser à un gamin particulièrement stupide :

« Si tu ne me dis pas où la chercher, je ne pourrai pas lui transmettre ta question.

— Et si je te dis ce que je sais, réplique la cadette sur le même ton, tu partiras la chercher toute seule. »

Félicité essaie de ne pas s'énerver. Elle essaie vraiment. Elle n'a pas oublié les explosions de sa jumelle. Mais là, face à ce bloc de mauvaise foi, il lui vient des envies de balancer ses talons en acier contre des surfaces dures et friables. Elle a perdu l'habitude qu'on lui résiste, et Agonie le sait, et Agonie s'amuse.

Après une profonde inspiration, elle sort une cuiller phantopréhensible de sa mallette et la tend à sa sœur. Elle veut se rendre utile ? Parfait.

« Emporte ça sur la montagne. Autour des pâturages où elle allait souvent. Si elle y est, peut-être qu'elle te suivra jusqu'ici. Rendez-vous dans une heure. »

À ce moment-là, Félicité espère encore trouver Carmine sans trop d'obstacles. Elle se trompe, bien sûr, sinon mon histoire ne vous garderait pas ici tout un après-midi pluvieux.

Elle redescend à grandes enjambées vers le cœur du hameau. L'ombre de sa mère, cette ombre démesurée et multiple, aura peut-être survécu et la conduira vers les réponses qu'elle cherche, mais il n'y a rien sur le crépi craquelé des maisons que des volets rouillés.

À l'approche de la grand-place, la puanteur lui harponne la gorge. Les relents dégagés par la morte sont devenus plus lourds, plus visqueux sous la chaleur de midi. Ils attirent les premières mouches. Écharpe sur le nez, elle avance vers la dépouille. Maintenant qu'elle regarde mieux, elle remarque, près de la tête ravagée de Carmine, des bouteilles brisées. Le sang est mêlé de pastis, de limoncello et de génépi. Elle repère un tesson dans la main droite. Des lacérations profondes sur le poignet gauche.

Personne n'a pris la peine de monter jusqu'ici pour frapper à coups de bouteille le crâne d'une vieille dans un village abandonné. Personne d'autre n'a fini par lui taillader les bras pour aller plus vite. Il n'y avait pas d'autre voix dans le message du répondeur.

personne ne m'écoute je voudrais non tu ne peux pas dire ce qui nous coûte

Bloquées à plus de cinquante dans la même peau étroite, on finit forcément par vouloir s'étriper. Là, c'était encore autre chose. Félicité le sent.

J'ai réussi à m'échapper. J'ai réussi à sortir.

Elle aperçoit, dépassant du chemisier de sa mère, deux clés au bout d'une chaîne en or, et se dirige vers le bar de l'Hydre. À l'intérieur, les étagères couvertes de poussière et de publicités anciennes ont été saccagées. Des bouteilles d'alcool brisées jonchent le sol et les banquettes. La violence de leur parfum lave un peu Félicité de celui du dehors.

Derrière le comptoir, sous l'évier, elle récupère un gant de vaisselle à la texture de langue sèche et l'enfile. Puis elle prend une grande inspiration et ressort du café, en apnée. Si elle la hume encore, la puanteur du cadavre lui restera pour toujours au fond de la gorge et elle ne sentira plus jamais rien d'autre, ni les fleurs du cours Saleya, ni la socca qui fume, ni le sel des galets. Alors Félicité se précipite sur la grand-place et, sans regarder, avance sa main rose vers le cœur de Carmine.

Les mouches, à peine dérangées, se posent sur le gant qu'elles prennent pour un bout de charogne inespéré, tout neuf, resté caché jusqu'alors. Sous l'habit, elle le sait, les vers commencent déjà à grouiller. Ce ne sont encore que des larves sans yeux ni pattes. Ils restent où on les a pondus.

Là, entre les insectes qui volent et ceux qui rampent, Félicité saisit les clés et tente de passer le collier au-dessus de la tête. Elle ne veut pas trop regarder et n'a qu'une seule main pour le faire – l'autre s'occupe de lui boucher les narines. Ses poumons cognent contre sa poitrine, bientôt ils vont la lâcher et tant pis pour les fleurs, la socca, les galets. Elle se dépêche tant qu'elle peut mais sous ses doigts épais et mous comme des saucisses crues le bijou se dérobe. Alors que son thorax est pris de spasmes qui appellent l'air, elle arrache la chaîne d'un coup sec et se replie vers le bar.

Elle attend d'avoir fait trois pas dans le café pour respirer à nouveau.

Les deux clés au bout de la chaîne ne se ressemblent pas. La première est dorée, minuscule. Sur l'anneau, un cœur est gravé. L'autre, brune et lourde, se termine par deux dents larges comme des incisives. Un seul bâtiment, ici, a des portes assez grandes pour s'encombrer de serrures pareilles.

Plus jeune, Félicité trouvait la mairie de Bégoumas beaucoup trop impressionnante pour un si petit hameau. Désormais, on devine à peine la façade citron sous les coulées noires. Deux drapeaux mités pendent sur le fronton.

Pour y entrer, elle doit donner trois coups de talon dans la porte aux gonds grippés. Le battant cède brutalement. L'écho du dernier coup résonne sous le dôme central pendant que des oiseaux s'enfuient dans un frottement d'ailes.

De la voûte peinte, là-haut, il ne reste que quelques lambeaux de nuages et le pied nu de la Liberté. Aux murs, les portraits d'anciens maires dorment sous la poussière et les fientes.

Clé ou non, Félicité serait venue. L'expérience lui a appris à toujours commencer ses recherches soit par les banques – mais sa mère n'aura laissé aucun indice financier –, soit par les archives.

Celles de Bégoumas auraient dû être conservées à Nice, comme toutes celles des communes de moins de deux mille habitants. Mais bizarrement, personne aux archives départementales n'a jamais réussi à les récupérer. Les maires de Bégoumas n'aimaient pas céder ce qu'ils considéraient comme leur propriété. Vous auriez voulu leur prendre un mouton malade pour l'emmener chez le vétérinaire, ils vous auraient dit pareil. Même le courrier qui devait partir, le facteur peinait à le lever.

Parfois, Félicité n'a pas besoin d'aller plus loin que les archives pour ses investigations. Il lui suffit de trouver un hôpital de naissance, une attestation d'inscription au lycée, une quittance de loyer. Des lieux très officiels où se nouent les plus profonds souvenirs, avec les regrets et les secrets qui les accompagnent. Vous-même, vous avez dû prononcer vos pires horreurs dans un couloir d'appartement, ou subir vos plus terribles humiliations dans une cantine de collège. Voilà ce que traque la détective spécialisée en spectres : les portes que l'administratif ouvre vers l'intime. Dans les certificats et les actes notariés, elle sait déceler les endroits éligibles au statut de résidence éternelle.

Elle contourne le bureau d'accueil en pin, posé au milieu du hall comme la dernière statue d'un musée oublié. Aucun de ses tiroirs ne possède de serrure qui corresponde à l'une des deux clés.

Derrière, le double escalier spirale jusqu'à l'étage. Les talons de la passeuse claquent sur le marbre des marches et résonnent dans tout l'édifice. Arrivée en haut, elle n'a même pas besoin de chercher la bonne porte : une seule est fermée. La grande clé marron s'y glisse, les rouages cliquettent. Le verrou s'ouvre.

Le sol de la salle des archives est couvert de miettes de peinture et de feuilles mortes. Sur deux murs entiers, la pièce est encombrée de deux armoires aux tiroirs carrés, échiquiers géants adossés contre les cloisons, fatigués de jouer. Leurs étiquettes affichent d'étranges codes : *AB-AL*, *AM-BE*, *BI-BO*, *BR-CE*, *CH-DA*. Félicité tire une poignée au hasard : un tiroir étroit et profond se déroule. Entre ses rails se tiennent des centaines de fiches debout, au garde-à-vous, qui attendent là de servir quelqu'un. Les plus anciennes sont jaunies, leurs bords flétris, d'autres plus blanches, reliées par grappes. Elles ne paraissent classées ni par année, ni par nom de famille. Personne n'en portait vraiment, ici. On se contentait d'un prénom et d'un sobriquet, c'était bien suffisant pour se reconnaître.

Dans la section *CA-*, plusieurs prénoms occupent la rangée : Camille, Carla, Cassandra, Caterina, Catherine, Carmen, Carole, Caroline, Carmine. Certains ne lui évoquent rien, ce qui lui semble étrange dans ce pays où presque aucun nom nouveau n'existe puisqu'on y récupère ceux des tantes et des grands-mères depuis l'an Pépin. En même temps, elle ne peut pas dire qu'elle connaissait vraiment les gens d'ici.

Elle étale par terre les feuilles qui portent le nom de Carmine. Il y a là des comptes rendus de conseils municipaux signés par sa mère, des listes électorales toutes menées par Carmine, et un acte de mariage.

Le mercredi 8 février de l'année des fortes chaleurs, à 16 heures,
M. Germain, berger de son état, et Mlle Carmine, sa fiancée, se sont présentés devant M. le maire de Bégoumas-sous-Mont pour être unis par les liens du mariage.
Sur leur assentiment, et sans opposition aucune, M. le maire a déclaré M. Germain et Mlle Carmine unis par les liens du mariage.

Ce mercredi-là, Félicité le sait parce que sa mère le lui a raconté et que l'archive le confirme, la chaleur pesait comme en plein mois de mai, les thyms faisaient des bourgeons mauves dont on décorait les salades et les enfants se baignaient dans le lac où fondaient les neiges.

Elle met la main, dans un autre tiroir, sur son propre acte de naissance. Signé par Mireille, la sage-femme. Sous le nom de Félicité est inscrit un mot qu'elle ne reconnaît pas d'abord, puis elle se souvient de ce que sa jumelle a marmonné. Egonia. C'est donc de l'accoucheuse que lui vient ce nom inventé aux accents fleuris.

En plongeant la main au fond du tiroir, pour vérifier qu'aucun papier n'a glissé, Félicité trouve la boîte à bijoux.

Elle est cachée sous les fiches *Carmen*, juste à côté du

compartiment *Carmine*. On dirait une perle vomie par une huître énorme, sa nacre traversée par des arceaux d'or noirci. La serrure centrale accueille parfaitement la seconde clé.

L'intérieur, tapissé de fragments de miroir, réplique cent fois le visage de Félicité. Tous ses reflets se penchent sur le contenu du coffret, certains inquiets, d'autres curieux.

Parmi les pièces d'une monnaie qui n'a plus cours traîne une alliance, gravée de deux initiales : G et C. Félicité trouve aussi, entre des billets marqués d'un profil qu'elle ne reconnaît pas, un papier brun, plié et déplié jusqu'à se dissoudre aux jointures. L'écriture y est pleine de déliés, de *m* et de *n* qui se ressemblent, de barres de *t* et de tiges de *g* qui s'enroulent en boucles. Dans ce lacis d'encre pâlie, mêlé d'italien et de provençal, Félicité parvient à déchiffrer :

L'an de la grande gelée et de l'effondrement du col pardevant nous se sont présentés M. Gabriel, soldat de son état, et Mlle Carmine
aucune opposition n'ayant été manifestée et les deux contractants étant consentants et en pleine possession de leurs moyens
nous avons scellé entre eux le lien du mariage ce samedi 9 août à 11 heures du matin en la mairie de Bégoumas-sous-Mont

Il fallait se lever tôt pour dérouter Félicité.

Ce jour-là, elle a eu besoin de s'asseoir sur le sol fissuré des archives.

Le village n'a accueilli qu'une seule Carmine. Et sur ces deux papiers, la même femme se marie.

Un pigeon entre par la fenêtre dans un froissement de plumes et se pose au-dessus de l'armoire.

Félicité refuse d'abord de croire ce qu'elle lit. Elle compare les deux actes de mariage qui portent, comme décalqués l'un sur l'autre, le même nom, la même signature. Elle tente de se convaincre que le plus ancien est un faux. Qu'une autre Carmine a vécu ici et signait comme sa mère. Que ce n'est qu'une copie du même acte, avec quelques erreurs de transcription, sur un papier plus fragile. Que l'on peut se tromper entre Germain et Gabriel, qu'il faisait trop chaud ce mois de février, que le maire s'est cru en août.

Mais son esprit, toujours, la ramène vers la vérité. Il existait dans la vie de sa mère un gouffre béant couvert d'une trappe de mensonges. Elle vient de marcher dessus.

Elle repense à son dernier client et se demande, un peu absurdement, si elle porte sur le visage le même air d'enfant perdu.

La boîte recèle encore quelques secrets. Félicité en extrait un livre pas plus grand que sa main, trois mots gravés dans le cuir : *ALBUM DE PHOTOGRAPHIES*. Le livre craque et grince quand elle l'ouvre.

Page après page cartonnée, elle découvre un univers étrange, un monde qui lui semble familier avec ses maisons et ses géraniums, ses rues et ses volets, sans être tout à fait le sien. Sur les petites photographies nettes en noir et blanc, les modèles posent avec dignité, rares sourires, habits du dimanche. Félicité ne reconnaît aucun visage, même si certains lui évoquent vaguement quelque chose, et pourtant elle sait que ces instants choisis, triés hors du réel – il y a bien du vivant après et avant, cette mère qui demande aux gamins d'arrêter de jouer, ce grand frère qui pince discrètement sa sœur, ce père qui se lisse la moustache, ce bébé qui vagit, le photographe qui rassemble et apaise ce monde comme un berger ses brebis, mais sur l'image il n'en reste rien, rien qu'une famille sérieuse et une moustache lissée –, tous ces instants ont été capturés ici, au village. Les façades sont encore debout, les pavés alignés. Il n'y a pas de troncs en travers des toits effondrés. Mais c'est bien ici. À côté de chaque photographie, sur le carton décoré de motifs végétaux, une main a tracé à la plume :

Famille Verdier, un dimanche à Bégoumas,
année des olives sèches

Conseil municipal, sortie de réunion hebdomadaire,
année de la grande chasse au loup

M. Marius, médecin en costume, et sa femme.
Deuxième jour d'une nouvelle année sans catastrophe
encore, après l'année des trois noyades

L'une des images arrête les yeux de Félicité. Le lavoir y est plein d'eau, de femmes et de tissus. Parmi les lavandières qui posent devant le bassin, panier de chiffons sous le bras, il y en a une, petite et menue, dont les boucles noires encadrent un visage en cœur, joues rondes et menton pointu. Mais son regard, lui, n'a rien de poupin. On le devine féroce et amusé, d'un or acidulé sous les teintes de gris, il semble se moquer du photographe et c'est, constate Félicité, celui de sa mère.

Lavandières après le travail,
année des fleurs carnassières

Sur la dernière page, Carmine apparaît de nouveau. En pied cette fois, dans une robe simple agrémentée d'un ruban à la taille, couronne de marguerites dans les cheveux, bouquet d'œillets à la main. À son bras, un marié en habit noir la regarde et sourit, comme ne sourit aucun homme sur les photographies, comme personne d'autre ne regarde : ravi, ensorcelé, esclave et heureux. Sous le béret, son visage est sombre et doux.

Gabriel & Carmine
Jour béni de notre mariage
An de la grande gelée et de l'effondrement des gorges

Félicité retient par le col les suppositions qui s'élancent et se bousculent sous son crâne. C'est impossible. Ni elle ni sa sœur n'ont jamais ressemblé à ce garçon trapu aux yeux noirs. Félicité a la morphologie longiligne de son père. De Germain. Elle le sait, elle a grandi avec son fantôme.

Et puis ça n'a pas de sens. Elle était trop jeune. Si Carmine s'était mariée une première fois, elle le lui aurait dit puisqu'elles partageaient tout, tout jusqu'à leurs rêves nocturnes les plus inavouables.

Félicité, du moins, avait tout partagé. Maintenant qu'elle y pense, sa mère prétendait souvent ne pas se rappeler ses rêves.

Félicité se voit de loin au-dessus, comme à travers le regard du pigeon, et regrette d'être déjà assise. Elle aurait aimé pouvoir descendre encore d'un cran. Son esprit chute et lui échappe des mains sans qu'elle puisse le rattraper.

Les reflets dans la boîte s'animent, chacun dans sa case-miroir comme entre les rideaux d'un théâtre minuscule. Elle se penche pour distinguer leurs gestes – ils rejouent des scènes de son enfance. Elle reconnaît chacun de ces moments, elle s'en souvient très bien mais les voit, soudain, sous une lumière plus crue.

Un soir. Félicité a huit ans. Elle joue depuis la sortie de l'école avec sa sœur, dans leur repaire au milieu de la forêt, quand il se met à pleuvoir. Il fait presque nuit. Elle ne s'en était pas rendu compte. Sur la terre boueuse et sous l'eau qui la fouette, elle court jusqu'à la bergerie. Elle trébuche sur une pierre ; la peau de son genou éclate contre le rocher. Lorsqu'elle rentre, frigorifiée, dégoulinante, la jambe en sang, sa mère ne se lève pas de sa chaise. Elle reste devant le feu. Elle a les yeux rouges et les joues mouillées. « Tu devais rentrer à 18 heures, murmure Carmine. Je me suis inquiétée. » Après un long silence, rythmé seulement par les rafales de pluie sur le toit et les gouttes qui tombent une à une des cheveux de Félicité, Carmine se tourne vers elle et pose une main sur son cœur. « La plupart des gens, c'est ici qu'ils ressentent les choses, qu'ils vivent et qu'ils battent et qu'il leur vient les larmes ou les chansons. Moi – et elle lui empoigne les mains, brûlantes sur celles glacées de Félicité –, c'est là, dans ce petit corps sorti du mien. » Sa voix se brise. Félicité qui tremble de froid caresse la joue de sa mère qui pleure. Puis Carmine sursaute. « Mais tu dois être gelée, mon pauvre amour ! Et ton genou ! » Toute la soirée, elle soigne et réchauffe Félicité, lui prépare des pommes cuites au miel, l'entoure de serviettes et de tendresses et d'histoires qui la font rire. Félicité est bien contente d'avoir égratigné son genou et couru sous la pluie. Jamais elle ne s'est sentie aussi choyée. Une vraie poupée que sa propriétaire enchantée dorlote.

Le jour du rouge dans les cheveux. Elle a dix ans. Quand Carmine se rend compte que Félicité a la tête entièrement blanche, elle ne lui embrasse pas le front, en réalité. D'abord elle ouvre grand la bouche dans un cri silencieux. Elle recule par terre, sur les fesses et les coudes. Félicité se couvre la tête de ses mains sans pouvoir cacher tout son crâne avec ses petits doigts d'enfant. Elle ne veut pas mettre maman dans cet état, maman qui maintenant ferme les yeux et respire trop fort, comme si sa fille s'était transformée devant elle en cadavre vivant. « Je suis désolée », dit Félicité. Carmine ne l'entend pas. Elle se précipite vers le miroir, se met du rose sur les lèvres, recoiffe ses boucles, ajuste sa robe et sort sans la regarder.

Un samedi matin. Félicité a treize ans. Sa mère s'observe dans la glace ovale pendant que la teinture imprègne leurs cheveux. Carmine a retiré ses habits pour ne pas les tacher. En sous-vêtements, elle scrute sa silhouette, se tourne et se retourne, de dos, de face, de profil. Félicité la trouve très belle, si belle que c'en est impressionnant et qu'elle n'ose pas, elle, retirer sa robe, parce qu'elle est trop maigre et gauche, comme le répète maman. « Tu dois penser que je suis affreuse, murmure Carmine avec dégoût sans quitter son reflet des yeux. Avec mes rides et mon ventre marqué par la grossesse. Tu dois te dire que tu vas finir pareil. Vieille et laide. Je me disais ça, moi, quand je voyais ma mère se changer dans la salle de bains. » Félicité ne comprend pas. Tout le monde trouve maman jolie, c'est même comme ça qu'elle réussit à obtenir deux fois plus de pain que les autres en payant moins cher. Plus tard, lorsque Carmine est partie, Félicité se regarde à son tour dans le miroir. Elle y découvre des laideurs qu'elle n'avait jamais remarquées avant.

Un midi en plein été. Elle a presque quinze ans. Elle a attendu les résultats et ils sont arrivés : acceptée. Le facteur vient de lui donner le courrier qui le confirme. Elle a réussi. Elle va entrer au lycée à Nice. Des larmes lui montent aux yeux, d'abord de joie, elle pense, avant de se rendre compte que non, ce n'est pas tout à fait ça. C'est l'image de sa mère qui s'imprime sur le papier. Sa mère qui lui fera des sourires trop grands en lui disant au revoir, qui la regardera s'éloigner vers sa nouvelle vie et qui continuera à sourire longtemps, à longtemps agiter la main après son départ, afin d'être sûre que Félicité ne se retournera pas pour lui adresser un dernier signe d'au revoir, et qui, longtemps après, quand Félicité aura définitivement disparu dans un virage de la route, refermera la porte et s'autorisera alors, seulement, à perdre son sourire. Félicité chasse les larmes de ses paupières. Elle ne dira pas à maman qu'elle va partir à Nice. Pas tout de suite. Ça peut attendre.

Une nuit d'hiver. Félicité a dix-neuf ans. Elle est au Vietnam avec Marine, sa professeure de théilogie. Bientôt elles trouveront enfin le théier des fées qu'elles cherchent depuis dix jours au milieu de la jungle. Demain, peut-être. Mais cette nuit-là, Félicité se réveille en sueur. « Ta mère, encore ? lui demande Marine ensommeillée. Tu dois rentrer ? » Ce n'est pas la première fois que Félicité interrompt ses voyages avec la théilogue. Sa mère a besoin d'elle ; elle le sent. Depuis trois ans que Nanie a disparu, maman va mal. Elle n'est plus elle-même – pas tous les jours. Elle ne veut pas quitter Bégoumas abandonné. L'autre fois, en revenant de Chine, Félicité a trouvé Carmine prostrée, sous-alimentée. Elle lui avait apporté des provisions mais son retour a été retardé. L'image de sa mère pâle, amaigrie, presque morte à cause de son absence ne la quitte plus. Depuis, elle part moins souvent. Moins tranquille. Bientôt elle ne partira plus du tout. Et au lieu de devenir théilogue, au lieu d'aller sur des continents inconnus chasser les thés précieux, Félicité passera les fantômes. Elle se fabriquera une vie d'habitudes et de routines ordonnées. Pour rester à Nice. Pour s'occuper de maman.

Un mardi. Félicité a vingt-quatre ans. Trente ans. Trente-sept. Quarante-cinq. Le seul voyage qui lui reste est celui qui monte vers les ruines de Bégoumas. Là-haut l'attend sa mère, ou ce qu'il en subsiste. Pas grand-chose. Une silhouette, une voix. Parfois une bagarre quand Carmine ne la reconnaît pas. Quand elle la chasse hors du village à coups de boîtes de conserve. Quand elle l'injurie si sa fille tente de lui offrir du thé. De temps en temps, c'est rare, Félicité retrouve pour quelques minutes de chaleur sa mère, telle qu'elle existe dans son souvenir.

Ou dans une partie de ses souvenirs. Celle qui occupe la face brillante et lisse de sa mémoire.

Cette pièce-là vient de se retourner.

« Ta mère, elle te prend tout, elle ne donne rien, lui avait craché Agonie la nuit où le monde s'est fissuré. Ou juste assez pour te garder près d'elle. Une vraie droguée à qui on offre un peu de came, un tout petit peu, pour qu'elle reste et continue à bosser. Et à dire merci, surtout. »

En rassemblant dans ses poches l'alliance, l'album et les deux actes de mariage, Félicité regarde une dernière fois ses cent reflets à l'intérieur du coffret, les yeux vastes et les joues blêmes. Ils ont cessé de jouer leurs saynètes.

Elle claque le couvercle et ne l'ouvrira plus.

Le berger-tempestaïre

C'est pratique, n'est-ce pas, les questions et la colère. Ça fait oublier le chagrin.

Alors Félicité les emporte, suspendues autour du cou comme une paire de gants de boxe, tandis qu'elle remonte vers la bergerie. Sa colère et ses questions écrasent en elle tout le reste et c'est un broiement bienvenu qui n'attend même pas de réponse, parce qu'il est plus simple de se demander jusqu'où s'empilent les secrets et les mensonges, jusqu'où ça va, cette histoire, jusqu'où ça étend ses racines et ses mystères, jusqu'où et jusqu'à quand.

Pas si loin, Félicité.

Pas loin mais très profond.

Sa sœur, bien sûr, n'a pas ramené le moindre fantôme de la montagne. Elle a juste réussi à tordre la cuiller phantopréhensible comme elle a le don de tout tordre. Félicité, sans lui adresser un mot, dépoussière la table du revers de la manche et y pose sa mallette.

Au fond de la pièce, dans la porte ornée d'un chardon, surgit une tête. Celle de son père.

« Viens m'aider. La Montauciel va mettre bas, faut pailler sa case d'agnelage.

— Bonjour, papa.

— Oui, viens, on n'a pas le temps. »

Elle sort une à une les tasses, les cuillers, les soucoupes. Aussitôt le fantôme se calme. Son corps entier traverse la porte.

« Un thé ensemble, ça te dit ? »

Il hoche la tête, les yeux écarquillés sur le service à thé. Félicité installe son réchaud portatif, attrape une vieille casserole dans un placard et la remplit à la pompe. Il lui faut une dizaine de poussées pour que l'eau gicle, dix encore pour qu'elle sorte claire.

« Papa, commence Félicité tandis que l'eau chauffe doucement, j'ai des questions à te poser sur maman.

— Ah.

— Tu veux bien me répondre ?

— Je dois tendre l'oreille en même temps, tu sais. Faut bien protéger mes bêtes des loups et des voleurs, puis des gamins d'en bas qui aiment à leur jeter des pierres. »

L'eau chante bientôt la note exacte qu'attend Félicité. Elle laisse tomber dans la théière – en forme de cavalier sur sa monture – un peu de thé des Merveilles mêlé à celui du lac de Veillos. Elle retire la casserole frémissante du réchaud, verse l'eau sur les feuilles. Une vapeur épicée embaume la bergerie. Les mains autour de la théière, Félicité ferme les yeux.

Il lui reste au moins ça, elle pense. Au moins la chaleur entre les paumes, les volutes, le parfum. Au moins le thé.

Quand le temps d'infusion est écoulé, elle verse le liquide fumant dans la tasse de son père.

« Vas-y, tu peux boire.

— Merci. Il est bon, ce thé. »

Elle le laisse savourer la brûlure qui lui descend le long des mains, sur les lèvres, entre les dents, contre la langue et dans la gorge, jusqu'au fond de cet estomac qui n'a rien goûté depuis près d'un demi-siècle.

Son père n'a jamais manifesté l'envie de passer. L'éternité dans une bergerie, après tout, ce n'est pas pire qu'ailleurs.

« Hier, maman a crié. Tu l'as entendue ?

— J'ai entendu, oui.

— Ensuite elle s'est tue, d'un coup. Dans la cabine téléphonique sur la grand-place. N'est-ce pas ?

— J'ai cru qu'elle me rejoindrait ici, après toutes ces années. Mais elle est pas revenue. Je suis tout seul pour de bon, maintenant. Même les bêtes sont parties. »

Le thé fait son œuvre. Son père a conscience, pour quelques instants, du temps véritable où il se trouve. Les gamins d'en bas n'existent plus. Les brebis sont mortes.

« Est-ce que tu sais ce qu'elle essayait de dire ?

— Non. Je l'ai juste entendue crier, pas de mots précis. Je peux avoir encore du thé ?

— Après, peut-être. »

Elle prend un moment pour respirer avant de poser sa question.

« Maman disparaissait souvent, quand j'étais petite. Elle s'absentait environ deux semaines, plusieurs fois par an. Est-ce qu'avant notre naissance, elle le faisait déjà ? De partir comme ça ?

— Oui. Mais moi aussi, je m'en allais dans la montagne, vers les alpages, chaque printemps.

— Tu sais où elle partait ?

— J'ai jamais cherché. Elle revenait les habits mouillés, alors je me suis dit qu'elle devait se rendre où il pleut souvent. En Bretagne peut-être, ou près de l'océan. Ou plus haut dans les montagnes, là où il neige tout le temps. Mais ce qu'elle fabriquait là-bas, ça… »

Elle doit se montrer patiente. Reprendre l'interrogatoire comme elle en a l'habitude. Ça a du bon, les habitudes, malgré ce qu'en dit la comtesse. Si Félicité les a gardées, c'est qu'elles ont fait leurs preuves.

« Pense à maman. À Carmine. Dis-moi la première chose qui se présente à ton esprit quand tu penses à elle. Votre vie ensemble, votre rencontre, ce qu'elle t'a raconté de son passé, un moment que tu te rappelles… N'importe quoi. Ce qui te vient. »

Elle ne lui montre pas encore les photographies. Si son pauvre père ignore tout du premier mariage, elle préfère l'épargner. Du moins tant que le thé lui rend tout plus sensible et plus vrai.

Il tient la tasse entre ses mains comme un moineau fragile.

« Tu sais ce qu'on dit des bergers ici. On me détestait pas, on m'aimait pas non plus. Je pouvais être utile ou dangereux, donc on me saluait de loin sans jamais m'approcher. Le pâtissier montait de temps en temps pour le lait, la fileuse pour la laine, et voilà. Attention, je m'en plains pas. Quand on devient berger, on le sait qu'on sera pris pour un jeteux de sorts, un faiseur de temps, un tempestaïre. Et c'est vrai.

Je le nie pas. Je pouvais éloigner l'orage de mes troupeaux et guider la pluie vers mes pâturages pour qu'ils verdissent.

C'est très simple, en réalité, n'importe qui peut l'apprendre. Les gens croient qu'en hurlant contre le vent, en suppliant le ciel, ils arriveront à quelque chose. Pas du tout. Tu aimerais, toi, qu'on te crie de partir, qu'on te supplie de disparaître ? Bon. Les nuages, c'est pareil. Comme n'importe qui, au fond : il faut apprendre à les connaître. Les fréquenter longtemps sans réclamer leur compagnie. Devenir leur ami. Rester depuis l'enfance sous la pluie poisseuse, des journées et des nuits, et surtout sans se plaindre, parce que râler, ça change rien. Écouter la tempête siffler furieusement sans jamais lui répondre, sans imprécations, sans la maudire. Se laisser brûler la peau par la lumière qui t'aveugle, se laisser brunir les bras et blondir les cheveux. S'enraciner, presque, à se faire passer pour un arbre et recevoir la foudre s'il faut en arriver là pour protéger les bêtes. Alors, petit à petit, le ciel te connaît. Il sait où te trouver, le rythme de ton pas, la texture de ta peau, le timbre de ta voix. Et comme tu n'as rien demandé de toutes ces années, comme tu l'as laissé couler, souffler, brûler, hurler sur toi, si un jour tu dis doucement, sans insister, j'aimerais un peu moins de vent, s'il te plaît, il va pas te le refuser. Voilà comment on devient tempestaïre. De la patience et du silence. Du temps sans toit, sans tuiles et sans ardoises entre le ciel et toi. Rien de plus.

Mais les gens, tu as beau leur expliquer, ils écoutent pas. Quand je suis arrivé ici j'avais vingt ans et jamais tenu une conversation de plus d'un quart d'heure – sauf avec les moutons, je veux dire. J'ai pris la bergerie parce qu'elle était vide et que personne la réclamait, à cause des fleurs cannibales. Ça réjouissait le hameau de retrouver du fromage et des écharpes en laine. On me parlait pas davantage pour autant, tu penses, mais au moins je faisais partie de quelque chose, même de loin. Je suis resté comme ça vingt ans de plus.

Et puis un soir, en plein agnelage, on a tambouriné à la porte. J'ai d'abord cru à un orage de mars tombé sans prévenir. Je suis allé ouvrir. Là, dans la nuit sans tonnerre, il y avait une fille. Elle portait des couleurs de ciel et de prairies. Vous habitez ici ? elle m'a demandé. J'ai hoché la tête. J'étais déjà pas bavard, mais d'un coup même les mots oui et non m'ont paru compliqués. Je vais entrer quand même, elle a dit.

Ça tombait bien, j'avais besoin d'aide avec les brebis.

Tout de suite la fille a installé ses deux gros sacs dans la maison, elle a rempli une bassine à la pompe et s'est rincé les mains. Comme si elle vivait ici et que c'était moi, l'invité. On a accouché ensemble huit agneaux ce printemps-là. Les huit premiers.

Elle me posait pas de questions donc j'ai rien demandé non plus. Je la regardais pas trop, sauf quand elle me voyait pas. Elle avait l'allure d'une fée, et je me réveillais chaque matin en pensant que sans doute elle serait plus là, alors je saurais jamais si je l'avais rêvée ou si j'avais commencé à dormir dans la paille de l'étable par simple folie, pour laisser mon matelas à un mirage.

Mais elle est restée. Elle a trouvé des noms pour les agneaux. Elle a mangé avec moi des salades de pissenlits et des bouillons au romarin. Elle a tondu et trait les bêtes. Elle m'a raconté qu'elle s'appelait Carmine, et beaucoup d'autres choses encore. Elle a dansé devant le feu quand je jouais du fifre et du tambourin. Elle m'a invité à la rejoindre sur mon propre matelas.

Quelquefois, Carmine avait des accès de tempête. Pour un bleu sur sa cuisse, pour une remarque reçue au marché, elle rentrait sans fermer la porte, se roulait en boule et restait par terre à grincer des dents. Elle pleurait pas, elle criait pas. Le ciel le faisait pour elle. Des orages et des pluies tels que seul le mont Bégo sait en déchaîner. Le fracas d'un fouet géant qui claque contre les cimes, des mélèzes qui hurlent comme déracinés, comme si on arrachait leurs jambes hors de la terre, les bêtes qui bêlent en écho, qui ruent et s'affolent de l'autre côté du mur. De la foudre surtout, à fendre la montagne. Peut-être, je pensais alors, que Carmine restait pour le tempestaïre en moi, pour que j'éloigne d'elle les tonnerres. Pourtant, même si je demandais au ciel d'apaiser sa furie, rien ne marchait mieux que de tenir la petite contre moi et de lui murmurer des mots, des jolie Carmine, ma belle Carmine, ma chérie. Elle répétait après moi : Jolie Carmine. Belle Carmine. Carmine chérie. Son front devenait moins fiévreux. Sa mâchoire se dénouait. Elle respirait mieux et l'ouragan passait.

En rentrant, une fois, je l'ai trouvée assise près du feu, face à un homme en tunique noire et col blanc. Ce monsieur va nous marier, elle m'a dit. C'est bien, j'ai répondu, et je le pensais.

Le jour de la fête, avec sa couronne de sapin, sa robe en laine tissée, ses graines de rousseur sur le nez et les pommettes, j'ai cru épouser un esprit des forêts.

Je comprenais pas pourquoi Carmine, la petite et menue Carmine, cent fois plus de beauté et vingt ans de moins que moi, douce depuis le dessous des pieds jusqu'aux paupières, sombre et rose, et belle – je t'ai dit à quel point elle était belle ? –, restait auprès d'un berger gris, silencieux et rugueux. J'ai jamais osé soulever la question. J'avais peur qu'elle se la pose aussi.

Moi j'étais de plus en plus vieux, de plus en plus plissé, et elle, elle continuait d'avoir vingt ans. Déjà qu'au début, les gens la prenaient pour ma fille, bientôt on m'a demandé si c'était ma petite-fille. Je m'en fichais. Tant qu'elle restait, et tant qu'elle s'en fichait aussi, ça m'était bien égal.

Elle s'est mise à grossir, toujours très joliment, un peu avant ma mort. Et j'en ai vu des délivrances, mais pas une fois un tel chaos.

Carmine avait la haine des portées multiples. Les brebis grosses et faibles aux mamelles difformes, les pattes chancelantes sous le poids des petits, elle en frissonnait déjà de dégoût. Elle détournait les yeux. Mais alors si elle devinait, du coin de l'œil, deux museaux sortir d'un même ventre, on partait à nouveau pour une nuit d'orage. Tu comprends pourquoi sentir son propre corps agité de batailles, secoué de morsures et de poings, elle a pas supporté. Tempête sur tempête, bise brune, lombarde, et les nuits qui clignotent, entrecoupées d'éclairs. Même la Mireille, elle voulait plus venir.

Pour soulager Carmine, je disais les gardes secrètes enseignées par mon père, les mots qui ne sont qu'aux bergers. Je dessinais des croix à la plume d'outarde. Je clouais des chardons aux portes pour chasser les masques et les ombres.

Mais au bout de neuf mois il ne s'est rien passé. Elle n'a pas accouché. Elle a grossi encore.

Et puis, bon, il y a eu cet incident. C'est-à-dire qu'en cherchant l'une de mes brebis qui s'était égarée, j'ai juste un peu glissé, et ma tempe a cogné l'arête d'une pierre. J'ai même pas eu mal. Mais le soir, devant ma soupe, j'ai soudain vu blanc, bleu, très envie de vomir, puis plus rien.

La suite tu la sais, puisque tu étais là.

Je n'ai pas plus à raconter, sinon qu'elle parlait souvent dans ses délires de désert, de sable, de guerre qu'on oublie, de rochers rouges et de statues. Rien de vraiment sensé, tu vois. Je me souviens aussi qu'au milieu de ses fièvres elle appelait parfois une certaine Gabrielle, mais à ma connaissance elle n'avait ni sœur, ni mère, ni tante qui soit en vie. Elle était orpheline et sans amis au monde. À part moi, je crois. Enfin j'espère.

Est-ce qu'il reste du thé ? »

Félicité, en entendant le nom de Gabriel, voudrait le prendre dans ses bras. Elle étend sa main qui lui traverse l'épaule sans l'étreindre.

« Donc tu ne sais pas ce qui l'a occupée jusqu'à cette nuit où elle a débarqué ici ? Là où elle partait, d'où elle venait, pourquoi elle a choisi ce village loin de tout, qui étaient ses parents ?

— Morts depuis longtemps, répond rêveusement son père. Enterrés ensemble à Nice, sur la colline. Adélaïde et Zacario. Elle m'a jamais dit leurs prénoms ; je les ai entendus le jour du mariage. Pas retenu leur nom de famille. Pour le reste, non, j'en sais rien. Et je vais te dire, Félicité : s'il fallait retourner sur mes pas, je ne voudrais rien savoir d'autre. Quand tu as quarante ans, le double de moutons et personne à aimer, si une fée des forêts frappe une nuit à ta porte et souhaite t'épouser, tu ne demandes rien. La vérité, c'est une bulle de savon noir. Tu cherches à la saisir ; elle risque d'éclater. »

Le corps et les corbeaux

« Félicité, je lui ai dit à ce moment de son récit, l'histoire que vous me racontez, je la trouve passionnante, ce n'est pas la question, mais voilà : elle se passe trente ans après les faits. Et moi, aux archives, on va commencer à m'interroger. »

Félicité a reposé sa tasse, tout doucement, sans la faire claquer contre la soucoupe. Elle a mis son menton sur ses mains croisées, comme ça, m'a regardé jusqu'au fond du crâne avec ses yeux métalliques et m'a répondu :

« Ah bon ? »

J'ai dégluti ma gorgée de thé. Elle a continué.

« Si tu montes encore aujourd'hui à Bégoumas, tu trouveras au milieu de la grand-place, ou ce qu'il en reste, un rectangle de fleurs bestiales et plus hautes que toi.

Avant de partir, ce soir-là, Egonia a tapé du pied par terre et, pendant un moment, j'ai cru que le soleil s'était couché d'un coup. Un ouragan de corbeaux a fondu sur le village. Ils ont si bien picoré les pavés qu'en deux minutes on avait un trou de trois mètres entre le bar et le salon de coiffure. Puis ils sont allés chercher le corps de ma mère sous son tas de verre brisé. Ils l'ont posé au fond du bout du bec et, de leurs ailes, ils ont comblé le caveau. Tout s'est fait tellement vite que je n'ai même pas eu le temps de sentir à nouveau l'odeur quand maman est passée, ni de lui dire adieu. Egonia a craché sur les gravats. Il en est sorti ces fleurs énormes à crocs pointus, d'un noir violacé irisé de pourpre et d'or.

Maman aurait détesté, je crois.

C'était toujours mieux que de la laisser pourrir dans les débris de la cabine. »

Renverser le thé

Depuis la banquette arrière, sur le trajet du retour, Agonie emplit l'habitacle avec son haleine de champignons et refuse de s'attacher. À chaque virage de la vallée, Félicité lui propose d'ouvrir la fenêtre, sur le ton mi-rassurant mi-alarmé qu'elle utilisait, enfant, pour lui faire retenir ses explosions. Elle n'imagine même pas ce que ça donnerait, la bile de sa sœur sur les sièges en cuir.

Quand la route tourne un peu moins, elle regarde dans le rétroviseur et dit :

« Tu n'as pas le droit de garder ça pour toi, tu sais. C'était ma mère. Et de toute façon, si tu veux la retrouver, tu devras me dire ce qu'il y avait dans ce carnet, tôt ou tard. »

Agonie agrippe les sièges avant avec ses mains crochues, le regard frénétiquement attiré par le paysage qui défile, incapable de fixer les yeux sur l'horizon. Elle n'est jamais montée dans aucun véhicule, même pas sur un âne. De pitié, ou de dégoût peut-être, Félicité finit par baisser elle-même la fenêtre. L'air froid du soir piégé entre les gorges de la Vésubie s'engouffre dans la voiture.

« Plus tard. Peut-être », souffle Agonie. Le vent happe les quatre insectes noirs qui sortent de ses lèvres.

De retour en haut de son palais, Félicité allume l'entrée, retire ses bottes, pose les clés près du téléphone. Sa sœur, elle, reste plantée dans le couloir. Félicité soupire et la pousse comme un gros chariot jusqu'à la douche.

Egonia hésite un instant devant la salle de bains. Des odeurs de mangue et d'orange lui remontent dans les narines rien qu'à la vue du lavabo. Mais elle se raisonne. Ici, au moins, la porte n'a pas de serrure. Et sa mère n'est plus là pour tourner la clé.

Après lui avoir montré comment ouvrir et fermer les robinets, régler la température et utiliser le shampoing, Félicité repart vers la cuisine.

Elle se frotte les joues et les lèvres au liquide vaisselle. Longtemps elle laisse l'eau froide couler sur sa langue. Puis elle attrape le torchon rêche accroché au four et le passe sur son visage, son cou et ses bras, partout où l'eau a dégouliné. L'odeur du cadavre a presque disparu. Pas le souvenir, ni les mensonges.

« Félicité ? appelle la voix d'Angèle-Victoire depuis le salon. J'ai presque fini de boire ce que vous m'avez préparé ce matin. Voilà un quart d'heure que vous êtes rentrée et je n'entends toujours pas siffler la bouilloire… »

La passeuse de fantômes, les deux mains appuyées contre le bac de l'évier, lève les yeux vers les étagères à sa droite. Son regard se pose sur les boîtes alignées.

« Je nous ai servi un bon thé réconfortant. »

Elle claironne son annonce quand la sorcière émerge de la salle de bains et se risque dans le salon, fumante, humide et rouge. Elle a remis ses habits encrassés qui font un bruit de vide-ordures dès qu'elle bouge, mais elle sent déjà un peu moins mauvais. Félicité tire une chaise et lui indique de s'asseoir.

Egonia se raidit. Félicité n'a jamais partagé son thé avec elle. Sauf une seule fois. Et puis le service posé sur la table n'a rien à voir avec la porcelaine qu'elle a offerte à leur père cet après-midi. La théière est en fonte, les tasses en bois épais. Solides. Sans valeur.

« Viens, Nanie, assieds-toi. »

Cet ordre au ton doucereux lui en rappelle d'autres. Des interdictions de toucher. Des invitations à entrer dans des lieux étroits dont elle ne pouvait plus sortir.

« Tiens, prends une tasse. »

Les griffes d'Egonia s'enfoncent dans ses paumes.

« Bois tant que c'est chaud. »

Egonia se lève d'un bond en cognant son poing sur la table. La théière en fonte sursaute.

« Calme-toi, Nanie… »

Du revers de la main, elle éjecte contre le mur la tasse en bois qui projette le thé fumant sur le parquet, le buffet, la tapisserie, et éclabousse la comtesse.

Félicité ignore les cris indignés du fantôme. Sur un ton calme, presque doux, bien plus doux que son regard, elle dit :

« C'est un thé rare et précieux que tu viens de gâcher.

— Un thé qui fait parler ceux qui le boivent. »

Félicité poursuit aussitôt les neuf papillons jusqu'à ce qu'ils s'envolent par la fenêtre, puis se retourne, le souffle court, vers sa sœur.

Elles ne se disent rien. C'est inutile.

Pas besoin de parler pour lire mot à mot le discours intérieur que l'autre se récite.

Et puis franchement, qu'est-ce qu'il y aurait à dire,
après une vie entière à s'ignorer,
à vivre en fille unique et en fille de personne ?

Quoi de plus à se dire, trente ans après s'être quittées ?

Sous les haillons de ma sœur
songe Félicité
sous ses haillons ce que je vois
c'est un tas où s'empile
très exactement
la liste des scories que j'ai abandonnées
sur le perron de mon palais
rien d'éclatant que la laideur
rien de puissant que la nausée
le dégoût qu'elle essaime exprès
pour emmerder le monde et mériter sa haine
s'en délecter
car s'il faut que l'on soit meurtrie
autant choisir avec quelle dague
autant la fabriquer
l'offrir à chaque main qui passe pour garder l'illusion
après les coups
que la blessure ne saigne pas
puisqu'au fond cette déchirure
n'était orchestrée que par soi

Sous les tissus d'argent et sous les cheveux lisses
songe Egonia
je reconnais une ombre
celle de l'autre que j'aurais pu devenir
femme-béton cimentée de certitudes
cuirassée d'habitudes
verticale
sans fissures
terrée si loin derrière ses murs
ce territoire où elle amasse
bottes d'acier cheveux teintés précieuses porcelaines
qu'elle n'y trouve plus de place pour rien d'autre
qu'elle-même
dans cette forteresse-là
rien n'est prévu pour le désordre
pour les ordures et la colère
alors
la femme-béton les ingère
et planque tout ce qui déborde derrière des murailles
de masques et de miroirs sans tain

Derrière les murailles et sous les vieux haillons, chacune croit bien sûr avoir raison.

L'une parce que, depuis toujours, elle vit avec la vérité, et l'autre parce qu'elle sait : les gens qui doutent le moins sont infailliblement ceux qui se trompent le plus.

Nice ville flétrie

Au moment où Félicité balance les neuf insectes noirs de sa sœur par la fenêtre, les plantes des voisins, elle s'en fout.

Mais le lendemain matin, les habitants du quartier se sont demandé pourquoi leurs pousses de balcon, leurs basilics et leurs bougainvilliers avaient fané pendant la nuit. Ça a fait toute une histoire, à l'époque. On a accusé la municipalité d'abuser des produits antimoustiques. L'association Nice Ville Fleurie a manifesté sur le cours Saleya. Le maire a dû s'excuser publiquement.

Dans une feuille de chou amateur, un journaliste autoproclamé a écrit que tout cela ressemblait fort à de la sorcellerie. L'idée a fait rire les Niçois aux comptoirs en zinc des cafés, et raser les murs à la nuit tombée.

Le cimetière du château

Si vous visitez un peu Nice, vous remarquerez vite que, sur la colline du château, on n'a pas de château. Enfin, plus depuis trois siècles. Je maintiens que ce nom, c'est une escroquerie. Comme si on en avait besoin pour attirer des troupeaux de touristes. Tout ce à quoi ça sert, c'est à décevoir les vacanciers qui repartent après en disant partout les Niçois ci, les Niçois ça, leur colline du château n'a même pas de château, et puis c'est des gens pas sympas, au moins dans le Nord on n'a pas le soleil dans le ciel mais on l'a dans le cœur, ce genre de conneries.

Mais bon, c'est comme ça. Et même sans forteresse, elle est jolie, la colline. On s'y promène le dimanche entre les poussettes et les chiens, au-dessus de la baie, bleue côté mer, dragée-poussière côté toits. On prend à contre-jour devant la grande cascade des photos de famille, avec toujours un ravi qui ferme les yeux, et on se rend au cimetière. La vue qu'ils ont sur la ville, ceux qui sont enterrés là-haut, ça vous fait penser que certains morts se portent mieux que beaucoup de vivants.

Le dehors du cimetière a aspiré toutes les couleurs. Au-delà de ses murs, il y a des cyprès au parfum d'ambre et des clochers aux crépis sable et miel ; à l'intérieur, que du blanc, du gris, du noir. Des anges sans pupilles éblouis de soleil, posés sur leurs palais de marbre. Le silence écorché seulement par le gravier sous les chaussures.

Ce samedi matin, c'est le troisième jour d'affilée que Félicité monte à la colline pour y chercher ses grands-parents. Adélaïde et Zacario. Deux prénoms tout nus, sans nom de famille par-dessus pour les habiller, à trouver parmi les deux mille huit cents tombes alignées sur quatorze mille mètres carrés de dédale immaculé. Les archives, sans nom, sans année de naissance, de mort ou de mariage, ce n'est même pas la peine d'y penser, elles ne sauront rien faire. Il lui faut donc une tombe, et c'est ce qu'elle cherche depuis trois jours.

Si encore elle pouvait compter sur l'aide de sa sœur.

Elle avait oublié cette sensation poisseuse qui accompagne toujours la présence d'Agonie. Dans leur enfance, elle sentait ses grands yeux la suivre partout dans la bergerie, la dévorer d'envie depuis le plafond. Elle ne lui en voulait pas, à l'époque. Elle n'aurait pas aimé devoir se cacher dans la charpente pour échapper aux tempêtes de sa mère. La petite Félicité prenait ce serrement du ventre pour de la compassion, pour une tristesse à savoir sa sœur toute seule là-haut. Elle n'aimait pas rester loin de Nanie, parce que Nanie avait besoin d'elle.

La Félicité adulte comprend mieux. Ce qui lui pesait sur la nuque, c'était le désir obsédant qui consumait sa jumelle de lui voler sa peau pour s'en faire un costume. Chaque tendresse de Carmine en devenait gênante, teintée de honte et du crissement des ongles d'Agonie sur le bois des poutres.

Trente ans plus tard, ne reste que la gêne. Et Félicité a beau ne plus être une enfant, elle n'ose toujours pas secouer violemment, une bonne fois pour toutes, cette sangsue agrippée à son bras. Quand elle se couche, c'est au vacarme d'Agonie qui s'agite dans le salon. Quand elle se réveille, Agonie est debout, à poser des gouttes de salive du bout du doigt sur les meubles, pour y planter ses monstres à pétales. À l'heure du thé, Agonie se penche sur les boîtes, attirée comme un fantôme vers les feuilles encore sèches. Félicité range loin de sa bouche les réserves d'étranges-thés. Surtout celui du val de la Masque, le plus puissant, qui a vieilli pendant cent quatorze ans. Ce thé-là, elle l'a placé tout à l'arrière de l'armoire.

Il lui faudrait un double fond, à cette armoire – en fait, à tous les meubles. Félicité ne sait plus où cacher ce qui lui est précieux et que sa sœur s'amuse à détruire. D'abord elle a mis des cadenas aux portes des placards, mais les insectes se sont posés dessus et les ont rouillés jusqu'à ce qu'ils tombent. Son plus beau carré de soie, rapporté de Suzhou par Marine, n'existe plus. Les phalènes ont réussi à se glisser entre les fentes de la penderie.

Elle a fini par bâcher tout l'appartement, parquet, meubles, murs, plafond. Même comme ça, elle doit arracher vingt fois par jour les racines rampantes qu'Agonie répand partout en postillonnant.

Au moins, Angèle-Victoire est contente. Voilà qui bouscule un peu les routines de son hôte. Elle n'a jamais autant gloussé qu'en voyant Félicité débarquer dans le salon en tenue d'apicultrice pour se protéger des papillons que lâchait sa sœur. Puis elle a arrêté de rire en comprenant qu'avec des gants comme ceux-là la passeuse ne pourrait pas lui préparer la moindre tasse de thé.

Agonie, elle, a continué à ricaner.

Félicité a des questions qui font la course dans sa tête, de quoi tu essaies de me punir, j'ai attendu trente ans de tes nouvelles, j'ai cru que tu étais morte, j'ai préféré le croire et tu réapparais avec cette tête-là, une tête qui n'a rien à voir avec celle de ma sœur et tu détruis tout, mais elle se tait. Elles ne se sont rien dit ou presque depuis le thé renversé.

Elle se concentre plutôt sur les racines des fleurs, les filets à papillons et la colère-bouclier sous ses tempes.

Sur le chemin du cimetière, dans les ruelles étroites du Vieux-Nice, elle marche vite. Agonie avance juste derrière elle.

Egonia n'a pas eu le droit de la suivre les deux jours précédents. Sa grande sœur l'accueille. Lui permet de prendre des bains. Manger chaud. Dormir dans un lit, même. Alors Félicité croit qu'Egonia va rester sage. Se montrer polie. Se taire surtout.

Mais ça ne sera jamais suffisant. Egonia le sait. Elle sent d'ici les fumets acides d'exaspération que dégage Félicité.

La sorcière crache, elle postillonne, elle dit n'importe quoi, elle fait rigoler le fantôme de la comtesse juste pour emmerder l'aînée. Et aussi pour que sa sœur, en partant le matin, arrête de l'enfermer derrière des verrous en acier inoxydable.

Félicité aura tenu deux jours.

Le troisième, elle a fini par accepter de la laisser sortir. À condition – elle l'a répété vingt fois alors Egonia s'en souvient – qu'elle se taise ou se trouve une muselière. Sinon, tant pis pour le carnet, tant pis pour les indices. Elle cherchera leur mère toute seule, et Agonie pourra repartir d'où elle vient.

D'après ce qu'elle a compris, elles cherchent les parents de Carmine. Leurs grands-parents, donc. Bizarre. La famille qu'elle a déjà, c'est bien suffisant. Qu'est-ce qu'elle ferait d'aïeuls qui ressemblent à sa mère…

Félicité arrive au sommet hors d'haleine. Avant de pénétrer dans le cimetière, elle reprend son souffle accoudée à la balustrade, en regardant les ferries tracer des cicatrices à travers la baie.

Le premier jour, elle s'est adressée au gardien pour obtenir un plan, une indication peut-être. Mais le gardien, assis dans son bureau sous un aigle couronné, a choisi ce métier parce que les morts le laissent remplir en paix ses sudokus. Pas pour se faire harceler par des touristes persuadés qu'il connaît par cœur tous les noms gravés sur les deux mille huit cents tombes du terrain.

Félicité lui a indiqué en souriant où elle habitait. Palais Caïs de Pierlas. Dernier étage. Le gardien n'a pas compris tout de suite pourquoi elle lui donnait son adresse. Au bout de trois secondes, ses yeux se sont écarquillés et il a décroché à la hâte le combiné du téléphone.

« Faut m'excuser, madame, il a dit tout penaud en raccrochant. Même à la mairie, ils n'en savent rien. Sans date ni nom de famille… »

Elle recommence à arpenter le chemin qui longe les dalles de marbre. Plateau de la Poudrière, allées du Brûloir et du Bon Docteur, plateaux juif et protestant, columbarium – elle scrute chaque plaque, y compris les trop anciennes et les trop récentes pour correspondre, et pour chaque tombe lue elle marque un nom avec une croix dans son carnet. Les statues perchées sur les toits des mausolées l'observent, la suivent de leurs yeux blancs à travers les allées, possédant toutes les réponses et incapables d'en fournir aucune.

Agonie tente de l'aider, bien sûr, mais elle met une minute entière à déchiffrer la moindre ligne. De toute façon, il faudra repasser derrière elle. Si elle manque un seul nom, tout sera à refaire.

Jusqu'ici, aucune des deux mille tombes lues ne porte les noms qu'elle cherche – il y a trois Adélaïde, sept Adèle, dix-huit Zacharie, la plupart dans le cimetière juif, mais jamais les deux côte à côte. Bientôt, il ne reste que deux allées à vérifier. Félicité tente de ne pas perdre espoir et se concentre sur sa tâche. Lire la tombe. L'inscrire dans son carnet. La marquer d'une croix.

Mais vous avez sur elle un avantage : vous savez déjà que ce jour-là elle trouve enfin quelque chose, puisque c'est ce jour-là que je vous raconte.

Un coup de canon éclate au loin. Il est midi. Le soleil oblige Félicité à retirer sa veste et elle n'a toujours rien trouvé. Elle s'étonne encore que les parents de sa mère aient pu s'offrir un emplacement ici, dans ce cimetière où les morts ont droit à des stèles de rois et à d'absurdes châtelets.

Ils sont forcément là. Son père le lui a dit sous l'influence de l'étrange-thé. Les archives municipales ont confirmé, par le biais du gardien, qu'aucune concession portant ces deux noms n'a été revendue au cours du dernier siècle. Ils sont là, quelque part, se répète Félicité. Il suffit de chercher.

Elle arrive au bout de l'allée Alpini, coincée au fond du cimetière, contre le mur abîmé qui en marque la fin. Sur son carnet, elle note la stèle numéro deux mille huit cent, suivie d'une croix.

Elle s'assoit sur la dalle la plus proche. Une petite tombe d'enfant, très vieille, au nom presque effacé.

Plus loin dans l'allée, Agonie reste figée face au mur d'enceinte. Félicité s'essuie le front. Si l'autre a passé son temps à admirer les murs, pas étonnant qu'elle ait été si longue à avancer.

Sa sœur lui adresse un geste. Viens voir.

Même pas en rêve. Il fait beaucoup trop chaud pour se déplacer. Surtout pour aller regarder un vieux mur.

Agonie lève alors une main et, du bout de son ongle jaune, suit la trace des entailles et des trous qui grèvent la surface. De loin, Félicité distingue le contour imprécis d'une lettre. Puis d'une autre. Et d'autres encore. Elle se lève et s'approche. Sur la paroi, des dizaines, des centaines de lettres enchevêtrées forment des milliers de noms gravés au fil des décennies, estompés par le temps et la couche verdâtre qui recouvre les pierres.

Félicité fronce les sourcils.

« Ça ne veut rien dire. »

Même si elles arrivaient à déchiffrer tout le mur, les prénoms qu'elles cherchent n'y sont peut-être pas. On a pu les recouvrir. Et à supposer qu'elles les trouvent, sans nom ni date, elles ne seront pas plus avancées.

Egonia hausse les sourcils. Ce n'est pas comme si elles avaient le choix.

L'association des liseurs de tombes

Si vous deviez vous représenter un Niçois, là, comme ça, qu'est-ce qui vous viendrait à l'esprit ? Mais si, allez-y, n'ayez pas peur. Je ne vais pas me vexer. Après tout, il suffit de me regarder pour se faire une première idée – enfin, si on oublie le thé et les nappes à dentelles.

Bon, vous êtes un peu timide, ou trop poli, ou faux-cul, alors je vais vous aider. Un authentique Nissart a la moustache épaisse, le ventre rond, un verre de Ricard dans une main, une boule de pétanque dans l'autre, et à la bouche des : « Tronche molle, tu le vois pas le cochonnet, il a le diamètre d'un citron de Menton, il te faut quoi, qu'on te l'annonce avec le canon de midi ? »

Eh bien, ce tableau-là, c'est le portrait exact de Maurice, président de l'association niçoise des Liseurs de tombes. Sans pastis ni boules, exceptionnellement, ce dimanche matin.

Il est 7 heures et les cigales chantent déjà dans l'air caniculaire. Pourtant, Félicité n'est presque pas essoufflée quand elle atteint le cimetière et se dirige à grands pas vers le fond, jusqu'à l'allée Alpini.

Maurice l'y attend avec une valise.

« C'est incroyable, Félicité, ce que tu m'offres là. »

Ses trois acolytes, derrière lui, confirment à grands hochements de tête. L'un ressemble à un déménageur – marcel blanc sale et marques de bronzage sur les biceps –, une autre à la reine Elizabeth – perles en toc et mise en plis. Le dernier, un trentenaire débraillé, sourit à Félicité comme un fan qui espère être reconnu par son idole. Sur leur poitrine à tous les quatre est accroché un badge qui porte le sigle : ANiLisT.

« J'ai demandé à deux vétérans de venir. Et, bon, à ce petit qui a insisté pour aider. C'est qu'il y en a, de la surface à lire. Puis il faut se dépêcher avant que l'université, l'urbanisme ou va savoir qui d'autre nous bouclent le périmètre en apprenant la découverte. »

Au même instant, la sorcière les rejoint dans un raffut de ferraille.

« Tiens, la sœur de Félicité, se réjouit Maurice. Vous vous ressemblez comme deux boules de pétanque, c'est rigolo. »

Je ne saurais pas vous dire ce qui a le plus vexé Félicité : qu'on la compare à une boule ou à sa sœur. Je sais seulement que c'est Egonia qui m'a raconté ça et que Félicité m'a affirmé ne pas s'en souvenir du tout.

« En tout cas, madame, ça va faire du bruit chez les liseurs de tombes, votre trouvaille. C'est comment, votre nom ?

— Egonia. »

Elle rattrape au vol l'insecte qui sort de ses lèvres. Ces étrangers ont une odeur bizarre.

« J'aime bien, on dirait un nom de fleur. Original. Jamais vu sur une stèle, en tout cas. Allez, bande de feignasses, au travail avant que le soleil se mette à cogner. »

Les quatre liseurs prennent des bouteilles dans la valise de Maurice et commencent à asperger le mur. Sous les gouttes, la mousse verte noircit ; sous leurs doigts elle se désagrège.

« Vous pouvez participer, si vous voulez », offre la dame aux perles.

Félicité s'interpose et répond :

« Je vais vous aider. Ma sœur va rester au bout de l'allée... guetter le gardien. »

Egonia retient sa colère. Pas pour faire plaisir à Félicité, mais pour ces gens. Ces gens étranges dont le parfum ne ressemble à rien de ce qu'elle connaît.

Le pire, c'est que sa sœur a raison. Comme toujours. Egonia risque de détruire le mur comme elle a détruit le carnet. Elle ne regrette pas : ce qu'elle a vu dans le journal, c'est tout ce qu'elle possède. Quelque chose enfin que Félicité n'a pas.

Soudain, Maurice s'exclame : il vient de trouver un enfeu. Une dalle de marbre incrustée dans la pierre. Il demande à Félicité si ses grands-parents étaient riches, nobles peut-être. Elle n'en sait rien. C'est justement pour comprendre qu'elle les cherche.

Les liseurs, lampe de poche à la main sous le soleil déjà violent, se tournent ensemble vers le mur. La lecture va commencer.

Voilà à quoi ces vieux Niçois occupent leur retraite, et ce jeune homme ses dimanches. À déchiffrer sur des tombes des mots effacés que plus personne ne lit, les noms de morts à qui on n'offre plus de fleurs. Chacun face à leur bout de mur, ils sont transfigurés. Ils ont le visage de ceux dont la tâche laborieuse et lente attaque les pieds des géants. On a toujours l'air d'un conquérant ou d'un fou quand on défie la mort et les siècles d'oubli.

Les liseurs murmurent le son des lettres qu'ils découvrent pour leur donner forme. Quand ils ferment les yeux pour lire avec les doigts, on pourrait croire qu'ils prient. Ils inclinent leurs lampes pour mieux distinguer le contour des gravures. Ils sortent parfois une loupe, s'interpellent à voix basse pour se faire confirmer un mot. On les entend à peine sous les *ksskssks* continus des cigales.

Sur le banc au bout de l'allée, Agonie fait le guet pour un gardien qui ne viendra pas. La dame du cours Saleya lui a offert un carnet de sudoku. Il a de quoi s'occuper.

Félicité la rejoint sur le banc, parce que c'est le seul encore à l'ombre et que c'est toujours mieux que de poser les fesses sur une tombe d'enfant. Elle observe Maurice de loin et se demande si lui et ses disciples vont dénicher quoi que ce soit. S'il leur trouve un air de famille, à elle et Agonie, elle s'inquiète pour sa vue.

Egonia aussi repense à ce qu'a dit l'homme. Petite, elle en rêvait, de cette phrase. Tu ressembles à ta sœur. Maintenant, elle préfère ne ressembler à rien plutôt qu'à sa jumelle.

Les liseurs dans l'allée continuent leurs imprécations aux pierres.

« Je n'avais jamais pensé à nos grands-parents. »

Félicité ne s'adresse à personne. Les mots sortent d'eux-mêmes, pressés hors d'elle par la fatigue et la chaleur liquide qui s'infiltrent à leur place.

« Ce n'est même pas que j'ai cru qu'ils étaient morts. Je n'y ai pas pensé du tout. Comme si maman n'était l'enfant de personne ou qu'elle avait toujours existé. Un esprit des forêts, a dit papa. On imagine mal un esprit des forêts se faire changer les couches et moucher le nez. »

Encore moins que sa mère, déjà veuve à vingt ans de Germain le berger, ait eu un premier mariage dont personne ne sait rien.

Ces derniers soirs, Félicité a regretté que le miroir ovale soit resté là-haut, dans la bergerie. Elle voudrait l'avoir avec elle. Pas pour l'effleurer comme une relique avant de dormir. Pour le fracasser sur le sol à coups de talon jusqu'à le réduire en sable brillant.

« Alors comme ça, Carmine mentait. Surprise. »

Les six papillons s'envolent et personne ne les rattrape. C'est dommage ; il restait encore un ou deux bouquets dans le cimetière qui n'étaient ni fanés ni faux.

« Pourquoi tu es venue ? »

Félicité se tourne vers Agonie.

« Je vais te dire ce que je crois, moi. Je crois que sans maman, tu n'as plus personne à blâmer pour ce que tu es. Pour cette laideur et cette puanteur que tu traînes partout comme une armure qui te rassure à peine et qui n'effraie personne. Je crois que tu cherches quelqu'un pour remplacer ta mère et continuer de penser que rien de tout ça n'est ta faute. Alors c'est moi, maintenant, la nouvelle accusée. Regarde, je suis même déjà sur le banc. Mais je ne suis pas la seule assise ici. Et tu sais quoi, Agonie, je ne te ferai pas ce plaisir. Je ne m'offrirai pas comme bouc émissaire de ton malheur. Tu peux y aller. Ne te retiens pas. Rappelle-moi ce que tu veux sur maman. Sur ses mensonges, sur ce que j'ai sacrifié pour elle en refusant de t'écouter. Essaie de provoquer ma haine tant que ça te plaît. Tu ne l'auras pas. Si je te détestais autant que tu l'espères, tu serais déjà loin. Je n'ai pas ta puissance, mais j'ai les moyens de me faire obéir. Non, je vais te dire la vérité. Tu sais que je la dis toujours. La vérité, petite sœur, c'est que je n'ai pour toi qu'une pitié immense. »

Du haut des mausolées, les anges au visage penché, tendu par la douleur et par la compassion, hochent doucement la tête. Ça les connaît, la pitié. Ils voient tout le jour des vivants s'attarder chez les morts.

Félicité lisse son chemisier.

« Je vais continuer à chercher le fantôme de ma mère. Parce que oui, tu as raison, elle m'a menti, et je veux comprendre pourquoi. Savoir si c'est moi qui l'ai tuée, aussi, à cause de ce que je lui ai dit juste avant, et ce qu'elle tentait de me révéler au moment de mourir. Toi, je ne sais toujours pas pourquoi tu la cherches, ni même si tu veux vraiment la trouver. Je te demande juste une chose : si tu restes, au moins, aide-moi. »

Egonia aimerait lui cracher au visage.

Ce serait intéressant à voir, une fleur affamée qui planterait ses racines dans le crâne de sa sœur et ferait sortir des feuilles noires de ses yeux. À la place, elle crache sur le chérubin endeuillé qui orne la stèle d'en face. La plante lui pousse sur la tête comme un chapeau absurde. Son cou craque sous les racines qui l'enserrent.

Elle a déjà aidé Félicité. Et pas qu'un peu. Le mur, c'est elle. Sans ça, elles n'auraient rien. Pas une piste. Si elle savait bien lire, comme savent les gens qui sont allés à l'école avec leur cartable, elle aurait cherché des mots. Des phrases avec du sens. Mais elle sait juste repérer des lignes qui ressemblent à des lettres. Parfois, dans sa forêt, la forme d'une branche lui évoque celle d'un E ; un étang, les courbes d'un B. C'est tout. Il faut du temps pour les additionner. Pour les combiner jusqu'à un résultat. Peut-être que des enfants de cinq ou six ans, passés là en attendant que l'enterrement du papé se termine, ont déjà vu ce qu'a vu Egonia, eux qui commencent à peine à pouvoir distinguer un G d'un C, qui ont encore besoin de penser très fort au petit trait sur le rond pour remarquer la différence, et qu'on ne les a pas écoutés. C'est possible. Mais c'est elle qui restera.

Elle a eu toute sa vie, Félicité, pour discuter avec sa mère. Pour lui dire tous les mots qu'elle voulait. À son tour, maintenant, de parler à Carmine. De donner enfin des réponses à la gamine apeurée de la bergerie, reléguée aux ombres sous le toit.

Quand le canon de midi retentit, les liseurs s'arrêtent à peine pour avaler un pan-bagnat, se vissent un chapeau sur le crâne et reprennent leur déchiffrage. Le gardien passe un bout de tête dans l'allée pour regarder de loin ce qui s'y trame, sans approcher pour autant. Il y a là-bas un genre d'épouvantail qui fonctionne encore mieux sur lui que sur les oiseaux. Et puis le mur du fond, qu'il n'a pas nettoyé depuis un bon moment, lui paraît tout à coup bien propre. Alors il ne va pas se plaindre. Si ça leur fait plaisir de laver tout le cimetière, qu'ils ne se gênent pas. Surtout qu'il a un tout nouveau cahier de sudokus à remplir.

Des gouttes de sueur glissent dans le dos de Félicité depuis les omoplates jusqu'en bas des reins. Le banc n'est plus à l'ombre, Maurice peut se passer d'elle et la puanteur de sa sœur l'écrase au moins autant que la chaleur. Elle se lève et se dirige vers la chapelle à l'entrée du cimetière.

Avec ses rondeurs ocre et ses dômes de tuiles vertes, l'église ressemble à une énorme citrouille décrépite. La peinture s'écaille aux piliers et autour des volets. Devant la porte, une pancarte annonce :

Services Prières Funérailles à l'intention de vos défunts
Bénédiction de caveaux Réception religieuse d'un corps
Inhumations Encensement Messes anniversaires
et de quarantaine Réduction du temps de purgatoire
Oraisons jaculatoires Assurés par un prêtre de la paroisse
St-Martin-St-Augustin T. 93 55 34 29

Si elle en recevait, l'affiche lui rappellerait les prospectus de marabouts ; mais les marabouts de Nice savent que la passeuse n'a pas besoin d'eux.

La porte de la chapelle est fermée. Félicité s'apprête à demander la clé au gardien quand elle entend, derrière elle, quelqu'un courir sur les graviers. C'est le jeune liseur qui lâche, suant et hors d'haleine :

« Madame Félicité… On a trouvé quelque chose… sur le mur… »

Elle le suit immédiatement jusqu'à l'allée Alpini.

« Regarde, dit Maurice lorsqu'elle approche. Là, le Z de Zacario, tu le vois ? C'est la lettre qu'on lit le mieux. Et maintenant que tu le sais, regarde autour. Ici tu as l'esperluette, et le tréma d'Adélaïde. C'est bien eux qui sont enterrés là. À part ces deux prénoms, les centaines d'autres sont gravés à la main n'importe comment. Pas réguliers, pas très profond, même pas en entier pour certains. Sur la plaque d'origine, c'est sûr : il n'y avait qu'Adélaïde et Zacario. Les autres, ils sont venus après. »

Une demi-heure plus tard, on a reconstitué sous les prénoms une date, une croix, quatre mots et un poème :

ADÉLAÏDE & ZACARIO
13.01.1875 †

Nourrice-oracle – Majordome-cartographe

Je vous ai baptisés de noms
que vous n'avez jamais portés
et révélé des territoires
que vous n'avez pas visités
Je sonne aujourd'hui mon départ
sans auréole et sans canons
quelques cendres dans le Paillon
et des voiles sur les miroirs

Archives secrètes

Félicité a demandé à Maurice de revérifier la date sur la pierre. Plusieurs fois. Il avait pu confondre le 8 avec un 9, mais non, il en est sûr, et les trois liseurs avec lui. Ces deux-là sont morts le même jour de janvier 1875.

Alors elle est remontée le lundi à Bégoumas pour confirmer. Son père a insisté : c'est bien des parents de Carmine qu'il parlait. Pas des grands-parents, pas des arrière-grands-parents. Il a bu du thé à nouveau et il a répété. Adélaïde et Zacario. Enterrés ensemble à Nice sur la colline du château. Le père et la mère de Carmine. Il n'est pas certain de grand-chose, mais de ça, oui.

Sa sœur ne semble pas plus étonnée que ça.

Félicité a beau lui expliquer que leur mère n'avait pas vingt ans mais presque cent quand elles sont nées, et près d'un siècle et demi quand elle est morte, Agonie continue à se moucher par terre et à laisser ses fleurs colossales envahir la maison. Elle ne comprend pas, suppose Félicité. Trop de chiffres d'un coup. La pauvre n'a jamais vraiment appris à compter. Oui, voilà, elle se dit, Agonie ne doit pas saisir qu'un trou béant vient de s'ouvrir. Un mensonge inconcevable, absurde, plus énorme que le monument aux morts de Rauba-Capeù, sans la gloire qui va avec.

C'est ironique, quand même. Sa mère partait quatre fois par an sans donner d'adresse ni d'explication, a vécu deux fois plus longtemps qu'elle le laissait entendre, et a eu malgré tout l'audace de faire croire à Félicité que, sans elle à ses côtés, il ne lui restait rien.

Elle se souvient, quand Carmine rentrait à Bégoumas de ses premiers voyages, des tu m'as manqué, des je suis si heureuse d'entendre à nouveau le son de ta voix, des ma chérie regarde j'ai préparé ton plat préféré. Peu à peu les mots tendres se sont transformés en cordes qui l'empêchaient de repartir, en tu vas me manquer, en quand est-ce que tu reviens, pourquoi tu ne restes pas jusqu'à Noël, ça me rendrait tellement heureuse, ah bon trois semaines c'est long quand même, j'ai besoin de toi bientôt pour la mise bas des brebis, je n'y arrive plus toute seule, je commence à fatiguer, parfois je prépare des plats que tu aimes et puis je me rappelle que tu es loin alors je les mange sans toi, et qu'est-ce que tu cuisines là-bas, ah, c'est donc pour ça que tu rentres toujours un peu grossie, non Félicité, Carmine n'est pas là pour le moment, je vous prie, madame, de quitter les lieux, Félicité, où étais-tu, j'ai eu faim et tu n'es pas venue.

Ces trente années de renoncement, personne ne les lui rendra. Voilà ce qui arrive quand on offre sa vie à quelqu'un d'imparfait. On la retrouve, sa vie qu'on croyait si précieuse, comme un papier froissé.

Félicité attrape son sac, ses clés, et lance à Agonie hypnotisée par la télévision :

« Je vais voir une amie. Tu peux rester ici ou sortir prendre l'air, comme tu veux, mais tu ne touches à rien. »

Elle préfère ne pas se demander, en claquant la porte derrière elle, dans quel état sera l'appartement à son retour.

Pour parcourir les quatre kilomètres qui la séparent de sa destination, Félicité passe une heure dans sa Panther à klaxonner, freiner, insulter les voitures sur la Promenade, puis vingt minutes à trépigner derrière un camion de livraison garé en triple file. Elle déboîte, double par la droite un ahuri qui laisse passer tout le département alors qu'il a la priorité, monte à moitié sur le trottoir et émerge, libre, sur l'avenue de Fabron. Quelques instants plus tard, elle se gare dans le parking d'une résidence vilaine et grise.

Les archives municipales de Nice, il n'y a que trois types de personnes qui en connaissent l'existence. Celles qui y travaillent, celles qui habitent là, et Félicité.

Les immeubles se dressent tout autour comme des murailles. Des barres de dix étages, déguisées de stores rayés pour faire croire aux pauvres qu'ils respirent le même air que les gens du front de mer. Ils profitent d'une vue plongeante, au moins, sur la villa des archives. Un tout petit palais de marbre, de lustres et de moulures, planqué au beau milieu de cette forteresse verticale. Avec son parc ponctué de statues et de fontaines, on dirait une perle dans un écrin de béton.

C'est là que se rend Félicité. Elle n'a pas menti : elle va vraiment voir une amie. Il se trouve simplement que cette amie est archiviste, et que Félicité tient d'elle toute sa science des étranges-thés.

La théilogue-archiviste

« J'ai rencontré Marine, m'a raconté Félicité, comme on rencontre sur sa tête le premier cheveu blanc. Sans l'avoir décidé, et forcément trop tôt.

L'année de mes quinze ans, on m'a signalé à l'école de Bégoumas que je devais descendre à Tende passer mon brevet d'études et que, si je le réussissais, j'irais au lycée en ville. Je n'ai rien dit à maman, tu penses. Ça ne lui avait même pas traversé l'esprit, je crois, qu'un jour je pourrais partir ailleurs, mener une vie qui ne soit pas celle d'une fille de berger – et de berger mort, en plus. À moi non plus, d'ailleurs. Si on ne m'en avait pas donné l'idée à l'école, je serais restée là-haut jusqu'aujourd'hui.

J'aurais fait quoi ? Ma foi, je n'en sais rien. Servi le thé au bar de l'Hydre, sans doute. Donc tu vois, finalement, ça n'aurait pas changé grand-chose. Toujours est-il que je suis descendue à Tende et que j'ai réussi mon brevet d'études. Avec les félicitations du jury.

Quand j'ai reçu le résultat, une semaine après tout le monde parce que le facteur ne passait pas souvent à Bégoumas, ça m'a fait un choc. J'ai ouvert l'enveloppe que m'a donnée le postier sur le pas de la porte. Je n'ai même pas eu besoin de tout lire. Je n'aurais pas pu, pour être honnête. Dès le *Nous avons le plaisir de vous annoncer*, j'avais déjà les yeux brouillés.

Maman est rentrée. J'ai caché la lettre et cligné fort des paupières. Toute la soirée, elle m'a demandé ce qui m'arrivait, elle me trouvait bizarre. J'ai répondu que non, rien, je m'étais juste pris le soleil sur la figure tout l'après-midi et que ça me rendait fatiguée. C'était vrai : depuis 9 heures du matin j'avais attendu le facteur devant la porte. Mais surtout je voulais me coucher tôt pour relire en cachette ma lettre, seule, dans le lit que je partageais avec elle.

Jamais je n'avais gardé un secret pour moi, sans le dire à ma mère. Même à Nanie, je n'en ai pas parlé.

Dans la pénombre de la mezzanine, pendant que maman restait en bas près du feu et ma sœur de l'autre côté du mur, là où dormaient auparavant les brebis, j'ai ressorti le papier. Je l'ai lu tellement de fois, je pourrais encore te le réciter. Tout ce qu'il me disait, c'était que quelque part, dans les milliards de millions d'avenirs possibles qui filaient devant moi, il y en avait un, plus brillant que les autres, où je n'étais plus la petite Félicité, fille de Carmine et d'un fantôme de berger, coincée sur une montagne froide avec mon ennui et ma jumelle. En lisant ce papier je me suis vue, comme j'aurais vu un film au cinéma, servir le thé dans un salon encombré de livres et de théières. Assise dans un gros fauteuil avec, dans celui d'en face, un spectre qui lève sa tasse et boit le thé avec moi.

Comment j'ai su que c'était un fantôme ?

Parce qu'il ressemblait à mon père. Pas ses traits, je veux dire, mais son allure. Un fantôme, en réalité, ça a exactement la même forme et les mêmes couleurs que toi et moi, sans transparence, sans voler au-dessus des foules ni toutes ces fadaises. Ils ont juste… je ne sais pas comment te dire. Cet air de marcher à côté d'eux-mêmes. Plus préoccupés par le spectacle des souvenirs joués en boucle dans leur esprit que par tout ce qui s'agite et passe devant leurs yeux. Quelques vivants l'ont, cet air-là. Je les prends parfois pour des spectres. Le monde autour aussi, d'ailleurs.

Cette version-là du futur, cette vision-là, elle ne m'a plus lâchée. J'en rêvais tout le temps. La nuit près de ma mère, le jour près du lac où se baignaient les enfants, au point de me transformer presque en fantôme moi-même.

Ma sœur a fini par s'en rendre compte. Elle m'a forcée à lui dire ce qui se passait. Ça lui a fait un choc, à elle aussi, de découvrir que je partais. "Je vais devenir quoi, moi, toute seule avec maman ?" elle m'a demandé. Je n'ai pas su quoi répondre. Je lui ai promis de revenir les week-ends si je pouvais, et dès que j'aurais des vacances. J'aurais bien juré de lui écrire des lettres, mais elle ne saurait pas les lire. Elle a fini par se résigner : "Alors si tu reviens souvent, si tu me rapportes des bonbons de Nice, des bonnes notes aussi, et si tu me laisses un peu gagner aux cartes, peut-être que je te pardonnerai. Peut-être."

Jusqu'à la fin de l'été, j'ai passé mes après-midi à redécorer avec elle notre repaire au milieu de la forêt, et à perdre exprès aux cartes.

L'annonce à maman a été plus compliquée.

D'abord elle n'a rien dit. Elle m'a souri et caressé les cheveux. Le soir, quand je suis rentrée, elle m'a tourné le dos et demandé d'une voix enrouée comment s'était passée ma journée. Je l'ai entendue renifler, cette nuit-là, comme les nuits suivantes. Elle se réveillait avec les yeux rouges et me disait qu'elle devait être allergique à quelque chose. Lorsqu'elle me prenait dans ses bras, ses étreintes duraient plus longtemps. Elle me serrait plus fort.

À la fin du mois d'août, j'ai commencé à rassembler mes affaires dans deux petites valises. Plus je les remplissais, plus elles se vidaient. Des choses en disparaissaient. Des livres que m'avait prêtés l'instituteur, des culottes, un crâne d'oiseau peint offert par ma sœur. J'ai fini par les fermer avec un cadenas.

Ma mère s'est alors mise à me parler de Nice. Le samedi matin, pendant qu'elle me teignait les cheveux, comme si de rien n'était. Elle m'en a dressé un de ces tableaux… "Des merdes de chien partout sur les trottoirs, t'en auras plein les semelles, elle me répétait, des voitures qui se bousculent, qui se hurlent dessus, qui se fracassent métal contre métal, juste sous ton nez, voire même encore pire sur ton nez et c'est fini pour toi, sans parler des gens, des milliers de gens, des foules qui se pressent dans le vacarme, et si tu trébuches, personne pour te ramasser, on te passe sur le corps, et les fantômes alors là, oh pauvre, tu as trouvé qu'à Tende il y en avait déjà beaucoup, eh bien ma foi tu n'es pas prête pour Nice, parce que là-bas tu auras deux foules qui se superposent, celle des vivants et celle des morts, tu vas te balader avec des mains de spectres qui s'accrochent à tes habits."

Je lui ai demandé comment elle savait tout ça, puisqu'elle n'était jamais allée plus loin que Belvédère, ou si c'était là-bas qu'elle se rendait quand elle partait au bord de la mer. "Pas du tout, elle m'a répondu. Je le sais. Voilà. Ils ne t'apprennent pas ça, en classe ? Ah bien sûr, c'est pas dans un brevet d'études qu'on les sait, ces choses-là. Il faut sortir un peu de l'école, hein, ma chérie, pour connaître le monde, le vrai."

J'avais beau voir qu'elle exagérait, ça m'inquiétait quand même.

Trois jours avant mon départ, maman s'est brûlé la main en renversant de l'eau bouillante. Elle a quand même essayé de préparer le dîner, mais tout lui échappait et tombait par terre, les cuillers en bois, les casseroles, les légumes sous son couteau. J'ai failli annuler. Tant pis, je me suis dit, je raterai le premier mois de cours. Ou l'année, peut-être, si je suis désinscrite à cause de ça. Je ne vais pas laisser maman alors qu'elle n'est pas capable de se cuisiner une soupe.

C'est Nanie qui m'a engueulée, le lendemain. Elle m'a juré : "Si tu pars pas, je vais à Nice à ta place. Et moi, je reviendrai pas. Maman s'en sortira très bien", elle m'a dit, "t'inquiète pas, elle s'est fait un bandage épais comme ça mais elle n'a rien de grave. Et tu sais quoi ? elle a ajouté. Sa main, elle l'a trempée dans la casserole exprès. Je l'ai vue. J'étais là-haut sur ma poutre."

Je n'ai pas voulu la croire, mais j'ai décidé de partir quand même.

Le jour où j'ai quitté Bégoumas, je suis allée lui dire au revoir dans notre cachette. Elle était assise sur nos deux chaises empilées et, quand je suis arrivée, elle a déclamé aux arbres alentour : "Voilà, c'est moi la véritable reine du mont Bégo ! L'usurpatrice déclare forfait ! Mais je suis généreuse, alors je lui offrirai une place au pied de mon trône si elle ose revenir ici pour les prochaines vacances. Et si elle me rapporte des cadeaux de Nice."

Dans la bergerie, en revanche, ma mère est restée silencieuse, à peindre son portrait sans répondre à mes adieux. Ça m'a serré le ventre au point d'avoir envie de vomir. J'ai attrapé mes valises et je suis descendue, lentement, sur le chemin. Tout à coup, j'ai entendu crier : "Attends ! Félicité !" Ma mère courait vers moi, un petit paquet dans les mains. "Tiens, elle m'a dit en arrivant, essoufflée. De la teinture pour tes cheveux. Je ne sais pas s'ils en ont à Nice, de la teinture comme celle-là. Je ferai les miens en même temps que toi, le samedi matin, d'accord ? Comme si on était ensemble. Je te donne aussi mon miroir ovale, je ne sais pas si les chambres de l'internat ont des miroirs. Et un petit fromage de brebis au thym. C'est sûr qu'à la cantine ils n'ont pas de fromage aussi frais que celui-ci."

Elle m'a serrée très fort, puis elle est remontée à la hâte vers la bergerie.

Je me suis retrouvée, le 1er septembre de cette année-là, devant l'entrée du lycée. Tout un périple pour y descendre, à l'époque, plus pénible encore que maintenant. Il fallait prévoir au moins deux jours pour être tranquille. D'abord à pied jusqu'à Belvédère, ensuite l'âne jusqu'à Tende, puis la carriole qui te trimballait le long de la Vésubie et, pour finir, toute une série d'autobus vert et crème.

Me voilà donc en plein milieu de Nice, dont je ne connaissais rien d'autre que les récits de ma mère.

C'était la rentrée ; du monde passait devant le lycée. Mais j'avais de l'air pour respirer. Personne ne m'a marché dessus. Aucun fantôme ne s'est agrippé à moi. Et j'ai bien regardé par terre pour ne pas me crotter les semelles.

Oui, c'est vrai, il était intimidant, le lycée. Avec ses pierres blanches et très droites, sa tour carrée coiffée d'une belle pyramide de tuiles, et en dessous quatre horloges aux aiguilles plus grandes que moi. Jusque-là, je trouvais très impressionnante la montre en or de mon instituteur. Autour des fenêtres à volets bleus, gigantesques elles aussi, les moulures et les mosaïques dessinaient des pétales et des formes dont je ne connaissais pas le nom.

J'ai pensé à la bergerie, à ses trous en guise d'ouvertures, à sa pierre brute. Je me suis soudain rendu compte, en reniflant, qu'il manquait ici un parfum : celui de la paille et des biques. Alors j'ai eu honte. Discrètement, j'ai flairé ma manche pour savoir si je portais sur moi cette odeur de bétail. J'ai sorti de mon sac le fromage de ma mère pour le jeter dans la poubelle la plus proche.

Puis j'ai eu honte d'avoir honte. De n'être même pas encore entrée dans le lycée et de trouver déjà pitoyables le matelas de paille où je dormais, les couverts en bois qui m'avaient nourrie, et l'espace ridicule, à peine un banc et deux lampadaires, qu'on appelait grand-place. Il y en aurait beaucoup, ensuite, des moments comme celui-là. Des chemises de professeurs qui feraient passer les robes de ma mère pour des chiffons de vaisselle. Des mots que je dirais et qui amuseraient les autres sans qu'ils aient rien de drôle.

C'est comme ça, une malle et une honte dans chaque main, que j'ai pénétré pour la première fois à l'intérieur du lycée Masséna.

J'ai eu l'impression d'entrer dans les bras potelés d'une nonne. Avec ses airs de couvent italien, ses arches et ses galeries, le lycée m'a accueillie dans un monde moins froid.

C'était immense, c'était labyrinthique, mais il y avait ces glycines mauves qui froufroutaient le long des piliers. Ces coursives peinturlurées de soleil. Ces balcons éparpillés sur les façades comme dans un village. Quelque chose a éclos en moi quand j'ai inspiré ma première bouffée d'air lycéen. Je ne saurais pas te dire quoi, exactement. J'étais un coquillage asséché, empoussiéré depuis longtemps sur un buffet, qu'on retourne enfin à la mer.

On m'a donné la clé et le numéro de ma chambre d'internat, et je suis allée y poser mes affaires. D'abord je me suis perdue, bien sûr. Trop de couloirs qui se ressemblaient. À travers les portes entrouvertes, j'entendais les élèves s'installer avec l'aide de leurs familles. Je n'ai pas osé leur demander mon chemin. J'ai erré sur les coursives et dans les corridors, passé des portes, encore des portes, des dizaines de portes bleues, jusqu'à trouver la mienne. Tout au fond d'un couloir, la plus éloignée des toilettes communes. Ça me va bien, je me suis dit, j'aurai moins de passage. J'ai tourné la clé dans la serrure et déposé mes deux valises à l'intérieur.

Un matelas sur un sommier. Un bureau, une chaise, un bac à eau, un placard. Et une serrure. Avec une clé.

Je n'avais jamais eu ça, une pièce rien qu'à moi.

Par la fenêtre on voyait la tour aux horloges, les glycines et, plus loin, au-delà des toits et des clochers, la grande cascade qui faisait un rideau brillant sur la colline du château. Je suis restée là tout l'après-midi, à écouter le brouhaha des élèves en bas et les mouettes qui se disputaient sur les tuiles. J'ai contemplé ça jusqu'au soir, jusqu'à ce que la lune se lève, qu'elle rende le ciel noir, les clochers gris et la cascade blanche.

Alors, seulement, je me suis sentie prête à découvrir vraiment le lycée. Il devait être vide à cette heure. Au moins je ne croiserais personne qui pourrait se moquer de ma mise ou de mon odeur – c'est que je me demandais toujours si mes habits puaient ou non la chèvre.

La lune était assez claire pour se passer de lampe. Je me suis enroulé une écharpe en laine autour des épaules et j'ai traversé le couloir sur la pointe des pieds.

J'ai glissé comme une ombre le long des coursives, descendu le grand escalier en bois qui craquait sous mes pas, observé par les fenêtres l'intérieur des salles de classe. Sur les tableaux noirs, les traces de craie effacée dessinaient des ondulations de vagues japonaises. Des dizaines de bureaux alignés sur le parquet attendaient sagement le matin, comme des embarcations amarrées pour la nuit.

J'ai traversé la cour entre les arches lourdes de glycines – et j'ai sursauté. Un jeune homme allongé dans une parcelle d'herbe regardait le ciel, bras croisés sous la nuque. Je me suis relâchée en voyant sa tenue : il sortait tout droit d'une photographie début de siècle. Son fantôme m'a adressé un signe distrait de la main et s'en est retourné à ses étoiles.

En face, au pied de la tour, une porte s'ouvrait sur un escalier noir. J'ai grimpé en silence, les paumes contre les parois fraîches. J'ai débouché, en haut, dans une pièce qui m'a accéléré le cœur. Je ne l'avais jamais vue, et pourtant je l'ai reconnue sur-le-champ. On m'en avait conté les secrets extraordinaires à l'école de Bégoumas.

Une bibliothèque.

Je ne vais pas te décrire ce que c'est, une bibliothèque. Pour toi c'est l'évidence même. Mais il faut se souvenir d'où je venais. Il faut s'imaginer ce qu'on peut fantasmer, ce qu'on peut frissonner pour la première fois entre les rayonnages cousus, collés, toilés, cuirassés et brochés, tous grisés par la lune à cette heure de la nuit, qui débordent d'un genre inconnu de fantômes et alourdissent l'air d'un arôme de tabac vanillé.

J'ai enjambé un cordon pendu entre deux étagères. De ce côté-ci de la bibliothèque, les livres semblaient plus sages encore, plus anciens. Chaque volume en cuir avait le dos orné d'une dorure différente en forme de théière.

"On ne t'a jamais expliqué que la nuit, c'était fait pour dormir ?"

J'ai bondi tellement fort que je me suis cognée contre un coin de meuble. J'en ai gardé un bleu gros comme ça sur le flanc pendant des semaines.

Il y avait une femme, les mains sur les hanches. La première chose qui m'a surprise, c'est les hanches, justement. Elles passaient à peine entre les rayons. Je me suis demandé comment je ne l'avais pas entendue arriver. La deuxième, c'est les cheveux. Leur absence, je veux dire. Un tatouage aux boucles enroulées enveloppait son crâne lisse – des volutes de fumée, comme j'allais le découvrir, qui sortaient d'une théière dessinée sur sa nuque. Moi qui teignais chaque samedi mes cheveux blancs qui poussaient au galop, j'ai trouvé ça très dérangeant, presque malpoli, qu'on puisse se débarrasser de sa tignasse avec autant d'aplomb.

Je me suis dit : Cette femme-là, elle n'est pas nette. Enfin, je ne me le suis pas formulé, pas avec des mots. Tu sais comment ça se passe, quand on découvre la figure de quelqu'un. Il y a quelque chose en soi qui réagit plus vite que soi-même, une étiqueteuse survoltée qui placarde ses autocollants sur le front des gens avant même qu'on les ait bien vus. Moi, depuis l'enfance j'ajustais mes gestes, ma voix, mes cheveux pour recevoir de chacun un papier où serait inscrit : favorable. Cette femme-là, de toute évidence, elle se fichait des noms qu'on lui collerait sur la tête.

Et je trouvais ça révoltant.

Elle était emmitouflée dans un châle comme le sont toutes les bibliothécaires. De grosses boucles dorées pendaient à ses oreilles ; elle portait des lunettes rondes qui lui montaient sur le front et lui descendaient jusqu'au milieu des joues.

"Et puis le cordon, épais comme il est, tu ne t'es pas dit qu'il valait mieux rester derrière ?"

Elle a demandé ça sur un ton pas énervé, plutôt curieux, comme si elle cherchait vraiment une réponse. Alors j'ai répondu : "Non."

Parce qu'on ne m'avait jamais interdit, à moi, de sortir ou d'entrer où que ce soit à n'importe quelle heure. Que mon corps se trouve d'un côté ou de l'autre du mur de la bergerie, qu'est-ce que ça pouvait bien faire à ma mère ? Et pour mon professeur, si je lisais assise sur mon banc ou sur l'herbe de la montagne, ça lui changeait quoi ? Je n'imaginais même pas qu'on puisse être obligé de rester quelque part ou d'y aller. Si on m'avait interdit d'avoir les ongles qui poussent, ça m'aurait fait le même effet. Tu vois comme j'étais naïve.

Elle m'a examinée à travers ses immenses lunettes. J'ai eu peur qu'elle me punisse, ou qu'elle fasse une remarque sur ma mise – j'avais la tête décoiffée et une tenue de nuit –, mais elle n'observait que mes yeux. Même pas un regard pour mon pyjama. Elle a dû conclure que je ne comprenais pas mon crime, parce qu'elle a hoché lentement la tête et s'en est allée vers le fond de la salle. Elle a poussé l'une des bibliothèques, qui s'est ouverte comme une porte sur des marches en pierre. Puis elle s'est retournée vers moi :

"Reste pas plantée là comme un santon, viens."

Je me suis hâtée de la suivre dans l'escalier en colimaçon, tellement étroit qu'il fallait le grimper en canard.

Arrivée en haut, elle m'a invitée à m'asseoir. J'ai posé mes fesses au bord d'un coussin et j'ai regardé autour de moi. La pièce carrée, minuscule en surface, m'a paru très haute. Le salon contenait à peine mon fauteuil, un autre énorme en cuir ridé et, entre les deux, un guéridon. Loin au-dessus de nous, en guise de plafond, des centaines de rouages tournaient et cliquetaient dans l'ombre.

La bibliothécaire a disparu sous une trappe quelques instants, avant de revenir avec une bouilloire et un plateau argenté. Elle avait disposé dessus tout le service à thé de mon enfance, en taille réelle. Elle a mis le tout sur le guéridon. Puis, d'un coup, elle a poussé un sifflement d'oiseau exotique et frappé dans ses mains en regardant le plafond. Complètement folle, j'ai pensé. C'est bien ma chance, ça, de me heurter en pleine nuit à une vieille avec la tronche qui déraille. Elle n'était pas si vieille, à peine trente-cinq ans, mais vingt ans d'écart quand on n'en a que quinze, ça vous paraît néolithique.

Trois secondes plus tard, il lui tombait dans les mains une théière. Oui, tombée d'en haut comme un caca de pigeon, *hop*, pile entre ses doigts. J'ai levé les yeux en l'air. Je n'avais pas remarqué avant, mais sur toute la hauteur des murs, jusqu'aux rouages qui se perdaient dans l'obscurité, dormaient des dizaines de théières de toutes les formes et de toutes les couleurs, chacune sur sa petite étagère personnelle. On se serait cru dans un musée de la théière qui se visite en lévitant, ou bien en marchant à l'horizontale, les pieds sur les cloisons.

"Faut les amadouer, ces bestioles, elle m'a dit en souriant. Une fois qu'on sait comment les apprivoiser, c'est plus simple."

Tu parles. J'ai essayé, dans les mois qui ont suivi. J'en ai passé, des nuits, à claquer des doigts et de la langue, à siffler, à chantonner, à pépier comme une ravie de la crèche, les mains tendues au cas où une théière finirait par me tomber dessus. Rien. Pas une qui m'ait obéi. Elles ne m'ont jamais aimée, les théières de Marine. Les miennes non plus, d'ailleurs, pendant des années.

Celle qui venait de répondre à son appel ressemblait au cou d'un cygne. Dorée sur l'anse, blanche partout ailleurs. La dame y a versé un peu d'eau fumante, jeté le contenu d'une soucoupe, vidé le reste de la bouilloire et a posé ses deux mains sur la porcelaine. Elle a respiré comme ça, les yeux fermés, pendant un temps qui m'a semblé infini – les cliquetis des rouages au-dessus, la vapeur qui s'échappait du bec, ses lentes expirations –, mais qui correspondait en réalité, je l'apprendrais bientôt, à la période exactement nécessaire à l'infusion du tamaryokucha qu'elle me préparait. Alors elle a rouvert les paupières et m'a dit, tout en servant le thé au parfum de mandarine :

"Toi, tu viens de là-haut. De la vallée des choses étranges."

J'ai baissé les yeux. Elle avait dû sentir sur moi des relents de bergère.

“Je ne veux pas dire que tu y es simplement née, elle a poursuivi en reposant la théière. Je veux dire que tu es de là-bas comme le sont les pierres gravées, les spirales dans les rochers et les orages qu’elles engendrent. Tu charries avec toi cet endroit qui ouvre des portes entre les morts et les vivants. Tes ancêtres le savaient, eux qui sont passés par la vallée au tout début du monde, et ils y sont si bien restés que quelques-uns sont devenus des portes eux-mêmes. Toi aussi, sans doute. Comment tu t’appelles ?

— Clémentine.”

Ne me demande pas pourquoi j’ai sorti ce prénom-là. Peut-être parce que le thé qu’elle me servait sentait les agrumes – et puis, pour un nouvel endroit, il me fallait un nouveau nom. Un nom qui n’empeste pas le bonheur obligé ni la paille de l’étable, un plus acide et plus juteux qui éclate sous la dent. Alors c’est Clémentine qui m’est venu.

Sauf que mentir, moi, je n’ai jamais su faire.

“C’est vrai, ce mensonge ?”

Elle m’a demandé ça avec un sourire en coin, et j’ai secoué la tête.

“Peu importe, après tout, si c’est le prénom qui te plaît. C’est joli, Clémentine. Et puis ça commence par *clé*. Ça tombe bien pour une fille incapable de rester dans sa chambre d’internat.”

J’ai souri à mon tour. Moi aussi, je trouvais ça joli.

“Je m’appelle Marine. Bois ton thé, maintenant, il vient d’atteindre la bonne température.”

J’ai attrapé la tasse. En la touchant, j’ai eu un mouvement de recul.

“Oh, désolée, Clé, j’ai oublié de te prévenir : la porcelaine de ce service est mélangée avec de la cendre d'os. Ça peut faire drôle quand on est sensible comme toi à ce qui a fini de vivre."

Et, sans comprendre si c'était le thé fumant au parfum de mon nouveau nom, la tasse mêlée d'ossements ou l'incongruité du lieu et du moment, à cet instant, j'ai su : j'ai su que je pouvais prononcer les derniers mots des spectres et les aider à mieux mourir, en plus de les voir et de leur parler. C'était, comment te dire… une découverte absolue sans aucune surprise. Comme de retrouver un vêtement tombé derrière un placard et oublié, qu'on a souvent porté autrefois, et qui redevient neuf sans l'être du tout.

Je n'ai saisi que trente ans plus tard, grâce à plusieurs spectres et quelques vivants, le pourquoi de cette nuit du 1er septembre. La clé de cette connaissance ancienne remontée soudain à ma mémoire. Mais c'est bien là, dans la tour carrée aux horloges, que j'ai su qui j'étais : la passeuse de fantômes. »

Thérarium

« Ce samedi-là, j'ai préparé mon bol de teinture. Au même instant, sur sa montagne, ma mère devait répéter en écho les mêmes gestes rassurants. Je me suis posé une serviette sur les épaules et attaché les cheveux. J'ai calé le miroir ovale sur le rebord de ma fenêtre, plongé le pinceau dans le bol. Mais au moment où j'allais appliquer la pâte sur mes racines blanches, mon reflet m'a regardée d'un air perplexe. Alors j'ai ressenti une immense paresse, une envie de faire n'importe quoi au monde, même les dissertations qu'on m'avait données à rédiger pour le lundi, plutôt que de passer trente minutes entières à me teindre les cheveux.

J'ai tout laissé en vrac dans le lavabo, retiré la serviette, et je me suis dirigée vers la tour carrée. Pour me punir, j'ai pensé à ma mère qui peignait ses boucles avec tendresse, persuadée qu'au bord de la mer, dans une petite chambre au milieu de la grande ville, sa fille accomplissait ce rituel commun alors que l'autre côté du miroir ne reflétait qu'une chambre vide.

Dans la bibliothèque j'ai cherché Marine du regard, avec ses grosses jambes, ses grosses lunettes, ses grosses boucles d'oreilles et son gros dessin sur la tête, mais je ne l'ai trouvée nulle part. Je me suis approchée du jeune homme au bureau de l'accueil, à peine plus âgé que moi, et je lui ai demandé, très poliment : "Bonjour, monsieur, excusez-moi de vous déranger, mais je cherche Marine."

Il m'a reluquée de bas en haut, le nez plissé. L'écharpe autour de ses épaules ressemblait à celle de Marine ; elle avait dû la lui tricoter. Sans que je puisse me l'expliquer, ça ne m'a pas plu du tout. Étiquette immédiate : pète plus haut que son oignon.

"Marine n'est jamais présente les week-ends."

Une déception énorme m'est tombée dessus, aussi lourde que les grimoires rangés au-delà du cordon, d'autant plus écrasante que je ne m'attendais pas du tout à la ressentir.

"Et vous êtes… ?" il a demandé avec sa voix nasillarde.

J'ai hésité, puis j'ai fini par décider :

"Clé.

— Ah. Bon. Alors Marine a donné des instructions. Vous êtes autorisée à emprunter un livre de sa réserve personnelle. Un seul. Pourquoi vous, je ne sais pas ; il faut croire qu'elle a un faible pour les péquenauds."

Il n'a pas prononcé la dernière phrase, mais il l'a pensée tellement fort que je l'ai entendue. Il s'est levé en soupirant et a défait le cordon.

"Allez, ne traînez pas. Je vous laisse deux minutes pour choisir et ensuite, du balai."

Pressée par le temps, étonnée qu'on me permette d'entrer dans ce lieu défendu, moi qui venais d'apprendre qu'il existait des endroits interdits, j'ai saisi le premier livre à portée de mes mains et l'ai tiré hors du rayon. Quand je suis sortie avec, tant bien que mal parce qu'il était énorme et très lourd à porter, le garçon de l'accueil m'a lancé :

"À rendre d'ici demain soir à Marine, dès qu'elle sera rentrée. Pas plus tard. Sinon vous recevrez des pénalités. Compris ?"

Pénalités sur quoi, par rapport à quoi, je n'en savais rien. Mais vu sa tête, la menace avait l'air costaud.

De retour dans ma chambre, j'ai laissé tomber l'ouvrage sur mon lit. Il brillait dehors un soleil de plage. Tous les élèves étaient rentrés chez leurs parents ou sortis profiter de la fin de l'été sur la Promenade.

J'ai ouvert grand ma fenêtre pour entendre crier les mouettes, fermé ma porte à clé et passé la main sur le livre. J'ai senti le tissu rugueux sous ma paume et tracé, du bout des doigts, les larges lettres creusées dans la couverture :

Lyn Sun, Traité de Théilogie, volume XVII

MÉTHODES ET DURÉES D'INFUSION
DES THÉS BLEUS,
CLASSÉES SELON LEURS EFFETS SUR LES SAVEURS,
ARÔMES ET COULEURS DE LA LIQUEUR
& LEUR INFLUENCE SUR L'ESPRIT
DE CEUX PAR QUI ILS SERONT BUS.

Traduit en langue de France par Joséphine Ribotti
en l'an de grâce MDCCLXXXVII

Le dimanche soir, quand le soleil s'est couché, je connaissais tout ce qu'on peut connaître sur les infusions en une, en trois ou vingt répétitions de chaque thé bleu, sur la température précise à laquelle chauffer l'eau selon l'aspect des feuilles, sur le temps d'infusion nécessaire au développement des quatre saveurs du thé et sur les cent façons de repérer la provenance d'une récolte à sept mètres près.

Et je n'avais parcouru que le dixième de ce livre qui n'était qu'un parmi des centaines.

Quand j'ai vu depuis ma chambre les persiennes de la tour s'allumer, dans la nuit mauve qui tombait, je suis retournée sous les horloges.

J'ai remis le volume à Marine au milieu du salon carré. Elle sentait le frais, le vent, et quelque chose qui me rappelait la maison. Je me suis alors souvenue que j'avais promis à ma mère de lui écrire, et complètement oublié.

"C'est ce livre-là que tu as emprunté, parmi tous ceux de la réserve ? s'est étonnée Marine.

— On ne m'a pas laissé le temps de choisir, j'ai pris le premier que j'ai vu.

— Qu'est-ce que tu as pensé du chapitre sur les effets de la treizième infusion du Da Hong Pao ?

— Je ne suis pas arrivée jusque-là…

— Dommage, c'est la partie la plus intéressante."

Elle a ouvert le livre à l'une des dernières pages. Les marges étaient noircies, couvertes entièrement d'une écriture serrée. Horrifiée, je me suis plaqué les deux mains sur la bouche.

"Ce n'est pas moi, je vous jure…"

Marine s'est mise à rire.

"Ils sont passionnants, ces livres. Essentiels, même. Mais pas suffisants quand on cultive les thés de la vallée des choses étranges… Le thé qui pousse aux Merveilles, crois-moi, il défie toutes les règles que tu trouveras là-dedans. Alors j'ai pris quelques notes, pour compléter."

J'ai remarqué, posés derrière son fauteuil, des sacs de jute remplis de feuilles.

"Vous étiez là-haut, depuis hier ?

— Il faut bien. On ne s'en rend pas compte quand on jette une pincée de feuilles dans sa tasse, mais prendre soin des pieds et les récolter, c'est beaucoup de travail. Comme tout ce qui vaut la peine d'être bu, ou regardé, ou vécu."

Je me suis assise face à elle pendant qu'elle se déchaussait et retirait sa veste.

"Quand un autre abat le boulot à notre place, on s'imagine qu'il doit être facile. Les chaussures à nos pieds, elle a dit en brandissant la sienne dans ma direction, toute crottée de boue, on n'y pense jamais, à tous les gens qui ont sélectionné les graines et la terre pour nourrir la vache, choisi le bon taureau, attendu que le veau naisse pour l'égorger puis découpé sa peau, tanné, battu, et aux hommes qui ont appris de leurs pères la manière de tordre le cuir pour qu'il épouse la forme de nos talons, sans te parler de ceux qui ont fabriqué la semelle en bois, ni les lacets en tissu, ni le camion pour les transporter jusqu'ici. C'est encore des milliers de gens, ça, juste pour qu'on ne marche pas pieds nus. Pour le thé, c'est pareil – sauf qu'il n'y a que moi qui bosse. Samedi prochain, je t'emmène. Tu verras ce qui te viendra comme idées, après, quand tu regarderas le rouge du thé s'épandre dans ton eau. Pour l'instant, suis-moi dans le thérarium. Je te montre comment on le prépare une fois cueilli."

Tout ce que j'ai retenu, sur le coup, c'est qu'elle m'emmènerait. Elle m'aurait dit : j'ai deux billets pour Disneyland, on part demain pour la Californie, j'aurais été moins excitée.

J'ai descendu derrière elle l'échelle qui menait sous la trappe. En bas, mes yeux se sont habitués lentement à l'obscurité.

Des lampes de brocante, aux abat-jour à franges, allumaient des pois de lumière au-dessus de bouilloires en métal, de tasses empilées, de plaques couvertes de feuilles vertes et noires, et le long des murs où s'alignaient des dizaines de cubes en bois débordants de thé.

Au milieu de ce bazar trônait une table. Un plateau entièrement sculpté dans un bloc de pierre brute, énorme, à se demander comment elle l'avait apporté jusque-là. "C'est chez toi", m'a indiqué Marine. En approchant, j'ai compris ce qu'elle voulait dire. La vallée des Merveilles ; voilà ce qui était sculpté sur la table. Une carte en relief de tous les monts, des rivières et des lacs, des bergers et des spirales gravées. Je ne les avais vus que d'en face, à hauteur de jeune fille, mais j'en ai tout de suite reconnu les contours imaginés depuis le ciel. L'une des lampes a grésillé, et j'ai cru apercevoir l'ombre d'un troupeau, comme une traînée de sable, avancer dans les pâturages.

J'ai relevé la tête et embrassé le thérarium du regard. L'endroit sentait l'herbe, les algues et le feu.

"Oui, c'est chez moi."

Ce soir-là mon apprentissage a commencé.

Dans les mois qui ont suivi, j'ai parcouru les trente volumes du *Traité de théilogie*, appris par cœur *Le Classique du thé*, lu les *Mille voyages théilogiques de Lady Garway* et, surtout, étudié les montagnes de notes griffonnées par Marine dans les marges de tout ce papier. Rien que ses mots à elle, ça doublait la somme du reste. J'y ai passé mes soirées – et parfois mes journées, quand je toussais et que je me frottais les yeux jusqu'à les rougir pour ne pas aller en cours. Marine m'obligeait à assister au moins aux leçons de chimie et de sciences naturelles. Elle estimait que c'était important, les sciences naturelles, si on voulait comprendre comment le vent apporte les graines sur les pentes de la vallée, comment elles choisissent leur terre selon les pluies qui y tombent, les vents qui y soufflent et les gens qui lui ont marché et saigné dessus, comment la terre les absorbe et les nourrit pour les sculpter en racines, en pousses, en troncs et en branches, comment la couleur vient ensuite aux feuilles et aux bourgeons, et à quel moment les cueillir pour qu'ils libèrent dans l'eau toutes les puissances qui gorgent la terre des Merveilles.

Et puis la chimie, tu t'en doutes, c'était pour l'infusion – parce que tu peux récolter la meilleure feuille de toute la vallée, si tu la noies dans une eau calcaire, si tu la cuis avec une eau bouillante, si tu l'oublies vingt minutes dans ta théière, bref, si tu te plantes côté chimie, ton thé, il est bon pour les glycines.

Et c'est ce que j'ai fait, bien des nuits, dans la cour du lycée plongée dans le noir. J'ai servi du thé aux glycines.

Marine couvait chacune de ses feuilles ; pire qu'une mère qui croit savoir quand ses petits ont froid. Je n'avais pas intérêt à en déchirer une lors du roulage, à laisser l'eau chauffer un degré de trop ou à utiliser la mauvaise théière. Au début, je craignais qu'elle me fasse des tempêtes comme celles de ma mère. Mais jamais Marine ne m'a adressé le moindre reproche. Elle s'attristait simplement, profondément, pour ces feuilles plantées, poussées, arrosées, cueillies, oxydées, roulées, séchées, pour finir là, cuites comme des épinards, privées de leur instant de lumière. On aurait dit, chaque fois, que j'avais arraché les ailes d'un papillon à peine sorti de son cocon.

Marine sentait de loin le thé brûler ; elle entendait depuis le thérarium la texture trop épaisse de l'eau que je versais à l'étage au-dessus. En ramassant dans ses paumes le thé gâché, elle avait le visage sombre. L'avorthé, elle l'appelait. Je la suivais dehors, dans la nuit noir et bleu, et nous traversions la cour pour rejoindre l'obscurité des glycines. Là, sous les grappes anthracite, nous creusions un trou dans l'herbe avec nos propres ongles, et nous enterrions l'avorthé. Les fantômes du lycée nous regardaient, mélancoliques, pendant que Marine reniflait et priait à voix basse. Elle me tapotait l'épaule avant de rentrer et me parlait de tout autre chose sur le chemin du retour.

Autant te dire que je réfléchissais un peu avant de verser l'eau sur les feuilles.

Dans le thérarium, elle s'adressait à chaque boîte comme si on y avait enfermé l'âme de sa grand-mère, avec déférence et douceur – il était interdit de porter du parfum ou de parler plus haut qu'un chuchotement dans cette pièce-là. J'entendais seulement le frottement des feuilles sous nos doigts tandis que nous les roulions avant de les mettre à sécher. Et les murmures par-dessus, lorsque Marine me racontait les légendes des Merveilles.

Elle m'a transmis aussi, tout au long de ces nuits et de ces mois, des savoirs qui ne s'écrivent pas, qu'un livre ne pourrait pas t'enseigner. J'ai appris à connaître la température de l'eau en écoutant la pulsation des bulles. J'ai retenu les mélodies anciennes à chanter pendant la cueillette pour apaiser la sève et garder la mémoire des bourgeons étêtés. J'ai observé les vapeurs ourlées qui se déroulent à la surface du thé pour y déceler les questions qui doivent être posées. J'ai apprivoisé des troupeaux entiers de théières sauvages. Elle m'a montré comment lier deux êtres à travers leurs tasses pour qu'ils y échangent des mots lisibles par eux seuls. J'ai mélangé tous les quatorze jours le thé du val de la Masque qui fermentait lentement, dans sa boîte humide transmise par trois générations de théilogues, et qui prendrait encore deux décennies avant d'atteindre sa pleine puissance. “Ce thé-là, me disait Marine, tu dois le remuer quatorze fois dans un sens, quatorze fois dans l'autre, tous les quatorze jours, d'accord, n'oublie pas, c'est très important, on ne fait dans sa vie qu'un seul thé de ce genre, et encore. Quand celui-ci sera terminé, j'en commencerai un nouveau, et c'est à toi que je le donnerai.” Alors je mélangeais, en comptant à voix haute pour ne pas me tromper.

Et surtout j'ai inscrit, dans ma cartographie intérieure, le tracé précis des reliefs de la vallée des choses étranges. Les théiers sauvages qui poussent là-haut prennent leurs racines dans la terre puissante des Merveilles. Jusque dans leurs bourgeons, la puissance remonte, et jusque dans l'eau elle s'infuse.

Il n'existait que trois interdits absolus avec Marine : venir parfumée dans sa tour ; faire boire un étrange-thé à quelqu'un qui n'en voulait pas ; noter l'emplacement des théiers et les effets de chaque terroir. Elle craignait par-dessus tout qu'on l'oblige à utiliser ses feuilles dans les gendarmeries et les palais de justice, pour forcer les accusés à parler.

Sur le troisième point, j'admets lui avoir désobéi. Quand on sait suffisamment de choses au sujet de la mémoire, on évite de se fier à la sienne.

Puisqu'il est là, justement, le pouvoir des étranges-thés : raviver les souvenirs, libérer les langues. Combler les failles et les silences où s'engouffrent les fantasmes, les cauchemars et les rancunes. Faire éclore la vérité, en somme.

Dans mon carnet je complétais donc en cachette, à l'internat, la liste des thés avec leurs effets.

Lac des Millefonts – *Révélation des secrets oubliés*

Pas des Ladres – *Aveu des crimes et des larcins*

Lac Autier – *Rappel des faits purs sans orgueil ni mauvaise foi*

Les Gravières – *Liaison éternelle entre deux êtres. (Boire dos à dos la moitié du breuvage – échanger les tasses – boire le reste. Se séparer sans se regarder. Conserver les feuilles et les tasses pour l'échange de messages.)*

Pont du Countet – *Replacement de chaque souvenir dans sa période et dans son heure*

Tête de la Lave – *Jaillissement des mots hors des bouches taiseuses*

Lac de Fenestre – *Ouverture de l'esprit à d'autres vérités que la sienne*

Col du Diable – *Réminiscence des détails les plus infimes*

Lac du Tremblement – *Apaisement des craintes qui freinent la parole*

Col de la Couillole – *Supplément de courage pour admettre la vérité*

Le Pin Pourri – *Dépassement des rancunes et des vieilles querelles*

Lac Petit – *Réveil de la mémoire depuis l'avant-naissance jusqu'à l'âge de six ans*

Col de Veillos – *Distinction entre rêves et souvenirs véritables*

Val de la Masque – *Rassemble et décuple les pouvoirs de tous les étranges-thés. Fermentation nécessaire : cent quatorze ans.*

Mont Bégo, lac des Merveilles – *Effets inconnus. Seul thé sans influence ?*

J'étais bien trop occupée pour écrire à ma mère ou penser à me teindre les cheveux. Ils ont poussé, blancs jusqu'à la mâchoire, rouges du menton aux épaules. J'aimais de moins en moins cette tignasse bicolore que me renvoyait le miroir ovale de ma chambre. J'ai fini par la couper. Ma tête est redevenue blanche.

C'était comme passer, dans les contes, sous la cascade qui annule les mauvais sorts et rend aux créatures leur forme d'avant la malédiction.

Pendant ce temps, en bas de la tour, les élèves riaient en plein soleil, trouvaient des moyens de tricher et tombaient amoureux. Moi, je préférais la pénombre du thérarium, le parfum vert des feuilles et les grimoires de Marine. »

Des graines pour les oiseaux

« Un vendredi soir, je m'en souviens encore, elle nous avait servi une Tête de la Lave qui nous a rendues bavardes à n'en plus finir. Elle m'a raconté l'histoire de chacune de ses théières, des tricots en laine qui recouvraient certaines comme des gilets, ses voyages en Chine et au Vietnam, les huit demandes en mariage qu'elle avait refusées, et moi je riais, je m'étonnais, je lui parlais des bonbons que je volais au boulanger, du fantôme de mon père, et je nous resservais du thé. Ou plutôt, j'essayais : ses théières refusaient toujours de me répondre. Quand je les appelais, elles me toisaient sans réagir depuis là-haut, toutes dédaigneuses sur leurs promontoires. Si je les utilisais, elles me résistaient en envoyant gicler l'eau partout.

Marine avait descendu la Baronne, ce soir-là. Une théière avec le bras d'une femme pour le bec, son jupon pour le récipient, sa poitrine et sa tête pour le couvercle. Lorsque j'ai voulu remplir ma tasse, Mme la Baronne a décidé de se gratter le nez. Le liquide brûlant m'a coulé sur les genoux. J'ai lancé un regard terrible à la théière qui faisait son innocente, et j'ai dit à Marine :

“Bon, demain matin, avant mon cours d’italien, je vais à la brocante du tribunal m’acheter une théière. Une théière à moi. Une qui m’obéira et que je pourrai utiliser sans qu’elle tente de m’ébouillanter.”

Ça faisait longtemps que j’en voulais une qui m’appartienne et, au fond, la Baronne venait de me fournir une excuse superbe. Mais Marine s’est redressée, a posé ses coudes sur ses genoux, pointé un index vers moi et m’a dit très intensément :

“Écoute-moi bien, Clé. Je te laisserai y aller, mais écoute-moi. Tu dois faire preuve de la plus grande prudence. Ne t’amuse pas à adopter la plus jolie théière de la brocante. Sinon, tu sais ce qui va t’arriver ? Tu vas rapporter une bestiole ingérable, qui va te refroidir le thé juste pour t’emmerder et te le versera à côté une fois sur deux. Et si tu n’y prends pas garde, bientôt, tu te retrouveras avec un troupeau de théières sauvages.

Parce que ta première théière, c’est la plus importante. La théière-mère. C’est elle qui guidera ensuite tout le troupeau et le soumettra à ta volonté. Comme le chien avec les moutons, tu vois ?

Donc il faut en sélectionner une parmi celles qui se laissent approcher. Pour les reconnaître, c’est très simple. Tu leur attrapes l’anse fermement, et tu les penches vers l’avant comme pour servir le thé. Si elles te résistent, tu les reposes et tu n’y penses plus. Même si elles essaient de t’attendrir avec leurs motifs colorés et leurs formes rondelettes, d’accord ? Ne te laisse pas berner. Des belles théières, il y en a plein le vaste monde. Des théières gentilles, coopératives, c’est beaucoup plus rare.

Celles qui ont le plus de mémoire, ce sont aussi les plus difficiles à apprivoiser – les fontes sans émail, les terres cuites, tout ce qui garde le souvenir des thés passés dans ses parois. Pour commencer, conseil d'amie, contente-toi des sans-mémoire : en métal, en porcelaine ou en verre.

Ensuite, quand tu as trouvé la bonne, tu la rapportes à la maison.

Le reste, je te le dis pour plus tard, quand tu posséderas un troupeau à toi. Chaque nouvelle théière, tu la poses pas trop loin des tiennes pour qu'elles fassent connaissance, mais pas trop près non plus, pour ne pas les brusquer. Et tu attends. Tu vois si elles s'entendent ou si elles se chamaillent. Petit à petit, tu la rapproches, un peu chaque jour, jusqu'à l'installer avec les autres. Et pour finir, le test ultime : tu sers le thé avec, devant le troupeau. Là, attention. Tu dois y aller tout doucement, la surveiller pour t'assurer qu'elle ne se rebelle pas en comprenant son sort. Ça arrive, des fois, que certaines n'aient pas saisi qu'elles étaient devenues des théières domestiques, et alors elles se mettent à ruer, à piaffer, à sauter. Un peu comme ces enfants tout sages le matin de la rentrée, qui découvrent le lendemain qu'il va falloir y retourner.

Et puis bien sûr, tu dois rester attentive aux théières qui observent. Elles pourraient se sentir trahies et tenter de mettre fin à leurs jours en se jetant de leur étagère. Une fois j'ai perdu comme ça, à cause d'une crise de jalousie collective, tout mon troupeau d'un coup. Terrible. Depuis, je mets toujours un matelas par terre avant de tester une nouvelle recrue.

Cela dit, ce n'est pas le plus grave de casser une théière. Il faut juste n'en perdre aucun morceau. Si elle s'émiette, par contre, c'est foutu. Mais tant que tu as toutes les pièces et qu'il n'en manque aucune, tu peux la réparer. Tu peux même en faire ta théière la plus précieuse, plus importante encore que ta théière-mère. Regarde."

Elle a juste tendu les mains en avant, sans siffler ni taper ni rien. Une petite théière est tombée aussitôt depuis très haut dans la tour, pile entre ses paumes. Je ne l'avais jamais vue. Elle était élégante, d'un noir mat, et traversée de cicatrices dorées.

"Le kintsugi. C'est rendre la vie à ce qui est mort, y dessiner des veines où coule un sang fait d'or. Cette théière accomplit pour moi plus qu'aucun des étranges-thés : l'eau qu'elle sert me répare. Parce que je l'ai réparée en premier, avec du soin et de la douceur, et parce que j'ai transformé ses fêlures en trésors."

Elle l'a posée entre nous et l'a caressée comme un chat.

"Je te montrerai un jour les étapes lentes et patientes du kintsugi. La poudre d'or et la laque, les morceaux qu'il faut réunir, les longues attentes qui comblent les fissures. Mais enfin, voilà un peu les conseils que je voulais te donner. Pour résumer : sois prudente, Clé. Ne rapporte pas de théière sauvage. Choisis bien ta théière-mère."

Le lendemain matin, à l'heure où le soleil commençait à réchauffer Nice, j'ai rencontré parmi les brocanteurs, entre les bouquinistes et les marchands d'art, un monsieur qui vendait des graines pour les oiseaux.

Il les présentait n'importe comment, ses graines, entassées dans des paniers, des arrosoirs, des tonneaux, des cages, des casseroles – et des théières. C'est là que j'ai acheté la mienne, ma première, qui n'était même pas à vendre. Une sympathique comme tout, joviale, dodue, en cuivre pour servir aussi de bouilloire. Du solide, quoi. Je l'ai emportée partout en mission pendant des années. Et dans ma chambre d'internat, en contemplant les toits et les clochers par la fenêtre, je la gardais sur mes genoux. Pour imiter Marine, je la caressais.

En revanche, elle a fait une très mauvaise théière-mère, par la suite, quand j'en ai adopté de nouvelles. Elle les poussait au bord des étagères et se vexait si je ne la choisissais pas pour une infusion. Le reste du troupeau, à cause d'elle, ne m'a jamais vraiment obéi. Tu trouveras peut-être ça ridicule, mais j'en ai longtemps souffert. Une théilogue même pas capable de gérer ses théières, c'est un peu un berger bizuté par ses propres moutons. Ça fait sourire et souffler du nez. Là aussi, il m'a fallu plus de trente ans pour comprendre ce qui coinçait.

Le grainetier, je l'ai toujours connu sous le nom de Lucien ; je n'ai appris qu'à ses funérailles qu'il s'appelait Julien. Il n'aimait pas. Une coquetterie typique de vieux Niçois. On en apprend, des choses, aux enterrements. Sur les vivants surtout et ce qu'ils se racontent pour oublier que ce sera eux, très bientôt, les mains croisées et les yeux clos, qui recevront des louanges imméritées et qui ne les entendront pas. En tout cas, c'est là, sur cette brocante, que je l'ai rencontré et qu'il est devenu mon fournisseur d'artefacts phantopréhensibles.

Grâce à lui, j'ai fini par comprendre pourquoi, certains soirs, les fantômes des élèves se joignaient à nous autour du service à thé. Bien sûr, Marine ne soupçonnait même pas leur présence, mais moi, je les voyais passer à travers les murs de la tour, s'asseoir par terre près du guéridon et observer la théière, les yeux agrandis, des heures entières. S'ils avaient été capables d'apprendre, ils en sauraient maintenant autant que moi sur les étranges-thés.

Une nuit, juste pour tester, j'ai sorti sur la table un bol acheté à Lucien. Il m'avait promis que l'objet serait phantopréhensible. Il ne mentait pas : les six fantômes du lycée me suivaient partout dès que je le sortais de mon sac.

J'ai demandé à Marine d'y verser le thé. Elle a haussé les sourcils, puis les épaules, et a fini par s'exécuter. Le spectre qui se tenait là, dans son vieil uniforme d'écolier, a posé les mains sur le bol et l'a soulevé. Marine a poussé une exclamation, s'est précipitée sous la trappe, puis elle est revenue du thérarium avec une boîte que je connaissais bien : le thé du lac des Merveilles. Le seul qui croît sur le mont Bégo et, surtout, le seul dont Marine n'arrivait pas à découvrir les effets.

Elle a sifflé. Nouvelle théière entre les mains – la théière des Merveilles. Je n'ai jamais rencontré de pire caractère. En plus, elle portait très mal son nom, laide comme tout, carrée, bariolée de vert et de rouge comme une maison en pain d'épice. Mais elle se savait importante, puisqu'on la réservait au plus mystérieux des étranges-thés, alors elle en jouait. Elle ouvrait sa porte miniature pendant qu'on la remplissait, elle refusait de descendre de son étagère, elle se jetait par terre à la moindre occasion… Une vraie diva. Mais ce soir-là, quand Marine l'a utilisée pour servir le thé des Merveilles, elle n'a pas bougé. À peine si elle a ouvert les rideaux qui décoraient ses petites fenêtres pour mieux voir ce qui se tramait. Marine a fermé les yeux pour écouter le cliquetis des rouages au-dessus de nous. Enfin, elle a versé la liqueur.

Le fantôme a souri. Les horloges ont arrêté de tourner.

Agrippée à ses accoudoirs, Marine a regardé le bol s'élever. Se pencher vers une bouche invisible. Et revenir, vide, sur le guéridon.

“Il dit que c'est excellent.”

Tu peux imaginer comme j'étais fière de transmettre l'annonce.

Ce qui a occupé nos nuits, les semaines suivantes, ce furent les mélanges que Marine voulait expérimenter. Elle croyait que le bon dosage entre le thé des Merveilles et les autres moutures pourrait appliquer aux fantômes les mêmes effets qu'aux vivants, et qu'on serait alors en mesure de raviver leurs souvenirs pour les faire parler d'un temps inaccessible aux mortels.

C'est exactement ce qui s'est passé. Depuis, j'ai utilisé le thé des Merveilles mêlé à d'autres étranges-thés pour chacune de mes missions, et j'ai complété ma liste.

> Mont Bégo, lac des Merveilles – ~~*Effets inconnus. Seul thé sans influence?*~~ *Seul thé phantobuvable connu*

Chaque samedi, avec Marine, nous sortions du lycée pour partir dans l'arrière-pays cultiver les étranges-théiers. Elle possédait sa propre voiture et la conduisait elle-même. Je trouvais ça tout à fait extraordinaire. Je me réveillais très tôt, avant les mouettes, et elle posait sur le volant ses mains tachées par les tanins. On prenait la route de la Vésubie, que je connais aujourd'hui mieux que mon balcon, mais qui à l'époque me donnait des frissons d'expédition exotique. Elle était en plus équipée d'une radio, ce dont très peu de voitures pouvaient se vanter. J'avais pour mission de l'allumer et de tourner le bouton à la recherche des stations. Marine chantait à tue-tête, étonnamment juste, avec la même précision simple qu'elle mettait dans ses infusions. Au fil des trajets, j'ai fini par chanter avec elle. Jusqu'à l'entrée de la Vésubie, du moins, parce que les fréquences ne passaient pas entre les gorges. On pénétrait le territoire minéral des rivières et des conifères. Pas de place pour les innovations du siècle. Dans cette voiture-là, entre les montagnes froides des samedis matin, j'ai tenu des conversations que je ne te raconterai pas.

Parler en voiture, ça aide mieux encore que le thé. Si on pouvait balader les fantômes sur un siège passager, je n'aurais pas eu besoin de devenir théilogue. On regarde droit devant soi à travers le pare-brise, l'autre aussi, et de ne pas se voir tout en restant coincés ensemble dans le silence de l'habitacle, ça oblige à raconter des choses. Il suffit qu'on te pose les bonnes questions et qu'on te laisse parler.

Marine était la seule, quand j'y pense, à m'écouter sans palabrer sur elle-même. J'en ai rencontré peu, des gens comme elle. Qui n'ont pas la démangeaison de se décrire et se dépeindre sans arrêt. »

Félicité a regardé ailleurs, par la fenêtre, pour me dire :

« Et tu le sais, je ne suis pas du genre à jeter des fleurs à la figure des gens comme en plein carnaval, mais bon, tu en fais partie. Voilà un bout de temps que je te parle trois après-midi par semaine, et je ne sais rien de toi, ou si peu. Je ne t'ai pas posé de questions. C'était pourtant mon métier, mais il faut croire qu'au bout d'un moment, ça fatigue. Comme de nourrir un chat. On s'en occupe volontiers, mais de temps en temps, on a l'impression d'être le couillon de l'histoire à toujours caresser et dorloter sans rien recevoir en retour.

Marine m'a offert, pour la première fois, le droit de faire un peu le chat. »

J'ai eu beaucoup de plaisir à entendre ce compliment de la bouche de Félicité, comme quoi je savais l'écouter. Je ne crois pas qu'elle m'en ait fait d'autres, maintenant que j'y pense.

Les crânes peints et le sommeil

Carmine, pendant ce temps, attendait que sa fille remonte lui rendre visite.

Elle l'a guettée les vendredis soir, d'abord, pensant qu'elle rentrerait parfois pour le week-end.

Ne la voyant pas arriver, ne recevant pas de lettre, elle a attendu les vacances de la Toussaint. Félicité n'est pas revenue.

Elle a laissé passer Noël. Félicité a envoyé une carte de vœux mais n'est pas revenue.

Carmine ne lui a pas écrit. Peut-être pour ne pas envahir sa fille, peut-être en espérant lui manquer. Ou bien parce que le silence lui paraissait la meilleure arme. Je ne sais pas. Allez comprendre ce qui se passait vraiment dans la tête plus que pleine de Carmine.

Il a neigé sur le mont Bégo. Pour la première fois, on n'a pas vu d'igloos ni de batailles de poudreuse devant la bergerie.

La neige et l'espoir de Carmine ont fondu.

L'eau des lacs a monté avec la colère d'Agonie.

Elle s'est inquiétée, d'abord. Elle n'a pas compris pourquoi sa sœur n'était pas là pour le jour des Morts. Il pouvait lui être arrivé quelque chose, n'importe quoi. Et sa mère qui n'essayait même pas de savoir... Elle ne pouvait pas écrire, pas se déplacer, alors elle a attendu. Des jours entiers entre les crânes peints des oiseaux et les arbres secs, à jouer sans fin des parties de solitaire.

Puis un matin, à Noël, elle a vu la carte de vœux dans les mains de sa mère. Elle a compris. Félicité ne tiendrait pas sa promesse.

Elle a juste eu le temps de se rendre au repaire avant d'exploser. Il n'y a plus eu de crânes peints, plus de trône, plus de jeux. Tout a brûlé.

Agonie a quitté la bergerie; Carmine n'a même pas remarqué. Elle s'est installée dans une masure abandonnée en bordure du hameau, escalier vermoulu, tuiles moussues, rien qu'elle pourrait flétrir davantage, pratique. C'est à cette période qu'elle a découvert son véritable nom – celui qui était inscrit à la mairie, que les gens du village utilisaient pour parler d'elle. Egonia.

Elle est devenue Egonia. C'était plus facile comme ça. Egonia ne vivait pas couverte de suie à force de rentrer chez elle par la cheminée. Elle échappait aux tempêtes. Et puis elle n'attendait rien de sa sœur. Elle savait que Félicité, au fond, ne disait pas plus la vérité que les autres.

« Je suis souvent passée près de Bégoumas au cours de cette année, m'a avoué Félicité. Chaque samedi, en fait. Quand je récoltais les étranges-thés dans la vallée des Merveilles avec Marine, elle me voyait jeter autour de moi des regards énervés. Pour me taquiner, elle me demandait si j'avais peur qu'un loup me saute dessus.

Pendant nos voyages, cet été-là, j'ai réussi à me détendre. Je suis partie avec elle quand les cours ont fini, chasser des thés précieux sur des continents lointains, et je ne suis revenue à Bégoumas qu'au milieu du mois d'août. Parce que Marine avait des affaires à régler, plus loin encore, où elle ne pouvait pas m'emmener.

Mais sur le mont Bégo, non, impossible de me dénouer. De dissiper cette impression de rapetisser, de m'empeser en escaladant.

“Oui, c'est ça, je lui répondais en faisant semblant de rigoler. J'ai peur du grand méchant loup.”

Les bêtes qui me faisaient peur, les vraies, elles prenaient les contours de ma mère et de ma sœur. Ma sœur parce qu'elle m'aurait embarrassée auprès de Marine. Ma mère parce que je n'aurais pas su lui expliquer mon absence. Pas d'une manière qu'elle pouvait comprendre.

Je me dédiais tout entière à la théilogie, aux nuits passées à sélectionner et à infuser les feuilles, aux livres épicés de la bibliothèque, à l'amitié de Marine qui m'initiait aux secrets de sa science. Je devenais l'apprentie théilogue et passeuse de fantômes ; la fille de bergers entrait dans un profond sommeil. Et cette Félicité-là, aux épaules alourdies par le chagrin des autres, avec ses habits qui sentaient la chèvre et ses yeux qui puaient la honte, je craignais de la réveiller. »

Dans le palais de marbre

Quand, trois décennies plus tard, Félicité traverse le parking et entre dans le palais de marbre, on dirait une flèche à la pointe écarlate, à peine retirée du ventre d'une bête.

« Carte de lectrice. »

Bonjour, Patrick. Comment vas-tu, Patrick ? Ravie de te revoir, Patrick.

Il a changé de lieu, de coiffure, mais pas de voix. L'assistant de Marine, qui a troqué sa moustache des années 1950 contre une coupe mulet, conserve son mépris comme d'autres gardent aux doigts leurs bagues de famille.

Il examine le bout de carton que lui tend Félicité d'un œil suspicieux, d'aussi près que le permet l'énorme écharpe en laine autour de ses épaules. Il consent enfin à la lui rendre puis, d'une main – l'autre tient sa tasse où refroidit un café aqueux –, pose une clé sur le comptoir.

« Casier 12. »

Il a raison : elle pourrait cacher un extrait d'état civil dans son sac. Ou colorier au feutre une carte du XIIe siècle. Juste pour le plaisir. Parce qu'elle adore ça, Félicité, détruire des archives. C'est bien connu. Malgré tout, elle laisse au casier ses affaires en lui disant :

« Tu dois avoir besoin d'une pause après cet effort considérable, mais pourrais-tu avertir Marine de ma présence, si cela n'outrepasse pas excessivement le cadre de tes fonctions ? »

Patrick soupire comme si elle lui demandait de descendre douze cartons d'archives de l'étage des magasins. Sous la pluie. Sans les mains.

Il soulève le combiné. Le téléphone semble peser un âne mort.

« Oui, Marinouchette, c'est Pat. Il y a quelqu'un pour toi. Je sais pas. Dans le hall. D'accord. Super, on fait comme ça, merci, Marinouche. Bisous. Elle arrive ; je t'invite à patienter en salle de lecture, il n'y a pas assez de place pour deux ici. »

Patrick partage avec Agonie le podium des rares personnes au monde capables d'excéder Félicité en moins de cinq secondes.

Les pièces qu'elle traverse, tapissées de lambris, étouffent les bruits de la ville autour. Tout y est silencieux. Dans l'une d'elles, Félicité dépasse un vieil ascenseur italien, bois sombre et fer forgé, transformé en placard. Elle avance encore dans le hall grandiose, où s'empilent colonnes et escalier en marbre, qui mène à la salle de lecture. Des miroirs tachetés et des tableaux pâlis couvrent jusqu'au plafond le vert-de-gris des murs. Entre les croisillons écaillés des fenêtres, on voit scintiller les fontaines du parc. On se croirait dans le boudoir d'une veuve qui fut riche autrefois.

Deux vieux fouillent dans des papiers sur de longues tables. Plus loin, une femme photographie des documents.

D'une porte au fond émerge, inchangée depuis trois décennies, la silhouette de Marine. Vastes hanches, grandes boucles d'oreilles, gros tatouage sur le crâne. On distingue juste quelques rides de plus derrière les deux cercles de ses verres. En posant une bise sonore sur chaque joue de Félicité, elle dit :

« Tu tombes bien, j'ai besoin de parler à Théodore. »

Marine a quitté le lycée quelques années après la fin des études de Félicité. Le nouveau proviseur la trouvait, selon ses propres mots, « trop expérimentée pour le poste ». La vérité, tout le monde la connaît : Marine faisait une terrible bibliothécaire. Croyez-moi, l'Europe entière n'a pas abrité de meilleure théilogue ni de pire bibliothécaire. On ne peut pas être bon partout, j'imagine. Encore moins quand on passe ses nuits à préparer du thé au lieu de dormir, et ses journées à lire des essais de théilogie au lieu de mettre à jour ses fonds.

Alors, comme on aimait bien Marine tout de même et qu'elle travaillait pour la Ville, on l'a promue responsable des archives historiques, où elle ne gênerait pas grand monde, et on l'a laissée emmener Patrick.

Le matin où Marine est arrivée, son prédécesseur sautillait d'inquiétude tellement il craignait de partir à la retraite, le soir même, sans avoir dûment formé sa remplaçante. D'ailleurs, il a sautillé tant et si bien, Théodore, que son cœur a lâché. À 16 h 30 pile, juste avant le pot d'adieu prévu par son équipe.

Eh bien, figurez-vous que, malgré cette infortune, Marine a tout de suite gagné la sympathie de ses nouveaux collègues. Alors qu'avec une autre ils auraient crié à la malédiction, je vous parie. C'est dire à quel point on ne pouvait pas s'empêcher de l'aimer. Un véritable chiot qui pisse sur le tapis et qu'on couvre de mots tendres en essayant de l'engueuler.

On n'a même pas tenté de l'obliger à partir à la retraite, plus tard, quand elle en a eu l'âge. À vrai dire, ce lundi de juillet 1986 où Félicité lui rend visite, Marine devrait avoir laissé sa place depuis quelques années déjà. Personne n'a eu envie de le lui rappeler. Ou bien personne n'a osé.

Théodore aussi, tout le monde l'appréciait. Il occupait cinq fois moins d'espace que Marine avec son corps tout maigre ; ses lunettes rondes à lui dépassaient à peine la largeur de ses pupilles. Mais à part ça, il lui ressemblait. Aussi vif, serviable et souriant. Ses collègues lui avaient écrit des vœux de bonheur très sincères, très émouvants, sur la grande carte qu'on devait lui donner au moment d'ouvrir le vin de citron maison fabriqué exprès par sa femme pour l'occasion.

Mais le vrai clou de cette histoire, c'est que Théodore expliquait encore à Marine comment mener les visites guidées bimensuelles quand il est tombé raide mort. En pleine phrase.

Vous m'avez compris.

Il pouvait choisir n'importe quel lieu de sa vie pour y passer l'éternité ; c'est aux archives qu'il a décidé de rester. Il existe des gens qui aiment leur métier plus que de raison, que voulez-vous. Et heureusement qu'il est là, Théodore, parce que quand on pose une question à Marine, si ça ne concerne pas le registre des négociants de thé, elle se trouve bien incapable de vous renseigner. « Je reviens vers vous au plus vite. » Voilà ce qu'elle vous dit. Et ce qu'il faut comprendre : Je vous donnerai des nouvelles quand Félicité aura posé votre question à Théodore, que Théodore lui aura répondu, et qu'elle m'aura transmis sa réponse.

« Viens, Clé. J'ai reçu un Pu Erh d'une rare finesse – et ne me sors pas qu'il a un goût terreux ou ça va m'énerver. »

À l'étage, au-dessus du grand escalier de marbre, derrière les colonnes et les portes sculptées, à l'abri des regards, dorment les milliers de documents des archives historiques. Toute la paperasse qui retrace la vie de Nice depuis près de mille ans, ou ce qu'il en reste, hiberne dans ce dédale de boîtes alignées.

L'écharpe de Marine guide Félicité à travers le labyrinthe d'étagères. Dans le gris des tunnels, elle suit la laine multicolore, comme un dragon de Chine aérien et souple qui lui montre la voie parmi les épis, les travées, les tablettes toutes identiques et les empilements de cartons jusqu'aux plafonds.

Abruptement, devant elles, ce monde fractal s'interrompt.

LA CABANE DANS LE PALAIS

Le panneau est peint à la main, entouré de lierre. Il repose contre des colonnes de livres agencées en cercle. Sur chaque pilier de ce Colisée miniature et bancal trône une théière, ou une lampe à l'abat-jour fané. Deux fauteuils se font face au milieu du rond. La table à thé sculptée aux contours des Merveilles est posée là, entre eux, dans toute sa masse brute. Vu d'ici, avec les étoffes bariolées qui surmontent l'ensemble, l'endroit ressemble à un petit chapiteau de cirque.

Marine est très fière de sa cabane à thé au milieu des archives. Théodore désapprouve, bien sûr : les vapeurs pourraient abîmer les documents. Félicité a sa comtesse, la théilogue a Théodore. Avec les étranges-thés qu'elles leur servent à longueur de temps, ces deux-là sont les spectres les plus éveillés de France.

L'ancien directeur des lieux apparaît justement à travers une rangée de cartons. Marine a une question pour lui, qu'elle transmet à Félicité, qui la pose à son tour au fantôme.

« Elle me prend décidément pour son assistant. Bon, la vérité, c'est que ça me fait plaisir. Je me sens utile au moins. Et vous ? Je peux vous chercher quelque chose, tant que j'en suis à fouiller les magasins ? »

Félicité sort son carnet et explique : les deux prénoms, l'emplacement de la tombe, la date de la mort.

« Et qu'est-ce qu'il vous faut ?

— Tout ce que vous pourrez trouver sur eux. »

Le spectre remonte ses minuscules lunettes, hoche la tête et disparaît derrière une travée.

Le Pu Erh que sert Marine n'active aucun effet étrange. Il produit seulement le même miracle que tous les thés servis et bus depuis le premier thé de l'empereur Shennong : à mesure que Félicité écoute la bouilloire grésiller, qu'elle observe Marine rincer les feuilles et l'eau fumante dégouliner entre les gravures de la table, qu'elle respire les vapeurs émanées de sa tasse et sent la céramique lui réchauffer les mains, le cyclone des derniers jours s'apaise, retombe et s'éloigne, hors du cercle de la cabane.

Elle goûte la liqueur et murmure :

« D'accord. Rien de terreux là-dedans. »

Marine rayonne d'un sourire triomphant puis s'enfonce dans son fauteuil, plus grave.

« Tu as ce pli au-dessus du nez, comme quand tu avais brûlé le thé. N'essaie pas de nier, tu vas encore devoir admettre que j'ai raison dans cinq minutes. Vas-y. Je t'écoute. »

Et puisque Félicité sait à quel point Marine l'écoute, elle s'autorise à parler. À lui raconter la mort brutale et stupide de sa mère en plein message téléphonique, les retrouvailles avec sa jumelle, parce que oui, elle ne l'a jamais dit, mais voilà : elle a une sœur qu'elle pensait disparue depuis trente ans, une fille spéciale qui ne s'entendait pas avec leur mère – c'est peu de le dire – et qui fait peur à voir alors que, petite, elle était si jolie, et elle ne comprend pas comment on peut passer d'un visage de poupée à celui d'une sorcière de conte, mais elle n'ose pas demander parce que Agonie est très, très susceptible, elle a de ces explosions qui vous ravagent une maison entière alors mieux vaut ne pas la vexer, même si elle se montre provocante et parfaitement insupportable – mais attendez, ce n'est pas ça le pire, parce que j'ai découvert que ma mère, que je croyais née quelque part entre les deux guerres, eh bien, ses parents sont morts, écoutez-moi bien, en 1875 – oui, vous m'avez entendue, en 1875 –, et je ne comprends pas comment on peut garder un trou comme ça dans une vie sans jamais en toucher le moindre mot à sa propre fille. »

Marine pose sa tasse sur la table à thé et lui prend la main.

« Je suis désolée, Clé. »

Comme Félicité fronce les sourcils, elle ajoute :

« Pour ta maman.

— Oh. »

Félicité attendait de la surprise. De la colère par mimétisme peut-être. Des questions étonnées sur chacun de ces mystères – mais enfin, pas de la compassion. Ça lui donnerait presque envie de s'énerver.

Marine reprend sa tasse, boit une gorgée.

« Je ne t'ai jamais raconté le jour où je me suis rasé la tête. »

Cette annonce calme Félicité d'un coup. Depuis trente ans, elle s'interroge en secret sur ce mystérieux tatouage, sans oser soulever la question.

« Tu sais que j'en ai refusé huit, des demandes en mariage. Mais il y en a eu une neuvième, et je l'ai acceptée. Un garçon rencontré au Sri Lanka, rare, gentil comme tout, jamais de mauvaise humeur mais jamais niais non plus, drôle et moins bête que la plupart. Veuf, avec une fille de six ans. Je mettais pour leur plaire des huiles de jasmin et de coco dans mes cheveux – longs, à l'époque, jusqu'aux hanches. Sa fille me les tressait le soir avant de dormir. Je voulais tellement gagner son affection, à la petite. J'ai préféré oublier que les huiles sucrées me rendaient les parfums moins sensibles, les feuilles moins reconnaissables. Je le savais, pourtant, qu'on ne peut pas se vanter d'être théilogue et se parfumer. Ça déprime l'odorat et ça biaise les sens, et on n'est plus bonne à rien sentir.

Peu importe, je pensais, tant qu'elle m'appelle bientôt maman.

Et puis elle est tombée malade.

Je suis allée trouver les plantes qu'il fallait pour les lui donner en infusion. Je te passe les détails : c'est moi qui l'ai tuée. Sans faire exprès, mais quand même. À cause des huiles dans mes cheveux, je n'ai pas senti la différence entre la béliane et le médon odoriférant. Même couleur, même taille, mêmes feuilles, tout pareil sauf pour deux choses : le parfum et l'effet.

Quand j'ai tenu la tête soudain lourde de l'enfant entre mes mains, et quand j'ai vu la bave idiote qui lui coulait des lèvres, je me suis enfuie. Le lendemain, sur le bateau qui partait pour Madagascar, je me suis rasé le crâne.

La Marine d'avant, la Marine arrogante aux cheveux longs, elle est morte ce jour-là. Pour de bon.

Si je te raconte, c'est pour que tu comprennes. On n'est pas qu'une personne dans sa vie, Clé. Certains te diront qu'on emprunte à l'envi des masques. Moi, je te dis qu'on change de peau, de chair, de squelette et de sang. On ne ment pas en le faisant : on se transforme. On oublie celles qui peuplaient notre corps pour leur préférer des femmes nouvelles. Plus sages. Ou plus épaisses, ou plus prudentes, selon le sort de celles qui ont précédé.

Avant de te connaître, j'ai été bien des femmes, et j'en serai peut-être d'autres encore. Toi-même, regarde-toi, et dis-moi sans mentir que tu n'as pas réglé son compte, froidement, à la fille de bergers que j'ai rencontrée il y a trente ans. »

La tasse entre les mains de Félicité a tiédi. La théière ne fume plus.

Ce que Marine ignore, c'est que chez Carmine, les anciennes occupantes sont restées. Toutes.

Entre deux boîtes d'archives surgit alors le visage de Théodore.

« J'ai trouvé votre dossier, mademoiselle. Tout à fait étonnant. Comment connaissez-vous ces gens-là ?

— Quel épi, quelle travée ? demande Félicité en se levant d'un bond.

— Attendez, parce que j'ai dit : votre dossier, mais j'aurais dû dire : vos dossiers. Ils s'étalent sur plusieurs allées. Vous n'allez pas me croire, c'est vraiment cocasse. Une bizarrerie comme jamais…

— Bon sang, Théodore, lâchez le morceau ! »

Un peu vexé, le fantôme croise les bras.

« Cette Adélaïde que vous m'avez envoyé chercher ? Il y a plus de trois siècles d'écart entre sa naissance et sa mort. »

Mémoire scellée

Tout s'étale là, sous les lampes vertes de la salle de lecture. Une feuille pour chaque joie et douze pour chaque malheur. Les certificats de naissance et de décès, les contrats de mariage, les adresses successives. Voilà ce qui reste de soi, après. La paperasse, on a beau l'éviter toute sa vie, c'est au bout du compte notre seul vestige sur la Terre.

Les premiers papiers, les plus anciens, remontent quatre siècles en arrière. 1500 et quelques. Depuis les pages craquantes, encombrées de boucles illisibles et d'abréviations bizarres, jusqu'aux livrets plus souples de la fin XIXe, revient le même nom : celui d'Adélaïde, nourrice-oracle de Provence.

Les graphies diffèrent mais le reste correspond. Sa naissance au village de Rocabiera, devenu Roquebillière. Son cinquième mariage, à Nice, à l'âge de deux cent soixante-dix ans, avec Zacario Zamora – un jeune majordome espagnol de vingt-neuf ans. Leur mort ensemble, dans leur maison niçoise, trente-cinq ans plus tard – aucun motif déclaré. Les deux douzaines d'accouchements consignés dans le carnet tenu par Adélaïde, jusqu'au dernier d'entre eux, en 1850 : la naissance de Carmine, à Nice.

Juste avant cette page-ci, dans le livret, une feuille manque. N'en demeure qu'un liseré déchiré, comme un reste d'étiquette mal découpée dans la couture d'un vêtement. Cette feuille n'a pas disparu. On sait où elle se cache : sous scellé, quelque part, dans un carton au nom d'équation mathématique, parmi les boîtes interdites. Pour l'en sortir, il faudrait l'autorisation de quelqu'un, d'un type très haut placé, très important, qui ne signe rien d'aussi insignifiant, encore moins pour les archives historiques qui n'ont jamais d'urgence, puisque leurs papiers parlent de gens morts et de villes disparues.

De Carmine, en revanche, à part cette dernière feuille du journal qui détaille le jour de sa naissance, on ne trouve aucune trace dans toutes les archives. Théodore est formel. Si Carmine est née à Nice en 1850, elle n'y a rien accompli d'autre qui mérite qu'on en garde ici le souvenir.

Partir bientôt

« Tu comprends ce que ça veut dire ? »

Les clochers de Nice commencent à rosir, le ciel à passer du platine à l'or ; derrière leur volant, les automobilistes aveuglés baissent les pare-soleil. C'est le moment de la journée où la façade du palais Caïs de Pierlas, pendant quelques instants, semble retrouver ses fauves d'origine.

Tout là-haut, derrière les fenêtres du dernier étage, dans la cuisine, une sorcière est assise sur une chaise enrobée de plastique.

Félicité ne lui a pas montré les documents qu'elle a empruntés. S'ils finissaient comme le carnet, on serait bien. Mais elle lui a expliqué l'essentiel. Deux fois.

« Ça veut dire que maman, le jour de notre naissance...

— Elle avait quatre-vingt-dix ans, oui, oui, ça va. Et alors ? »

Félicité pose le couteau à légumes, attrape calmement l'aspirateur appuyé contre le plan de travail et passe le tube dans l'air jusqu'à ce qu'il ait avalé tous les papillons de sa sœur.

Elle l'éteint, le repose. Avant de répondre, elle replace derrière ses oreilles ses cheveux grenat aux racines argentées – elle ne les a pas teints depuis l'arrivée d'Agonie.

« Et alors, pendant ces neuf décennies-là, maman a pu vivre et aller dans le vaste monde, partout. N'importe où. Son fantôme peut être n'importe où. »

Félicité recommence à couper les tomates, *tchac*, *tchac*, *tchac*, plus brutalement que nécessaire. Hache le basilic. *Tchacatchac*. Étête les haricots verts. *Tchac*, *tchac*.

Egonia, assise dans son dos, la regarde préparer la soupe au pistou. Depuis son arrivée, Félicité lui a cuisiné des tas de bonnes choses. Enfin, elle imagine. Le temps que ça touche son palais, ses lèvres ont déjà tout ranci. Sa mère, elle, lui laissait juste les épluchures et les croûtons rassis. Egonia comprenait. Ç'aurait été bête de gâcher. Ça ne changeait rien, au fond.

Mais Félicité, non. Elle ne lui achète pas les trucs dégueulasses en boîte pour se garder la soupe maison. Elle continue à cuisiner pour deux des plats dont Egonia ne connaîtra jamais le goût. Elle voudrait lui dire, t'embête pas, t'as pas l'impression de jouer des concertos pour les sourds, je vais rien sentir de toute façon.

Mais, même si elle était sourde, elle aimerait bien qu'on joue pour elle des concertos. Ou qu'on lui parle de la mer, si elle était aveugle.

Voir le dos de sa sœur qui lui prépare à manger malgré tout, allez savoir pourquoi, ça lui fait penser à sa forêt. Il n'y a pas ici un sapin à cent bornes à la ronde. Du béton, des galets, de l'eau. Et du plastique, aussi. Dans tout l'appartement. Un truc épais et translucide qui couvre chaque centimètre carré. C'est à cause d'elle, bien sûr. Elle ne peut pas se plaindre.

Egonia préfère quand même les arbres.

Et puis elle commence à se lasser d'emmerder Félicité. Elle s'est bien amusée à lui cracher des fleurs dans les coins et à lui répandre des papillons partout. Mais c'est épuisant de toujours feindre la colère. Parfois on a juste envie de dormir, ou de dire : Ma forêt me manque, ou : Pourquoi tu m'as laissée seule avec notre mère ?

Peut-être qu'il est temps de trouver ce fantôme et de rentrer chez elle.

Sur sa chaise, Egonia remue en faisant tinter son tas d'habits. Elle prend une profonde inspiration pour chuchoter :

« Rallume l'aspirateur. J'ai un truc à te dire pour retrouver Carmine. Pas pour t'aider ; parce que je veux partir bientôt. »

Le couteau s'arrête en plein aller-retour au-dessus d'un haricot. Félicité se retourne, aspirateur brandi.

« Vas-y. Et fort, que je t'entende par-dessus le bruit. »

Le vrombissement envahit l'appartement. Depuis le salon, le fantôme de la comtesse râle, et les jumelles l'ignorent.

« Alors voilà. Dans le livre. Dans le journal, je veux dire... »

Félicité aimerait secouer Agonie pour faire tomber plus vite les mots hors d'elle, mais elle se retient. Elle garde le tube près de la bouche de sa sœur, et se penche vers elle pour mieux saisir ses paroles. Qui sait quand elle se décidera à parler de nouveau.

« Dans le carnet, il y avait écrit... Espagne, je crois. Ou espagnol. Plusieurs fois. Et le désert aussi. Le désert c'est sûr. Mais ça ne veut peut-être rien dire... Je sais pas. »

Félicité a déjà entendu ça quelque part… Avec son père. Oui. Son père s'est rappelé que dans ses fièvres, Carmine invoquait le désert. Elle éteint l'aspirateur.

« Tu vois, quand tu fais un effort. Tout est plus simple, d'un coup. »

Le silence retombe. Félicité ajoute :

« Merci. »

Puis :

« Cela dit, l'Espagne et le désert, ça ne nous donne pas non plus une punaise bien plantée sur une carte. »

Puis :

« Mais c'est déjà ça. Oui, c'est déjà bien. Au moins, je sais quelle question poser à Adélaïde et Zacario si je trouve… »

Agonie lève les yeux vers elle. Félicité se corrige.

« On saura quelle question leur poser si on trouve leurs fantômes. On leur demandera si leur fille est passée par l'Espagne ou par un désert. Ça te va ? »

Agonie hoche à peine la tête.

« Je préfère, oui. »

Elle capte entre ses gencives les trois insectes qui tentent de s'envoler et remue les lèvres, mâchoires serrées :

« Sont chiants, ces papillons. Donne l'aspirateur. »

Félicité réprime un sourire en se retournant vers le plan de travail.

Elle doit l'admettre : sa sœur est infernale à vivre, certes, mais elle se montre plutôt utile. D'abord, elle a découvert la tombe. Et pour le journal… De toute évidence, malgré ce qu'elle veut laisser croire, il lui manque des bouts. Elle n'a jamais bien su lire. Elle a dû déchiffrer des mots qui lui ont échappé. Agonie gagnerait à être aidée pour mieux s'en souvenir, si seulement elle possédait assez d'humilité et de bon sens pour le demander.

Pendant qu'elle ajoute les légumes au bouillon, *plof plof plof*, Félicité affirme sur le ton le plus léger possible :

« Je suis sûre qu'on va bientôt trouver maman. Je le sens. On est toutes proches. Et puisque tu es ici maintenant... Je veux dire, ça ne me dérange pas trop si tu restes encore un peu. Tant que tu arrêtes de postillonner partout des fleurs qui essaient de me croquer. »

Depuis le salon, le fantôme de la comtesse s'indigne et s'écrie :

« Même moi qui suis dans le demi-repos éternel, ma chère, je vous trouve épuisante à regarder vivre. »

Félicité se réjouit qu'Agonie n'entende pas les fantômes.

Sa sœur, elle en est certaine maintenant, ne fait pas exprès de taire ce qu'elle sait. Elle n'ose pas l'avouer, c'est aussi simple que ça. Félicité le sait puisqu'elle non plus n'ose pas tout lui dire. Et qu'elles restent jumelles, après tout.

Dans l'armoire à sa droite, discrètement, elle attrape l'une des boîtes enrobées de papier washi – celle qui contient le thé du val de la Masque. Le plus puissant des étranges-thés, celui qui a mis cent quatorze ans à exister, et dont Marine lui a confié les dernières feuilles.

« La soupe est prête, Nanie. »

Quatre. Il reste quatre feuilles du précieux thé de la Masque au fond de la boîte en métal.

« Au fait, je voulais te dire... »

Elle verse une louche de soupe fumante dans chacune de leurs assiettes et jette un regard vers Angèle-Victoire. Le fantôme s'est mis à valser tout seul, là-bas, sur le parquet du salon.

« … tu as bien fait de virer la muselière. L'aspirateur, c'est plus pratique. »

La sorcière en velours

Mais si, vous pouvez demander une nouvelle théière. Un peu de courage. Elle n'est pas si revêche que ça.

Le portrait que je vous dresse d'Egonia n'est pas terrible à ce point, quand même… Dites-vous qu'aujourd'hui, comparée à l'époque dont je vous parle, elle est à peu près aussi douce que le velours du fauteuil sous vos fesses. Alors qu'il y a presque cinquante ans, au moment où sa mère est morte, c'était une sorcière. Pas que le costume : le caractère qui va avec.

Allez, je vais commander du thé à votre place. Ne vous en faites pas. J'ai l'habitude.

Vous voulez une preuve, pour Egonia ? Regardez. Je dois l'avoir quelque part… Voilà. Lisez. Vous allez vite comprendre.

nice-matin Mardi 29 juillet 1986

LE PREMIER QUOTIDIEN D'INFORMATIONS DU SUD-EST ET DE LA CORSE

VIEUX-NICE : CETTE MYSTÉRIEUSE FLEUR GÉANTE APPARUE DANS LA NUIT

Vandalisme ou publicité ?

Les fleuristes du Vieux-Nice ont depuis ce matin un concurrent supplémentaire. Le toit du palais Caïs de Pierlas, depuis longtemps abandonné, s'est réveillé percé d'une gigantesque fleur aux teintes horrifiques. Les commerçants affirment ne pas en connaître l'espèce ni l'origine et refusent de répondre aux questions de nos reporters. Une étrange omerta semble à l'œuvre. La plante géante serait-elle factice, et son installation, une publicité illicite visant à attirer plus de touristes sur le marché aux fleurs ? Les hypothèses vont bon train parmi les riverains.

→ *Nos informations p. 11*

Quarté : résultats p. 15
Rubrique nécrologique : p. 18

Cracher dans la soupe

Voilà une semaine que sa mère est morte.

Félicité longe du bout des doigts les arêtes du mont Bégo sur la table à thé de Marine. Sur le toit des archives la pluie tape en cascades.

Une main sur la bouche, l'autre sur le cœur, Marine se retient de pleurer. Ou peut-être de hurler. Félicité la comprend. Elle aussi hésite entre les deux.

« Toute ta réserve ? Vraiment toute ?

— Plus une feuille à infuser. De la poussière même pas bonne à mettre en sachets, voilà ce qu'il en reste. »

Marine secoue lentement la tête.

« Je suis tellement désolée, Clé. Tiens, reprends une tasse. Raconte-moi comment c'est arrivé. »

Félicité croise les jambes et s'enfonce dans son fauteuil.

« Mais si, insiste Marine. Tu veux un peu de Couillole pour t'aider ? J'en ai une boîte entière. Je peux remettre de l'eau à chauffer.

— Non, je vous en prie, ce n'est rien d'intéressant. Juste ma sœur, pour changer. Qui a décidé de pondre ses insectes dans mon placard à thé.

— Mais enfin… pourquoi ?

— Si vous croyez qu'elle a besoin d'une raison, vous comprenez mal de qui je vous parle. »

Marine se tient penchée en avant, une tendre inquiétude entre les cils.

Félicité se gratte l'intérieur des paumes. Elle sait désormais ce que ça fait de prendre en pitié quelqu'un, de s'émouvoir de son sort et de se constater, trente ans plus tard, bernée. S'il y a une personne à qui elle refuse d'infliger une telle déception, c'est bien Marine.

Mais elle découvre, devant ce mentor qui lui accorde tant de confiance, une sensation nouvelle. Cette peur monstrueuse qui s'insinue en soi face à la vérité, quand elle peut déchirer les étiquettes confortables qu'on s'est collées sur le front.

Disciple fidèle. Théilogue prodige. Femme intègre. Elle ne veut pas que Marine l'estampille autrement.

Mais au fond, elle n'est plus rien de tout ça. Et puis, de toute façon, elle ne sait pas mentir.

Marine la regarde depuis l'autre côté de la table à thé, tasse chaude entre les mains, écharpe sur les épaules, grandes lunettes sur son crâne rond. Tout autour, les livres et les boîtes d'archives leur font une muraille qui assourdit les voix et gonfle les murmures.

Alors Félicité inspire, ferme les yeux, et elle raconte.

« Hier soir, j'ai émietté dans la soupe au pistou tout ce qu'il me restait de val de la Masque. Je l'ai servie à ma sœur sans la prévenir.

Agonie s'en est rendu compte. J'avais oublié qu'elle sent tout, celle-là. Surtout les odeurs de trahison et de méfiance qui flottent dans l'air. Ça l'a énervée, forcément. Elle m'a accusée de lui mentir, en plus de l'avoir abandonnée. “Abandonnée ? j'ai répondu. C'est toi qui es partie !” Elle est partie et m'a laissé tout sacrifier, seule, m'occuper d'une mère qui ne me reconnaissait plus, qui disparaissait sous ses masques innombrables pendant que ma sœur, elle, gambadait tranquillement sans se soucier de ce qu'il advenait de moi. Sans jamais utiliser la tasse pour me contacter. J'ai cru qu'elle était morte. “J'ai cru que tu étais morte”, je lui ai dit.

“Toi non plus, t'as jamais été foutue de l'utiliser, cette tasse”, elle m'a répliqué.

“Non, j'ai dit, mais je l'ai regardée chaque jour. J'ai attendu des mois et des années qu'un mot apparaisse au fond. Tu étais partie, après tout, c'était à toi de revenir. Tu devais choisir ton retour. Et tu as préféré rester loin. Loin de maman, d'accord, mais loin de moi ? En coupant le cordon, tu as coupé le reste autour. Alors j'ai rangé la tasse au fond du placard.”

J'ai pensé qu'elle avait compris, parce qu'elle gardait le silence. Puis elle est revenue à la charge : “Couper quoi ? elle a grogné. Y avait rien à couper, Félicité. C'était déjà foutu. Oh, merci pour les restes de repas, merci pour les miettes. Merci pour ta grande générosité, sainte Félicité… Sacrifier ? T'as rien sacrifié du tout. Le peu que tu m'accordais, tu le faisais en cachette. Toujours le cul entre deux chaises. Alors oui, je suis partie. Je me suis tirée de ce nid à deux guêpes. Et vu l'espèce de frelon que tu es devenue, j'ai eu raison.”

Puis elle a craché dans la soupe, trois fois. Et elle est partie.

Tout s'est mis à trembler. Une fleur gigantesque a étiré ses racines sur la table, le long des pieds, traversé le parquet vers l'étage en dessous pendant que la tige poussait jusqu'à faire éclater le plafond et éclore dans la nuit, avec ses immenses mâchoires qui frissonnaient sous la lune. La comtesse en a hurlé à me percer le crâne.

Ce matin, sur le cours Saleya, on ne parlait plus que de la fleur géante en forme de parasol qui crève le toit du palais des fantômes. En bas, ils n'étaient pas si mécontents, remarquez. Ça leur fait une publicité gratuite pour le marché. J'ai dû appeler une paire de bûcherons pour me l'enlever du milieu, sa contrefaçon de haricot magique. Dans le plafond il y a un trou grand comme ça, et juste le jour où il pleut des cordes ! J'ai dû mettre mes théières à contribution. Elles ont rechigné, comme d'habitude. Elles me font de la peine, les pauvres, à se remplir de la pluie qui tombe froide dans l'appartement. »

Marine retire ses lunettes. Sans les verres, ses yeux paraissent rétrécis. Le déluge sur le toit tambourine plus fort.

« Tu as forcé quelqu'un à boire sans lui demander son avis. »

C'est donc tout ce qu'elle retient ?

« Ce thé qui a maturé pendant plus d'un siècle, qui m'a été transmis par trois générations de théilogues, tu l'as gâché dans une soupe. Au pistou. Une soupe, Félicité ! »

Depuis trente ans, Marine ne l'avait pas appelée autrement que Clé.

Sa voix tremble, de colère sans doute. Ou bien de déception.

« Tu vas me demander maintenant pourquoi j'en ai après toi, alors que c'est ta sœur qui a détruit mon travail. Tu vas aussi me demander si je peux remplir à nouveau ton placard à thé. Et je vais te répondre d'abord que je t'en veux à toi parce que tu connais le thé, tu connais la vallée des choses étranges, et tu as quand même décidé de l'infuser dans une soupe. Pas par mégarde, pas en le prenant pour du laurier, non : par pure convoitise. Préméditée, en plus…

— Elle avait envie de me le dire ! l'interrompt Félicité. Ça se voyait, Marine, je vous le jure ! Elle n'arrivait pas, elle n'osait pas, elle avait juste besoin…

— Arrête. Je croyais que tu comprenais… J'aurais dû me méfier. Tu n'es plus une clé, depuis que ta mère est morte, tu es un pied-de-biche. La porte entre les mondes des morts et des vivants, pour une fois qu'elle te résiste un peu, tu ne le supportes pas, alors tu cherches à la rompre. Pas besoin de talons en métal pour défoncer des portes et briser des serrures. Il suffit d'une âme en acier, d'une âme sans patience ni tendresse, sans compassion pour les plus lents, pour les sœurs qui ne savent pas bien lire, pour celles qui ont mauvaise mémoire, pour celles qui n'ont pas envie de parler ou de boire du thé, pour les fantômes qui ne se laissent pas découvrir assez vite, ni grâce ni indulgence pour personne sauf pour soi-même et sa pauvre petite misère. Et je te répondrai ensuite, parce qu'il ne faut pas croire que je sois émue au point d'en perdre ma conversation, pas du tout, je sais très bien où je veux en venir et ce que j'ai à te dire, je te répondrai ensuite que ton placard restera vide tant que tu n'auras pas changé d'âme pour t'en trouver une plus douce. Fais-toi pardonner. Après, seulement, tu pourras revenir me voir. Tu en profiteras pour amener ta sœur ; j'ai à lui parler. »

La théilogue se verse une tasse et repose violemment la théière. Les yeux fixés sur la vapeur qui s'élève entre ses mains, elle conclut :

« D'ici là, débrouille-toi comme tu veux avec tes fantômes, mais ne reviens plus. »

Si la table à thé n'était pas aussi lourde, Félicité l'aurait renversée. Malgré tout, et c'est dommage, la pierre reste plus dense que sa colère.

Elle ne se lève que lorsque ses jambes peuvent à nouveau la porter. Elle tente de croiser le regard de Marine, mais Marine ne quitte pas son thé des yeux.

Félicité sort de la cabane colorée en laissant sa tasse tiédir sur la table à thé.

Elle se perd un peu entre les rayonnages. Elle ne reconnaît plus rien. Jamais elle ne s'était rendu compte qu'il faisait si froid dans ce labyrinthe de papier. Elle s'agrippe à ses propres épaules ; elle a oublié son écharpe en laine.

« Bonjour, Théodore. Pourriez-vous m'indiquer la sortie… »

Mais le fantôme, qui a entendu leur échange, s'éloigne à travers les allées sans lui adresser la parole.

Elle erre longtemps entre les tunnels kaléidoscopiques tapissés de boîtes. Peut-être, elle pense, peut-être que je vais me perdre pour de bon, m'asseoir entre deux rayonnages, femme grise parmi les boîtes grises, jusqu'à devenir une boîte moi-même. On me trouvera sur le sol et on me rangera sur une étagère. J'aimerais bien, ça, devenir une boîte. Une simple boîte grise qui ne pense à rien parmi des milliers de boîtes grises qui ne pensent à rien.

Quel repos ce doit être, de rester posée là. Sur une planche en métal. À dormir. Juste dormir. Demeurer grise, et immobile, ne penser à rien, et oublier les spectres.

Miroirs brisés

Elle est rentrée chez elle où ne reste plus rien. Plus de sœur. Plus de thé. Rien qu'un grand vide qui déchire le toit, la pluie qui tombe à travers et le fantôme de la comtesse qui fait la sieste sur le canapé, épinglé par les gouttes.

Félicité, tout à coup, ne se trouve plus redoutable du tout.

Son fauteuil s'est transformé en grosse éponge gorgée d'eau. Elle s'assoit dans un bruit de succion sur le tissu froid qui lui englue le dos et les jambes. La bruine piquette d'anthracite ses habits gris perle. Du coin de l'œil elle aperçoit, devant la porte, une pile d'enveloppes humides. Encore quelques heures et elles se seront agglomérées en un tas mouillé de pâte à papier. Tant mieux.

Elle regarde le chaos, et le chaos ne l'effraie pas. Heureusement qu'il est là, même.

Qui a envie d'ordre et de propreté quand tout à l'intérieur s'est fendu.

Elle sera contente, Angèle-Victoire, lorsqu'elle se réveillera. Elle qui voulait que Félicité change un peu d'habitudes. Peut-être qu'elle verra que ce n'était pas si mal, finalement, d'avoir quelque chose à quoi se raccrocher quand tout le reste se tord, se déforme et s'émiette comme les reflets d'un miroir brisé.

La cabane dans le palais : miroir brisé.

Un placard plein d'étranges-thés pour passer les fantômes : miroir brisé.

Quelqu'un pour l'accueillir autour d'une théière et l'appeler Clé : miroir brisé.

Sa sœur jumelle qui l'attend, cartes et bonbons en mains, entre les crânes d'oiseaux peints.

Miroir brisé.

Ce qu'il y a de commode avec la pluie, c'est que ça vous aplatit les cheveux, vous fait couler le nez et blêmir les joues, et alors vous avez l'air si misérable, si mal fichu, qu'on ne se rend même pas compte que vous pleurez.

Un troupeau de théières sauvages

Les théières aussi ont disparu.

Félicité ne peut pas leur en vouloir. C'est insultant, pour un troupeau choisi, choyé, de servir de seaux à pluie. Surtout quand elles n'ont pas de théière-mère pour les encourager, comme un général saurait persuader ses soldats qu'il est noble de crever pour les délires d'un autre, de l'eau sableuse plein les plaies.

Là, les théières, elles ont dû se regarder avec leurs becs en l'air et se dire que les sacrifices, très peu pour elles. J'imagine qu'elles ont descendu l'escalier et sont parties dans les rues de Nice. Tout un troupeau de théières redevenu sauvage, bondissant et claquant sur les pavés. Sans mère, sans bergère. Libres, en somme.

Le majordome-cartographe

Il faut plusieurs jours à Félicité pour trouver la force de se lever du fauteuil.

Entre-temps vient le mois d'août avec ses parasols, ses glacières et ses touristes encore plus bruyants que ceux de juillet. On les entend d'ici, maintenant que le toit est troué. Au moins, la chaleur qui passe à travers sèche un peu les tasses pleines de pluie, les livres gonflés, les étagères vides.

Le huitième matin, elle sort. La comtesse, qui n'a pas bu de thé depuis trop longtemps, la prend pour une domestique.

Félicité se rend là où elle sait, depuis huit jours, qu'elle doit aller : à la rencontre de ses grands-parents.

Ça, du moins, c'est ce qu'elle m'a raconté.

Et ce n'est pas un mensonge, attention, mais disons qu'il manque là un bout de vérité. Vous commencez à la connaître. Elle n'allait pas me détailler le récit de tout ce qu'elle avait raté avant de réussir. De ces jours du milieu de l'été à enchaîner les culs-de-sac, à pister des indices qui n'en étaient pas, à traquer des morts sans spectre ou des spectres qui ne connaissaient pas Carmine, à fouiller les ruines de Roquebillière-Vieux en long, en large et en travers pour que les rares fantômes lui parlent d'Adélaïde, ça oui, partout Adélaïde, mais jamais de Carmine.

Alors elle me raconte ce huitième jour. Celui où, parmi ses tentatives, elle décide de visiter l'adresse niçoise de sa grand-mère.

Malgré elle, elle imagine ce qu'elle dirait si Agonie était assise à côté, dans la voiture. Tu crois qu'ils ressemblent à quoi, nos grands-parents ? Tu penses qu'ils sont devenus fantômes ? Oui, on ne vit pas trois cents ans pour juste mourir, bêtement, comme ça… Si on prend la peine de rester debout trois siècles entiers, c'est qu'on est bien accroché à l'existence. Mais à ton avis, ils sauront pour l'Espagne ?

Dans son imagination, Agonie passe la tête par la fenêtre pour mieux respirer, fait un bruit de tasses qui se cognent et lui répond quelque chose comme : Ça doit être des gens charmants, en tout cas, vu la mère qu'ils nous ont laissée.

C'est toute seule, sans thé ni sœur, que Félicité arrive là où, selon les archives, Adélaïde Da Rocabiera a vécu la seconde moitié de sa longue vie.

La maison abandonnée domine l'angle de deux rues, derrière le Negresco. Le palace la couvre de son ombre ; elle existait avant lui et elle lui survivra. Sa façade ocre à fausses colonnes est noircie, ses moulures en stuc effritées. Sur le toit, la verrière est opaque de fientes. Tout autour se dresse une grille rouillée d'où dépassent des branches sèches de palmier.

Malgré sa décrépitude, l'endroit a l'air tellement précieux et prétentieux, tellement bourgeois même après cent cinquante ans d'araignées et de pluies que Félicité s'interroge :

comment est-ce que sa mère a pu naître ici et mener une vie de bergère sur une montagne en proie aux tempêtes ?

Adossé au portail, un fantôme fume, le regard vague. Derrière la mort et les rides au coin des paupières, sa beauté de jeune homme ne l'a pas tout à fait quitté. Il a les yeux d'un noir de naphte et le nez d'une estampe. Le spectre tire sur sa cigarette avec une terrible nonchalance, à faire reverdir d'un coup les feuilles du palmier qui l'épient d'en haut.

Félicité comprend pourquoi sa grand-mère l'a choisi pour dernier époux.

À son approche, il demande en roulant les *r* et en chantant les voyelles :

« Vous voyez le grand sapin, là-bas ? »

Il désigne du menton les montagnes, très loin, qui ressemblent à de gros fantômes gris dans l'air embrumé de chaleur.

« Un peu de mousse aux pieds, trois moineaux autour du tronc. C'est bon, vous voyez ? Je l'ai planté pour la naissance de ma fille. Bientôt, il fêtera cent trente-six ans. Il est beau, hein ? »

Félicité s'apprête à lui demander si son accent lui vient d'Espagne, quand brutalement il tressaille, crie un avertissement. Le silence seul lui répond. Le fantôme soupire.

« J'entends la pierre de la colline qui s'effrite jour après jour. Un bout de rocher va s'ébouler. Je répète qu'il ne faut pas passer par là mais les gens n'écoutent pas. Je dois encore ajourner ma carte. Elle est caduque. Toujours caduque. Jamais finie. »

Félicité connaît assez les spectres pour savoir que celui-ci veut qu'on lui pose une question.

« Quelle carte ? »

Sans la regarder, toujours aux aguets, il récite :

« Celle qui consigne tous les chemins, les plantes, les pierres, les animaux qui vivent, ont vécu, se trouvent ou se sont trouvés sur ce territoire, depuis la frontière italienne à l'est, l'entrée de la vallée des Merveilles au nord et les Alpilles à l'ouest. Tout sauf les hommes. Il faut tout mettre sur carte, toujours, les choses minuscules et celles qui nous surpassent, les vents qui assassinent et ceux qui agitent les cheveux, il nous faut les nommer, il faut les revêtir, se les tatouer dans la mémoire, écrire ces choses et les dessiner, et les photographier pour qu'elles nous appartiennent un peu sinon leur trop de beauté nous écrase et nous violente. C'est trop. Trop pour moi. Alors je mets tout sur la carte, ou bien les beautés débordent et se brouillent et… »

Il se pose un index en travers des lèvres. Félicité ne bouge pas. Au bout d'un long moment, il se relâche et continue :

« Les gens ne savent pas se taire. Tenez, la biche à onze taches née il y a deux étés, la plus belle de l'année… Elle a mis bas sous le sapin fendu qui siffle en *sol* bémol quand la *tramontana* se lève. Il pleuvait, la terre trempée, presque un fleuve de boue. Elle en a écrasé, sous ses sabots, des lombrics et des limaces ; trente-sept, je crois. Non, trente-huit. Le dernier, gras et très long, seize centimètres, il aurait pu en labourer, de la terre, il aurait pu en fertiliser, des empans de forêt… Enfin. La biche, elle a souffert. Trop. C'est qu'elle avait deux petits dans la panse. Ça ne se produit presque jamais, une biche à deux faons. Parce qu'il y en a toujours un qui prend le dessus, vous voyez ? Alors le premier sort, tout enveloppé de liquide poisseux, rouge, blanc, et il se met à marcher sur ses jambes en tremblant, fort comme ça, on dirait qu'il va tomber. Les épines craquent sous ses pas, il découvre le bruit des sapins, l'odeur de la terre, il ne se préoccupe même pas de la douleur de la mère qui doit encore expulser son frère et n'a pas le temps de le lécher. La biche souffle, s'essouffle, de la sueur plein les babines et le front. Au-dessus l'observe un moineau à gorge bleue, la tête penchée. Lui aussi il s'en fiche, qu'elle souffre. Juste, il regarde, parce qu'il n'a rien d'autre à faire. L'arbre où il est perché sent la sève et ce parfum piquant rend à la biche un peu de forces. »

Zacario – puisque c'est lui, Félicité reconnaît maintenant les boucles noires et la bouche framboise de sa mère – secoue la tête, le front ridé d'une jolie colère.

« Il m'a coûté de rayer cette biche de ma carte. Avec un peu de silence et l'odeur de la sève, elle aurait pu vivre. Mais les voitures ont monté là-haut et descendu ici toute la nuit, partout, sans ralentir. Les hurlements des moteurs et les crissements des freins ont résonné tout autour de la ville et contre la montagne. Et la biche, sans silence, elle est morte. Avec le second petit à moitié sorti du ventre. Le premier, sans mère pour le nourrir, il est mort le soir d'après. C'est pour ça que je dis de se taire. Quelque part il y a toujours une biche qui accouche. »

Son regard s'en va de nouveau vers le lointain. Il tapote les cendres de sa cigarette et recommence à fumer. Félicité se lance :

« Je viens voir Adélaïde Da Rocabiera, si elle est là. »

Zacario la dévisage.

« On se connaît, non ?

— Pas encore. »

Il souffle une nouvelle bouffée de tabac.

« Et l'enfant, où il est ?

— Quel enfant ?

— C'est pour nommer un petit que vous venez, pas vrai ? Elle ne peut pas travailler sans le voir. »

Félicité extrait alors de sa mallette une cuiller phanto-préhensible en argent tourné, sculptée de lys. Zacario, aussitôt, fronce les sourcils. Mais ses yeux ne s'écarquillent pas. Ils ne s'attardent pas sur l'objet comme ceux des autres fantômes.

Il jette son mégot par terre, l'écrase du talon et traverse les barreaux du portail sans l'ouvrir.

« Venez. Adélaïde est à l'intérieur. Mais ne la dérangez pas trop : elle attend le retour de notre fille. »

Et des voiles sur les miroirs

Félicité pousse le portail rouillé et monte les trois marches qui mènent au perron. La porte est verrouillée, barrée de planches et d'un panneau :

PROPRIÉTÉ PRIVÉE
DÉFENSE D'ENTRER
SOUS PEINE DE POURSUITES

Elle jette un regard par-dessus son épaule ; personne ne passe sur le trottoir. En trois coups de talon, elle défonce la porte et le battant claque. Derrière apparaît une pièce plongée dans le noir.

Entre les planches clouées aux fenêtres, quelques rayons s'infiltrent. Le paysage qu'ils révèlent est formé d'ombres, de vieux tableaux et de grands draps. Une assemblée de fantômes, pourrait-on croire si on n'a jamais vu un spectre.

Le plancher gémit sous ses pas tandis qu'elle s'approche d'un cadre couvert d'un tissu blanc et en soulève un coin.

Elle le lâche en sursautant. Quelque chose a bougé.

Le bras tendu, elle recommence, plus prudemment – et lève les yeux au plafond écaillé. Ce n'est pas un tableau ;

c'est un miroir. Elle s'est laissé surprendre par son propre reflet. Son reflet dont la tête, comme il y a trente ans à Masséna, est redevenue bicolore. Cheveux rouges en bas, blancs aux racines. Moitié-moitié. Les derniers jours ont passé trop vite pour sa chevelure qui pousse au galop. Elle a oublié la teinture.

« Tout sent le moisi. »

Elle prononce la remarque à voix haute pour en peupler la pièce, comme si le son pouvait lui rendre un peu de vie en l'habitant. Derrière les draps qu'elle défait, presque tous, elle trouve des miroirs piquetés de taches noir et argent.

« Tout est moisi. »

Au moins, ici, Nanie pourrait bavarder tant qu'elle veut. Pas besoin de muselière ni d'aspirateur. C'est l'avantage des endroits déjà pourris.

Voilà donc où est née sa mère. Dans cette villa, entre les tableaux et les miroirs, loin des moutons, loin des montagnes. Au milieu de cette ville dont elle détestait les odeurs, les foules et le vacarme.

Félicité aperçoit un escalier et en monte les marches dans le noir – de plus en plus noir, d'ailleurs, le noir, à mesure que s'éloignent les fenêtres du rez-de-chaussée. On n'entend rien d'ici, rien de la route qui passe juste devant la maison. L'obscurité avale les bruits.

Si Nanie était là, elle dirait : On y voit comme dans le cul d'une chèvre. Elle n'aurait pas tort.

En fouillant à l'aveugle au fond de son sac, Félicité finit par trouver une boîte d'allumettes. Elle fait glisser le carton entre ses paumes, sort un bout de bois, le gratte contre le côté.

Un visage surgit, tout près d'elle, dans l'éclat de la flamme.

La nourrice-oracle

Félicité, je vous l'ai dit, elle n'avait peur de rien. Ce jour-là, face à sa grand-mère, elle a manqué mettre le feu à la maison. Il faut préciser aussi que ce fantôme-là remporte la palme du plus affreux jamais rencontré par la passeuse.

Non, Adélaïde n'était pas moche dans ce sens-là. Pas de mort violente, de membres mutilés, rien. Ça, Félicité avait l'habitude. C'est plutôt qu'elle vous approchait dans un silence à vous donner des frissons. Et qu'elle vous fixait sans bouger, avec ses yeux mobiles au milieu d'un visage cimenté de poudre.

Félicité la salue et se présente, le plus calmement possible.

Adélaïde la scrute entre les ridules et sous les cheveux rouge et blanc. Elle lui renifle lentement le cou, lui passe les doigts dans les yeux – et Félicité, qui a été traversée par tant de spectres, sent pour la première fois un tremblement glacé au milieu des côtes. Mais, sans ciller, elle se laisse observer. L'instant de peur est passé. Elle sait que les vivants sont plus à craindre que les morts.

Finalement, la vieille hausse les épaules par saccades, dans une série de spasmes : elle rit. Son visage se détend. Elle déclare d'une voix autoritaire, étonnamment chaleureuse :

« Votre outrenom ferait cas d'école, si mon métier s'enseignait. Venez avec moi ; je dois remonter là-haut faire le guet. J'attends le retour de ma fille. »

À la lumière d'une nouvelle allumette, Félicité grimpe à sa suite une volée de marches. Et débouche, derrière une porte entrouverte, sous la verrière du toit-terrasse.

Les vitres fêlées laissent filtrer la lumière à travers les fientes. La mousse et les mauvaises herbes sur les murs transforment l'endroit en serre oubliée, en jungle minuscule au-dessus de la ville. Zacario les y attend, cigarette éternelle aux lèvres.

Adélaïde s'assoit sur une chaise en métal rouillé comme on prendrait place sur un trône. Le fantôme de sa robe en soie fendue découvre ses cuisses, habillées de bas blancs. Des gants mauves remontent le long de ses bras flasques jusque sous ses épaules. Derrière la rivière d'améthystes qui orne son décolleté, on devine une peau tachée, flétrie. Son visage est plâtré de pâte et de poudre. Elle ressemble à une sculpture trop souvent retouchée.

La teinte écarlate de sa coiffure, elle, n'a rien d'étranger.

Adélaïde n'avait pas cette allure de poupée rapiécée, avant. C'est du moins ce que Zacario a assuré à Félicité, qui en doutait fort. Elle, elle disait que les gens, une fois morts, on se les rappelle plus vivants qu'ils ne l'ont été.

Les deux fantômes posent les yeux sur la cuiller qu'elle place sur la table, l'air pas impressionné du tout. Adélaïde croise les mains sur ses cuisses.

« Ce genre de couverts, d'habitude, est assorti d'une certaine sorte de tasse, de théière et de thé. N'est-ce pas ? »

Elle sourit en voyant l'expression de surprise sur le visage de Félicité. Un sourire triomphant et presque cruel, qui rappelle à la passeuse ceux qu'avait sa mère, autrefois, en regardant Nanie trembler sous ses éclairs.

Félicité a fait ça des milliers de fois, interroger des spectres pour trouver un nom, un lieu, un souvenir. Mais jamais sans étrange-thé. Il y en a des boîtes plein les archives, à ne plus savoir qu'en faire, et elle se retrouve là, sans une seule feuille, à sortir sa pauvre cuiller phantopréhensible en espérant capter l'attention de ses aïeux et les désarmer, au moins un peu, pour obtenir quelques réponses.

Apparemment, elle s'est montrée trop optimiste.

« Cette dame n'est pas ici pour un outrenom, Caro. Elle est là pour nous arracher nos secrets. C'est bien ce que vous êtes venue chercher, pas vrai ? Ça vous intéresse, nos sales petits souvenirs qui n'appartiennent à personne d'autre qu'à nous ? »

Et puis soudain, comme touchée par une révélation, Adélaïde perd ses airs mystérieux et son regard cruel pour écarquiller les yeux avec candeur.

« Attendez, vous ne seriez pas de moi, par hasard ? »

Ça y est, songe Félicité, la vieille percute.

« Non, parce que, veuillez m'excuser, mais des rejetons, j'en ai plein l'Europe. Et comme votre allure me dit quelque chose, je me demande si vous ne seriez pas un peu à moi, c'est tout.

— Pas juste un peu. Je suis la fille de Carmine. »

Au nom de Carmine, les deux ancêtres tentent de s'attraper malgré leurs corps sans consistance, de s'accrocher l'un à l'autre, comme si la maison entière venait de tanguer d'un coup. Zacario balbutie :

« Tu es la fille de Carmine ? Tu es née là-bas, en Espagne ? »

Félicité décide de ne pas répondre. Si les vieux ont envie qu'elle vienne d'Espagne, qu'il en soit ainsi. Sans thé pour les faire parler, il faut bien trouver autre chose.

« Assieds-toi, mon Dieu, assieds-toi ; Caro, fais-lui de la place, laisse ta petite-fille s'asseoir, va lui chercher les biscuits que j'ai préparés hier et mets-les dans l'assiette blanche, tu sais, la jolie avec les roses trémières sur les bords, oui, celle-là, vas-y et reviens vite. »

Le fantôme de Zacario disparaît dans l'escalier pendant que celui d'Adélaïde s'affole sans but ni cause sous la verrière.

Zacario ne trouve aucun biscuit ; en un siècle ils ont eu le temps de périmer. Mais il remonte tout de même avec l'assiette aux fleurs jaunâtres et fissurées, et la présente comme si elle était pleine.

« Merci, Caro. C'est un bon majordome, n'est-ce pas, mon Zacario ? Je l'ai rencontré comme ça, au début. J'avais besoin d'un assistant, quelqu'un qui m'aide à recevoir les gens, à les mettre sur liste d'attente, à organiser mon emploi du temps, à consigner mes noms et mes outrenoms… Parce que je n'y arrive pas seule, je suis souvent un peu malade, ou un peu faible, et je préfère qu'on m'aide. Alors il est venu d'Andalousie, sans connaître un mot de notre langue au début – mais il a vite appris à parler un français presque parfait, malin comme il est.

Enfin, j'admets qu'avec un si beau majordome chez soi, on ne résiste pas longtemps. J'en ai eu, pourtant, de jolis garçons qui me courtisaient. Ça ne me suffisait pas pour les épouser, bien sûr, mais je ne vais pas te mentir, c'est un avantage.

Zacario possédait autre chose encore : un nom bien à lui, que je ne lui avais pas donné, et un outrenom qu'il me fallait découvrir. Un peu de mystère, tu vois, c'est ce qu'il faut avec la beauté pour qu'elle dure. Les maris précédents, je les avais vus naître et brailler, je les avais nommés et outrenommés, alors je connaissais tout d'eux. On peut même dire, si on y tient, que je me les suis réservés dès la naissance. Plantés bien comme il faut pour qu'ils poussent éperdus de moi, en quelque sorte, qu'ils se forment une idée de la beauté qui suive exactement les traits de mon visage.

Mais Zacario, lui, m'a trouvée belle et m'a aimée sans que j'y manigance rien. Ça rajeunit l'âme, un amour pareil, quand on a deux cent soixante ans. Pour tout t'avouer, ça surprend tellement que j'ai eu du mal à y croire, d'abord. Alors quand après vingt années de mariage nous avons eu Carmine, notre jolie, précieuse, adorable Carmine, avec les boucles noires et le nez parfait de mon Zacario, imagine ma joie! Tu ne lui ressembles pas trop, d'ailleurs, à ta mère. À part l'allure, comme je disais, et peut-être la couleur des yeux, ce vert pâle qui tire vers l'argenté au lieu du doré… Sinon, rien. Voilà pourquoi j'ai eu tant de mal à te reconnaître ; je suis sûre que tu me pardonnes. »

Jamais Félicité n'a reçu d'excuses qui sonnent autant comme une insulte.

« Et puis nous avons dû l'éloigner. En Espagne, chez un oncle de Zacario. Elle avait huit ans. On entendait des rumeurs de guerre, tu sais. On avait été provençaux, savoyards, presque espagnols, français, sardes, et voilà qu'on voulait nous remettre français à nouveau. Nous, on s'en fichait bien tant qu'on restait niçois. Mais avec tout ça,

Zacario a préféré envoyer Carmine en Espagne, dans sa famille, là où elle ne risquerait rien. C'était la bonne décision. Hein, mon Caro, que nous avons bien fait ? C'était ton idée, pas vrai ? »

Zacario hoche tristement la tête.

« Vous savez si elle va revenir ? »

Il pose la question doucement, avec une douleur qui oblige Félicité à regarder ailleurs. Elle ne peut pas lui répondre : Non, Zacario, votre fille ne reviendra pas. Elle ne peut pas lui dire autre chose non plus. Alors elle ne dit rien.

Il ajoute :

« On l'attend ici, sous la verrière, parce que c'est la meilleure vue sur la ville. Pour la voir arriver, tu comprends, si jamais elle se perdait… Si elle ne retrouvait plus la maison après tout ce temps passé au loin. Je connais toutes les routes et les arbres et les biches du pays, mais ma propre fille, je ne sentirai pas si elle approche. »

Sur un meuble poussiéreux, derrière eux, Félicité remarque alors un petit cadre doré qui entoure un portrait sépia. Dessus, il y a sa mère. Assise devant un lit que Félicité ne reconnaît pas, qui n'est pas dans la bergerie, auprès d'un homme qui n'est pas son père, puisqu'il est vivant, puisqu'il n'a pas cette allure haute et mince de héron dont Félicité a hérité, et sur son sein un boudin gris qui n'est ni elle ni Agonie, puisqu'il est seul.

Un enfant né peut-être en Espagne.

Elle s'en approche et le prend dans ses mains.

« C'est tout ce qui nous reste d'elle, cette photographie, commente Adélaïde. Carmine nous l'a envoyée sans message ni timbre. Mais nous savons maintenant que c'était toi… Parce que c'est bien toi, le bébé de l'image, n'est-ce pas ? »

Le portrait hypnotise Félicité. Elle ne peut pas s'y soustraire. Il y a là une fille – une fille de sa mère. Une sœur. Une sœur autre, qui n'est pas sa jumelle.

Elle secoue la tête.

« Non. Non, ce n'est pas moi. C'est… ma sœur.

— Votre sœur ? Bonté divine, mais… est-ce qu'il y en a d'autres ? D'autres enfants ? »

Adélaïde paraît surexcitée. Elle s'est levée de sa chaise et se prend les pieds dans la soie de sa robe.

« Oui. Il y a ma jumelle.

— Et quel est son nom ? »

Un instant, elle hésite sur la réponse à donner. Sa sœur a porté tant de noms. Félicité cligne des paupières et détache le regard de la photographie.

« Egonia. Elle s'appelle Egonia. »

La grand-mère applaudit en sautant sur place comme une gamine devant une fête foraine.

« Mais oui ! Egonia, presque bégonia… C'est un outre-nom parfait, Carmine adorait les noms de fleurs, elle appelait ses deux poupées Cyclamen et Hortensia. Tu te souviens, Zacario ? »

Quelque chose énerve Félicité. Elle ne sait pas trop quoi. Cette sœur aînée dont elle ignorait tout, probablement. Elle aurait dû deviner. En quatre-vingt-dix ans avant elle, sa mère a eu le temps… Mais là, de voir ce petit visage idiot qui lui sourit sur la photo, son innocence arrogante…

Elle claque le cadre contre le meuble. Des moutons de poussière s'écartent, bousculés.

« Je viens de vous dire qu'Egonia est le nom de ma sœur. D'accord ? Son nom. Pas son outrenom ou je ne sais quelle invention. »

Adélaïde éclate de rire. Un rire jeune, presque d'enfant, qui n'a rien à faire dans la bouche d'un si vieux fantôme.

« Un outrenom, ma petite-fille, te fait et te dirige tout entière. Il est à ton âme ce que le sang est à ton corps. Tu ne peux pas échapper à ton outrenom : c'est l'étiquette collée sur le flacon de ton destin. »

Les outrenoms

Voici ce qu'est un outrenom ainsi que vous l'aurait expliqué Adélaïde Da Rocabiera, nourrice-oracle de Provence.

Le nom d'Adélaïde n'apparaît dans aucun des livres d'histoire de la Provence. Elle n'en a pas besoin. Elle possède pleinement son nom. Il n'appartient qu'à elle.

Chacun dans la région connaît Adélaïde, et elle connaît le nom de ceux qui la connaissent. Normal, vous me direz, puisque c'est elle qui le leur donne. Et vous aurez raison. Car pendant les trois siècles qu'aura duré la vie d'Adélaïde Da Rocabiera, il ne sera pas né ici un seul enfant qu'elle n'ait pas nommé.

À l'époque d'Adélaïde, bien sûr, on baptisait tous les petits. Mais le véritable baptême, il se tenait là, devant la cheminée de sa maison grise à l'entrée de Rocabiera, au cœur de la Vésubie, et plus tard dans sa villa de Nice. C'est chez elle qu'Adélaïde offrait à chaque enfant un nom – et un outrenom. Aucune mère n'aurait osé appeler son gamin autrement que ce que commandait la nourrice-oracle.

Les curés le savaient, les pauvres, et ils auraient préféré inscrire aux registres des noms du calendrier. Mais eux-mêmes, c'est la vieille Adélaïde qui les avait baptisés. En veillant forcément à leur donner un nom – et un outre-nom – qui les empêcherait de la trahir.

Pour vous expliquer tout ça, la belle Adélaïde vous regardait de haut, avec ses yeux glacés comme une tramontane et son assurance de souveraine des noms. Et puisqu'elle vous avait aussi imposé le vôtre, de nom, elle vous toisait, le menton relevé mais sans orgueil, reine en son royaume, et elle vous disait de sa voix impérieuse pendant que Zacario s'affairait autour d'elle, à lui remettre un foulard sur les épaules et un repose-pied sous les chevilles :

« Tu m'écoutes ?

Bon. C'est simple.

Quand quelqu'un naît, il n'a pas de nom. Un livre sans encre sur les pages. Or, on ne peut pas écrire un roman sans en avoir d'abord trouvé le titre ; et tout ce que l'on crée ensuite, c'est le titre qui le conditionne. Tu l'ignorais ? Maintenant tu le sais. Pas de titre, pas de récit. Voilà. Mais comment trouve-t-on le titre d'un livre ou celui d'un homme ?

C'est une bonne question. Il existe trois réponses.

D'abord, on peut regarder ceux qui ont précédé et les imiter pour en reproduire les succès ou en conjurer les échecs. Ce genre de nom va bien aux gens sans imagination ni avenir. On leur refourgue un prénom d'aïeul, soit parce qu'on l'a aimé, soit parce que le vieux s'y attend. C'est la coutume des rois et des papes, et bon, tu vois où ça les a menés.

Ensuite, on peut aller chercher ailleurs. Le vaste monde est plein de millions de syllabes qui ne veulent rien dire et qui forment des noms que chacun reconnaît. Tiens, regarde, je te donne deux mots d'une langue exotique : *altavantha* et *amativya*. L'un des deux, c'est un prénom ; l'autre, il signifie “brouette”. Lequel? Alors? Tu ne le sais pas! Et pourtant, dans ta langue, même un prénom que tu n’as jamais entendu, tu sais que c’est le nom de quelqu’un, et qu’il ne veut pas dire chèvre ou navet… Ces noms-là sont à l’origine de la plupart des destins. Encore faut-il savoir où et comment chercher le bon dans les myriades qui pullulent.

Quelquefois, c’est extrêmement rare, aucun nom existant ne semble convenir. Je sens, dans ces occurrences-là, que l’enfant pourrait devenir le réceptacle d’une grande puissance. Alors je lui fabrique un nom. Mais pas n’importe comment : c’est une chose sérieuse. De ce titre dépendra tout le récit du livre. Je ne peux pas piocher une lettre là, une syllabe ici, les coller ensemble et voir ce que ça donne, comme s’y sont risqués certains. Non. C’est toute une recherche et tout un rituel. Lorsqu’il fonctionne, il en résulte un nom parfait, qui paraît avoir toujours existé. Il tombe dans l’oreille exactement comme il faut, comme sur la langue un goût à la fois familier et nouveau. Alors je sais que le prénom est réussi.

Tu comprends maintenant pourquoi les gens viennent vers moi pour nommer leurs petits. Il ne faudrait pas se tromper, donner un nom trop étroit à un conquérant, ni un nom trop vaste dans lequel se perdraient les banals.

Du moins, c’est ce qu’ils croient. La vérité, c’est que les gamins qu’ils m’amènent ne sont rien d’autre que ce que je désire, que tout ce que j’impose de passions et de gloires. Je ne leur choisis pas un nom pour qu’il s’adapte à eux. Je forme les destins par les noms que je donne. Tu vois ? »

À ce moment-là du récit, Adélaïde vous proposait de reprendre un biscuit – elle était piètre pâtissière, mais croyez-moi, vous n’auriez pas refusé.

« Enfin. Tout ça ne te dit pas ce qu'est un outrenom. »

Elle continuait en vérifiant que vous mangiez avec délice son gâteau trop sec.

« Il ne suffit pas de créer la rivière pour qu'elle coule dans le bon sens ; il faut l'accompagner d'un lit pour en contenir le tumulte. Ou, si tu préfères, il faut entourer la lumière d'une ombre pour qu'elle prenne sa forme et sa substance. Indissociable du nom que les parents, le maire et le curé inscriront de partout, je donne à chaque enfant son outrenom. Il rassemble en lui-même toutes les ombres sous la lumière, tout le lit du fleuve où aucune eau ne coulera. Je le glisse à l'oreille du nouveau-né, à lui seul, pour que reste marqué dans sa plus profonde mémoire ce qu'il ne sera jamais.

Laisse-moi t'expliquer.

Demande-toi un peu ce que tu ne sais pas. Ce que tu refuses de croire, de connaître, de voir. Ce qui t'échappe et que tu ne cherches pas à rattraper. Ces vies que tu n'as pas menées. Ces jumeaux de toi-même que tu as transpercés. Ces autres qui te répugnent et que tu deviens dans tes rêves, ce qui surgit parmi tes nuits et que tu oublies au matin, ce reflet de ton âme que tu nies posséder et qu'il t'horrifierait de trouver dans la glace.

Tout cela te constitue, aussi. Autant que ce qui demeure visible au monde.

Et c'est tout cela que contient ton outrenom.

Tu ne connais pas le tien ? Dis plutôt que tu ne l'as pas encore retrouvé.

Certains ne se le rappellent jamais. Ils demeurent ignorants de leurs ombres au long de leur simple et lumineuse vie. Et certains s'en souviennent, un jour, souvent au seuil de la vieillesse.

Il y a ceux qui en meurent, de plonger le regard dans des profondeurs pareilles.

Il y a ceux qu'on prend alors pour des fous, parce qu'ils décident que le fleuve de leur âme n'a plus à rester engorgé par des rives si étroites. C'est insupportable, ça, pour le reste des hommes. De contempler quelqu'un se laisser submerger volontiers, sans y voir d'inconvénient, par sa propre folie. Ainsi se forme le peuple innombrable des fadas, des imbéciles heureux, des ravis de la crèche.

Il y a ceux qui, sans le savoir, brisent un jour les écluses de leur outrenom, presque par hasard, ou parce qu'on le leur a mal choisi. Un jour, va comprendre pourquoi – ça, je l'ignore moi-même –, on commet une chose qui appartient au revers de son âme. On prononce un mot qui devait rester dans les ombres ; on laisse son reflet poser un pied hors du miroir. Alors son âme se répand, déchirée, sans plus de forme ni de contour.

On te dira que ceux qui passent à l'acte étaient déjà dérangés, avant. Peut-être. Parfois. Mais moi, je te dis : c'est de rompre la barrière de leur outrenom par ce geste interdit qui les a rendus dingues, après.

Et puis il y a ceux à qui on révèle leur outrenom, et qui l'adoptent, et qui le retournent comme une chaussette pour s'en faire un nom. Un nom véritable, par lequel le monde autour les connaît. Si quelqu'un vous appelle à voix haute par votre outrenom, et si en tombant dans votre oreille il ne vous déchire pas, s'il n'abîme pas votre âme au point de la répandre, alors rien ne peut plus vous contraindre. La puissance qui habite en vous se déploie comme une feuille qu'on défroisse.

C'est ce que j'ai offert à mon Zacario : je lui ai révélé son outrenom de Caro. Le cher, le chéri – le *caro*, dans la langue d'ici. Quand il l'a entendu, quand je l'ai appelé par ce nom secret soudain rendu à la lumière, ses sens jusqu'alors confinés aux limites de sa peau se sont étendus partout dans la région, et il est devenu, peu à peu, la carte même du pays.

Quel joli pouvoir il recelait en lui, mon Caro. »

Peut-être que vous auriez alors demandé, dans un élan de familiarité, puisque après tout elle vous avait offert du mauvais thé et des gâteaux pires encore, si elle connaissait son propre outrenom – et même le vôtre, pourquoi pas.

« Le tien ? Bien sûr, si tu es passé par moi à la naissance. Je prends tous les enfants qui voient le jour entre la frontière italienne et les Alpilles, jusqu'en dessous du mont Bégo. Non ? Tu viens de Perpignan ? Eh bien tant pis pour toi. Il fallait naître par ici, comme tout le monde.

Mais si, tu as un outrenom. N'en doute pas. C'est seulement que personne n'a pris la peine de te le donner, alors tu auras juste un peu plus de mal à le retrouver. En même temps, je suis la seule nourrice-oracle à exercer encore mon métier. Il y en avait une à Paris, autrefois, dans un siècle passé ; je l'ai rencontrée.

Je ne fais pas mon âge ? Vraiment ? C'est adorable. Tiens, reprends un gâteau.

Celle-là, d'ailleurs, c'était une harpie. Habillée comme une estrasse et avec une figure laide, mais laide, on aurait dit une espèce de vautour – elle, oui, elle faisait son âge. Elle se perchait comme ça, sur le Pont-Neuf, et elle distribuait des noms aux passants sur les quais, même ceux qui n'en voulaient pas, tant pis pour eux, elle leur imposait leur nom, leur outrenom, leur destin et tout le reste. On l'appelait la mégère-oracle, pour te dire. Elle a fini poussée dans la Seine par un savant de la Sorbonne qu'elle avait mal-nommé, je crois. Ce n'est pas à moi que ça arriverait, un malheur pareil… Déjà, parce que je ne mal-nomme personne. Et puis, on se permet des choses avec les laiderons qu'on n'ose pas avec les jolies dames.

Tu veux trouver le tien, d'outrenom ? Je te le déconseille. Ça ne fait pas du bien à tout le monde de découvrir ses ombres. C'est soulever un rocher depuis trop longtemps posé. On y trouve plus souvent un tas grouillant de cloportes et de vers qu'un lingot d'or.

Enfin, si tu y tiens, commence par regarder ton nom. Il contient forcément ton outrenom, comme ton âme contient son ombre et son reflet. Caro, par exemple, existe à l'intérieur de Zacario. Les combinaisons sont nombreuses ; il suffit de trouver la bonne – et il le faut. Tu ne voudrais pas imposer un faux nom en barrage au fleuve de ton âme. Tu risquerais de le faire déborder.

Mais si ça peut te rassurer, vous aurait-elle dit, à voir ta figure on remarque d'emblée que tu fais partie de ceux dont l'outrenom est si banal qu'il ne leur reviendra jamais. Tu devrais rester tranquille jusqu'à ton dernier jour. Détends-toi.

Quant au mien, d'abord, ça ne te regarde pas.

Ensuite, je suis parmi les rares femmes au monde qui n'ont pas reçu d'outrenom, parce qu'elles les fabriquent pour les autres, pas pour elles-mêmes. Il y avait cette folle de Paris, et quelques-unes, pas plus d'une poignée.

Et puis il y a Carmine. Ma Carmine adorée à qui j'ai offert ce cadeau.

Même sans outrenom, je ne me répands pas. Je ne suis pas submergée par moi-même. Parce que, tu vois, je n'ai rien d'une rivière qui a besoin d'un lit : je suis l'océan où se jettent les fleuves. Rien de moi n'est terré dans l'ombre. Toutes les possibilités qui bouillonnent au sein de mon âme sont à portée de main. Rien ne me guide, rien ne me canalise, rien n'asservit mon destin. »

Elle vous aurait resservi du thé, et vous vous seriez demandé comment un océan de puissance, qui choisit l'avenir de tous les enfants du pays, peut préparer d'aussi mauvais biscuits.

Lorsque Adélaïde est morte, au bout de plus de trois cents ans, on a jeté ses cendres et celles de Zacario comme du sel dans le Paillon. Il lui fallait un fleuve qui va vers la mer.

Des gens de la région entière sont venus en hommage graver leur nom – et leur outrenom pour ceux qui l'avaient retrouvé – sur la colline du château, autour de la plaque en marbre qui portait leur dernier poème.

Adélaïde manque aux gens, c'est sûr, même s'ils l'ont oubliée. La preuve, on voit maintenant des parents qui inventent à leur tour des noms sortis d'on ne sait où pour leur progéniture, des noms qui ne veulent rien dire, reliés à aucune mémoire, sans racines ni feuilles, qui n'ont été forgés selon aucun rituel secret, trop courts pour contenir leur ombre. Des noms-poussières, vides de tout héritage, de toute destinée, de toute voie tracée. Seuls. Éphémères. Ou libres peut-être. Allez savoir.

Aujourd'hui, la nourrice-oracle erre toujours dans sa maison niçoise, mais la passeuse de fantômes n'est plus là pour la consulter à votre place. Son spectre attend encore sa fille en inventant tout le jour des noms pour des enfants qui lui échappent, pour des nouveau-nés qu'elle ne verra pas.

La belle Adélaïde n'apparaît dans aucun livre d'histoire, et ceux qui connaissaient son nom et sa beauté meurent peu à peu à sa suite.

Questions-néons

Félicité, comme vous l'auriez fait, écoute l'explication de la nourrice-oracle et, comme vous, fouille entre les lettres de son nom pour y débusquer son outrenom.

« Toi par exemple, petite, où est-ce que tu es née ? demande sa grand-mère. Et en quelle année ? Peut-être que je t'ai nommée. »

C'est l'inconvénient des fantômes sans étrange-thé. Sans cesse ils oublient leur état et posent des questions embarrassantes. Si Félicité rappelle à Adélaïde qu'elle est morte, sans l'aide du thé, elle le sait, on sera partis pour une crise d'angoisse, puis des cris de rage, des larmes de déception, une brève dépression et un nouvel oubli.

Elle ignore donc la seconde question et répond :

« À Bégoumas-sous-Mont, dans la vallée des Merveilles. Vous connaissez ? »

Adélaïde croise les bras et recule sur sa chaise. Son épaule de spectre traverse le dossier défoncé.

« Ah bon, vraiment ? Tu es née sur le mont Bégo, toi ? »

À la façon dont elle lui lance ça, lèvre froissée et menton haut, Félicité comprend que l'idée ne lui plaît pas trop, d'avoir une petite-fille venue de là-haut – et puisque

Adélaïde a l'habitude qu'il lui plaise exactement, le monde, qu'il s'étire et s'étale selon son caprice, elle peine à y croire.

« Si, je vous assure. C'est ce que ma mère, votre fille – c'est ce que Carmine m'a raconté. Et ce que j'ai lu sur mon acte de naissance. »

Le vieux fantôme d'Adélaïde la renifle de loin, l'observe de côté, comme on examine un pot de lait qui a pu tourner. Derrière, Zacario continue de fumer. Tout autour, la verrière baignée d'or et de vert leur fait, à tous les deux, un décor de tableau.

« Bon. Si tu le dis. C'est possible. Mais on ne le devinerait pas, à te voir. Hein, Caro ? Elle ne le porte pas sur elle. Quoi, c'est vrai ! Prends-le comme un compliment… Félicité, c'est ça ? Félicité, tu es la descendante d'Adélaïde et Zacario. La fille de Carmine. Le mont Bégo n'a pas eu de prise sur toi. À part les cheveux – tu devrais les teindre, bientôt tu auras l'air plus vieille que moi. Je te le dis parce que tu as un joli visage, il serait dommage de le gâcher.

Mais tu te tiens droite et fière, comme ta mère, comme ta grand-mère, le geste élégant, l'œil félin – c'est à la grâce de ton allure, d'ailleurs, que je t'ai reconnue tout à l'heure. L'élégance. Tu vois, c'est ce qui manque aux gens nés là-haut, dans le pays des gravures et des chèvres. Il y a quelque chose dans ces montagnes, je ne sais pas quoi, quelque chose qui… rabougrit les esprits…

— Qui les souille ? complète Zacario dans un nuage de fumée.

— Voilà. Exactement. Les gens de la vallée des choses étranges se sont laissé souiller. Trop de bergers y sont passés, trop de moutons. Trop d'êtres primitifs y ont imprimé leurs gravures idiotes, leurs spirales même pas bien rondes, leurs bêtes à cornes sans yeux, sans perspective, rien. Tant de simplicité, ça laisse des traces dans l'air et dans la terre. Avec les siècles ça sédimente, ça devient des rochers, et des montagnes, ça coule dans l'eau qu'on boit et ça arrose les plants de tomates, et alors on n'y peut rien, on boit, on mange, et on devient simple à son tour. Émerveillé, en somme.

— Leur pays n'obéit pas aux mêmes lois, confirme son mari. Les bêtes et les plantes et le ciel de la vallée des Merveilles, c'est un grand lac noir sur ma carte. Un orage constant qu'aucun vent ne balaie.

— Après, continue Adélaïde comme s'il n'avait pas parlé, ça ne fait pas de mal, un peu de simplicité. Ce n'est pas leur faute, les pauvres. Mais ce n'est pas pareil que les gens des villes non plus. Ils sont différents, voilà. Déjà, ils mangent trop : ils n'ont pas appris à se retenir. C'est terrible, ça. On leur propose un gâteau, ils le croquent… Sans au moins donner l'impression de refuser… Tu te rends compte ? Ce qui se fait, ce qui ne se fait pas, ça leur passe au-dessus. On ne leur apprend pas ces choses-là, sur les hauteurs. Ces choses qui, pour nous, semblent si naturelles. »

Félicité écoute Adélaïde. Elle l'entend caqueter ses mots et voit gesticuler ses gants. Et plus elle l'entend, et plus elle la voit, plus elle trouve que son fantôme ressemble à celui d'une dinde coiffée d'une perruque écarlate, déguisée d'un bout de soie mauve. Même la peau du cou, derrière le collier, on dirait des caroncules rouges qui lui pendent en grappe sous le bec.

« Ensuite, elle continue, ils n'ont aucune idée de ce qui est beau ou vulgaire. Leurs habits, ma foi, il y aurait à en dire.

Les femmes, c'est le pire. Grosses ou maigres, elles se vêtent pareil. Jamais il ne leur viendrait à l'idée de se demander si le monde autour a besoin de voir le gras blanc de leur bras et les veines pourpres sur leurs mollets… Et puis la plupart ne savent pas lire. Il y a un siècle ou deux, d'accord, mais maintenant… Non, soit ils y mettent de la mauvaise volonté, soit ils en sont incapables, voilà tout. Moi, je préfère croire qu'ils n'y arrivent pas, parce que ce sont des gens bien braves.

En tout cas, braves ou pas, moi, je refuse de les nommer. Ah non, non. D'abord, ils ne descendent pas jusqu'ici. Il paraît que la ville leur fait peur. Oui, on m'a dit ça, figure-toi. C'est trop grand, c'est trop beau pour eux, ils n'ont pas l'habitude, ils se pensent arrivés au paradis, alors ça leur fait des palpitations et ils se mettent à délirer. Si, je te le jure, à délirer, à déchirer leurs vestes en voyant les cathédrales et les palais ! Tu te rends compte…

De toute façon, je ne monterais pas là-haut. Je n'y mets pas les pieds. D'autres apprécient, sans aucun doute, mais moi, personnellement, je trouve que ça manque trop, comment, ça manque de…

— D'élégance ? » termine Félicité.

La grand-mère tend les deux mains en avant, comme pour dire : voilà. Tu m'ôtes le mot de la bouche.

« Enfin, conclut la vieille, tu y as échappé. Tu peux remercier le sang de la nourrice-oracle de couler sous ta peau. Il t'a protégée de bien des misères. Toi, au moins, tu sais assortir tes habits et refuser les gâteaux qu'on t'offre. Tu es un peu maigre, c'est vrai, mais tu tiens de ta mère, Félicité, c'est évident. Et comme elle, comme ma Carmine… »

La morte se redresse. Lentement, Adélaïde avance vers Félicité, place ses mains sans substance autour du visage de sa petite-fille, et murmure :

« … tu es parfaite. »

Dans le silence qui suit, Félicité croit entendre un bruit. Il part du fond de sa mémoire – un grincement essoufflé.

C'est sa sœur qui ricane.

Et Félicité, qui sait toujours où se trouve la vérité, comprend que la vérité est là. Là tout entière, dans cette toux époumonée qui ressemble à un rire. Le sifflement hilare d'Egonia lui descend sur le front, contamine ses pommettes, lui contracte les lèvres. Gagne sa gorge.

Son rire éclate sous la verrière.

Je n'ai pas entendu souvent le rire de Félicité. Je m'en souviens, pourtant. Clair comme des glaçons qui tombent au fond d'un verre. Clair, comme un verre qu'on brise.

« Parfaite ! s'exclame Félicité quand son rire se calme. Bien sûr, Félicité est parfaite. Félicité doit l'être puisque c'est inscrit dans son nom, n'est-ce pas ? »

De nouveau, Adélaïde lève les mains pour confirmer l'évidence. Elle ne comprend pas ce qui vient.

Zacario, lui, pose pour la première fois sa cigarette. Depuis le cendrier, sa fumée s'élève en colonne dense, opaque, avant de disparaître. Rien à voir, regrette Félicité, avec la vapeur aux courbes amples qui embrume la surface transparente des thés. Les yeux sur le filet blanc qui monte du mégot, un reste de sourire sur les lèvres, elle dit :

« Je les ai côtoyés, les enfants nés sur le mont Bégo et les bergers simples qui traversent la vallée des Merveilles. C'est vrai, vous avez raison. Ils doivent faire avec ce qu'on leur a laissé. Avec des tempêtes à apprivoiser et des moutons qu'il faut chercher quand ils se perdent. Avec pour tout musée les gravures d'un peuple oublié. Avec une école sans bibliothèque, parsemée de livres dont les gens d'en bas ne voulaient plus. Jamais un livre neuf, au dos rigide, qui craque quand on l'ouvre. Et alors ? De toute façon ils ne savent pas lire. Ce qu'ils lisent, eux, c'est le chemin que tracent les nuages avant l'orage et puis l'avenir dans le crottin, n'est-ce pas ? D'ailleurs, le crottin, ils le portent sur eux, les enfants de là-haut, même qu'on les sent arriver de loin avec leur odeur de paille et de laine. Leur odeur de fromages qu'ils vendent aux marchés le dimanche et jettent dans les poubelles le lundi, à l'approche des villes, pour que les gens d'en bas, ceux qui leur ont acheté des fromages et envoyé des livres aux pages qui se décollent, ne froncent pas le nez. Pour faire comme si, eux aussi, ils avaient l'habitude des écoles en pierres, en vitres, en tours et en piliers. Leur veste, d'ailleurs, pardon de vous décevoir, mais ils ne la déchirent pas puisqu'ils l'ont achetée exprès. Ils n'en manquent pas, pourtant, ils ont des manteaux plus solides et plus épais plein les placards, des pièces cousues main avec des points dont votre couturière n'a jamais entendu parler, mais on leur a dit que pour descendre à la ville, il faut sembler plus fragile. Moins solide, moins épais. Plus fluide pour couler dans les foules. Ça les étonne, ils trouvent ça d'une connerie géante, ils en rigolent sur les banquettes des cafés, mais ils s'y plient. Parce qu'ils ont beau détester que les gens d'en bas les regardent de haut, ils n'arrivent pas à cesser de vouloir leur ressembler.

Et encore, ce que je vous dis là, c'est pour les petits qu'on envoie à l'école. Parfois, une bergère trop occupée oublie d'y inscrire son enfant, alors l'enfant s'en va dans la forêt. Il apprend ce qu'il peut de loin. Dans les échos. Il y reste si longtemps, dans la forêt, qu'il finit par lui ressembler. Âpre, et imprévisible, et sauvage. Alors même le village de montagne lui paraît étranger, tout autant que les villes qu'il n'a jamais vues, que les gens bien vêtus qui s'y promènent, et il la vomit, cette beauté-là qu'on lui vend comme une perfection. Les gâteaux, il n'attend pas qu'on lui en propose pour les refuser, il les prend où il les trouve, il les arrache des plats en émail et il s'enfuit avec et les dévore tout en courant encore au cas où on l'attraperait. Les gens du village ont pitié de lui, ou peur, c'est selon, et le regardent lui comme les gens de la ville les regardent, eux.

Avec, en plus, la honte.

La honte que personne ne dit mais que tout le monde porte, de savoir que cet enfant-là, qui ne va pas à l'école, même sans bibliothèque, qui ne s'habille pas comme il faut, même en cuir trop épais, qui ne sait pas lire, même un livre abîmé, cet enfant-là vient du milieu d'eux. Et ils peuvent essayer tant qu'ils veulent de faire les beaux, à descendre à la ville, à changer de veste, à jeter leurs fromages, à devenir des imbéciles parfaits, il y a une chose à laquelle ils ne peuvent rien : cet enfant leur ressemble. »

Adélaïde n'a pas écouté un mot.

Elle a observé les bagues sur ses gants, s'est détaché et rattaché les cheveux, a déplié les jambes et les a repliées, lissé la soie sur ses cuisses et caressé les pierres de son collier. Au milieu de son visage plâtré, ses yeux ont jeté des regards inquiets aux rues vides en contrebas.

Zacario a simplement croisé les bras. Lui aussi, il surveille les alentours. Mais chaque fois que ses yeux sombres reviennent vers l'intérieur, c'est sur sa petite-fille qu'ils se posent.

Il est presque midi. Le soleil a grimpé juste au-dessus d'eux et plombe la verrière d'une chaleur de four à pain.

Félicité a désormais très envie de partir d'ici. Besoin de respirer. De déverser ailleurs son dégoût de ces deux vieux spectres engoncés dans leurs certitudes idiotes. Mais d'abord, elle doit obtenir les réponses qu'elle est venue chercher. Vite, si possible.

« J'ai des questions à vous poser. »

Les deux fantômes la regardent, cette fois, étonnés. Redevenue détective, Félicité sort d'une poche intérieure le carnet de famille trouvé aux archives.

« Par exemple – elle l'ouvre à la feuille manquante –, qu'est-ce qui était écrit sur cette page ? Qui l'a arrachée, et pourquoi ? Est-ce que c'est vous, Adélaïde ? »

Adélaïde ne répond pas.

Elle cesse de s'agiter, de s'admirer. Elle fixe ce que lui montre Félicité. Sa lèvre inférieure se met à vibrer.

Zacario tend le bras pour saisir le livret mais sa main passe à travers. Soudain, son doux visage se durcit. Il s'interpose entre les deux femmes, dos à Félicité, se penche sur son épouse et lui murmure des mots rassurants.

« J'ai besoin de savoir. C'est très important », insiste Félicité en couvrant de sa voix celle de son grand-père.

Adélaïde tremble de tout son corps, maintenant. Zacario tente de lui tenir les épaules ; ses mains passent à travers son épouse.

Félicité lève les yeux au plafond traversé de lumière. Forcément, sans étrange-thé pour délier les langues et raviver les mémoires, ses questions n'ont pas la douceur d'une bougie qu'on veut bien suivre au bout d'un chemin sombre. Elles tombent sur la conversation comme le clignotement d'un néon dans une nuit d'hôpital. Violentes, sans chaleur.

Tant pis. Il faut essayer quand même.

« S'il vous plaît, Zacario. Si vous savez quelque chose, je pourrais… Votre fille, Carmine… »

Après une hésitation, elle annonce :

« Carmine est morte. J'ai besoin de comprendre d'où elle vient pour retrouver son fantôme. »

Le nez de Zacario, brusquement, se trouve à deux centimètres du sien. Il n'a plus rien d'une estampe. Ses traits sont tordus par une colère brûlante que Félicité sent pulser même hors de ce corps sans pouls.

« Tu ne vois pas, *chica tonta*, ce que tu as fait ? »

Il désigne derrière lui, du bout de l'index, Adélaïde en proie à un grelottement qui la secoue. Elle a le regard toujours vide, rivé à un point qui n'existe pas. Zacario voudrait lui caresser les mains, la tenir dans ses bras. Leurs corps se superposent sans jamais se toucher.

« J'ai une autre question, reprend Félicité qui n'a pas l'habitude de se démonter pour si peu. Vous attendiez votre fille, mais où est-elle partie ? En Espagne ? Où, exactement, en Espagne ? Et pourquoi vous a-t-elle quittés ?

— *¡Cállate!* »

Zacario lui a ordonné de se taire mais il est trop tard. Un gémissement monte déjà de la gorge d'Adélaïde, assourdissant, à en vriller la boîte crânienne de Félicité.

Il lève les bras pour se protéger la tête. Elle l'imite, juste à temps.

Ce qui reste de la verrière explose. Les éclats s'envolent, brillent un instant dans la lumière de midi, puis retombent en fracas sur le parquet poussiéreux. Ils traversent les spectres mais s'abattent avec violence sur Félicité. En même temps, le cri d'Adélaïde enfle, gonfle en un hurlement perçant, envahit la ville de Nice de sa stridence à faire saigner les oreilles.

Il est midi. On est le premier mercredi du mois d'août. Les Niçois relèvent la tête au milieu des marchés, les baigneurs se figent sur les plages. Tous suspendent leur geste, s'étonnent que la sirène d'essai sonne plus fort que d'habitude, puis retournent à leurs fleurs de courgette et à leurs châteaux de sable.

Les bris de verre se glissent dans le cou, dans les manches de Félicité, la percent et lacèrent partout. Elle court pliée en deux jusqu'au guéridon, saisit le cadre dans lequel, imperturbables, posent Carmine et son premier mari avec cette sœur inconnue, et elle se rue vers la sortie.

Zacario ne fait rien pour la retenir. Sa rage l'a déserté. Sur la figure, il ne lui reste plus qu'une tristesse énorme. Depuis le coin où il s'est réfugié, accroupi sur le sol, il lève alors une main vers la photographie qu'emporte Félicité, tel un mendiant qui réclame une pièce.

Il la supplie sans mots de retrouver enfin, malgré la mort et les siècles trop nombreux, cette fille qu'il a perdue parmi les plis, les ombres et les reliefs de son immense carte intérieure.

Nuits ambulantes

Elle fait deux pas sur le trottoir. Le cri là-haut s'est tu.

Des bouts de verre tombent quand elle reprend sa marche. Lente, rigide. À chaque geste, des éclats s'enfoncent plus profond sous sa peau.

La soie perlée de son foulard est constellée de gouttes. C'est joli, elle pense. On dirait un champ de coquelicots. Elle se touche le cou. Ses doigts reviennent humides et cuivrés.

Félicité ignore les gens qui s'arrêtent sur son passage, ceux qui lui demandent si elle a besoin d'aide, ceux qui baissent les yeux et rasent le mur. Elle sait maintenant quels regards subit sa sœur quand elle cliquette et tinte.

Pas à pas, elle redescend la rue jusqu'au Negresco, passe sous l'ombre massive du palace et débouche sur la Promenade. Blanche de lumière, du bruit des vagues et des voitures. Le scintillement du soleil sur l'eau et sur les chaises en métal bleu l'éblouit à lui donner le vertige. Les palmiers alignés le long du rivage n'offrent aucune fraîcheur.

Elle les suit lentement, un à un, comme des panneaux indiquant la direction du Vieux-Nice, du cours Saleya, de son palais inondé.

Elle dépasse un palmier. Sa transpiration lui colle la chemise contre le dos et le ventre.

Deuxième palmier. Elle ne regrette pas. Elle espère qu'Adélaïde souffrira longtemps. La vieille dinde mérite sa douleur.

Trois. Au moins elle sait qu'il faut aller en Espagne. C'est grand, l'Espagne. Elle essuie la sueur mêlée de sang qui goutte dans sa nuque.

Quatre. Cet arbre-ci, sans qu'elle sache pourquoi, l'arrête. Son tronc lui semble étrange. Avec précaution, elle lève les yeux au ciel, la main en visière. Entre les rayons incandescents, les palmes sont sèches. Brunies.

Elle baisse doucement le bras et se tourne vers le rivage. Partout ailleurs, les chaises bleues face à la mer sont envahies de retraités enduits de graisse à bronzer. Ici, elles restent vides.

Au milieu, il y en a une, rouillée, dont la peinture s'écaille et tombe en lambeaux. Une large silhouette, assise dessus, se découpe à contre-jour.

Félicité avance vers elle de sa démarche de morte-vivante, ni femme ni fantôme ou les deux à la fois, et prend place, au ralenti, à une chaise d'écart de sa sœur.

Pendant plusieurs minutes, elles observent ensemble sans parler, en contrebas, les milliers de corps chauds sur la plage qui s'agitent ou se prélassent, se baignent et se brûlent, se couvrent de crème mêlée de sable rugueux, rentrent le ventre sous des maillots élastiques et consolent des gosses qui ont bu la tasse.

Egonia et Félicité savent qu'elles n'appartiendront jamais à cette foule colorée. Rien ne les attend dans ce monde rutilant. Elles, les jumelles du mont Bégo, elles sont le corbeau et le chat noir qui ne sortent que le soir, des morceaux ambulants de nuit, des trous dans la lumière qu'on préfère contourner pour oublier qu'il existe autre chose que le soleil et les cris des enfants.

« Tu es restée à Nice. »

Egonia répond sans quitter des yeux les baigneurs :

« Oui. »

Un papillon aux reflets pourpres et verts volette jusqu'au palmier derrière elles.

« J'ai cru que tu étais partie. Pour de bon cette fois. »

Vous les imaginez, les deux, côte à côte après trente années de rancœurs qui viennent d'éclater en mâchoires démentielles au-dessus d'un toit éventré ?

Il faudrait qu'elles se parlent, oui. Vous avez sans doute raison.

Mais pour se reprocher quoi ?

Un service à thé brisé ?

Une disparition jamais expliquée ?

Un silence de trois décennies ?

Pour se dire quoi, au fond, des amertumes, des solitudes et des regrets qui ont agité toutes leurs nuits depuis cette nuit-là ?

Allons. Les deux sœurs n'ont jamais eu besoin de s'en raconter autant.

Elles sont nées du même corps, de la même mémoire.

À quoi ça servirait de se répandre en bavardages ?

Chacune entend parfaitement quels souvenirs traversent sa jumelle

comme si sur les galets de la plage,
face à elles,
un joueur de guitare décidait de le leur chanter
concert pour deux sur le rivage

J'apportais des cadeaux que j'avais emballés, se
souvient Félicité
des boîtes de couleurs étrangères aux montagnes
des graines pour nourrir dans notre nid les merles

Tu avais promis, se rappelle Egonia
tu avais promis
en t'attendant j'ai mangé
chaque jour une perle bleue pour décompter le temps
j'ai épuisé mes perles
tu n'es pas revenue
je n'ai plus compté

ce jour-là du mois d'août j'avais la peau tannée
par l'été de voyages et de thés recueillis
et le cœur nauséeux
après un an d'absence enfin ma bergerie

tu devais t'occuper en bas
de tas et tas de choses plus captivantes que moi
ton absence
ma sœur
ton absence comme un membre arraché
me faisait des douleurs fantômes
chaque samedi je guettais ton pas sur le chemin qui
monte de la mer

chaque fois le silence prenait sur mon palais
un goût salin de fer

enfin ma sœur enfin ma mère
dans mon esprit déjà vos sourires et vos bras ouverts
se changeaient en reproches
comment vous faire comprendre
le thé la tour carrée
les grimoires les glycines
la nuit
si loin de vos mélèzes si loin de vos brebis

peu après ton départ j'ai rejoint le hameau
pour y trouver une maison à moi
abandonnée sale humide sombre
mais à moi
surtout sans poutres sous le toit

j'avais bien préparé tout ce qu'il faudrait dire
un discours sans Marine pour maman
effacée Marine dont le nom ressemblait trop au sien
et que parfois j'appelais maman par erreur
comme un enfant se trompe en hélant la maîtresse
pour toi
ma sœur pour toi j'avais prévu
mes aventures sur les continents des trésors volés aux frontières
et pour vous deux
des excuses bien trouvées
bien sages bien solides

les examens les devoirs les études
je voulais croire que vous y croiriez

au village on me connaissait sous le nom d'Egonia
quand j'ai reçu ce nom pour la première fois
un truc à l'intérieur
a éclos
je ne saurais pas l'expliquer
j'ai cessé tout à coup d'être Agonie ou bien
je pouvais devenir ces deux femmes à la fois
c'est joli Egonia
on dirait presque un nom de fleur
et c'est ce qu'ils m'offraient les garçons du village
tous les jours des lilas sur le perron
jusqu'à ce que ma beauté se transforme en vieillesse
qu'ils arrêtent de m'offrir des fleurs
et préfèrent les torches
pour brûler ma maison

le soir tombait déjà quand je suis arrivée
j'avais oublié comme est long ce chemin qui monte
de la mer à Bégoumas
bientôt je ne l'oublierais plus

j'imaginais que ma figure de sorcière
éloignerait les emmerdeurs
j'ai vite compris mon erreur
ils m'avaient désirée
ils ont voulu ma peau
ils sont venus comme un troupeau

la lumière brillait jaune derrière les fenêtres
mieux qu'un village de santons
d'est en ouest il devait mesurer cent vingt mètres
ce tout petit endroit qui m'a vue naître
moins d'habitants que de moutons
encore un peu plus haut
après un grand trou noir de nuit
la bergerie
j'ai su avant d'ouvrir la porte que tu n'y serais pas
comme on sait reconnaître si on a chaud ou froid
maman n'a pas bougé
je l'ai crue endormie
puis j'ai vu son portrait face au fauteuil où elle
pleurait

je suis rentrée, maman
        elle ne bouge pas
pardon de n'être pas venue plus tôt
je suis là maintenant pour deux semaines entières
        elle ne dit rien
qu'est-ce qui t'arrive ?
tu vas bien, maman ?
oui, elle répond, je vais bien
ma chérie ma Félicité ma force vive
maintenant tu es avec moi
viens dans mes bras

j'avance dans la lumière de l'âtre où on allume un feu
même l'été
parce que le froid

lui
n'oublie jamais le mont Bégo
alors une horreur naît sur son joli visage
bouche ouverte mains devant tu as l'air
d'une vieillarde
à l'agonie
et soudain je comprends
je ne pensais plus à mes cheveux blancs

j'ai senti leurs relents de haine leur haleine de terreur
je connaissais trop ces odeurs
qui m'avaient rattrapée
comme elles le font toujours
à la fin
ce n'est pas le genre dc parfums
à se laisser distancer

l'effroi de sa figure s'est changé en dégoût
puis en quelque chose de plus dur
en déception
ou en blessure
alors tu n'as pas
maman a balbutié
tu n'as pas teint tes cheveux
le samedi matin face au miroir ovale
où j'avais fait graver nos deux noms à côté
je n'ai pas répondu
alors quand je cherchais
au fond de mon reflet celui de tes propres gestes
quand j'accomplissais nos signes rituels
ces liens solennels au creux de nos miroirs

comme passer le bras à travers nos fenêtres et te tenir
la main
j'étais seule
seule devant ma glace
et toi
ailleurs
là où je n'étais pas
        je n'ai pas répondu
et si tu as ôté de toi jusqu'au carmin de tes cheveux
qu'as-tu effacé d'autre
qu'as-tu oublié d'autre de cette montagne qui t'a faite
        je n'ai pas répondu
enfin je ne veux pas
        elle a secoué la tête et souri
je ne vais pas t'embêter avec mes larmes
c'est naturel après tout
ma chérie
de ne plus penser à celle qui t'a nourrie
et c'est normal pour une mère
d'attendre sans fin les retours
de la chair qu'elle a enfantée
qui est son cachot et sa tour
et dont l'absence est un hiver
une théière sans thé

j'ai fermé la porte de la maison
abandonnée humide sale sombre
mais qui avait été la mienne
le temps de quelques saisons

j'ai regardé ma mère
visage encore lisse d'enfant
un visage comme le mien d'à peine seize ans
son sourire était large et ses yeux suppliants
quelque chose
alors
a cédé derrière mon thorax
une fissure dans les os un craquement
j'ai vu des images d'elle
seule
au matin devant son miroir
seule
près de l'âtre le soir à guetter les fenêtres
vides
pendant que joyeuse et cruelle
je l'oubliais très
mais alors très volontiers
que je posais ma honte et ma montagne au pied
d'une tour aux horloges aux parfums d'herbe et de
cannelle
là où on ne parlait pas
de cheveux rouges ou blancs taille fine ou gâtée vestes
en cuir ou en laine
là où n'existaient que le thé
les livres
la nuit sous les glycines
les contes de Marine
et les fantômes
qui n'ont besoin de personne

il n’y avait plus devant que la nuit
derrière moi leurs cris poussés par le vent
je me suis enfuie

j’ai lâché par terre les deux valises
que je tenais toujours en main
quand leur cuir a touché le sol
j’ai su
j’ai su qu’elles ne verraient plus Nice

retourner au lycée pour revenir ici
chaque fois retrouver pour prix de mon absence
ce sourire et ces larmes
cette lame dans mes poumons
cet écrasement de mon âme
        départ
        retour
larmes
        départ
        retour
lame
chaque départ plus lourd que le retour d’avant
non
franchement
qui chérit assez sa douleur pour se l’infliger si souvent
et puis repartir pour quoi faire
tout aurait désormais un goût de thé amer
infusé dans cette eau saumâtre de ma mère
seule
avec son portrait rougi par les flammes

j'ai bien tenté pourtant
j'ai repris des avions
de moins en moins souvent
j'ai traversé des mers et j'ai quitté des ports
de moins en moins gaiement
pour toujours revenir et toujours ressasser cette
pensée de ce soir-là
c'est à ça qu'elle ressemble alors
la liberté qu'on nous dépeint comme un trésor
d'avoir le choix
merci mais
j'aurais mieux aimé qu'on choisisse pour moi
l'une des deux sorties hors de ce labyrinthe des
malaises coupables
soit
s'en aller vers l'oubli cruel et joyeux trancher les
cordes net et pour de bon changer de peau changer
de nom renaître entre les camélias loin sans mémoire
sans mère sans racines sans terre sans miroirs
ou alors rester
et boire jusqu'au bout son thé

si je vais là-haut
j'ai pensé
près de la bergerie ils ne me suivront pas
tous mes bourreaux craignent Carmine
mais pas autant que moi

sèche tes yeux maman
ce n'est pas si terrible en bas

pas de quoi déchirer sa veste en tous les cas
rien d'aussi beau que nos mélèzes
rien d'aussi chaud que l'âtre où s'éteignent les braises

vraiment, Félicité ?
tu resteras ?
        vraiment
– tu teindras tes cheveux, dis-moi ?
        si tu veux
tant pis pour le lycée ? Tu ne t'inscriras pas ?
        tant pis pour le lycée
je ne voudrais pas te forcer
        tu ne me forces pas
promets-le
        promis
        maman
        je ne partirai plus loin de toi si longtemps

je suis montée
le souffle court
jusqu'à ce tas de pierre
mon orphelinat tenu par ma propre mère

elle m'a pris la main
respirant comme sauvée tout à coup de sa noyade
et j'ai mis de l'eau à chauffer

j'ai tambouriné à la porte

j'ai sursauté à l'intérieur

s'ils me voyaient j'étais finie

tes coups contre le bois m'ont dit que c'était toi

j'ai crié derrière le battant C'est moi
Agonie
laisse-moi entrer je t'en prie
je ne resterai pas chez toi
promis
j'ai seulement besoin d'un toit où passer cette nuit

maman s'est redressée si vite que le fauteuil s'est renversé

sa voix de l'intérieur m'a hurlé de me taire

ta présence au-delà du mur lui donnait des crépitements

puis j'ai entendu la tienne tu disais
maman calme-toi je suis là ce n'est rien

alors j'ai su
j'ai su que tout irait bien
ma jumelle cette autre partie de moi enfin à portée de mes bras
revenue
un peu tard oui mais revenue
et la promesse tenue

tu m'as appelée du dehors

Félicité, ouvre la porte
les gens d'en bas ils
ils veulent s'emparer de moi
ou encore mieux tu sais quoi

sors
sors d'ici viens on s'en va j'y pense depuis des mois
je comprends maintenant pourquoi tu n'es pas
revenue plus tôt
les gens d'ici s'emmerdent tant
ils ont pour s'occuper le temps d'être méchants
viens on s'en va on est trop vastes toi et moi
pour un trou comme Bégoumas
j'ai envie de voir Nice et ses immeubles et ses
touristes
je dormirai par terre
près de ton lit à l'internat
je garderai ma muselière
on ne me remarquera même pas
le dimanche on ira se baigner dans l'eau
blanc
et bleu

j'étais là debout au milieu
à ma gauche maman
désespérée que déjà si tôt je lui mente et la quitte
on sentait contre les volets
voleter des papillons trop nombreux
à ma droite la porte d'où sortait
ta voix qui ressemble à la mienne
étouffée
tentante
après tout pourquoi pas
j'aurais ma sœur, Marine et Masséna
et mes voyages au pays des théiers

viens on s'en va

tout ce monde toutes ces couleurs en échange
de ma mère

pas dans une heure pas demain

à qui je venais de jurer

partir n'attend pas le matin

je ne lâcherai plus ta main

tu n'as pas répondu
dedans ta voix murmurait pour ta mère des mots de réconfort
et pour ta sœur
menacée par la mort
rien
juste le silence
indifférent et puis
chuchotement derrière la porte

Nanie
je ne peux pas

laisse Carmine
tu es aveugle ou quoi
elle te refait le coup de la main brûlée
tu vois pas

peut-être
mais qu'est-ce que tu veux
ça marche sur moi

emmène-moi à Nice Félicité je t'en supplie
ou laisse-moi entrer au moins s'ils me trouvent ils
vont me

Nanie
c'est impossible

et moi si je me brûle exprès les mains
est-ce que tu soigneras mes paumes
ou la peau d'une mère est la seule blessure dont tu
sens la douleur

par la cheminée alors
j'ai vu entrer
deux ailes noires
lentes
plus larges qu'un corbeau
celles d'un papillon trop lourd qui cherche où se
poser

silence entre nous et
après trois
battements
de cœur
le vacarme

maman a cogné couru catapulté crié cassé tout
arraché

le bruit d'un bouc énorme lâché entre les meubles

pour échapper dans sa panique à l'insecte éméché
dont le vol pataud semblait dire

démène-toi va
cache-toi où tu veux
balance-moi tes poêles si ça te fait plaisir
j'ai tout mon temps
je t'attraperai
j'attends

j'ai cru que sa tempête s'abattait sur toi
j'ai hurlé ton nom

pendant qu'elle brisait tout
et que le papillon lentement la suivait
j'ai sorti à la hâte deux tasses en porcelaine
et le thé des Gravières

la porte enfin s'est ouverte et
j'ai cru que
mais non
tu as laissé la chaîne accrochée au battant

j'ai versé l'eau chaude
à travers l'ouverture je t'ai donné une tasse

tu m'as dit
de la peur dans la voix
tu n'avais jamais eu cette voix-là

mets-toi dos à la porte vite
et bois-en la moitié

j'ai bu
c'était doux et presque brûlant

rends-la-moi
prends la mienne
bois le reste

on a échangé nos tasses et j'ai bu
même là tu vois
même trahie
même sans comprendre
j'avais confiance encore je pensais que peut-être
quand Carmine serait calmée

garde ma tasse

tu as soufflé dans l'ouverture

va vite maintenant garde les feuilles
elles te serviront d'encre écris-moi et surtout
en partant
ne me regarde pas

la porte s'est refermée
pour ne plus se rouvrir

la fente de lumière éteinte
il n'y avait autour que la nuit
et des cris poussés par le vent
un corbeau dans les arbres a croassé sa plainte
je me suis enfuie

je n'ai pas dormi cette nuit-là
ni les nuits d'après

j'ai regardé la tasse
beaucoup

souvent
mais tu n'as rien écrit dedans

la forêt m'a donné cette maison aux images
de jolis petits personnages
les gens peints sur les murs n'empestent pas la haine

d'abord j'ai cru
l'eau a dû trop bouillir le thé mal infuser
les Gravières n'ont pas fonctionné

t'écrire
et pour dire quoi
trop tard ma sœur
beaucoup trop tard
il ne restait plus rien
rien que la bile
le silence
et la maison moussue

tu n'as jamais vu toi ce qu'était devenue maman
après cette nuit-là
vieillie entièrement
son nom à moitié oublié
le village désert où elle voulait rester
j'ai dû lui expliquer
beaucoup
souvent
que je devais partir au moins de temps en temps
puisqu'il n'y avait plus
ni pain ni gens dans la rue

pourquoi sortir d'entre les troncs
qui me protègent
ici au moins personne ne tremble
à mes stupides sortilèges

je n'ai rangé ma tasse qu'au bout d'une année
complète
il n'y a plus eu de tempête
j'ai de nouveau rougi ma tête

puisque ma mère
pourquoi d'ailleurs
m'a nommée Agonie
comme un enfant qu'on note sans lire sa copie

ma mère se multiplie s'efface

pourquoi ce nom
ce nom-malédiction
c'est vrai au fond pourquoi

et ma jumelle est morte
elle reviendrait sinon
voir comment je me porte

je suis sortie de ma jeunesse
privée de tout en une nuit
rancœur acide au creux du lit
à inculper une autre pour toutes mes faiblesses
mes anciennes promesses
mes détresses et mes insomnies
si ma sœur

m'avait ouvert

m'avait écrit

si ma sœur était revenue
si ma sœur avait vu sa mère

faible et vieillie

violente

fragile inoffensive

perverse

vulnérable brisée

fausse

si ma sœur m'avait sue désertée
orpheline
presque fantôme l'âme en famine
si nous avions été deux pour charrier ce poids
si nous avions été ensemble elle et moi
je serais devenue
quoi
autre chose que cette ourse domestiquée
cette machine à cauchemars
autre chose que moi
qui exactement
va savoir
ce soir de nos seize ans la porte s'est fermée
sur ces vies de fumée
leurs volutes auraient pu dessiner les montagnes Yao
avant l'heure du labour

la brume prise en perles sur un bourgeon d'argent les
parfums du sencha sur le fleuve d'Uji
ou sur la Méditerranée de grands dimanches
blanc
et bleu
peut-être pleins d'enfants de cousins et de jeux
ou tout autres peut-être
va savoir
ces vapeurs égarées
ces et si
ces peut-être
ne nous ont laissé
après tout
que leurs spectres

Apprivoisement

L'air claqué par les vagues commence à sentir le vent et l'orage. En bas, sur la plage, les nageurs ramassent leurs serviettes et leurs enfants en voyant galoper sur l'horizon de gros nuages.

Pourtant, aucune tempête n'éclate.

La colère est passée. Ne reste que la fatigue. Une fatigue à se coucher sur les galets brûlants et à oublier enfin les fantômes.

Quand elles étaient petites, avant les trombes, pendant que les oiseaux fuyaient vers le repli des mélèzes, Nanie et Félicité sortaient. Elles les aimaient, ces tempêtes-là. C'était la présence d'une mère sans la douleur des éclairs.

Une bruine vaporeuse se met à tomber. Presque rien, juste assez pour laver le sang sur les mains de Félicité.

« Tu saignes », remarque seulement Egonia.

« J'ai rencontré nos grands-parents, répond Félicité en gardant les yeux sur la mer couleur de cuivre ancien. Tu les aurais adorés. »

Egonia lève alors un index crochu de sorcière. Elle trace du bout de sa griffe le contour des blessures sur les doigts, les poignets, le cou et le visage de Félicité. Sous son ongle, l'épiderme vieillit en avance rapide, les éclats de verre tombent, les plaies se referment et cicatrisent. Quand elle retire sa main, la peau de sa sœur est moins jeune de quelques jours. Guérie.

Félicité lâche un bref « Merci ».

Quand la pluie se fait plus épaisse, elle se lève. Change de chaise pour s'asseoir à côté de sa jumelle. Et déplie sur leurs deux têtes un grand parapluie noir.

« J'ai quelque chose pour toi. »

Elles ont parlé en même temps. Félicité hausse un sourcil, Egonia une épaule.

« Moi d'abord. »

De son sac, Félicité sort la photo de Carmine et de cette famille qui n'est pas la leur. La preuve de cette vie secrète, très ancienne, à laquelle elles n'appartiennent pas. Les trois visages se déforment sous les loupes des gouttes. Egonia prend le cadre et marmonne :

« Il pourrait y en avoir douze ou trois mille, des filles nées avant toi. On s'en fout. Je l'ai vu, moi, comme elle t'adorait. À sa façon bizarre et merdique, elle t'aimait. Point. Plus ou moins que celle-là, j'en sais rien. Mais ça change quoi ? »

Les bestioles sorties par grappes d'entre ses lèvres slaloment sous la pluie, entre les gouttes, vers la mer. On dirait qu'elles viennent de prendre une cuite.

Les deux sœurs fixent ensemble la photo depuis plusieurs minutes quand Egonia, soudain, claque son ongle jaune sur le verre. Juste au-dessus, trois lettres minuscules, entrelacées dans un coup de tampon : *JPA*.

Félicité lui attrape le bras.

« Ces trois lettres, Egonia, elles apparaissaient dans le carnet ? Ou un nom avec ces initiales ? »

Elle s'en veut immédiatement. Évoquer le carnet, vraiment, alors qu'elles viennent de se retrouver ? Mais sa sœur ne se braque pas.

Félicité l'a appelée Egonia.

Leurs yeux, pour la première fois depuis qu'elles sont assises côte à côte, se rencontrent. Il se passe tellement de choses dans ce regard-là, des choses sans mots pour que j'arrive à vous les raconter, qu'Egonia finit par cligner des paupières, et se tourner vers l'horizon gris-bleu brouillé. Elle chuchote dans une nuée de phalènes minuscules qu'en réalité, elle ne se souvient pas de grand-chose. Elle n'a jamais su bien lire. Elle n'a retenu qu'une poignée de mots, même pas des phrases entières, rien d'important. Juste assez pour réveiller en elle de quoi embraser les feuilles.

Félicité s'en doutait mais elle est quand même déçue. Et un peu plus désespérée.

Voilà deux semaines que sa mère est morte. Elle a toujours déniché les fantômes en quelques heures, une journée au pire. Ses intuitions et son thé ne lui ont jamais fait défaut. Mais avec sa mère, à chaque nouvelle réponse, à chaque porte ouverte, elle a l'impression d'en trouver cent de plus, chacune verrouillée par un cadenas différent.

« Je me rappelle quand même une chose, ajoute Egonia. Pas les trois lettres, non. Un autre mot que j'ai lu. »

Félicité ne fait rien. Elle ne se fige pas, elle ne sursaute pas. Comme moi avec ce chaton qui passait par mon jardin, l'année dernière. Tout gris. Tout petit. Chaque fois que j'ouvrais, il détalait. J'aurais bien voulu, moi, qu'il entre et me tienne compagnie, comme un voisin serait venu l'après-midi prendre le thé. Alors j'ai mis des coupelles de lait sur le perron. Je l'ai laissé approcher. Peu à peu j'ai ouvert la porte et il ne s'est plus enfui. Et le jour où, enfin, il a pénétré dans la maison et m'a rejoint dans la cuisine, je me suis bien gardé de bouger. J'ai continué mes affaires, normal. Pour ne pas l'effrayer. Pour faire comme s'il avait toujours été là, et qu'il le croie un peu aussi.

Lorsque sa sœur s'apprête à lui révéler ce qu'elle a trouvé dans le journal de leur mère, Félicité fait la même chose que moi : rien du tout. Elle se comporte comme si elles avaient tenu cette conversation mille fois auparavant. Mais sous sa peau à peine réparée, je peux vous l'assurer, tous les nerfs se tendent.

« Carmen.

— Carmen ?

— Voilà. Carmen. Dans le journal. Ça, je m'en souviens.

— Tu n'as pas mal lu Carmine, tu es sûre ? »

Le ton perplexe de sa voix confine à l'exaspération. Egonia l'ignore et poursuit :

« Moi aussi, j'ai un truc pour toi. »

La sorcière fouille parmi les replis et les poches de ses couches superposées dans une cascade de tintements. Après deux minutes entières d'exploration, elle en extirpe une boîte en métal rouillé. Lorsqu'elle la tend à sa sœur, les bruits en sortent plus nets, plus clairs sans l'étouffement des habits. Egonia, elle, ne carillonne plus.

Il faut forcer un peu pour ouvrir le couvercle grippé. Félicité découvre à l'intérieur un tas d'éclats nacrés. Les morceaux d'une théière minuscule. Brisée, dans un temps et des paysages qui n'existent plus, par une enfant explosive.

Il suffit à Félicité d'en toucher un seul.

D'emblée, elle imagine entre ses mains les lignes d'or combler les vides, rassembler les fragments, dessiner les fissures, réparer la porcelaine en même temps que tout ce qui bouge à l'intérieur d'elle, tumulte de morceaux répandus dans une caisse rouillée.

Félicité a retrouvé, enfin, la théière-mère de son troupeau.

Doucement, comme si elle tenait un nid d'oiseau, elle referme le couvercle et range la boîte dans son sac. C'est d'elle désormais que surgira ce bruit de vide-ordures qui lui évoque, maintenant qu'elle y pense, le tintement d'un instrument plein de tubes et de cordes.

Félicité voudrait dire à nouveau merci, mais sa voix s'agrippe à sa gorge.

« Viens, dit pour elle Egonia. On rentre. »

Enveloppées par l'orage qui éclate et fait courir les touristes serviette au-dessus de la tête, les jumelles s'en vont sur la Promenade, paisibles, lame grise et masse noire serrées sous le parapluie. Autour tombe la pluie d'ici, la pluie qui ne fait pas semblant.

Théière-mère

Elle est jolie cette histoire, hein ? Celle que se racontent les deux sœurs pour s'expliquer toute une vie d'amertumes.

Enfin, jolie, ce n'est sans doute pas le mot. Bien ficelée en tout cas.

Ça concorde, ça se fait écho, ça se rejoint, on dirait une chorégraphie avec pointes et tutus. Sauf qu'au milieu de ce costume de ballet, joli ou pas, comme vous voulez, il y a un trou. Et pas un trou de mite. Pas un où on se dit ça va, deux coups d'aiguille et on n'y voit plus rien, donne, j'ai du fil de la bonne couleur. Non, je vous parle d'un trou, quand vous l'avez au milieu du veston, le veston, il est bon pour la benne. Un trou de barbelés peut-être. Ou de dents très pointues.

Parce que moi, à l'origine, j'étais venu chercher le pourquoi et le comment de l'abandon du village. Alors entretemps, oui, je me suis attaché, et je me réjouissais de cette trêve entre les sœurs. Mais on m'attendait aux archives. Pour y combler un trou, justement.

Je me suis même demandé, un moment, si Félicité et Egonia m'avaient menti. Ou si elles avaient fini par croire à ce récit lacunaire d'une nuit trop violente pour qu'on se la rappelle.

Et petit à petit, en les écoutant, j'ai compris.

La mémoire, c'est une théière brisée. Pour la retrouver entière et s'y abreuver, il faut de la patience, des morceaux à rassembler, de l'or pour souligner les failles et, pour réunir les pièces, du temps. Du temps et une laque, toxique tant qu'elle n'est pas sèche. Alors il ne faut pas se presser. Il ne faut pas vouloir trop vite retrouver la mémoire, sinon la théière casse ou elle vous empoisonne.

Félicité et Egonia m'avaient donné leurs éclats de souvenirs. Il me manquait encore la laque.

Ces fêlures-là ne seraient restaurées que par le récit de Carmine.

Plusieurs mois seront nécessaires à Félicité pour réparer sa théière-mère selon l'art du kintsugi. Pour retrouver peu à peu cette vieille amie perdue, rassembler les pièces une à une, laisser respirer et sécher la laque, polir à gestes lents les rugosités sous une pierre d'agate, et attendre.

Tout au long de ces semaines-là, en se réveillant dans son palais au toit béant, elle trouvera chaque matin une nouvelle théière sauvage de retour, fière et silencieuse, sur son étagère.

Elle les accueillera comme on accueille un chat enfin apprivoisé. Sans effusion ni reproches, comme si elles n'étaient jamais parties.

Seule Angèle-Victoire bondira de joie pour chacune, telle une mère d'enfants prodigues.

La Masque

En allant aux archives, le lendemain matin, les sœurs ont acheté un paquet de colliers en sucre. Elles tirent sur les élastiques et croquent dans les bonbons. Sur la ficelle que Félicité tend à Egonia, il ne pend plus que cinq ou six perles bleu pâle.

« Non, merci. Je te les laisse.

— Ah, tu admets qu'elles ont toutes le même goût…

— Pas du tout. C'est juste que, devenir invisible, ça m'intéresse de moins en moins. »

Lorsqu'elle les fait craquer sous ses molaires, Félicité leur trouve une saveur de framboise.

Elles se rendent aux archives à pied, cette fois : Egonia, c'est définitif, ne supporte pas la voiture. Il y a de toute façon des bouchons partout, à n'en plus finir. Sur le chemin, la sorcière sème des fleurs qui engloutissent les mouettes trop curieuses.

« Au moins, lui dit Félicité, tu ne fais plus ton fracas de ferraille.

— Ça te manque ?

— Presque. »

C'est vrai. Le calme entre elles est étrange. Qu'est-ce qu'on se raconte quand on n'a plus d'accusations toutes prêtes plein les poches ?

En arrivant au milieu des barres grises, sur le seuil du palais de marbre, elle ralentit. Elle redoute ce qui l'attend. Sa sœur lui passe devant :

« Allez, viens. Il faut bien poser le pied sur le sable pour savoir s'il brûle. »

Félicité relève le menton et monte les trois marches qui mènent à l'intérieur, au-delà des portes en fer ouvragé. Dès leur entrée, la voix de Patrick s'élève derrière le comptoir de l'accueil.

« Qu'est-ce que c'est que ça ? »

La sorcière se retourne, se rend compte qu'on parle bien d'elle, et répond :

« Ça ? C'est moi. »

Trois papillons au corps velu s'élancent hors de sa bouche. Dans l'air immobile, ils tourbillonnent quelques instants, puis se posent. Le premier sur la serrure d'un casier dont la porte s'ouvre dans un grincement. Le deuxième sur la tasse de Patrick, qui se tapisse d'une pellicule verdâtre.

Il pousse un hurlement strident, tandis que le dernier insecte atterrit en douceur sur un tas de papiers couvert d'annotations. En un instant la pile durcit, craquelle, tombe en miettes. Réfugié derrière son fauteuil, Patrick supplie Félicité de dégager ce monstre de son hall d'accueil.

« Oh, mais j'ai essayé, crois-moi. Impossible. Elle est plus tenace que toi, c'est dire. Est-ce que Marine est là ? »

Il ne répond pas, obsédé par l'énorme papillon qui ouvre et ferme calmement les ailes sur le bord de sa tasse. Avec une voix d'institutrice qui s'adresse au plus attardé du groupe, Félicité explique qu'elle va prendre deux clés et déposer leurs affaires dans deux casiers.

Il hoche frénétiquement la tête. Tout pourvu que cette aberration quitte son territoire.

Félicité n'a jamais trouvé l'air des archives aussi respirable.

« Viens, Egonia. C'est là-haut. »

Avec ses colonnes, ses escaliers, sa coupole, ses vitraux, ses dorures, ses tableaux, le hall du palais surpasse en faste et en majesté tout ce qu'a jamais vu Egonia. Félicité sourit comme si elle avait taillé elle-même les statues et les piliers.

« Pas mal, elle répond quand sa sœur lui demande ce qu'elle en pense. Pas de quoi déchirer sa veste. »

Elles montent ensemble à l'étage, jusqu'à la porte qui cache, derrière son battant, le labyrinthe aux murs de boîtes grises.

C'est le parfum du thé qui les guide entre les travées. Une liqueur aux effluves d'humus et d'herbe fraîche. Japonais. Kyushu. Félicité devine quelle théière fume en ce moment, quelque part, entre les allées. Petite, ronde, terre cuite, anse en cornet sur le côté. Elle sait aussi à quoi ressemble Marine, penchée sur sa tasse au milieu de la cabane de livres et de porcelaine, sous le chapiteau de voiles, son crâne tatoué coloré par leurs lumières translucides.

Pourtant quand elle la trouve, exactement ainsi, l'image la saisit comme pour la première fois.

Elle n'ose pas la déranger. Dans les vapeurs d'eau chaude, les piles de grimoires surmontées de théières tout autour de son corps lui font une muraille. Félicité s'éclaircit la gorge pour annoncer leur arrivée ; la théilogue lève la tête et s'extrait de son fauteuil.

« Ravie de vous rencontrer, Egonia. Entrez, entrez. Je peux vous servir un thé ? »

La sorcière se voûte. Personne ne lui parle comme ça. Comme si elle était attendue. Accueillie. Elle sait ce qu'il faut répondre, elle l'a déjà entendu mais sur sa langue à elle, sa langue de sorcière, le mot prend une texture étrange.

« Enchantée. »

Les mains devant la bouche, elle rattrape son phalène avant qu'il s'échappe.

« Je vous en prie, installez-vous. Qu'est-ce que je vais vous préparer… Oh, je sais. Lac du Tremblement. Un gâteau avec votre thé ? C'est une recette de Patrick, un vrai délice. »

Félicité se sent à peu près aussi consistante que le fantôme de Théodore qui, au même moment, traverse la rangée voisine et disparaît derrière la suivante.

Elle s'éclaircit à nouveau la voix. Cette fois, la théilogue la regarde dans les yeux.

« Je peux entrer ?

— Absolument. Si tu as le mot de passe. »

Un rictus naît puis meurt en un instant sur les lèvres de Félicité. Marine, elle, ne sourit pas. Du tout.

« Pardon ?

— Le mot de passe. Tu viens de le prononcer, à vrai dire, mais pas sur le bon ton. Tout est dans le ton, tu vois. »

Félicité secoue lentement la tête, perdue.

« Va faire un tour ailleurs, va. Je suis sûre qu'en marchant un peu tu finiras par trouver. Bien, maintenant, Egonia ! J'avais hâte de vous rencontrer. Ah, oui, j'ai entendu parler de votre petit problème d'insectes. Tant que vous restez prudente, ne vous inquiétez pas, tout devrait bien se passer.

Après, entre vous et moi, une boîte de plus ou de moins, personne ne s'en rendra compte. Moi-même, je serais incapable de voir la différence. Alors que Théodore, mon prédécesseur à la direction des archives... »

D'un pas énergique, Félicité redescend vers l'entrée, presque sans se perdre cette fois. Dans le labyrinthe de boîtes, dans les escaliers de marbre, dans le hall aux colonnes, partout, résonnent le rire de Marine et ses exclamations de joie.

En bas, elle s'accoude au comptoir de l'accueil vidé de ses papillons. Le même choc se reflète sur le visage de Patrick, face à elle, de retour du bon côté de la chaise. Jamais ils n'ont vu Marine s'esclaffer à ce point.

« Elle se force, là. Ça s'entend. »

Un autre cri hilare retentit dans les archives. Félicité récupère ses affaires dans son casier et pose sur le comptoir la photographie de sa mère.

« Ce cadre, c'est quoi ? demande Patrick pour couvrir les échos du rire.

— Une photo de famille.

— Belle image.

— Si tu le dis.

— Anfossi, quand même...

— Anfossi ?

— JPA, Jean Pasquale Anfossi. Le photographe de la rue Miralheti... »

Félicité dégaine un carnet et s'apprête à noter mais, au même instant, des pas précipités résonnent dans le hall. Marine apparaît, essoufflée et radieuse, une boîte à thé dans les mains, Egonia derrière elle.

En apercevant sa disciple, elle a un élan, va pour lui parler, se ravise. Pose la boîte sur le comptoir, à côté du cadre. Et demande, haletante :

« Alors ? Tu as trouvé ? »

Félicité croise les bras. Le silence se tend.

Elle n'a jamais appris à dire ce genre de chose. Relever le menton, ne pas s'excuser d'exister : voilà ce que sa mère lui a légué.

« Je crois qu'elle veut que tu lui demandes pardon », chuchote Patrick derrière son café.

Inspiration, expiration. Félicité ouvre la bouche, ferme les yeux et lâche :

« Je suis désolée, Marine. Pardonnez-moi. »

La théilogue lève les mains et les laisse retomber sur ses grandes cuisses.

« Tu vois, quand tu veux. Bon. Clé, regarde ce que je t'ai apporté, tu ne vas jamais me croire… »

Ce qu'il y a dans la boîte, c'est le thé du val de la Masque. Celui que Marine a cueilli il y a douze ans à peine, et qui devait attendre cent deux années de plus avant d'atteindre son plein effet.

En quatorze secondes, un seul papillon d'Egonia l'a mené à maturité.

Quand Félicité repense aux soirées passées, tous les quatorze jours, pendant des années, à remuer les feuilles, quatorze fois dans un sens, quatorze dans l'autre, et quand elle se rappelle les cris de joie de la théilogue quelques instants plus tôt, elle se demande pourquoi Marine, en réalité, parvient à rester aussi calme.

Les feuilles sont là, entre ses mains, séchées parfaitement, comme après cent quatorze ans de soins répétés. Une pierre philosophale, une fleur d'ambroisie, un miracle au parfum de mousse et de vieux cuir.

Sous la broussaille de ses sourcils, Egonia sourit, ou quelque chose qui y ressemble.

Le pain et la bataille

Avant de quitter les archives, Félicité a arpenté longtemps le parc aux fontaines abrité entre les immeubles. Elle a tenté, ce jour-là et d'autres ensuite, d'obtenir d'Egonia qu'elle explique ce qui avait fait rire Marine.

« Tu ne comprendrais pas, répondait sa jumelle. C'est une chose entre elle et moi. »

Ce qu'Egonia et Marine pouvaient bien avoir de commun, ça échappait bien sûr à Félicité. Mais j'imagine tout à fait, moi, quels regards et quels mots Félicité ignore et qu'elles deux connaissent.

Elle aimait ça, au fond. Voir ces deux-là s'entendre et se lier comme un pain frais trempé dans l'huile. Et elle pensait à sa mère. Si Carmine avait pu concevoir cette joie profonde et paisible de ses enfants qui sororisent, elle ne leur aurait pas donné des noms en ordre de bataille.

Le jardinier-photographe

Vous avez déjà traversé la rue Miralheti ? Il faudra, quand le soleil sera revenu. Là-bas, les plaques à socca fument, les tourtes de blettes sortent des fours, les beignets de courgettes et les parts de pissaladière s'alignent sur de vastes plats d'aluminium, les clients crient leurs commandes par-dessus les vitrines et se poussent du coude comme si ça allait les faire avancer plus vite. Ça ne désemplit pas d'affamés venus chercher leur pan-bagnat quotidien.

Si on regarde bien la devanture, derrière le SPÉCIALITÉS NIÇOISES doré, on distingue une inscription plus ancienne : *Jean Pasquale Anfossi, jardinier-photographe*. Et encore derrière, si on est passeuse de fantômes, un homme qui n'appartient pas à cet univers de sel et de fumée.

Ses favoris et ses lunettes étroites le dénoncent. Entre deux fours à pain, il essuie ses mains couvertes d'encre puis son visage. Le torchon lui étale une traînée noire sur le front. Il reste là, silhouette calme parmi les buées et l'agitation des cuisines, comme un train à vapeur sur son quai un instant avant le départ.

Sur la terrasse plus que pleine, Egonia a viré une famille de touristes assise en banc de sardines à une table, et Félicité y place son service phantopréhensible. Le spectre, aimanté par la curiosité, traverse le mur et s'installe face à elles.

Le thé nouveau du val de la Masque n'a pas encore fini d'infuser qu'Anfossi, une moue fière sur les lèvres, pointe le cadre posé près de la théière.

« C'est moi qui l'ai prise, cette photographie. Je reconnais même la bergerie derrière. »

Félicité s'avance, coudes sur la table collante.

« Vraiment ? Et vous reconnaissez ceux qui sont dessus ? »

Mais le thé n'a toujours pas terminé d'infuser, et la deuxième question, Anfossi, elle l'intéresse très peu.

« Bien sûr que c'est moi. Vous êtes entrée dans ma boutique. Vous avez vu mes photographies de fleurs. Mais saviez-vous que j'ai cultivé autrefois des fleurs-photographies ? Des fleurs aux contours si précis qu'on dirait des images ? Les faire pousser, ces plantes-là, ça exige de comprendre où est la beauté et combien de lumière il faut lui donner. Jardiner et photographier, c'est le même métier, vous savez…

— Possibile manger à côté à vous ? demande un monsieur bronzé, serviette sur l'épaule, les bras pleins de gosses et de farcis.

— Non, désolée », répond Egonia sur un ton qui n'a rien de désolé.

Je peux vous dire que le touriste, il râle pour la forme parce qu'il est italien, c'est-à-dire plus ou moins niçois, mais il part vite chercher une autre place – loin, si possible.

Le fantôme reprend :

« J'ai appris ça très tôt. Le jour où ma mère m'a rapporté un sachet de graines du marché, en réalité. Dedans, il y avait des coquelicots, des lavandes et des boutons d'or. J'ai photographié les graines, puis la terre où je les ai plantées. Ma mère m'a engueulé parce que la plaque de verre coûtait cher et que, franchement, une image de terre sans rien, c'était gâché. Elle ne comprenait pas. La beauté, c'est sous la terre qu'elle naît. Sous le regard patient de celui qui la construit et lui sacrifie des offrandes de choses trop chères pour lui.

J'ai regardé les pousses poindre hors du sol, s'étirer chaque jour vers le soleil, et chaque jour j'ai photographié les rejetons. Ils ont grandi comme ça jusqu'à devenir un jardin entier de rouge, de jaune et de bleu, juste parce que je les ai regardés. Vous comprenez ? Pour faire une fleur qui soit belle, on n'a pas besoin d'eau ni d'engrais ni rien. Seulement de lumière et de regard.

Toutes les dames qui passaient s'arrêtaient devant mon jardin, là-haut, à Roquebillière. Ce bleu, ce rouge, ce jaune, ça se mêlait dans un nuage de lumière blanche qui vous donnait des rêves la nuit. Même les couleurs invisibles, celles qui n'existent que pour les abeilles et pour les vipères, on les entrevoyait du coin des yeux, en regardant sur le côté.

— Qu'est-ce qu'il raconte ? s'enquiert Egonia.

— Des histoires de jardin. Le thé de la Masque met quatorze minutes à bien infuser.

— Une amie de ma mère, continue Anfossi sans se vexer, m'a demandé de lui cueillir un bouquet. J'ai hésité mais je me suis dit : Bon, j'aurai toujours mes photographies. Car sur le papier, même sans couleurs, on trouvait dans le blanc une lumière arc-en-ciel, et dans le noir le souvenir de la blancheur. Et puis elle m'offrait cinq francs pour dix fleurs. J'ai coupé.

Bientôt, de nouvelles commandes ont suivi. Même plus des amies de ma mère, hein ! Des dames de la Promenade, des Anglaises et des Parisiennes, qui montaient exprès jusqu'au fond de la Vésubie. Dans notre salon, il défilait des gens, mais des gens... Des notaires à chapeau, des journalistes à carnets... Mes parents se cachaient dans la cuisine. C'était une sortie exotique, pour ces bourgeois-là, de venir jusque dans notre maison dépouillée boire du génépi sans glaçons. Ils s'extasiaient de notre parler comme de pépiements d'oiseaux du paradis. J'imagine que nos manières rustiques faisaient partie de l'excursion. C'est pour ça que, même quand j'ai pu m'acheter des costumes aussi fins que les leurs, je ne les ai pas portés devant eux. Ils leur auraient gâché l'expérience.

Et puis un matin, pendant que je regardais très ardemment mon jardin pour qu'il ait de quoi s'embellir, un monsieur est venu.

"Gamin, il m'a appelé, il paraît que tu vends ta culture à des gens de la ville et à des étrangers ?" Je me suis essuyé les yeux pour chasser l'éblouissement des pétales. Je l'ai reconnu alors parce qu'il portait sur le revers de sa veste un ruban tricolore : le maire du village sur le mont Bégo. »

Sous la table, Félicité donne un petit coup de pied à sa sœur.

« "Oui monsieur, je lui ai répondu, c'est vrai." Il a posé un poing épais sur sa hanche, pointé l'autre sur moi d'un doigt accusateur, et il a grondé comme ça : "Eh bien, il ne faut pas. Ces fleurs, elles poussent avec la terre du pays, grâce aux mains et aux yeux d'un enfant du pays. Elles appartiennent aux gens du pays. Et par pays, j'entends ce qui se trouve entre

Roquebillière, Tende et Bégoumas. Pas plus loin. Certainement pas à Nice, encore moins à ces voleurs d'au-delà des frontières qui nous pillent notre campagne pour y planter leurs palais à étages et y ranger leurs armées de majordomes. Bientôt, tes fleurs ne pousseront plus parce qu'ils auront pris toute l'eau de la vallée. Tout son air, aussi. Et leurs tours, elles seront tellement hautes que tes plantes ne verront même plus le soleil. Tu comprends ce que je dis, gamin ?

— Je comprends, j'ai répondu. Mais ça me permet d'acheter des habits plus jolis et de ne pas manger que des tomates. Et j'aime aussi photographier les robes des dames", j'ai avoué.

Les couleurs ne se voyaient pas sur les images, mais on y retrouvait le plissé des étoffes qui manquait aux tabliers de ma mère.

Le maire m'a attrapé les épaules. Il m'a dit : "Il y a quantité de beaux tissus à Bégoumas, de la terre fertile pour tes fleurs et de l'argent si tu photographies nos rues, nos maisons et nos gens. On te paiera, va, ne t'en fais pas pour ça. Moins que les autres peut-être, mais au moins, tu n'auras plus à marchander le trésor de ton pays. — Et mes fleurs ? j'ai demandé. — Eh bien, il a répondu, tes fleurs, tu en prends des boutures ou des graines ou ce qu'il faut pour les replanter à Bégoumas, et voilà. Tu seras un homme riche."

Il s'est gratté la barbe et a ajouté : "C'est que mon épouse n'attendra pas longtemps. Elle le veut bientôt, son parterre arc-en-ciel."

Voilà comment, à même pas seize ans, je me suis installé à Bégoumas avec mon matériel. On m'a accueilli comme un sultan, offert une petite maison près du lac et un atelier dans la bergerie abandonnée. »

Enfin, le thé de la Masque a terminé d'infuser; le liquide est épais comme de l'encre ou du sang noir. En le servant, Félicité demande, par-dessus la vapeur sombre qui tourbillonne entre eux :

« C'est là que vous avez croisé ce couple ? Celui de la photographie ?

— En effet. Mon jardin y resplendissait démesurément avec ses belles-de-nuit, ses bleuets, ses soucis. La femme du maire passait son temps à les regarder, sur un banc marqué à son nom, juste devant la haie.

Quand je n'étais pas occupé à photographier mes fleurs pour qu'elles osent se sentir belles, je répondais aux commandes. Des lavandières et des bergers à capturer sous la lumière, des mariages et des nourrissons, des sapins pour le concours du mieux décoré. On me trouvait dans toutes les maisons et invité à chaque fête. J'ai acheté mon pain et j'ai joué aux cartes. Je suis devenu un homme de Bégoumas.

Et puis, un jour, mes fleurs sont mortes. »

Voilà. Le fantôme a avalé une gorgée de thé. Félicité le regarde intensément, à la façon dont lui devait regarder son propre jardin.

« Ça a débuté avec l'arrivée des Espagnols. Ceux de votre photo, là. Ils se sont installés dans l'abri accolé à la bergerie, donc à mon atelier, et avaient rapporté de chez eux une espèce nouvelle qui a tout cannibalisé. Éteint. Les coquelicots, les soucis, tout a fané en un seul matin. J'avais beau les regarder, leur offrir de la lumière, mes fleurs brunissaient. Je n'ai jamais compris. Il suffit normalement de croire à la beauté pour qu'elle existe.

Le pré s'est couvert de ces énormes plantes, ces monstres

sombres où le blanc n'avait pas sa place et qui mangeaient jusqu'aux oiseaux. Je les ai chaque jour arrachées, inondées d'alcool, brûlées. J'en ai tué la terre du pays. Et malgré tout, elles poussaient à nouveau pendant les nuits.

En quittant mon jardin, la beauté s'est aussi retirée de moi. Je n'ai plus su photographier personne. En trois mois je suis devenu pauvre, en six mois détesté, en un an chassé du village.

Jamais je n'ai trouvé, dans aucun herbier, la trace de ces ogresses qui m'ont tout arraché. Je suis descendu à Nice et j'y ai pris un nouvel atelier. J'ai réalisé des portraits de reines et photographié quelques empereurs couverts de gloires tissées, brodées, forgées. Fades. Il leur manquait la lumière de mes fleurs. »

Le spectre se tait. Ses yeux se portent vers les toits, en direction de la montagne sur laquelle est mort son jardin fantôme.

« Et ces… Espagnols, risque Félicité. Que sont-ils devenus ?

— Il n'arrêtait pas de pleuvoir cette année-là. On disait : Les Espagnols ont apporté la pluie au lieu du soleil, en rigolant. Enfin, on rigolait à moitié, parce que chaque fois qu'un coup de tonnerre craquait dans la montagne, on en avait pour une nuit de cris fous furieux qui résonnaient depuis la bergerie jusque dans le village. Ils sont arrivés un jour, elle enceinte, lui esquinté par la guerre. C'est là qu'il s'est mis à pleuvoir. L'année des fleurs ogresses. Ils ont apporté la pluie et ma ruine avec.

— La guerre ? Quelle guerre ?

— Et qu'est-ce que j'en sais ? Une guerre au sud de l'Espagne, voilà. Dans le désert d'Almería – je crois que la petite et sa mère y sont retournées, plus tard, quand le père est mort. Enfin, on disait les Espagnols, mais la mère parlait français comme moi. Je m'en souviens parce que, peu après la naissance de la gamine, quand elle a frappé à la porte de l'atelier depuis son salon et m'a dit : "Monsieur le jardinier-photographe, il faut nous photographier, mon mari, ma fille et moi", tout ça sans aucun accent, ça m'a drôlement impressionné. Je crois qu'elle était de chez nous, longtemps partie, puis revenue. »

Félicité montre sa mère sous le cadre.

« Oui, c'est eux. Carmen, Gabriel et Vera. La pluie ne s'arrêtait plus. Un déluge affreux. Le linge ne séchait pas. On s'habillait mouillé.

— Vera, répète Félicité pour sa sœur. La fille d'avant nous s'appelait Vera, et elle a vécu dans le désert d'Almería. »

Elle range son service à thé face au jardinier-photographe déçu. Avant de partir, elle demande quelque chose à Egonia : de cracher par terre. La sorcière, surprise mais ravie, s'exécute. Entre deux pavés pousse alors une tige plus épaisse qu'un fémur, surmontée de pétales contusionnés où viennent aussitôt mourir trois moineaux.

« Les plantes qui ont détruit votre jardin, demande Félicité, elles ressemblaient à ça ? »

Le fantôme hoche la tête en silence. Les pistils noirs qui ondulent comme des algues dans l'air immobile l'ont hypnotisé.

Félicité soupire. Elle se serait largement contentée d'une seule sœur cracheuse de fleurs ogresses.

Nouvel ordre

Le lundi suivant, avant de partir, Félicité punaise sur les deux portes du palais Caïs de Pierlas – celle pour les vivants et celle pour les morts – une affichette griffonnée à la main :

Détective absente jusqu'à nouvel ordre
Vous passerez plus tard

Encore aujourd'hui, si vous prenez un train à la gare Thiers, vous trouverez un vieux vendeur au guichet qui vous racontera comment le lundi 11 août 1986 – il s'en souvient parce que c'était son premier jour de travail –, il a vu entrer dans le hall deux femmes à l'air étranger mais qui ne l'étaient pas, l'une allongée et grise, cheveux mi-blancs mi-rouges, l'autre noire et bossue, une odeur autour d'elle comme de terre mouillée, toutes les deux avec des chaînes de bonbons multicolores par dizaines au cou et aux poignets, qui lui ont acheté deux billets pour Almería.

Les sultans égarés

Je ne suis jamais allé en Andalousie, moi. Personne ne m'y a jamais emmené, et ça ne me dit rien. Déjà qu'on cane de chaleur à Nice, alors là-bas…

J'imagine des déserts rouges, des palais de sultans égarés entre des montagnes, et des gens aux yeux noirs.

Je peuplerai donc notre Andalousie de ces images-là. Si elles ne sont pas vraies, elles le deviendront.

Les titans enfermés

Le train avance vite et le rythme des roues berce Félicité. Elle voudrait s'endormir mais les paillettes de rouille, de miel et de fougère qui défilent attirent son regard au-delà de la fenêtre. On n'est qu'en août et déjà l'automne prend les Pyrénées. Les forêts de Provence ressemblent à autre chose, soit brûlées par les incendies, soit verdies par l'été. Celle-ci lui rappelle les bois slaves et canadiens où elle et Marine ont traqué autrefois des thés, des vivants et des spectres.

Mais en Espagne, elle n'est jamais allée. Et sa mère s'y nommait Carmen.

Ça lui fait quelque chose d'étrange, de déguiser mentalement sa mère en Carmen. À l'image de Carmine se superpose une tenue de flamenco, rouge et noir, un voile de veuve sur un chignon bas et des talons carrés qui claquent contre le sol. Voilà à quoi ressemblent les Carmen, pour une fille de Nice.

Elle voit mal sa mère se grimer ainsi. Carmine portait des robes paysannes qu'elle ornait de violettes fraîches, coupait ses boucles à la nuque et cachait ses ongles rongés sous des gants de dentelle. Une Carmen doit avoir de longs ongles vernis de grenat.

Félicité ne s'habitue pas à cette vie-là de sa mère, cette vie d'avant elle, vécue dans un vieux siècle auprès de fleurs photographiées. Elle croyait être ce jardin choyé, couvert de regards et de lumière, arrivé en miracle dans une bergerie terne. Elle croyait avoir rempli de couleurs les matins d'une femme ennuyée par le monde, secoué le chagrin hors d'elle et décoré sa maison de pamplemousses et de porcelaines.

Mais il existait avant elle des bonheurs auxquels Félicité n'appartenait pas. Une fille qui n'était pas elle, qui avait été pour sa mère ce miracle, ce jardin choyé.

Tandis que Carmine et Carmen se télescopent en clignotant dans son esprit, Egonia somnole sur son siège. Elles ont le wagon pour elles seules : en voyant ces deux femmes étranges couvertes de bijoux-bonbons, les voyageurs ont préféré se serrer dans la voiture voisine.

Egonia ferme les yeux. Elle connaît, elle, ce genre de forêts. La sienne, qui lui manque, a les mêmes couleurs. Elle respire mieux à mesure que le train s'éloigne de Nice, du mont Bégo, de la bergerie.

« Egonia, murmure Félicité dans un demi-sommeil, pourquoi tu ne te ressembles plus ? Qu'est-ce qui t'est arrivé ? »

On pense devoir s'armer de courage pour prononcer certains mots. Ce n'est qu'une fois sortis sans déchirer le monde autour que ces titans-là paraissent soudain minuscules.

Cette question est venue comme on demande l'heure ou s'il fera beau demain. Ici, seules dans ce train, avec Félicité qui a retrouvé sa théière-mère et Egonia qu'on appelle enfin par son nom, les choses ne semblent plus si compliquées.

Il suffisait de demander, et il suffit à sa sœur de répondre.

Egonia

Pour cette partie-là, penchez-vous vers moi. Tendez l'oreille. Je dois baisser la voix.

Egonia est assise tout près, juste derrière la caisse. On dirait qu'elle somnole : c'est un leurre. Elle entend tout, elle sent tout. Et je ne veux pas qu'elle m'entende.

Non, ce n'est pas un secret. Sinon elle ne me l'aurait pas raconté, et je ne l'aurais pas inscrit dans le rapport aux archives. Ce n'est pas ça.

Je me souviens juste qu'elle tremblait un peu le jour où elle me l'a expliqué. Voilà tout. Je ne veux pas le lui remuer.

Après la naissance des jumelles, en voyant revenir la sage-femme au village, on l'a interrogée. Alors, les petites du berger, comment vont-elles ? Et la mère, elle s'en sort ? Mireille n'a pas répondu. Son silence, forcément, c'était le carburant parfait pour allumer dans le hameau un incendie de suppositions extravagantes. On a vite su le nom des deux filles grâce au registre municipal. Après plusieurs semaines d'élucubrations sur les banquettes de l'Hydre, les rumeurs se sont stabilisées. Un consensus a émergé.

Félicité, sortie du ventre de sa mère en l'ouvrant de ses crocs, prenait l'apparence d'une douce brebis pour entraîner ses proies dans la montagne, où elle se transformait en loup et leur dévorait les entrailles. Egonia, des pattes de chèvre et un millier de vipères à la place des cheveux, s'était jetée sur son père dès sa naissance pour lui lacérer le visage à coups de crochets.

Très efficaces, ces histoires, pour tenir les gamins. Pendant un temps, d'ailleurs, aucun d'eux n'a levé les yeux vers la bergerie sans frissonner de peur et de dégoût.

Et puis quelques années plus tard, les deux sont arrivées à l'école. Normales, ou presque. Vous imaginez la déception des gosses. Et les cheveux-serpents ? Et les pattes de chèvre ? On avait l'impression vexante de s'être fait duper par une histoire de dahu.

Les jumelles jouaient à part, dans un coin de la cour. Félicité parlait à des gens qui n'étaient pas là ; Egonia ne parlait à personne. Bientôt, seule Félicité est restée, avec sa tête blanche, puis rouge. Sa sœur, elle, s'en est retournée là-haut, dans les ombres auxquelles elle appartenait.

Aussi, lorsque quinze ans après leur naissance on a vu Félicité partir en ville et, à la place, une belle adolescente descendre de la bergerie, une certaine perplexité a parcouru Bégoumas. Toujours pas de serpents sur le crâne. Toujours pas de sabots aux pieds. Même le phacomochère d'Espigoule, qui n'horrifiait plus personne tant les chasseurs en racontaient des caisses, passait à côté d'elle pour un monstre digne de ce nom.

La fille était d'ailleurs si jolie qu'on est vite venu la courtiser. Egonia, puisqu'il s'agissait d'elle, a accepté avec plaisir les faveurs qu'on lui offrait, couronnes de marguerites, mouchoirs brodés, tartelettes aux mûres sauvages. Sans sourire ni parler, bien sûr, pour ne pas laisser échapper de papillons – et parce que, tout de même, elle n'avait qu'une seule dent.

Les femmes du village, pleines de jalousie et de sens commun, ont tenté d'avertir leurs fils et leurs frères : cette fille-là était trop belle pour être honnête. Tout ça finirait très mal.

En cette fin d'après-midi, au début du printemps, le ciel était clair et l'air vivifiant. Rien n'annonçait l'orage.

Egonia allait refermer sa porte après avoir ramassé les cadeaux laissés sur le seuil quand une chaussure s'est interposée entre le battant et le cadre.

« Qu'attends-tu, Egonia ? » a demandé une voix grave.

Puis, comme elle ne répondait pas :

« Il ne reste que moi, les autres sont partis. Même celui que ma fille aime et qui t'a déposé un bouquet de jasmin sauvage. Ce chien d'ivrogne qui lui a fait des promesses et qui allait les tenir, jusqu'à ce que tu montres ta figure par ici. Sauf que, tu vois, elle a un petit dans le ventre depuis un mois, et le mariage de dimanche prochain, son fiancé songe à l'annuler. Tu comprends, Egonia ? Tu comprends pourquoi tu aurais mieux fait de rester avec tes chèvres ? Allez, tu peux encore y retourner, si tu veux. Je te laisse partir. Va, va ! »

Il l'a invitée à grands gestes à passer la porte. Egonia n'a pas bougé. L'homme l'effrayait, mais pas autant que cette mère qui l'attendait là-haut, plus terrible que jamais depuis le départ de Félicité à Nice. Et à quinze ans, les poutres sous le toit ne pouvaient plus l'accueillir.

« Tu refuses ? »

Egonia a laissé tomber la pâtisserie, le bouquet, le mouchoir, et s'est plaqué les deux mains sur la bouche.

« Bon. Comme tu préfères. »

Elle ne voudrait pas que je vous raconte ici la minute qui a suivi. Je vous dirai juste que l'homme, presque calmement, a sorti l'un de ses outils – je ne me rappelle pas s'il était boucher ou cordonnier – et lui a plus ou moins quadrillé le visage avec.

Elle n'a même pas crié. Je crois qu'elle s'est évanouie assez vite.

Plus tard, toute la soirée, les larmes ont brûlé les sillons sur ses joues et lavé le sang séché dans son cou. Dehors, les gens de Bégoumas discutaient aux terrasses.

Egonia, cette nuit-là, a compris que sa mère avait raison. L'âme rattrapait toujours le visage, et elle ne méritait pas le sien. Voilà pourquoi on la maltraitait. Pourquoi ses boucles et ses taches de rousseur rendaient les femmes jalouses et les hommes cruels. C'était une beauté volée, une beauté maudite.

Elle s'est assise au milieu de sa maison délabrée, les yeux fermés. Sous ses paupières gonflées, elle a rassemblé les traits les plus hideux qu'elle pouvait convoquer : ceux d'une sorcière. Celle qui ondulait sur les pages qu'elle voyait tourner depuis les poutres, de loin, dans le livre de contes que Carmine lisait à Félicité. Cette histoire qu'on ne lui lisait pas, à elle, où de vaillants enfants terrassaient l'horrible, l'atroce, la dégoûtante ogresse.

Elle se l'est repeinte de mémoire. Haillons sombres. Voûtée sous sa bosse. Nez crochu. Presque chauve. Verrues sur les joues. Et, comme elle, une seule dent.

Alors Egonia a laissé échapper un gémissement grave, un cri trop longtemps retenu et, avec lui, des nuées de phalènes et de papillons l'ont enveloppée de partout, partout sur les cicatrices encore vives et sur les cheveux, par myriades sur les paumes et les ongles, sur le ventre et les cuisses, partout.

Puis les insectes, un à un, se sont jetés d'eux-mêmes dans la cheminée presque éteinte. Quand le dernier a disparu, Egonia ne se ressemblait plus. Elle était devenue la vilaine d'un conte qu'elle n'avait jamais lu.

Egonia, cette nuit-là, a embrassé sa nature de sorcière.

Elle a cru que sa nouvelle peau dissuaderait les gens de l'approcher. Et ça a fonctionné, au début. La fiancée enceinte, apprenant de son père quel acte il avait commis, est venue au matin avec des linges et de l'eau chaude pour nettoyer ses plaies. En l'apercevant par la fenêtre, elle a laissé tomber son seau et s'est ébouillantée.

Elle s'est bien mariée le dimanche, avec des bandages aux pieds.

Puis l'air de vieille d'Egonia, allez savoir pourquoi, a convaincu le village qu'elle devait être sage, ou maîtriser les plantes ou l'art de guérison. Quelque chose d'utile, enfin. Bientôt, les adolescents boutonneux et les femmes stériles, les enrhumés et les boiteux, tous les nécessiteux des environs sont venus réclamer son aide.

Egonia, pour eux, n'existait plus. Peut-être s'était-elle enfuie après avoir causé tant de malheur. Peut-être avait-elle perdu sa beauté à force de perversité. En tout cas, le village était content : on y gagnait à la place une vieille dont le visage ne tentait aucun mari et dont la connaissance surpassait, sans aucun doute, celle des médecins qui montaient ici une fois toutes les morts d'évêque.

Egonia ne leur répondait pas, ou si peu. Pendant un temps, elle a presque été tranquille.

Puis un soir, au mois d'août, on a tambouriné à sa porte d'un geste plus pressant.

« Mon fils va mourir, la vieille. Viens vite lui donner ta médecine.

— Tôt ou tard il mourra, je confirme », a crié Egonia depuis l'intérieur.

Plus rien. Elle a cru s'en être débarrassée.

Un quart d'heure après, trente hommes entouraient sa maison, torche en main et haine au visage.

« Un enfant va mourir, la vieille, a fait une voix forte, et toi avec si tu ne le sauves pas. »

Egonia a soupiré. Elle venait d'avoir seize ans, elle était vieille, elle était laide, elle était seule. Au lieu de la prendre en pitié, on lui prêtait d'étranges pouvoirs.

Et on ne se trompait pas.

Quand elle a brutalement ouvert la porte, les trente hommes ont sursauté. Fendant la troupe par le milieu, elle est descendue droit vers la chambre où agonisait l'enfant. Elle l'a trouvé alité et blanc. Sa mère, un nourrisson dans les bras, a levé vers la sorcière deux yeux pleins d'angoisse.

« Le grand ne mange plus depuis huit jours… Je vous en supplie, faites qu'il retrouve l'appétit… »

Egonia a regardé le garçon. Il devait avoir cinq ans, six peut-être. Elle était presque désolée pour lui, mais plus encore pour elle-même. Elle a léché l'un de ses doigts et l'a passé, lentement, sur les lèvres du gamin.

Et ce fut tout.

Elle est ressortie sous le regard méfiant des hommes qui l'entouraient. Mais elle n'est pas retournée vers sa propre maison ; elle venait de la quitter pour toujours.

Il ne lui restait plus qu'un endroit où aller. Elle en voyait d'ici les fenêtres briller d'une lumière pâle, une lumière de vent qui porte en lui la tempête.

En moins d'une minute, l'enfant retrouvait l'appétit. Si bien, même, qu'après avoir vidé le garde-manger, il a dévoré son petit frère et ses deux parents. Les torches des hommes n'ont pas eu le temps de s'éteindre, ni Egonia d'atteindre la bergerie.

En frappant à la porte, elle les a entendus au loin, derrière elle, mettre le feu au logis qu'elle venait d'abandonner.

Mais cette porte-là, vous le savez déjà, lui est restée fermée.

Alors la sorcière, poursuivie par les cris et les feux, a continué son chemin, plus haut, vers l'obscurité profonde entre les mélèzes, là où il n'y a pas d'hommes ni de femmes, là où les animaux qui courent sont invisibles et ceux qui rampent aveugles.

Carré famille

Assises en quinconce dans le carré famille de la seconde classe, les deux sœurs observent par la fenêtre la forêt qui se désépaissit et laisse place, entre les troncs, à des éclats de mer.

Peut-être que, à la suite de ce récit, Félicité a pris sans un mot la main d'Egonia, et qu'elles se sont rejointes dans leurs solitudes.

Ou peut-être qu'elles ont soigneusement fixé les yeux sur la vitre, évitant de se regarder par reflets interposés, et ont croqué dans leurs colliers de sucre en élucubrant à leur tour sur cette troisième sœur qui hantait avant elles les pierres de la bergerie.

Train fantôme

Sur le quai, la chaleur tombe sur Félicité avec une épaisseur d'huile renversée. Elle a mal au cœur à cause du trajet interminable et des bonbons ; le sol tangue encore un peu sous ses pieds. Elle essuie du revers de la main une goutte sur sa tempe.

Dans le train branlant qui les a menées jusqu'ici, depuis la gare d'Almería, aucun passager n'a embarqué à part elles. Même le conducteur ne s'est pas montré.

Les rails s'arrêtent là, en plein milieu de la poussière jaune. Une planche en bois, une autre, puis plus rien. Le désert.

Au terminus, personne n'est descendu. Personne n'est monté. Dès qu'elles sont sorties de leur wagon, sac de voyage en main, le train est reparti en marche arrière avec un fracas rouillé. Il s'est éloigné dans l'air qui ondule comme du mercure liquide, et il a disparu.

Personne non plus dans la gare, pas plus vaste que l'appartement de Félicité. Un guichet vide, un kiosque fermé, deux bancs. Et autour, au-delà des fenêtres, rien. Les buissons, la pierre, le silence. Parfois de grands rochers qui se dressent, esseulés. Leurs silhouettes ressemblent à des mirages de châteaux.

Egonia sue sous sa jute épaisse de sorcière. Elle s'évente avec son billet mais son geste ne la rafraîchit pas.

« Je vais crever. »

Trois papillons vont se poser sur une grille d'horaires de trains depuis longtemps périmée. Elle ajoute :

« Là, une plaque. Avec quelque chose d'écrit dessus. »

Félicité s'approche et lève une main pour dépoussiérer le rectangle qui a dû, un jour, être doré.

À LA MÉMOIRE
DE CEUX QUI L'ONT PERDUE
POUR UNE GUERRE OUBLIÉE

« La guerre…, se rappelle Egonia. J'ai lu ça, dans le journal. Pas loin de Carmen.

— Encore ? marmonne Félicité. Mais quelle guerre, à la fin

— J'en sais rien. Ça disait juste : la guerre.

— La guerre », grogne en écho un homme devant la gare.

Il est assis sur les marches en bois à l'entrée du bâtiment. Enveloppé de tissu blanc, il caresse un fusil, le regard dans le vague. Il lui manque la moitié du crâne.

« La guerre et les guerriers. Je m'en souviens maintenant.

— Quelle guerre ? répète Félicité.

— Celle du désert. »

Il plisse les yeux comme pour observer le fond tremblant du paysage.

« Je vais peut-être mourir aujourd'hui, vous savez. Je ne sens rien d'autre que ça. Qu'il y a des ennemis et qu'ils vont bientôt me tuer. »

Félicité retire le foulard gris de son cou humide, noue sa veste autour de sa taille, remonte les manches de sa chemise. Le soldat continue :

« Je peux vous l'avouer puisque vous l'oublierez ; on oublie tout ici. J'ai peur de mourir. »

Elle avale le peu de salive qui lui reste.

« J'ai peur parce que je la sens arriver, la mort. Elle est partout autour. Pourtant, même si je comprends que ça vient, je ne parviens pas à y penser vraiment. Comme de savoir qu'on va s'endormir sans concevoir ce que fait le sommeil en vrai. Je regarde les autres mourir, je sais qu'ils sont morts, j'observe leur cadavre, je le renifle, je m'imagine à leur place, je pourrais même vous dessiner mon propre corps couvert de mouches. Mais vraiment, être mort, moi ? M'éteindre, arrêter de respirer, et... et quoi ? Vous voyez, c'est impossible. Je ne peux pas m'imaginer mourir. Pourtant j'ai peur quand même. J'ai peur, mon Dieu, j'ai peur de ce moment qui emporte les autres, qui m'arrive dessus et qui refuse que je m'y prépare, que je lui serre au moins la main avant qu'il me mette à terre pour de bon. »

Félicité se demande ce qu'il a pensé à l'instant où, finalement, la moitié de son crâne s'est envolée. S'il a songé : Ah, c'est donc ça, mourir, j'aurais pas dit, ou bien seulement : J'ai peur, la mort est là, elle est bien là, je la rencontre enfin et j'ai encore peur.

« Vous connaissez une femme nommée Vera ? Ou Carmen ?

— Non. Peut-être. Je n'en sais rien. Il n'y a que Caridad dont le nom reste. Sur les plaques et sur les statues, Caridad. Elle abreuve les réfugiés du désert. Elle s'est enfuie avec Gabriel. Ça oui, je le sais. »

Soudain, l'homme s'agite. Ses yeux bondissent frénétiquement de gauche à droite. Il épaule son fusil.

« Gabriel, sale traître… On te retrouvera. On te traquera longtemps s'il le faut, mais on te tombera dessus. »

Gabriel. Le mari. Félicité tente de comprendre ce que dit le fantôme, de poser des questions, mais il est entraîné dans sa propre boucle de souvenirs. Il n'y a rien à tirer de lui.

« Je dois lui préparer du thé…

— Pas besoin. »

Félicité lève la tête et croit voir un épouvantail ; c'est Egonia qui tend le bras et pointe, loin sur l'horizon, une maison qui n'a rien d'un mirage.

Vera

On repère de loin, dans la blancheur brûlante et dans l'air qui tremble de fièvre, la maison de Vera.

En vérité, ce n'est pas la maison qui apparaît d'abord. C'est au milieu du désert un nuage incongru, une tache aux sursauts d'éclairs qui fait résonner l'écho du tonnerre sur la pierraille. Sous son ombre, le vent secoue par rafales une minuscule forêt.

Le sable du désert, un mètre au-delà du nuage, est sec et silencieux.

Egonia et Félicité hâtent le pas sans se concerter. De la pluie, de l'ombre, une forêt : c'est le refuge qu'il leur faut.

La mallette qui contient le service à thé n'a jamais pesé aussi lourd dans la main de Félicité. Elle a l'impression d'avancer sur le fond d'une immense bouilloire.

Quand elles atteignent le bosquet, elles s'arrêtent une minute pour respirer l'air pur. La fraîcheur, par contraste, leur donne des frissons. Egonia prend alors les devants et leur trace un chemin à travers les arbres, à l'abri du vent qui agite les cimes, entre les gouttes qui crépitent paisiblement sur la surface vernie des feuilles. Par terre, de grands filets retiennent les fruits tombés des branches.

Des pamplemousses et des grenades.

« Je t'avais dit qu'elle ne sentait pas la mer. »

Devant leurs pas, un lapin file se réfugier derrière un tronc. L'air humide est chargé de parfums verts et roses.

Egonia s'arrête si brutalement que Félicité se cogne contre elle. Par-dessus son épaule, sur un panneau en bois, elle lit à voix haute :

La casa de la nube divina

Au-dessus de l'écriteau, une tête de femme apparaît.

« *¿Quiénes son ustedes?* »

Egonia sursaute violemment, et Félicité, le temps d'une seconde, croit avoir trouvé le fantôme de sa mère. C'est simple : on dirait la Carmine de la photo, en à peine plus sombre. Les mêmes pommettes rondes sur le menton pointu, les mêmes boucles indomptées, la même taille de fée, le tout resté au four dix minutes de plus.

La passeuse reprend contenance et répond dans un espagnol approximatif :

« Je suis Félicité. Et elle, c'est Egonia. Nous cherchons Vera, ou des gens qui la connaissaient. »

La femme hausse les sourcils. Son visage s'éclaire lorsqu'elle s'écrie, dans un français roulé et mélodieux :

« Mais vous êtes les rhoumel ! »

Les deux sœurs se regardent. Puis leurs figures s'illuminent à leur tour quand elles comprennent : vous êtes les jumelles.

« Venez, entrez au sec, continue l'Espagnole. Quand on n'est pas habitué à cette pluie, ça réfrige les os. »

Entre deux troncs, elle pousse une porte qui s'ouvre sur une lumière chaude. Félicité s'y engouffre.

Egonia, elle, hésite sur le seuil. Sa sœur a toujours été trop confiante. La confiance, c'est le privilège des gens bien entiers. Bien pleins. Jamais fissurés. Mais c'est vrai qu'elle ne sent rien de mauvais, cette femme. Elle porte le parfum de son jardin, celui des feuilles de pamplemoussier. Et puis Egonia est sorcière après tout. Elle saura se défendre.

Elle entre à son tour dans la *casa de la nube divina*.

Écran noir

« J'espère qu'il ne vous coûte pas trop de me comprendre. Carmen m'enseigna le français autrefois, mais j'ai eu le temps pour oublier. »

Vera les a assises d'autorité autour d'une table sans nappe et leur a servi du thé glacé. Félicité s'attendait au pire, mais le goût n'est pas inintéressant – une infusion de figues séchées, d'écorces d'agrumes et d'une fleur qu'elle ne reconnaît pas. Il lave sa langue du sucre des colliers.

Face à Vera, elle se surprend à ressentir quelque chose comme une gêne, un embarras qui la retient de s'exprimer. Elle qui a toujours été l'aînée se retrouve cadette de cette sœur née longtemps avant elle, que sa mère a aimée presque un siècle de plus.

Vera n'a pas l'air d'une vieille femme, pourtant. Déjà, elle est vivante. Félicité espérait trouver au mieux son fantôme. Un ou deux descendants, peut-être, avec de la chance. Pas une femme en vie, âgée, si ses calculs sont bons, d'environ cent quinze ans.

Au moins, pas de doute : Vera est bien la fille de Carmine.

Elle paraît même beaucoup plus jeune que Félicité – sans parler d'Egonia, qui n'a toujours rien dit ni touché à son verre. La sorcière attend de voir à quoi ressemble vraiment cette sœur inconnue qui a prononcé en quelques minutes plus de mots qu'elle en une vie.

« J'imagine que la raison de votre visite, c'est parce que ma mère, notre mère, est morte ? »

Vera pose la question avec solennité.

« Elle n'est plus venue ici depuis trente années, alors je le soupçonnais un peu. Il tenait que la chose arrive, au bout de… quoi, quasi cent quarante ans, non ?

— Vous saviez ? Qu'elle était aussi âgée ?

— Bien sûr. Pourquoi sinon elle viendrait ici manger mes fleurs, au début de chaque saison ? »

Félicité tente de cacher sa perplexité, mais la mine déboussolée d'Egonia les trahit toutes les deux : elles n'en savaient rien.

« Grâce à Dieu, explique Vera, je fais pousser des fleurs, depuis toute petite, qui nous gardent la jeunesse quand on les mange. J'en ai infusé un peu en vos thés glacés. Très bonnes pour la santé. Je vous les montrerai, plus tard, dans le jardin. »

Félicité jette un coup d'œil au verre intouché de sa sœur et repose lentement le sien, déjà presque vidé. Elle en profite pour fouiller dans son sac et en sortir la photographie.

« Mais c'est moi ! s'exclame Vera en l'attrapant. Avec maman et papa… *Dios mío, tantos años…* »

Elle sourit ; des larmes perlent au coin de ses yeux.

« J'étais un beau bébé, non ? Jamais je n'avais vu une photo de moi tant petite. Maman disait toujours que j'étais son image vivante. Je vois pourquoi. »

Les jumelles scrutent discrètement les ongles, les cils, les lèvres de Vera. Les mêmes questions les taraudent. Serait-ce là le visage d'Egonia si elle n'avait pas revêtu sa figure de sorcière ? Cette voix grave et chaude, est-ce qu'on y reconnaît les accents de Félicité ? Ou lui vient-elle de l'étranger qui se tient près de Carmine sur la photo ?

Qu'ont-elles de commun au fond avec cette sœur, sinon une mère – une mère d'un autre nom, d'un autre temps et d'un autre lieu ?

« Carmen s'appelait en réalité Carmine. Pour nous, je veux dire. J'ai trouvé ce portrait après sa mort avec toute cette vie dont elle n'avait jamais parlé. Pour les fleurs, je ne savais pas non plus. Et j'ai besoin de comprendre qui elle était pour trouver son fantôme et la faire passer. Elle voulait mourir pour de bon.

— On meurt forcément pour de bon. »

Vera ferme un instant les yeux avant de se lever et de tendre une main vers le manteau de la cheminée, où trône une grande croix en bois ornée d'un voile pourpre. Elle saisit une image sur laquelle on voit Carmine, jeune, frotter une chemise au lavoir de Bégoumas. Elle observe l'objectif par en dessous, en souriant à peine, d'un regard corrosif.

« Ici, les morts sont chéris comme s'ils étaient vivants, murmure Vera au visage de sa mère sur le papier. Moi, je préfère les laisser où ils sont. Et j'espère qu'à mon tour, on me permettra de rester morte en paix. »

Elle chuchote une prière, embrasse la photographie, puis la jette dans le feu. La feuille s'embrase et se consume en quelques secondes. Il n'en reste, dans les braises, que des bouts noircis qui tremblotent.

Dehors, sous la pluie qui siffle et le vent qui craque, des

ombres passent entre les arbres. Parfois spectrales, parfois solides, toujours des paniers de fruits sous le bras. À l'intérieur, la cheminée éclaire toute la maison d'un halo doré. On dirait que demeurent, imprégnés dans les murs malgré la tempête éternelle, des fragments de soleil.

Vera leur ressert du thé glacé ; ses mains sont vives, ses épaules nues.

« Si vous voulez, je peux vous conter l'histoire de Carmen, qui aussi s'appelait Caridad. Ou ce qu'on m'en a dit, et ce que j'en ai retenu. Ce récit-là est né bien avant que je naisse ; ceux qui me l'ont passé le tiennent de leurs pères, qui l'ont reçu de leurs pères. Et au milieu, il y a la guerre, et le désert, et les trous que ces choses perforent dans les mémoires, et ceux qui ont tenté de les raccommoder. C'est une légende de jeune fille changée en esclave, et d'esclave en idole.

— Voulez-vous du thé ? propose Félicité. J'ai du thé chaud qui ravive et délie la mémoire. Il pourrait vous aider. »

Vera s'assoit face aux jumelles, les doigts croisés sous le menton.

« Merci, mais je ne crois pas qu'il me soit utile. »

Ses prunelles s'élargissent alors, avalent l'iris, envahissent le blanc de l'œil – son regard devient un immense écran noir, un théâtre d'ombres où les guerres et les guerriers dansent comme un brasier.

La légende du désert

La légende du désert, je ne vais pas vous la faire avec l'accent, rassurez-vous. Après, si ça vous chante, imaginez que je mets des *b* à la place des *v* et que je roule les *r*. Mais cette musique-là, en réalité, elle a disparu de l'histoire depuis longtemps.

Vera l'a racontée comme ça, oui, mais ce n'est pas comme ça que Félicité me l'a transmise. Et puis, je vous l'ai dit : je n'ai jamais mis les pieds en Espagne. Moi, je vous rapporte l'histoire comme elle fut donnée à Vera, racontée à Félicité, parvenue jusqu'à mes oreilles et retenue, triée, réajustée par la mémoire et les mots de tous ces passeurs.

Vous le prenez, le récit, vous y ajoutez l'accent qui vous plaît ; ce n'est pas à moi de dire. Et quand ce sera votre tour de le répéter, vous en ferez bien ce que vous voudrez. Ce sera le vôtre après tout.

Caridad

Il y eut autrefois dans ce désert une guerre qu'aucun livre n'a consignée.

Ceux qui l'ont faite ont oublié la couleur de leur uniforme et le poids de leurs armes. Ou bien s'ils s'en souviennent c'est comme d'un rêve mauvais, d'un lent cauchemar, douloureux et incompréhensible. Ils ont tissé cette légende au milieu de batailles constantes, de coups de fusils dans le zénith et d'attaques silencieuses au plus noir des nuits. Il leur fallait une figure, un nom comme titre au récit.

C'est Caridad qu'ils ont choisie.

Pour gagner cette guerre, il n'y avait pas de terres à prendre, pas d'idées à défendre. Seulement des ennemis. Flous, changeants, innombrables. Il suffisait d'entrer dans le désert pour y être enrôlé. Pour se plonger tout entier dans la guerre comme on se baptise dans l'eau, jusqu'à s'y noyer. On oubliait qu'on avait eu un nom, une famille et une petite maison avec un rosier devant. On devenait guerrier rien qu'en sentant le soleil sur son crâne et la poussière sous ses pieds. On rencontrait quelqu'un, un combattant bardé de tissu blanc, le premier qui passait. On rejoignait son camp pour devenir l'adversaire de tous les autres.

Les gens d'Almería virent peu à peu leurs voisins disparaître. Ils sont partis en Amérique, disaient les citadins. S'ils en étaient convaincus, tant mieux. Ils n'auraient pas voulu savoir que le désert et son interminable guerre les avaient avalés.

Les rochers aux formes étranges qui s'élèvent au milieu de la plaine n'ont pas toujours existé : ce sont des ruines de châteaux. Ceux des seigneurs du désert.

Carmen entra dans l'un d'eux à l'âge de huit ans.

Elle frappa à la porte mais son oncle ne lui ouvrit pas. Depuis les tourelles, ce n'était pour lui qu'une tige floue dans l'air chaud, semblable à toutes celles qui parcouraient l'étendue rouge. Il se souvint de la guerre et lui tira dessus.

Alors, sous les balles, la fillette grandit, poussa, son corps dépassa le château et se transforma en orage, ses bras devinrent les éclairs et sa voix le tonnerre, son souffle l'ouragan et ses cris sable contre sable. Puis, quand la colère fut passée et qu'il ne resta que la peur, Carmen rétrécit. Elle reprit son corps d'enfant. Une lourde pluie s'abattit au-dessus du château.

L'oncle la ramassa et l'accueillit. Il lui réserva sa chambre la plus sombre et la plus fraîche, là où elle ne souffrirait pas des chaleurs du jour. Il la nomma Caridad, parce qu'elle lui apportait l'eau et le vent, et parce qu'il oubliait sans cesse le nom qu'elle avait donné. Quelque chose qui ressemblait à un charme et qui lui échappait comme un rêve quand il tentait de le retrouver.

Carmen devint Caridad, et Caridad fut sa source au milieu du désert.

La fillette, au bout d'un mois, avait déjà perdu le souvenir de sa mère et la voix de son père. Ne restaient que les combats, la chaleur, le château minéral. Et lorsque la guerre disparaissait à son tour dans l'oubli, aussitôt les tirs arrêtés, l'oncle lui servait du thé infusé dans sa propre pluie et lui jouait des mélodies à trois notes sur un harmonica.

Elle aima cette vie de princesse des sables, de contes sans fin répétés, de sommeil compact. Le soir, au creux du château, le feu se reflétait en écailles rouges sur la roche.

Certains jours, cependant, elle effrayait son oncle.

Pendant les batailles, il arrivait, sous la lumière verticale, que son ombre s'étire sur le sol en des formes impossibles, énormes, des allures de monstre marin dont les tentacules se déroulaient jusque derrière les buissons secs, attrapaient les guerriers par les chevilles et les secouaient jusqu'à ce que leur crâne éclate contre une pierre. Puis elle se rétractait tout à coup, et Caridad rentrait au château, son ombre de petite fille sagement alignée derrière elle.

D'autres fois, lorsqu'elle veillait un peu tard au salon, l'oncle sortait son harmonica. Il voyait alors derrière sa nièce somnolente l'ombre grandir, projetée par la cheminée, s'étendre jusqu'à former celle d'une femme à trois têtes courbée sous le plafond, et danser au son lent de l'harmonica.

Caridad et son ombre devinrent jeune femme.

Un soir, pendant le souper, après une journée de guerre déjà oubliée, Caridad et l'oncle clignèrent des yeux.

Autour d'eux, le château avait disparu.

Il ne s'était pas volatilisé pendant ce clignement mais l'effet fut le même. Jour après jour, depuis des années, des ennemis avaient démonté les châteaux, pierre après pierre, œuvre lente de déconstruction commencée par les pères de leurs pères. Un caillou par semaine, par lune peut-être, ils avaient défait les palais comme un corps qui flétrit continuellement, sans fracas, et dont on se rend compte un soir qu'il est devenu vieux.

Lorsque la dernière pierre fut retirée, tous les seigneurs du désert ouvrirent en même temps les yeux sur leur propre ruine : ils mangeaient leur dîner à même la poussière.

Les seigneurs prirent les armes, l'oncle de Caridad prit sa nièce. Mais, dans une grande clameur, les combattants sortirent en foule des buissons alentour et se jetèrent sur eux. L'homme fut tué ; Caridad, enlevée.

On lui mit un sac sur la tête et on la ballotta au milieu du désert. Elle ne voyait pas où on l'emmenait mais sentait la chaleur sur son corps, l'odeur de cuir de ses ravisseurs, la sueur sur sa nuque. Puis des claquements, une fraîcheur brutale, et la lumière éteinte à travers les paupières. On lui ôta ce qui lui couvrait les yeux.

Dans une grotte où brillaient quelques torches, des gens enveloppés de tissu et de poussière l'observaient.

« C'est la fille, chuchotaient-ils. Celle qui a une ombre et une pluie. »

Les torches multipliaient son ombre tremblante à trois têtes sur les parois.

« Oui, fit-elle dans un murmure qui emplit tout l'espace, c'est moi. Que voulez-vous ? »

Les combattants désiraient qu'elle leur offre sa pluie et les couvre de son ombre. Ils ne se souvenaient pas de grand-chose, mais ils se rappelaient cela : son ombre, sa pluie. Et ils les voulaient pour eux-mêmes plutôt que pour ceux d'en face.

Caridad, elle, avait déjà oublié son oncle et le château dépecé. Elle devint, pour une poignée de guerriers du désert, une déesse souterraine et enchaînée.

Le matin avec eux elle partait au combat, cordes aux jambes, pour étendre son ombre sur ses soldats. Chaque soir, on lui rapportait des figues de Barbarie et des serpents au goût de volaille, qu'elle mangeait menottes aux poignets. Elle sortait sous la lune et tournait autour d'un feu, boulets aux chevilles, tête parée de couronnes d'herbe-au-vent et de feuilles de laurier. Pendant que les fidèles avalaient leur plat quotidien de lentilles, son ombre se changeait en fées et en fantômes et leur racontait des histoires qui n'appartenaient pas au désert. Les combattants, pendant un instant, se souvenaient de leur nom et de leur passé. Ils pleuraient. Puis le feu s'éteignait, Caridad rentrait sous terre, et chacun retrouvait son masque de guerrier et son sommeil sans doutes.

Parfois, aussi, ils la bousculaient pour qu'elle tombe au milieu des flammes. Ils lui brûlaient la plante des pieds avec une braise pendant qu'elle dormait. Au lieu de figues, ils lui faisaient manger du sable. Et ses tempêtes, ses typhons de peur et de rage, leur apportaient la pluie pour nourrir les lentilles.

Mais oubliant leurs cruautés, elle continuait de tourner autour du brasier, le soir, et de laisser danser son ombre au rythme des récits qui traversaient ses mains.

Pour leur idole-esclave, ils creusèrent des statues dans les rochers du désert. Une femme couronnée de feuilles, un visage à six yeux, dans les bras un fagot d'éclairs. Sur son front est inscrit : *Caridad.*

Quand elle rencontra son amour, ce n'était pas le jour, ce n'était pas la nuit. Le soleil se couchait, ou peut-être se levait-il. L'un et l'autre moment se ressemblaient trop. Plus tard elle se rappellerait seulement la silhouette noire contre le feu du ciel.

« Vous êtes la femme des orages ? » demanda l'homme.

Elle ne sut pas répondre. Elle avait porté tant de noms qu'elle n'était plus très sûre.

« Vous êtes Caridad ? »

Les combattants n'étaient pas encore rentrés de leur bataille ; Caridad, ce jour-là, restait seule, enchaînée au campement. L'homme portait des fusils et des munitions dans les bandes de tissu enroulées autour de son corps.

« Je suis venu vous enlever. Mon clan m'envoie car je suis le plus brave. Il faut l'être, pour affronter Caridad. »

Cependant il la regardait, et rien ne l'effrayait. La jeune femme avait de grands yeux fiévreux sous les boucles et les feuilles fanées de sa couronne. Lorsqu'elle s'approcha de lui, il ne dégaina pas.

Il revint le lendemain. Entre cette rencontre et la suivante, ils oublièrent tout – les combats, les ennemis, le passé –, mais il se souvint d'elle, et elle se souvint de lui. Rien d'autre ne s'accrochait à leur mémoire que cela. Leurs voix, leurs visages et leurs corps. Et, en même temps que grandissait sous leurs côtes cet embryon de mémoire, renaissaient en eux d'autres souvenirs : elle s'appelait Carmen, ou un prénom qui y ressemblait, elle avait eu un oncle, une vie existait au-delà du désert.

L'homme revint chaque soir, ou peut-être chaque matin.

Mais les guerriers, malgré leur mémoire incertaine, n'oubliaient pas les traîtres. S'il ne s'était enfui, jamais ils ne se seraient rappelé son nom. Gabriel fut déclaré déserteur du désert. On le chercha partout, sur la poussière et en dessous, derrière les statues et dans les buissons.

« Il faudra les tuer, lui dit doucement Carmen. Ou ils nous tueront tous les deux.

— Fuyons plutôt, répondit Gabriel. Tu ne seras plus leur esclave, je ne serai plus leur guerrier. »

Alors, au milieu de la nuit, ils quittèrent le désert. Ils marchèrent, ils montèrent dans un train qui menait vers le nord et gagnèrent un pays étranger, là où Carmen connaissait le nom d'un hameau, un repaire de bergers dans une vallée qu'on disait merveilleuse, non loin des étés de son enfance si longtemps oubliée, lorsqu'elle s'appelait encore Carmine.

C'est là qu'ils se marièrent, parmi des brebis, des cigales et des gens qui parlaient fort.

Le nom du spectre

Lorsque Vera se tait, Félicité sort du récit comme d'un lac profond : il lui faut un moment pour en émerger. Dehors la pluie chuinte encore par à-coups contre les fenêtres.

« Où se trouvent les ruines du château ?

— À une demi-heure vers l'ouest, répond Vera. Tu ne peux pas te perdre : il tient la forme d'un château de sable énorme dévoré par une marée. »

Elle croise sur le chemin des fantômes de soldats. Certains errent, hagards, cherchant le souvenir de ce qu'ils chassaient. Tentent de l'attaquer et passent à travers elle, emportés par leur élan. Rampent entre les buissons, chargés d'armes, se cachant d'ennemis qui n'existent plus. Tous ont le regard du combattant de la gare. Il ne leur reste, même après la mort, que la peur de mourir.

À l'image de la danseuse de flamenco s'est substituée, dans son esprit, celle d'une fille enveloppée de tissu blanc, le visage caparaçonné de poussière, calme au milieu des coups de canon. Cette fille-là n'a rien à voir avec sa vieille mère aux mains ridées, à l'accent provençal, à l'esprit obsédé par le ramassage des ordures et les ragots de Bégoumas. Ou peut-être que si. Peut-être qu'elles ont en commun cet oubli, ces noms et ces visages sans contours qui se battaient en elle. Carmine, Carmen, Caridad, la maire, la mère, la serveuse, la patronne, la bergère, la guerrière, l'esclave, la déesse. Tant de vies et de masques empilés qu'elle-même, à la fin, ne savait plus lequel porter.

Le vent brûlant qui balaie le désert lui murmure des questions auxquelles Félicité ignore comment répondre. Comment ta mère s'appelait-elle au moment de mourir ? Quel nom aura son fantôme, quand tu le trouveras ?

Près du château qui n'est plus qu'un rocher, elle ne découvre aucune trace du spectre de sa mère. Rien de plus que des pierres, du sable, une barrette métallique percée de trous et, à côté, un service à thé, sale mais intact sur le sol rocailleux.

Félicité a gardé les tasses et la théière. L'harmonica, c'est Egonia qui me l'a donné. Elle n'a pas su quoi en faire quand Félicité est morte. Conserver les reliques de sa mère, elle, ça ne l'enchantait pas tellement.

Je l'ai encore, regardez. Si on souffle dedans, on entend chanter le désert.

Carmen

« J'ai conté beaucoup de choses, reprend Vera après le départ de Félicité, et ta sœur a fait des questions. Mais toi, tu te maintiens dans ton silence. »

Egonia reste immobile sur sa chaise. Ses yeux fuient dans les coins.

« Tu crains d'ouvrir la bouche, dit Vera, à cause des papillons. »

Évidemment. Egonia a toujours mesuré chaque mot prononcé. Parler c'est dissoudre. Parler c'est tuer. Dans la bergerie, on la grondait pour les papillons qui sortaient d'elle – et pour les autres aussi, d'ailleurs. Même les normaux déclenchaient les paniques orageuses de Carmine. Jusque dans sa masure à Bégoumas elle s'est forcée au silence. Impossible de racheter sans cesse ses vêtements et ses ustensiles. Ce n'était pas trop dur : elle savait comment se taire. Il lui arrivait seulement, de temps en temps, de chantonner une mélodie sans s'en rendre compte. Elle se plaquait alors une main sur la bouche et se mettait une calbote, puisque sa mère n'était plus là pour lui rappeler les bonnes manières. Et puis, pendant cette éternité de solitude dans la forêt, elle n'avait eu personne à qui parler. Aucune chanson sous la langue. Sa voix s'était éteinte.

« Viens », dit Vera en se levant.

Elle la suit à l'extérieur. Au milieu des arbres mouillés, une jeune fille et un garçon accroupis arrachent à la terre des baies violettes. Egonia voudrait prévenir Vera qu'on lui vole ses plantes, mais celle-ci adresse un signe de la main aux enfants et continue sans s'arrêter. Les petits lui sourient en retour, et leur sourire est aussi pour Egonia, puisqu'elle accompagne celle qui crée la pluie.

La sorcière se détourne. Un sourire d'enfant, quand on n'a pas l'habitude, ça fait des sensations de haches sur des cadenas.

Derrière la maison, Vera désigne le sol. Là, entre le carré des clôtures peintes, se serrent des dizaines de fleurs qui leur montent à hauteur d'épaules, épaisses et souples comme des serpents de jungle.

La première moitié de ce jardin, Egonia la reconnaît parfaitement. Les feuilles noires et les pétales aux couleurs d'yeux contusionnés, au milieu de cette oasis, semblent s'être trompés de terre.

« Nous avons la même mère, dit Vera. Nous donnons les mêmes fleurs. Et nous parlons les mêmes papillons. »

Egonia remarque alors, au coin des lèvres de l'Andalouse, de minuscules créatures qui volettent. Invisibles jusque-là dans la semi-pénombre de la maison, on dirait ici des bulles qui pétillent dans un verre de cidre. Elles flottent sous la pluie vers les pétales et se laissent avaler par les mâchoires souples.

« Ici, c'est la poubelle du désert. Tout ce que les autres ne veulent pas, ce qu'ils incendiaient autrefois entre deux rochers, ils le traînent ici et les fleurs le mangent. Depuis que ces plantes existent, grâce à Dieu, le désert sent bon. Et malgré l'humidité, il n'y a pas les moustiques.

— Et celles-là ? » demande Egonia en pointant de l'autre côté de la haie.

Cette seconde moitié du carré n'a rien à voir avec la première. Le long des tiges, un muguet gigantesque s'élève par grappes. Les clochettes translucides pulsent un lent halo qui étend sa lumière sur le jardin, le réchauffe, puis se résorbe peu à peu avant de grandir à nouveau, sans jamais s'éteindre. Ce jardin-là respire dans son sommeil. Il lui donne envie de se déshabiller, de se coucher dans l'herbe et de dormir, longtemps, profondément.

« C'est le lys des vallées de la jeunesse, comme l'appelait ma mère. Sa propre mère, pour ce qu'elle m'en conta, aurait pu vivre pour toujours, même sans fleurs. Moi non plus, je ne vieillis pas et, en plus, je produis ces plantes qui offrent la jeunesse à ceux qui les mangent. Mais notre mère devait boire mon thé de lys pour se maintenir belle et sans rides. Quant à ta sœur, elle n'a rien, ni fleurs ni éternité. Pour toi, je dirais que c'est autre chose encore. Tu as l'éternité, je crois, mais tu craches seulement les fleurs de la mort. »

Vera hausse les épaules, les yeux plongés dans son jardin de muguet luminescent.

« Les femmes comme toi, comme moi, comme notre *abuela*, nous pouvons mourir uniquement si nous le décidons. D'un autre côté, notre mère et notre sœur, la vieillesse les empèse et les emporte. Mes fleurs donnent la mort et la vie, les tiennes seulement le déclin. Qui peut savoir pourquoi ? C'est un gène étrange, celui de l'éternité.

Dans notre famille il brille avec plus de vigueur, mais toute l'humanité le tient, ce point aveugle qui nous dit : toujours tu as existé et toujours tu existeras. Cet orgueil de ne pouvoir imaginer un monde en lequel on n'imagine plus. On dit les mots, évidemment. Pour paraître fort on dit : Je m'en irai, on dit : Je m'endormirai. Mais comme on dirait : Je m'en vais promener sur la lune. Qu'est-ce qu'ils en savent, ceux qui disent ces choses, ce que ça leur fera ? Ils ont des théories, ils décident de croire dans le noir et dans le néant, et cette illusion-là leur sert de paix. Mais dans le fond, ils se sentent éternels. Ceux qui n'ont pas peur de mourir, ils manquent seulement d'imagination. »

Perles de bruine dans les cheveux, Vera détourne le regard des fleurs de jouvence. La sorcière continue d'observer ces plantes paisibles que ses crachats n'ont jamais fait pousser. Si elle songe à ce moment-là que l'herbe est plus verte ailleurs, franchement, ce n'est pas moi qui irais lui donner tort.

Et pourtant, Vera ne pense pas comme moi. Elle ne trouve pas que son herbe à elle soit plus fertile que celle d'Egonia. En la voyant courbée, envieuse et triste, elle lui prend l'épaule et lui dit :

« Ma sœur, écoute. Quand je vins au monde, je fus déclarée maudite : jamais je ne verrais le soleil. À mes parents, ils dirent que j'aurais du rhumatisme, et la peau translucide, et les yeux délicats. Pourtant, tu vois ? Ma pluie est une bénédiction pour le peuple du désert. J'ai reçu de Dieu un cadeau que d'autres ont pris pour un fardeau. Ce qui aurait dû embaumer la mort répand la vie en abondance. Nous avons des calebasses qui croissent ici, tu peux le croire ? Tant que je vis, personne dans le désert n'aura soif, et la guerre ne commencera pas de nouveau. Je leur ai donné, avec mon oasis, un repère en milieu de la plaine, un clou où accrocher leur mémoire et ne plus se laisser emporter par le vent de l'oubli. Ils voient mes nuages, mon jardin, et leur désir de guerre désapparaît. Ils se rappellent qu'on n'existe pas seulement pour tuer. Pour cela, le peuple du désert m'aime. Et tant qu'il m'offre de quoi vivre pour me garder longtemps ici, je n'ai à me préoccuper de rien. »

Egonia hésite, puis demande :

« Mais tu ne voudrais pas avoir chaud, des fois ? »

Vera éclate de rire.

« Tu sais, j'ai souvent prié à Dieu, petite, pour qu'il me libère de ma pluie, de mes papillons, de mes fleurs. Il me répondit à l'envers et ne fit rien de ce que je voulais : il multiplia et ma pluie et mes fleurs. Je le détestai. Je le maudis. Je lui crachai mes papillons sur la figure en espérant qu'il m'écoute. Je partis de Bégoumas mais il me suivit jusqu'ici. Alors il utilisa mon malheur pour me donner ce que vraiment je demandais sans me le dire, à moi ou à lui : l'amour des autres. Et une poubelle pour ces horribles insectes que je haïssais. »

Elle montre les pétales qui frissonnent sous les gouttes.

« Mais même les papillons, tu sais, ils ne sont pas si mal. Quand j'ai un pot de confiture qui ne s'ouvre pas ou un tiroir qui se bloque, j'ai seulement à parler, et leurs ailes noires font tomber en poussière ce qui les retient. Parce que je les ai domestiqués. Les tiens sont grands : tu les as laissés engrossir en toi sans jamais les dompter. Aussi ça signifie qu'ils sont très puissants.

Je te dirai une chose. Je vécus plus de cent quinze ans

– je pense, j'arrête de compter. Je crois qu'elle avait, notre mère, autour de cent quarante ans, et qu'elle aurait pu vieillir encore si elle était revenue ici manger mes fleurs. Moi, je vis mourir trois maris, dont deux que j'adorais et qui se sont emporté une partie de moi avec eux, mais aussi onze enfants, cinq *nietos* et deux *bisnietos*, pour certains de vieillesse. Aujourd'hui, la maison est vide. Mais dans les anciens temps, tu ne pouvais pas faire un pas sans cogner contre un gamin ; ils étaient sous les tables, sous le plafond, sous les arbres... Une enchanteuse invasion de joues rondes et d'yeux grands. Il me reste maintenant un poing de descendants, dans quelque lieu du monde. Ils ont oublié qui je suis. J'ai tant souffert avec chaque mort que j'ai demandé à Dieu, bien souvent, de me laisser vieillir comme le reste des femmes. Tu sais ce qu'il m'a dit ? »

Egonia secoue la tête. Des gouttes tombent de ses sourcils et de son nez sur la mousse gorgée d'eau. Sur la peau de Vera, la pluie brille comme une laque.

« Que chaque femme n'est pas plus qu'un souffle. Elle va, elle vient, c'est une ombre. Son tumulte c'est le vent. Même si je me sens déjà rassasiée de matins, de ces matins pluvieux avec la saveur du thé froid, il a donné à mes jours l'amplitude d'une main. Et si je vivais mille ans, comment cela serait dans l'immensité du temps ? Une buée, une ombre, un tumulte du vent. Moi je n'étais pas là quand il forgea le monde, ni quand il souffla et que l'armée des étoiles sortit de sa bouche. C'était très avant que j'existe. Alors, si Dieu ne se plaint pas d'être trop vieux, lui qui vit sans être jamais né, j'ai décidé que je n'avais pas droit à me plaindre. Je me mourrai bien assez tôt, et je continuerai tout le temps qu'il faudra, buvant mon thé froid et cultivant des calebasses pour les petits du voisin. »

Ces derniers passent tout près, les saluent et s'éloignent vers le désert.

Elle peut dire ce qu'elle veut, la jolie, la bien-aimée Vera. C'est facile pour elle d'accepter l'existence telle qu'elle vient. Sa mère ne l'a pas condamnée à semer des charognes.

« Ma mère m'a donné un nom de mort, répond Egonia. Attaché aux pieds, comme une meule, quand j'apprenais juste à nager. Et toi, là-haut sur le pont, tu m'expliques de loin comment faire une jolie brasse ? »

Cette fois Vera ne rit pas. Elle ne se vexe pas non plus ; elle hoche gravement la tête.

« Je te répondrai quand ta sœur sera rentrée. D'abord, je vais finir pour toi l'histoire de notre mère, telle que je la connais. »

Vera reprend sa promenade autour de la maison, se penchant ici et là pour cueillir une herbe, une baie. Egonia, discrètement, tire la langue derrière elle pour goûter l'eau pure et fraîche qui coule en ruisselets sur les troncs. Leurs chaussures font des succions d'éponges dans la terre.

Quand Vera lui tend un litchi décortiqué, Egonia suspend un instant ses gestes : le fruit ne se désagrège pas entre ses doigts. Sur son palais, il ne se gâte pas. Il garde une saveur étourdissante, une saveur de – elle ne sait pas de quoi, elle n'a jamais rien goûté qui ne soit pas croupi et ce fruit a les éraflures blanches et les coques salées des voiliers dans le port de Nice, la musique de parfums précieux dans des flacons ambrés, la texture d'un mot nouveau qui roule sur la langue.

Vera lui raconte, en marchant et en lui offrant des fruits, que Carmine et Gabriel, pendant leurs vingt ans passés à Bégoumas, ont vécu chaque jour ensemble – vraiment ensemble, dans le lit de la nuit, dans la cuisine aux repas, dans le potager l'après-midi et devant le foyer le soir, sans jamais s'éloigner de plus de cinq mètres – jusqu'à ce qu'il meure d'une fièvre idiote. Elle lui a tenu la main, caressé le front et murmuré des poèmes d'adoration. Elle a enseveli son corps sous un rocher gravé du mont Bégo, sans stèle, sans épitaphe, sans cantique funèbre à part le chant profond qu'elle entonnait autour de son grand feu de reine sans sujets, pour des guerriers retournés au sable du désert, le soir où il s'était approché d'elle pour la première fois.

À Bégoumas, on commençait à la traiter de sorcière parce qu'elle ne vieillissait pas – et une étrangeté pareille, les gens de Bégoumas, ça ne leur plaisait pas du tout. On le sait, vous et moi, à cause de l'histoire plus tardive d'Egonia qu'ils ont défigurée. Une sorcière, ils la chassent ; pas de sorcière, ils s'en fabriquent une. Allez comprendre.

Alors il a fallu repartir à Almería, parce qu'elle ne connaissait pas d'autre endroit où se réfugier, et parce que Vera voulait sentir sous ses pieds la terre de son père.

« Quand nous avons fui, à mesure que le train avançait, elle s'est maintenue en silence. À la frontière espagnole, elle s'est quitté la jupe moutarde et enveloppé le corps d'amples bandes de drap blanc. Arrivée ici, elle était Carmen de nouveau. Sa voix plus grave, plus chaude. Carmine avait disparu.

Si je lui parlais de Bégoumas, de la bergerie, du pauvre photographe qui avait perdu toutes ses fleurs par cause des miennes, elle n'écoutait pas. De sa vie de Carmine, elle se rappelait très peu, à part moi, qui étais encore sous ses yeux, et mon père, qui l'avait aimée avec la même passion sous ses trois noms.

Un jour j'ai fait des questions sur son enfance. Déjà elle m'avait parlé de mes *abuelos*, et je voulais savoir si j'avais quelque part des oncles, des tantes, des premiers cousins.

Subitement, elle n'était plus ni Carmen ni Carmine. Ni même Caridad en qui elle se convertissait un peu, certaines nuits, quand son ombre sauvage s'étalait autour d'elle pendant qu'elle dormait. Elle se transforma en une femme que je ne connaissais pas, que ses autres noms gardaient occulte et qui n'espérait que d'être libérée. Pour la première fois, et l'unique, je fus envoilée dans une tourmente sortie de son corps, incapable qu'elle était de contenir le tonnerre qui jaillissait d'elle, comme une lampe ne peut faire autre chose que projeter la lumière. Je me rappelle encore l'ardeur autour de mes poignets quand ses éclairs m'attrapèrent. Dans cet ouragan s'entremêlaient les voix de Carmen, de Carmine et de Caridad, qui suppliaient qu'elle rentre à sa cage, qu'elle retourne dormir. Elles ont eu raison de la femme-tourmente. Jamais plus je ne l'ai vue, ni fait de questions.

Une fois repartie à Bégoumas, elle revint me visiter chaque saison pour manger mes fleurs et rester jeune. Elle se lamentait parce que tes fleurs à toi ne donnaient pas le teint frais ni le cheveu soyeux. Et aussi, elle me prenait des fruits pour vous les rapporter. Ils étaient bons, n'est-ce pas, mes pomelos ?

— Je ne sais pas, répond Egonia, et ses mots s'envolent sans blesser personne. Jamais goûté. Ç'aurait été gâcher. »

Félicité est revenue, trempée de pluie et de sueur. Les trois femmes sont réunies autour de la cheminée, pieds nus ; leurs chaussures mouillées s'alignent devant le feu comme un matin de Noël. Cette fois, Vera a accepté le thé de Félicité, surtout parce qu'il est chaud. Elles tiennent leurs tasses fumantes entre les mains.

Vera les observe, chacune, secoue la tête et prend la parole :

« Mes sœurs, ouvrez les oreilles. »

Les jumelles lèvent les yeux vers elle.

« Notre mère me donna le nom de Vera. Parce qu'elle voulait une fille pure, vraie, une fille sans masques, qui ne sait être autre chose qu'elle-même. Et c'est ce que je fus, très longtemps. Mais Carmen retourna en France, un jour, et me laissa ici. Alors j'appris comment changer. Comment assumer des peaux qui n'étaient pas exactement la mienne quand il le fallait. Pas pour que les autres m'aiment ni pour les tromper, c'est juste… parfois c'est plus pratique, voilà tout. Vous ne trouvez pas ? »

Ni Egonia ni Félicité n'osent répondre.

« Je suis Vera, oui, je suis vraie. Mais je ne suis pas seulement cela. Félicité, tu as reçu un mandat de bonheur, mais aussi tu es redoutable et féroce ; tu es plus ample, plus vaste que ton nom. Egonia, tu as reçu l'ordre du désastre. Mais aussi tu sais comment guérir, et fleurir, et lever à maturité ce qui doit l'être. Tu es plus ample, plus vaste que ton nom.

Sœurs, comprenez-moi. Une femme malheureuse, obsessionnée par son corps solide, son corps attrapable, fini, palpable, cette enveloppe fermement scellée qui contient tous ses noms, ses noms tant nombreux qu'elle ne sait plus réellement quel est le sien, comment pourrait-elle donner à ses filles des noms qui ne sont pas des prisons ?

Et une mère en bataille avec elle-même, comment pourrait-elle construire la paix pour ses enfants ? Elle vous a mises en guerre. Tatouées avec des armes que vous n'avez pas choisies, désignées comme ennemies. Et vous l'écoutez trop. Vous avez tant coulé dans le moule de votre nom que vous en avez surgi monolithes. Dague et pierre, la dague orgueilleuse d'être affilée, la pierre orgueilleuse de ses aspérités, à se choquer l'une contre l'autre sans voir leur harmonie. »

Sa voix s'est élevée, si bien que les jumelles ont presque l'impression maintenant de se faire engueuler.

« Et les outrenoms ? » s'indigne Félicité.

Elle s'est penchée en avant, prête à défendre pour deux leurs années de rancœurs communes, leurs raisons d'avoir été, l'une comme l'autre, celles que leur mère attendait qu'elles soient.

« Nos ombres nous tiennent. Il y a ces barrages qu'on ne peut pas franchir…

— Qui te dit ça, notre grand-mère ?

— Son fantôme. »

Vera soupire.

« Notre mère m'expliqua cette histoire d'outrenom. Supposément ma grand-mère n'en avait pas… Je ne le crois pas. Si ce que j'ai entendu d'elle est certain, je connais le sien, moi. Et je peux vous le dire puisqu'elle est morte. Même qu'il est très grossier, très facile. C'est curieux comme on est aveugle à ses propres ombres. Regardez comment termine le nom d'Adélaïde. Par ce qu'elle craignait d'être par-dessus de tout : laide.

Je ne connais pas les vôtres. Moi non plus, je ne connais pas le mien. Et franchement, il ne m'intéresse pas. Un outrenom est un reflet : il occupe l'espace qu'on lui donne. Il peut être plus ample que soi, ou soi plus vaste que lui. »

Vera boit une dernière gorgée et jette un coup d'œil sceptique au fond de la tasse. Visiblement, l'étrange-thé, ça ne la convainc pas.

En se levant pour poser la vaisselle dans l'évier, elle ajoute :

« Notre mère était une grande femme. Mais voilà tout ce qu'elle était : une femme. Pas une déesse. Ses paroles sur toi ne tiennent pas le pouvoir pour t'enchaîner, à moins que tu les laisses en tes poignets. »

Du silence et des rides

Tandis que Vera nettoie la vaisselle en fredonnant, Egonia et Félicité se regardent tour à tour – presque sans bouger, un infime mouvement de cils, persuadée chacune d'être discrète.

Même Vera, qui se tient pourtant de dos, pourrait repérer leur manège.

Ce que chacune cherche dans l'autre, c'est ce qu'elle a de commun avec cette fille du désert, cette femme-pluie à la peau sombre et aux phrases de prophétesse – leur sœur, puisqu'il faut bien le croire.

Le babillage joyeux de Vera résonne encore dans leurs tympans. Elles contemplent cette vieille femme à l'air si jeune, debout près de l'évier, les mains dans la mousse. Et pour la première fois, dans leur silence et dans leurs rides, les jumelles se trouvent quelques ressemblances.

Egonia, elle, sent dans sa gorge s'agiter des mots qu'elle avait oubliés, enterrés qu'ils étaient depuis l'enfance, depuis les éclairs froids de Carmine sur ses lèvres pour l'empêcher de crier sous la douleur, ou ses propres mains sur sa bouche pour se retenir de rire quand elle jouait seule. Egonia se rappelle, dans cette jungle au milieu du désert, sous cette pluie et sous ce vent, qu'il y a en elle des bruits, et des mots. Que sa mère est morte. Son portrait a brûlé dans le feu de Vera. Et que si même ses papillons peuvent devenir inoffensifs, il n'y a plus de raison de se taire.

Seulement, sur l'instant, elle ne trouve rien à dire.

Son silence au moins n'a plus cette saveur âcre de bile.

Là où commence la flèche

Une semaine entière, ou peut-être une année, le temps est étrange dans le désert, Egonia et Félicité restent avec Vera, dans sa maison sans miroirs et pleine de fenêtres. Des jours entre l'âtre et la pluie, entre les fleurs et les fruits, sous la grande croix au voile rouge, à se raconter des histoires d'enfance, de colliers et de jeux, des jeunesses en Provence et des vies en Espagne.

Lorsque Egonia sort dans le bosquet pour apprendre à apprivoiser ses papillons, Félicité presse Vera de questions sur leur mère. Là, dans ces échanges murmurés, des trous se comblent. Des absences se remplissent. Ces jours où elle disparaissait pour rejoindre Vera et son oasis, ces mois sur le mont Bégo où elle redevenait Carmine, là où Carmen était, là où elle n'était pas, peu à peu le tissu déchiré de sa vie se rapièce, se recoud…

Et demeure un vêtement vide. Sans chair dedans.

« Maman nous parlait beaucoup à toi et à moi. Et au même temps, elle ne nous disait rien. Rien d'intérieur. »

C'est aussi la conclusion de Félicité.

« Comment est-ce qu'on peut vivre si longtemps sans jamais laisser personne entrer véritablement chez soi ? »

Vera, pour toute réponse, hausse un sourcil. Félicité a l'impression pendant un instant que les cloisons se sont couvertes de miroirs.

Au bout d'une semaine, ou peut-être d'une année, la vie de sa mère se dessine clairement dans l'esprit de Félicité. Elle la voit chaque fois qu'elle ferme les yeux, comme une frise chronologique. Et, chaque fois, la flèche commence trop tard : il lui manque huit années.

Les premières.

Félicité n'a trouvé nulle part le spectre de la Carmine du mont Bégo ni de la maison niçoise, ni de la Carmen amoureuse, ni de la Caridad du désert, ni de celles qui habitaient son corps dans le village abandonné. Le fantôme de sa mère n'est aucune de ces femmes. Il n'a pas choisi les lieux où elles ont vécu.

Ne reste que la Carmine de l'enfance.

« Vera… »

Soudain, dans ce désert où la mémoire vacille, Félicité s'ébroue. Quelque chose, un vent venu d'au-delà du nuage peut-être, la réveille et lui dit que son temps ici touche à sa fin. Du fond de son sac, elle sort alors un vieux livret de famille.

« Maman ne t'a jamais parlé d'une sœur ou d'un frère qu'elle aurait eu ? »

Elle lui passe le carnet. Sur chaque feuille un enfant d'Adélaïde naît et s'éteint, jusqu'à celle qu'on a déchirée, avant la page de Carmine.

« Tous les autres étaient déjà morts quand elle est arrivée.

Mais là, peut-être… Si je pouvais trouver une tante ou un oncle toujours vivant, même un spectre… »

Egonia apparaît à la porte, s'essuie les pieds, entre avec une odeur de pluie et de vent, et déclare :

« Félicité, je me souviens. Ta question, celle des frères et sœurs. Ça m'a rappelé des pages que j'ai lues. »

Bien sûr qu'elle entendait ce que Félicité disait à Vera. Egonia entend tout, elle sent tout. Mais ça lui plaisait tout de même de savoir que ses sœurs attendaient son départ pour discuter de Carmine. Je la comprends. Tous les enfants font semblant de dormir juste pour sentir les adultes, autour, ralentir leurs gestes et baisser la voix de peur de les réveiller.

« En fait, je m'en souvenais. Mais je n'ai rien dit. Parce que… je croyais qu'elle parlait de moi.

— Vraiment ? s'étonne Félicité. Et pourquoi ? »

Egonia oscille d'un pied sur l'autre.

« Parce que c'était des pages raturées. Réécrites par-dessus. Difficiles à lire à cause de la colère, presque transpercées par la plume. Des pages entières sur une sœur jumelle qui n'aurait pas dû vivre. »

Le cuir et le contrat

Il a fallu du temps à Félicité pour convaincre Egonia de repartir. Elles ne pouvaient pas s'éterniser, même si les fruits d'ici avaient enfin du goût, même si son chaos ne corrompait rien. Elle ne serait pas complète, cette paix, tant qu'Egonia n'aurait pas posé sa question à sa mère.

Elle a fini par hocher tristement la tête et par faire sa valise.

À l'orée du petit bois, elles se sont dit adieu.

Vera a offert à Egonia des gants, tissés dans un cuir d'ananas issus de son jardin, pour qu'elle touche le monde hors du désert sans le flétrir. Puis elle a serré Egonia dans ses bras, très fort, très longtemps. Comme pour l'imprégner de sa pluie et de sa chaleur.

La sorcière n'a pas rendu l'étreinte ; elle n'a pas reculé non plus. Elle a fermé les yeux et posé le front sur son épaule.

Félicité et Vera n'ont pas eu d'effusions. Elles n'ont échangé qu'un signe solennel de la tête, un regard en forme d'adieu et de contrat tacite.

La sœur sans arrière-goût

Egonia est retournée plusieurs fois, ensuite, dans le désert d'Andalousie.

Pour les fruits, d'abord. C'était agréable, de temps à autre, de manger un pamplemousse gorgé de sucre, d'éclater les grains d'une grenade sous son incisive et d'en sentir l'acidité lui fouetter la langue sans arrière-goût ranci.

Et puis pour Vera, surtout. Pour cette sœur toute neuve, toute lisse, sans fissures dorées entre elles.

Félicité ne l'a pas accompagnée.

Le fleuve et la rive

« Fais attention.

— T'inquiète pas.

— J'essaie. »

Il n'y a pas de miroir face aux jumelles, seulement la fenêtre devant laquelle plane une mouette. Plus loin s'étalent les toits roses, les parasols rayés du cours Saleya, la mer – bleu glacier, aujourd'hui, agitée par un vent qui vole leurs chapeaux aux derniers vacanciers.

Elles sont rentrées d'Espagne après quatre jours de voyage en train. Le mois d'août se termine presque. Dans les boutiques, l'odeur de plastique neuf des trousses a remplacé celle des bouées gonflables. Et ce matin, au petit déjeuner, Félicité a demandé à Egonia de lui couper les cheveux. Juste au-dessus de la mâchoire. Sur la ligne nette qui sépare les racines blanches des pointes écarlates.

Egonia, gants d'ananas aux mains, se concentre. Elle veut vraiment couper droit. À côté, la comtesse bougonne :

« J'ai passé tous ces jours à errer sans thé. Sans mémoire. Un vulgaire spectre qui oublie sa propre mort. Dites-le à votre sœur, je veux qu'elle le sache aussi : dites-lui comme je vous ai attendues en vain.

— Angèle-Victoire est enchantée de nous voir de retour, Egonia.

— Tout pareil. »

La passeuse adresse à son fantôme domestique une moue faussement désolée. Il n'en faut pas plus pour vexer définitivement la comtesse.

« Eh bien, je suis ravie de constater que vous avez fini par vous entendre, même si c'est pour me tourmenter. Peut-être, enfin, allez-vous pouvoir unir vos forces afin de réparer le toit ? J'ai subi la pluie et enduré la canicule, moi, en plus d'avoir manqué de thé. »

Et elle traverse le plancher pour s'isoler à l'étage inférieur.

« Moi, je le trouve joli sans plafond, l'appartement, plus lumineux, dit Félicité. J'aimerais bien faire installer une verrière. Qu'est-ce que tu en penses ?

— Ça ne va pas énerver une association de protection des toits de Nice, ou quelque chose du genre ?

— Si, sans doute.

— Va pour la verrière. »

Egonia, depuis leur départ d'Almería, porte une couronne de petites fleurs carnivores. Elles lui font un chapeau vivant, bariolé de toutes les nuances que prend une ecchymose. Quand les insectes jaillissent de sa bouche, ils se réfugient aussitôt entre les pétales.

Tandis que le peigne passe bien droit sur ses mèches mouillées, Félicité demande :

« Tu te rappelles, quand je t'ai expliqué les outrenoms ?

— Mmm…

— À ton avis, quel est le mien ? »

Egonia et toutes les théières alignées sur les murs retiennent un instant leur respiration. Puis elle reprend son coiffage méticuleux et réfléchit. Elle n'en sait rien. Mais sa sœur doit avoir une idée ; elle se risque rarement à parler de sujets qu'elle ne maîtrise pas. Et en effet, une minute plus tard, Félicité répond à sa propre question. Elle raconte à sa jumelle le soir de ses quinze ans, dans la tour carrée aux horloges, la nuit où elle a bu son premier étrange-thé et découvert, sans surprise, qu'elle était passeuse de fantômes.

« Je me suis souvenue que ce soir-là, Marine m'a appelée Clé pour la première fois. »

Derrière elle, Egonia hoche la tête. Oui, forcément. Clé.

« Tu as entendu Vera. Ce n'est pas si important, les outre-noms.

— Tu ne te demandes pas quel est le tien, peut-être ?

— Tais-toi. Je vais couper. »

La mouette, devant la fenêtre, reste presque immobile. Elle n'agite pas les ailes, ne se bat pas contre le vent ; elle s'y pose comme dans un nid invisible.

Bien sûr qu'Egonia se l'est demandé. Mais elle le connaît depuis longtemps, au fond. Dans un souffle, à peine audible par-dessus la friction des lames et la chute des mèches sur le plancher, elle dit :

« C'est Mireille qui me l'a donné. Elle l'a inscrit au registre. On m'a appelée avec dès l'année de mes quinze ans. Après ton départ, quand je suis descendue au village. Je n'ai jamais bien su s'il m'appartenait vraiment, ce nom-là. Ou si c'était juste un autre masque plus confortable. »

Elle repose les ciseaux. Félicité continue de regarder, en bas, les moutons sur la mer, pour répondre :

« Tu as grandi avec tes deux noms, et tu t'en es choisi un. Lequel était le fleuve, lequel était la rive… Peu importe. »

Je vais vous dire, moi, ce que je crois.

Je crois qu'Adélaïde a tort. Devenir son ombre et son reflet, ne plus être seulement le fleuve, mais la rive qui le canalise, et la mer où il mène… ça n'arrive pas dans un fracas. Ce n'est pas un barrage qui cède et qui emporte tout. C'est patiemment, avec un dé à coudre, ajouter au fleuve son eau jusqu'à ce qu'il déborde, sans éclat, sans événement, et qu'un jour les cartes n'affichent plus qu'un océan, comme s'il avait toujours été là. Un outrenom, on l'apprivoise petit à petit. On apprend à vivre avec son ombre et avec sa lumière, et à puiser à ses deux sources. Découvrir son outrenom, c'est une chose. Mais il ne suffit pas de savoir ce qu'on est pour le devenir.

Il m'a fallu du temps, à moi, pour accepter de devenir le seul conteur de cette histoire que Félicité m'a léguée.

Elle se lève, ôte la serviette autour de ses épaules et se retourne vers sa jumelle.

« Alors ? »

Ses yeux ressemblent à deux perles vert-de-gris sous les cheveux argent.

« Quand je te vois comme ça, j'ai de nouveau quinze ans.

— Tant mieux. On va avoir besoin d'une énergie d'adolescentes pour se préparer.

— Se préparer à quoi ?

— À converser avec nos chers grands-parents. Et à leur arracher, cette fois, toute la vérité. »

L'oiseau plonge avec grâce entre les toits.

Le grainetier-brocanteur

Avec tout ça, je ne vous ai même pas expliqué comment je l'ai rencontrée, Félicité. C'est le bon moment, je pense, puisque j'ai joué un rôle assez crucial – sans me vanter – dans son plan pour tirer les vers du nez à ses aïeux.

La première fois, j'avais six ans et elle, presque seize. Je m'en suis toujours souvenu. Pas elle.

C'était l'heure des mouettes. À part un ou deux camions-poubelles et quelques boulangers qui pétrissaient leur pâte derrière des portes fermées, il n'y avait de vivant dans tout Nice que les brocanteurs sur la place du Palais de Justice, et les mouettes. On entendait l'écho de leurs palabres stridentes dans tout le Vieux-Nice. Parfois, l'une d'elles s'en venait tourner au-dessus de nous, au-dessus de la mer et des rues de la ville, jusqu'aux étals encore vides des poissonniers. Elles sont malines, les mouettes de Nice. Elles ne vont pas s'esquinter à pêcher quand elles n'ont qu'à discuter sur la plage en attendant que commence le marché.

J'ai vu arriver Félicité un samedi matin sur la place du Palais de Justice. On se pelait sur cette place, avant le lever du soleil; puis quand il était levé, on n'en pouvait plus de chaud. Elle, le froid n'avait pas l'air de la déranger. C'est ça qui m'a frappé d'abord. Elle observait les stands sans rien toucher, très droite, très digne. Pas comme moi qui sautillais sur place en essayant de dessiner des formes avec la vapeur qui me sortait de la bouche. Dans ses habits gris, elle aurait pu disparaître parmi les bibelots en ferraille, l'argenterie et les soupières. Eh bien pas du tout. Ils lui formaient plutôt une traînée de bijoux bien assortis.

Elle s'est approchée de notre étal, à mon père et à moi. J'ai arrêté de sautiller de froid. Mon père a demandé derrière son journal :

« C'est quel oiseau que vous avez, mademoiselle ?

— Aucun oiseau. »

Mon père a plié son journal et s'est levé de sa chaise en soupirant.

« On peut pas les utiliser pour les chats, c'est pas des croquettes. Ça peut les rendre malades, ces graines-là.

— Je n'ai pas de chat non plus. »

Elle répondait sans le regarder, en continuant à scruter notre stand. Il s'est rassis et a repris son journal, mais il ne lisait plus.

Au bout d'un moment, elle a dit :

« Est-ce que vos récipients sont à vendre, monsieur ? »

Il a froncé les sourcils.

« Et pour quoi faire ?

— Parce que j'ai besoin d'une théière. Je voudrais tester celle-ci. Vous pourriez la vider de ses graines ? »

Il s'est exécuté. Je voyais bien qu'il était étonné. Pas tant par l'histoire des récipients que par cette gamine qui lui parlait comme à un subalterne, à qui en plus il obéissait sans se vexer.

Elle a saisi la théière vidée et l'a penchée comme pour verser du thé, à plusieurs reprises. Là, mon père n'a plus fait semblant de lire. Même le vendeur d'à côté lui jetait des regards curieux.

Moi aussi, je l'observais. À travers la vapeur pâle de mon souffle, on aurait dit une apparition.

« Quel prix proposez-vous ? »

Il a croisé les bras.

« Ça dépend. C'est pour quoi faire ?

— Du thé, étonnamment. Du thé pour les fantômes. Et pour quelques vivants – moi-même, surtout. Elle n'est quand même pas contre-indiquée pour cet usage, si ? »

Elle regardait mon père, pourtant assez impressionnant avec ses épaules de camionneur, bien droit dans les yeux.

« Mademoiselle, je crois que vous savez ce que vous tenez entre les mains.

— Eh bien, c'est une théière en cuivre, solide et sympathique, qui fait aussi office de bouilloire et…

— Vous me comprenez parfaitement. C'est une théière phantopréhensible. Que les fantômes peuvent attraper.

— Oui, voilà. C'est ce que je voulais dire.

— Alors vous imaginez qu'elle ne coûte pas le prix d'une théière banale. »

La négociation a duré longtemps. Si Félicité n'avait pas dû regagner le lycée pour assister à son cours d'italien, elle y serait encore.

Voilà comment mon père, qui s'amusait à rendre ses affaires phantopréhensibles pour les voir léviter quand un spectre les trouvait par hasard, juste parce que c'était drôle, a dégoté sa première et unique phantocliente, comme il l'appelait.

Il faut dire aussi que sa mère, ma grand-mère donc, était bergère et tempestaïre du côté italien de la vallée des Merveilles.

Après ça, même quand j'étais fatigué et pas obligé, je me suis levé très tôt tous les samedis pour accompagner mon père sur le marché des antiquaires. J'espérais qu'elle reviendrait. Mais je ne l'ai plus vue; elle traitait directement avec lui par téléphone.

Quelques années plus tard, je me suis découvert le même don que lui. Il m'a montré comment trouver un artefact qui pourrait recevoir ce cadeau, et comment s'asseoir dessus, ou prendre son bain avec, ou le glisser sous les draps, selon la taille et l'utilité du machin, pour qu'en recevant un peu de notre vie qui s'épuise à chaque seconde, un peu de notre mort constante, au fond, l'objet devienne lui aussi un peu mort et un peu vivant, et donc tangible pour les spectres.

Enfin, c'était divertissant, mais ça ne faisait pas un métier. J'ai étudié l'histoire, l'archéologie plus précisément, et je suis entré à la mairie de Nice. Service du patrimoine historique et des archives.

Le titre était joli. En réalité, je m'occupais surtout de l'administration de deux ou trois musées. C'est à cette époque-là que j'ai découvert et rejoint les liseurs de tombes. Il faut me comprendre : on passe du temps sur des objets, littéralement dessus comme à couver des œufs pour que des gens puissent les utiliser, et ces gens-là, on ne les voit jamais. On ne peut pas leur parler ni savoir s'ils apprécient le geste. Alors, à défaut de côtoyer les morts, j'ai voulu raviver leur mémoire. Décrypter des tombes effacées pour les répertorier, c'était un passe-temps comme un autre, après tout.

Certes, je n'avais même pas trente ans et l'association rassemblait surtout des retraités. Et alors ? On s'amusait bien. Quand il faisait trop chaud pour les cimetières, on jouait aux boules sous les platanes.

Et puis un jour, trente ans après ma première rencontre avec Félicité, on s'est croisés de nouveau. Même de loin, même avec trois décennies de plus, je l'ai reconnue. Pas elle. Au moins, j'ai un peu aidé à retrouver la tombe d'Adélaïde et Zacario, cet été de 1986, sur la colline du château.

Mon père a reçu un coup de fil, un mois plus tard. Comme il était absent, j'ai décroché. Félicité parlait vite et fort. Elle voulait un objet particulier, très grand, plus grand que tout ce que mon père avait fabriqué pour elle jusqu'à présent. Je lui ai dit : « D'accord, madame, on va faire de notre mieux, pour quand est-ce qu'il vous le faut ? », elle m'a répondu : « Pour avant-hier », j'ai dit : « Très bien, madame, rendez-vous avant-hier alors, je vous rappelle dès que c'est prêt. »

Quand j'ai répété à mon père ce qu'elle demandait, il a cru que j'avais mal compris. Mais non, vraiment, j'avais très bien compris. J'en étais sûr.

Comment diable on allait pouvoir dénicher une penderie pleine de miroirs et la mettre dans notre bain ou sous nos draps pour la rendre phantopréhensible, ça, en revanche, j'en étais nettement moins sûr.

Tardive adolescence

Les plages ne ressemblent plus à un trottoir couvert de confettis au lendemain du carnaval. Elles ont retrouvé leur couleur de galets. La plupart des touristes ont quitté les lieux ; sur les quelques serviettes éparpillées, il ne reste que les vieux et les riches. Les autres sont rentrés chez eux, leurs gamins à l'école, à rêver de nouvelles vacances.

Plus de deux mois ont passé depuis la mort de Carmine. Félicité et son pyjama de soie ont remplacé la comtesse comme occupants majoritaires du canapé.

« Quand je vous conseillais de bousculer un peu vos routines, ma chère, je voulais dire ce que j'ai dit : un peu. »

Angèle-Victoire, sur son fauteuil, boit du bout des lèvres le thé à peine passable qu'elle a appris à infuser. Les soucoupes et les tasses sont phantopréhensibles, après tout, comme le lui a rappelé Félicité. « Et si je casse une théière ? » a tenté le fantôme. « Le reste du troupeau vous le fera payer, a répondu la passeuse. Alors vous n'aurez plus du tout de thé. Dommage. »

Egonia se promène toujours avec sa couronne. Les pétales pervenche, ambrés, lie-de-vin, aux couleurs excitées par le noir des pistils, jurent avec son allure miséreuse. Elle ne passe plus seulement pour une mendiante, quand elle sort dans les rues de Nice : on la prend pour une folle en liberté.

Et c'est bien ce parfum nouveau qu'elle sent naître, sans qu'autour d'elle rien n'ait changé sinon ces fleurs sur son crâne : la liberté.

Si sa sœur voulait bien quitter son canapé, elle en profiterait un peu plus. Mais de toute évidence, Félicité n'a aucune intention de bouger, ni de s'habiller, ni de payer ses factures.

Au début, elle trépignait tellement en attendant sa penderie, à enchaîner les allers-retours entre le balcon et la cuisine, qu'elle manquait chaque fois de renverser les échafaudages installés par les ouvriers pour monter la verrière. Elle appelait Lucien toutes les heures pour savoir si l'armoire était prête. Et Lucien, mon père, lui répondait invariablement : « Pas encore, Félicité. Ça prend du temps, ces choses-là. Quand on travaille pour les morts, on apprend la patience. »

D'abord elle a encouragé, puis menacé, puis supplié, puis pour finir, elle a décidé de lui obéir et de patienter. Pas de servir des clients pour passer le temps, ou de faire le ménage, ou de courir sur la Promenade. Non : juste patienter.

Les ouvriers sont partis avec leurs échafaudages. Le téléphone sonne et elle ne répond plus. C'est Egonia, puisqu'elle a appris à l'utiliser, qui prend les appels – même ceux de Marine dont la voix paraît chaque jour de plus en plus inquiète.

Félicité ne s'est jamais autant amusée.

Le monde n'avait pas besoin d'elle, finalement. La comtesse peut infuser son thé. Sa sœur, avec ses gants et sa couronne, peut aller faire les courses. Les clients ? Les morts sont morts, ils peuvent attendre. Regarder les nuages à travers la verrière, écouter la pluie crépiter quand elle tombe, somnoler sous le soleil qui réchauffe la pièce, boire des litres de thé et avaler des colliers de bonbons devant « Tournez manège ! », ça, ça n'attend pas.

Félicité découvre sur le tard le plaisir délicieux de se la couler douce, et Egonia, l'agacement amusé de se sentir indispensable.

Mais ce mois hors du temps arrive bientôt à son terme.

Félicité végète devant « La vérité est au fond de la marmite ». Egonia la pousse pour s'asseoir sur le canapé avec elle, des factures à déchiffrer dans les mains.

C'est étrange et c'est doux d'être ici toutes les deux, moitiés d'un même ventre, ni sous un cercle d'arbres morts ni dans une étable aux relents de brebis, juste là, sans mère à craindre ni à maintenir en vie, tandis que, dans l'écran, une voix les berce en psalmodiant la recette des endives au miroir.

Profitez, les jumelles, profitez de ces dernières secondes d'adolescence retrouvée. Dans une minute, le téléphone sonnera. Au bout du fil, ce sera moi, le fils débraillé de Lucien. L'armoire sera prête, et le temps venu de terminer votre quête.

Labyrinthe de miroirs

Le camion s'éloigne dans un vrombissement et les laisse là, sur le seuil de la maison abandonnée, chacune d'un côté de la penderie. Énorme, le meuble. Trouvé chez un antiquaire, en noyer mouluré à la provençale, tapissé à l'intérieur de grands miroirs. Et, désormais, entièrement phantopréhensible.

Félicité a retiré son pyjama. Elle a remis sa longue veste de laine mêlée de soie, son chapeau gris souris maintenant assorti à la teinte perce-neige de ses cheveux, et ses bottes aux talons d'acier. Elle se présente ainsi devant la porte d'Adélaïde et Zacario, prête à la défoncer de nouveau pour entrer.

Mais depuis, le battant a été remplacé par un empilement de parpaings, une barre en métal cadenassée et un nouveau panneau :

DANGER
ACCÈS STRICTEMENT INTERDIT AU PUBLIC
SOUS PEINE DE POURSUITES

« Quel obstacle impénétrable… Je me demande bien comment nous allons pouvoir entrer. »

Egonia dévoile son unique dent – c'est sans doute un sourire –, inspire en gonflant le torse et, grand méchant loup devant la cabane de paille, souffle de tous ses poumons. Une nuée opaque d'ailes battantes et de pattes jaillit d'entre ses lèvres en torrent qui cliquette, vrombit, grésille et craquette.

Quelques instants plus tard, les insectes se sont jetés dans une fleur énorme crachée par Egonia. Les parpaings, la barre et le panneau n'existent plus. La voie est libre, la penderie poussée jusqu'au milieu du rez-de-chaussée. Dans l'obscurité du salon, seuls quelques rais de lumière s'immiscent aux coins des fenêtres.

Leur plan, ensuite, fonctionne exactement comme elles l'ont prévu. Cachées derrière les draps qui envahissent la pièce, lampe torche à la main, elles attendent que les miroirs attirent Adélaïde. La grand-mère ne met pas cinq minutes à descendre.

Elle s'approche à pas lents jusqu'à l'armoire ouverte. Depuis plus d'un siècle elle n'avait pas vu son reflet. Ces miroirs-là lui renvoient son image, réelle, presque solide.

Elle s'admire sans retenue. Sa propre silhouette, son propre visage la subjuguent, répétés sous tous les angles par les miroirs, multipliés à l'infini dans leurs profondeurs de labyrinthe.

Et brutalement, le noir. Un claquement de verrou derrière elle.

Enfermée dans la penderie avec elle-même, Adélaïde ne tente même pas de s'échapper.

« Pas de verre brisé, cette fois, murmure Félicité en montant l'escalier sombre. Et personne pour empêcher mon grand-père de boire son thé. »

Carmine

À l'étage, sur la terrasse où traînent encore les restes éclatés de la verrière, le fantôme de Zacario écoute, et il attend.

Zacario écoute mais il n'entend plus rien. Il croit qu'il entend, mais ce n'est que l'écho des choses qu'il percevait de son vivant. Il ne saura plus jamais ce que le grand soleil d'hiver éclaire sur les collines, ni le sens des parfums que charrie le mistral, ni ce que veulent dire les merles quand ils piaillent à midi. Il sent des renardes qui mettent bas mais ces renardes sont mortes, leurs renardeaux aussi. Elles ne vivent que dans son esprit suspendu, attaché à la terre où son corps a dansé, aimé, souffert. Même les chemins du pays qu'il a cartographiés lui échappent. Il les connaît tous encore, mais ils ont depuis longtemps changé sans qu'il les voie. Alors il rêve de chemins qui n'existent plus, sur lesquels ont poussé des ronces ou des immeubles, des chemins qu'il retrace parce qu'il ne sait rien faire d'autre.

Et il attend sa fille.

Son regard se perd entre les rues en contrebas, à travers la fumée qui monte de sa cigarette. Distraitement, sans bouger, il demande à Félicité qui approche :

« C'est pour un enfant ?

— Le vôtre. Je suis là pour Carmine. »

Il se tourne vers elle.

« Elle n'est pas là. Mais elle va revenir, si vous voulez l'attendre avec moi. »

En voyant son sourire triste et doux, sa foi dans le retour d'une fille partie depuis tant d'années, Félicité aimerait lui prendre la main comme on rassure un enfant égaré. Sur la table couverte de rouille, elle installe son service, un réchaud électrique, et met à bouillir l'eau qu'elle a apportée. Elle espère qu'en bas, postée devant la penderie, Egonia ne rencontre aucune difficulté avec Adélaïde.

« Je peux vous inviter à boire un thé, Zacario ? Je voudrais parler de Carmine. »

Il écrase son mégot et hoche poliment la tête.

« Oui. Oui, pourquoi pas. Ça la fera peut-être revenir, qui sait. »

Il l'observe avec curiosité déposer les feuilles dans la théière, verser l'eau qui fume, égrener en silence les minutes pour l'infusion, remplir la tasse du liquide à l'épaisseur de mazout. Son visage se reflète sur la surface opaque du thé de la Masque.

Zacario s'affaisse au bout de la troisième gorgée. Sa tête paraît trop lourde entre ses mains. Quand il finit la tasse, une larme fantomatique glisse le long de sa mâchoire.

« Je ne devrais pas pleurer. Adélaïde n'aime pas ça.

— Qu'est-ce qui vous attriste ?

— Ma fille est morte. Je ne devrais pas pleurer, c'était il y a longtemps. En plus, il nous en reste une. Les deux auraient pu y passer. »

Il s'essuie les yeux et renifle. Félicité ne demande plus rien. Elle le sent prêt à parler : il ressemble à un homme qui traîne à travers les âges une valise trop lourde aux roues cassées.

«Avant moi, Adélaïde a eu des pelletées d'enfants. À ne plus savoir où les ranger, elle disait. Vu son âge, vous imaginez… Avec les siècles, elle a fini par les confondre ; heureusement, il y avait son carnet pour en garder le souvenir. Et puis Carmine est arrivée.

On l'avait attendue vingt ans, et on n'attendait plus. Une sage-femme vient et nous annonce qu'un enfant est là, elle sent son cœur palpiter – non, il y en a deux.

Elles en ont mis, du temps, pour sortir. Au moins onze mois Adélaïde a été enceinte. On entendait depuis son ventre retentir des insultes – on ne comprenait pas les mots mais un cri pareil, même étouffé par le sang et les membranes, ça n'est jamais pour parler d'amour.

La première, Carmine, la sage-femme l'a carrément laissée tomber par terre en la sortant du corps d'Adélaïde. Parce que – croyez-le ou non, mais je sais ce que j'ai vu – Carmine l'a regardée droit dans les yeux et, d'autorité, elle lui a interdit de mettre au monde l'autre enfant. Ensuite elle n'a plus dit un mot ; elle a commencé à vagir comme n'importe quel nouveau-né. Alors l'accoucheuse est tombée évanouie. Il a fallu que j'aide, moi, mon épouse à sortir le second bébé, pendant que le premier hurlait sur le plancher.

Carmine a grandi. Elle n'était pas de ces enfants ordinaires qui morvent et bavent et s'étonnent d'un rien. À deux ans, elle distribuait des cailloux qu'elle trouvait jolis, et ceux qui les recevaient en étaient embellis. Réellement. Leurs nez affinés, leurs lèvres plus pleines, leurs cils plus brillants. À cinq ans, elle donnait ses ordres à des hommes accomplis et ils obéissaient. Elle ne les forçait pas : ils voulaient, profondément, qu'elle les guide. Son corps irradiait une lumière d'étoile, une chaleur qui éloignait des chasseurs le désir du sang et des pêcheurs le souvenir des noyés. Ils se groupaient autour d'elle, jouaient avec l'enfant, la suivaient dans ses déambulations, écoutaient ses contes. Carmine, notre Carmine, ce petit soleil aimanté qui attirait à elle les âmes rouillées, les esprits érodés, sans outrenom pour borner son charme.

Mais sa sœur… Je dois l'avouer, elle m'effrayait. Elle se taisait trop pour son âge. On aurait dit une prophétesse muette qui sait ce qui vient sans pouvoir l'annoncer. Elle promenait des regards lourds d'une connaissance qui nous échappait, observant le monde par en dessous.

Parfois, pour la libérer de ces chaînes qu'elle s'était forgées, Adélaïde aiguillonnait sa colère. Elle l'appelait par des noms qui n'existaient pas. Lui demandait pourquoi elle ne disait rien, pourquoi elle ne souriait pas, pourquoi elle ne ressemblait pas plus à Carmine qui savait parler, et sourire, et tout mettre à ses pieds.

Et parfois, Adélaïde réussissait.

La petite poussait un long gémissement aigu qui se transformait en cri de désespoir, en tonnerre rugissant. Les flammes des lampes clignotaient, agitées par la tempête. Alors, dans la pénombre tremblotante, dans le vacarme de la plainte, l'ombre de ma fille se déployait sous ses chevilles, s'étendait comme une tache de sang pour prendre la taille et les contours de l'espace.

Je la trouvais terrible dans ces moments-là. Chaque fois

que j'ai tenté d'aller apaiser la douleur qui crispait tout son corps, Adélaïde m'a retenu. Elle m'a dit : "Laisse-la. Tu ne vois pas comme elle est belle ? Elle est enfin ce qu'il faut qu'elle soit : puissante."

Pas assez, pourtant. Son ombre hurlait et faisait trembler les lumières, mais elle ne nous a jamais causé la moindre égratignure. J'aurais dû dire plus fermement, plus souvent, qu'elle était trop délicate pour ça. Après tout, Adélaïde avait tressé son nom de pureté, de douceur et de tendresse…

— Comment s'appelait-elle ?

— Elle lui avait donné le prénom de Carine. »

Félicité sent ramper sous le récit de son grand-père une odeur persistante de brûlé. Comme une bouilloire à souvenirs restée trop longtemps sur le feu.

Elle lui ressert du thé ; il boit et s'effondre un peu plus.

« L'été de leurs sept ans, dans notre maison de Roquebillière… Elles sont parties jouer toutes les deux, plus haut dans la vallée. Carmine n'est pas revenue. On l'a découverte deux jours plus tard au fond d'un puits. Morte. »

Le vieux fantôme pleure sans bruit. Cette fois, il ne retient pas ses larmes. Félicité, elle, pense avoir mal entendu.

« Pardonnez-moi… Vous parlez de Carine, n'est-ce pas ? Carine est tombée dans le puits. »

Il secoue la tête :

« On a retrouvé Carine près d'elle, collée contre son corps. Froide et inconsciente, mais en vie. »

Deux goélands volent en cercles au-dessus d'eux.

« Mon épouse n'a pas voulu le croire. Ou elle n'a pas pu. Elle a cru comme vous que Carine était partie, et Carmine restée. »

Félicité se lève. L'air lui manque. Elle a besoin de respirer. Elle a creusé sous les immondices et maintenant la vérité émerge, et sa puanteur lui donne la nausée.

« Vous saviez ? Vous saviez et vous…

— Non, je n'ai rien dit. Pour quoi faire ? »

La voix du fantôme s'est durcie en même temps que ses yeux gonflés de chagrin.

« Pour perdre mon épouse en plus de ma fille ? Elle avait besoin de le croire, et le monde avait besoin d'elle. J'aurais appelé Carmine toutes les filles de la vallée si ça avait pu rendre à celle que j'aimais l'envie de vivre, au lieu de celle de mourir. Mais les gens ont commencé à parler. Alors…

— Vous l'avez envoyée en Espagne, souffle Félicité.

— Je voulais nous protéger tous. Sa mère de la vérité, et elle de sa mère. Vous comprenez ? »

Son ton se fait suppliant, mais Félicité n'a plus pour lui qu'un dégoût immense.

« C'est cette Carmine-là, cette Carmine morte bien avant nous qu'Adélaïde a attendue. Si longtemps qu'elle s'est fatiguée, pour finir, de tous ces siècles de vie et d'attente. Et puisque son immortalité la rattrapait comme une malédiction, elle m'a demandé de l'aider à partir. Mais je ne voulais pas rester sans elle, et elle m'interdisait de mourir : je devais attendre encore, si Carmine revenait… Alors j'ai réuni le nécessaire pour nous préparer une éternité de patience. Une cigarette phantofumable, un peu de vaisselle, deux ou trois meubles. Et un poison avalé ensemble en continuant de se dire notre amour.

Depuis, Adélaïde attend ici sa Carmine, celle qui est née avec son *m* au milieu du nom. Et moi, je ne sais plus.

J'attends ma fille. C'est tout. Peu importe sous quel nom elle est née; j'aurais voulu la revoir, une fois au moins, telle qu'elle est devenue.»

En partant, Egonia laisse par terre, devant l'armoire, la clé phantopréhensible. Zacario pourra venir libérer sa femme, si elle trouve un chemin hors de cette foule qui lui ressemble.

Deux heures plus tard, dans la voiture qui file vers la vallée de la Vésubie, coupe les virages et fait résonner son moteur entre les gorges, Félicité répète à sa sœur tout ce qu'elle vient d'entendre.

Egonia, entre deux haut-le-cœur, se rappelle.

Journal de Carmine.

Sur la couverture, seul le *m* était repassé d'encre neuve.

S'enterrer

Il n'y a pas d'urgence, au fond. Là où est leur mère, elle restera. Mais après deux mois de recherches et de patience, il ne leur vient même pas l'idée d'y aller tranquillement. Ce serait comme aller se coucher en gardant pour le lendemain la dernière minute du film.

La vérité est là, presque là. Plus que quelques virages.

Et puis rouler vite, raconter vite, ça permet de ne pas penser au reste. À l'inévitable conversation qui devra arriver une fois que leur quête sera finie. Une fois qu'elles n'auront plus aucun prétexte facile, en réalité, pour rester ensemble.

Pendant que les jumelles tracent leur chemin dans la vallée, loin derrière elles, à Nice, au dernier étage du palais Caïs de Pierlas, un téléphone sonne. Une messagerie se déclenche. Un *bip* lance l'enregistreur et une voix s'élève dans l'appartement vide :

« Oui, bonjour, Egonia, c'est Marine… Je ne sais pas si Félicité est là, réveillée, endormie, devant la télévision… Clé, tu es là ? Bon, si tu m'entends, je t'appelais parce que, quand j'ai su que ta mère avait passé du temps à Roquebillière, j'ai demandé à Patrick de se renseigner. Sans lui expliquer que c'était pour toi sinon, ma foi, j'attendrais encore qu'il s'y mette. Bref, il a fouillé dans quelques boîtes – va savoir comment il s'y retrouve là-dedans, c'est quand même extraordinaire – et alors, écoute ce qu'il m'a sorti. Un article du 26 mai 1909 dans *Le Petit Niçois*. Ça dit : "Payés pour ne plus croire aux installations durables et décidés désormais à ne dormir que d'un œil et un pied toujours levé, les habitants de Roquebillière s'installèrent sur la rive gauche, sans ordre, sans goût, parce que sans foi dans l'avenir : c'était provisoire, c'est heureux parce que chez nous, le provisoire dure plus longtemps que le définitif, c'est presque la pérennité." Et ça continue, il raconte que le village a bougé au moins six ou sept fois à cause d'éboulements, de tremblements de terre, d'inondations et compagnie… Je te donne le titre de l'article, si tu veux venir le lire en entier : c'est *Roquebillière, village itinérant : une fuite face aux cataclysmes des siècles*. Il y a quelque chose à creuser par là, pour ta maman, non ? Allez, sors prendre l'air, ça te fera du bien. Au revoir, Egonia ; essaie de bouger un peu ta sœur. Je t'embrasse. »

Bip.

Au même instant, tout en haut de la Vésubie, les portières de la voiture claquent sur le bas-côté. Egonia et Félicité ont traversé Roquebillière-Vieux et ses façades aveugles, ses fenêtres condamnées. Elles ont passé le rocher où blanchissent la photographie d'enfant et le bouquet séché. Tourné vers les hauteurs, roulé encore sur un, deux, trois virages. Et cette fois, quand Félicité a vu la petite silhouette dans son rétroviseur, elle s'est arrêtée.

Là, au milieu d'un champ d'oliviers sauvages, subsiste un vieux puits à moitié écroulé. Derrière se cache le fantôme d'une fillette qui les observe de loin. Ses yeux dépassent à peine de la pierraille.

Ces yeux-là sont exactement ceux de Carmine. Ceux de Vera. Ceux d'Egonia sans sa peau de sorcière.

« Ne lui fais pas peur, murmure Félicité. Elle est très craintive.

— Moi, effrayer un gamin ? »

La passeuse tire de son sac un pantin de bois phantopréhensible.

« Bonjour, Carmine. Je m'appelle Félicité. Je t'ai apporté un cadeau, regarde… »

Dans un sursaut, le haut de sa petite tête disparaît derrière le puits.

« Je veux juste te poser une question. C'est ton papa, Zacario, qui m'envoie. Il aimerait savoir où vous êtes, toi et ta sœur. »

À proprement parler, se dit Félicité, ce n'est pas un mensonge.

Sur le côté du tas de pierres, une main minuscule sort doucement, déroule son index et le replie, deux fois, puis se cache à nouveau. Félicité chuchote :

« Elle me fait signe d'approcher. Je vais y aller, et toi…

— Je viens aussi.

— Il faut que quelqu'un reste ici, au cas où maman arrive.

— Et comment je le saurai ?

— Je vais te laisser un objet phantopréhensible qui pourra trahir sa présence.

— Tu crois vraiment qu'elle viendrait me voir, moi ?

— Parle moins fort, Egonia, tu vas faire fuir la gamine…

— Sérieusement, Félicité. Notre mère m'ignore toute sa

vie et d'un coup, avec la mort, elle va se dire tiens, finalement, pourquoi ne pas aller palabrer avec la petite Agonie ? »

Un éclat de rire retentit, cruel et enfantin, qu'Egonia ne peut pas entendre. La passeuse voit la fillette grimper sur les cailloux, lui adresser une grimace, et disparaître dans le puits. Félicité se précipite entre les oliviers et se penche vers le trou – plus profond qu'elle ne l'imaginait.

« Egonia, va ouvrir le coffre. Prends les deux lampes de poche – et la corde, aussi. Détache-la de la caisse en métal.

— Quoi ?

— Vas-y ! Carmine ? Carmine, tu es là ? »

Un nouveau gloussement s'élève. Son écho résonne depuis les profondeurs.

« Au fond. Elle est au fond du puits : il doit y avoir une grotte, ou une chambre… »

Egonia, essoufflée, lui tend les objets qu'elle a rapportés de la voiture. Elle regarde sa sœur nouer la corde à l'olivier le plus proche. En tester la solidité. La lancer dans le trou.

« Tu vas quand même pas descendre là-dedans…

— Bien sûr que si. Et toi aussi – sauf si tu ne veux plus trouver ta mère ? »

La sorcière n'a aucune envie d'aller s'enterrer pour suivre un fantôme qu'elle ne peut même pas voir. Elle a grandi sous les poutres du toit, elle. Pas dans les tréfonds d'une cave.

« Mais on sait même pas si…

— Écoute, Nanie. »

Félicité se tourne vers elle, poings sur les hanches.

« Tu as quitté ta forêt après trente années d'exil, arpenté les cimetières de Nice sous un cagnard à assommer les ânes, tu m'as haïe et tu m'as pardonnée, tu as parcouru un désert et tu en es revenue, tu as enfermé ta propre grand-mère dans une penderie à miroirs, et tu vas me dire que maintenant, après avoir tout traversé sans reculer devant rien, tu vas refuser de descendre dans un puits à la con juste sous tes pieds ? »

Egonia resserre les paupières. Félicité se raidit, prête à désamorcer un début d'explosion. Puis, sans la lâcher des yeux, la sorcière lui flanque les deux lampes torches dans les bras, s'empare de la corde qui repose sur les pierres et escalade le puits. Pieds contre le rebord, corde tendue entre ses doigts, elle siffle :

« Éclaire-moi. J'ai un puits à la con à visiter. »

Le village itinérant

« Quelque chose devant ?

— Toujours pas. »

La terre épaisse qui leur pèse dessus tasse leurs voix. Le boyau est étroit, à peine une largeur d'épaules. On s'y glisse comme de la gouache remonte un tube de peinture. De la gouache noire, entièrement, qu'éclairent par saccades les faisceaux des lampes.

Depuis combien de temps elles marchent là-dedans, impossible à dire. Un moment, elles ont eu l'impression de passer sous la rivière elle-même. Elles sont très loin, très profond dans la montagne ; elles s'enfoncent dans le ventre d'un ogre endormi.

Seul le fantôme de la fillette, parfois, surgit dans un rai de lumière et disparaît avec un pas de danse et un sourire. Chaque fois Félicité sursaute ; chaque fois Egonia lui serre plus fort la main.

« Attends… Je crois que j'ai vu quelque chose. »

La lumière vient de se refléter contre un objet métallique.

« Il y a une échelle.

— Alors grimpe. »

Félicité lâche la main d'Egonia, cale la lampe torche entre ses dents et commence à escalader. La galerie qu'elle remonte est à peine assez large pour elle et son sac à dos. Barreau après barreau, pied, main, main, pied, elle gravit sans savoir quoi, sans savoir vers où mais elle grimpe, main, pied, pied, main, plus bas sa sœur ne va pas aussi vite, faute de dents elle doit tenir sa lampe à la main, pied, pied, main.

Sa tête heurte un plafond.

À l'aveuglette, Félicité tâte la paroi au-dessus d'elle. Une trappe. D'un coup sec, elle la repousse. Le battant craque, cède, et s'ouvre dans un claquement dont l'écho résonne comme dans le chœur d'une cathédrale. Elle s'extrait du tunnel vertical, bientôt suivie par sa sœur.

Le choc devant ce qu'elles découvrent les empêche de parler. De longues minutes s'écoulent en silence.

Jusqu'à ce qu'Egonia murmure :

« Là, d'accord. J'aurais une veste, je la déchirerais. »

Aucune lumière ne pénètre dans l'église où elles se trouvent. La terre qui a remplacé les vitraux obstrue les rosaces et les claires-voies. Dans le faisceau de leurs pauvres lampes, elles entrevoient à peine la folie de ce qui les entoure.

Partout, depuis chaque arche et chaque pilier, depuis le moindre arc-boutant et les minutieuses moulures, les bancs et les mosaïques du sol, les plafonds et les plafonds qui se succèdent, une foule les regarde entrer, peinte, sculptée, innombrable, vêtue de couleurs plus vives que celles de la couronne d'Egonia. Tous sont figés dans leurs gestes suspendus. Deux hommes à longue barbe toisent, agacés, des femmes graciles qui s'ennuient dans un jardin au parfum d'abricot ; à leurs pieds dorment des enfants plus ridés que des vieillards ; au-dessus de leur tête, des anges sévères jouent de la lyre, de la viole, du tambourin pour des impératrices en robe de printemps que supplient des mendiants aux côtes en xylophone ; plus loin, un squelette dirige deux danseurs de tango vers la gueule d'un loup avalant un charnier de baigneurs ; un facteur à béret et ailes de dragon les survole, distribue de l'or au lieu de lettres, tend son lingot à un guerrier en train de transpercer pour la forme un ennemi désabusé, tout à ses rêves de potage du soir ; des retraités sur des tabourets lisent le journal, à peine gênés par le tapage, près d'un secrétaire en combinaison léopard qui note chaque détail de la scène sous la dictée d'un pendu ; et, au milieu de cette multitude paralysée dans sa frénésie, deux statues de vierges, blanches, se font face.

Notre-Dame-des-Trombes et Notre-Dame-des-Écluses.

Chacune désigne l'autre d'un index accusateur. La première a des algues dans les cheveux, la bouche ouverte en un cri silencieux ; le visage de la seconde demeure serein, presque souriant. Ses pieds sont criblés de flèches.

Entre elles, derrière l'autel, se dresse un trône or et pourpre. La fillette fantôme y est assise de travers, une jambe par-dessus l'accoudoir.

L'esprit de Félicité superpose à cette image, comme un calque, celle de Nanie en majesté sur sa chaise défoncée, parmi les arbres secs et les crânes d'oiseaux. Nièce et tante se ressemblent – se ressemblaient – exactement. Mais la gamine morte, elle, a l'expression conquérante des enfants choyés. Révérés, même. Aucune ombre de doute dans cette fille-là. Le genre d'âme-armure bien pleine qui aimante les assoiffés, les creusés, les adorateurs. Ce plastron de puissance que leur mère a cherché à se construire en contrefaçon – et derrière, malgré tout, les creux, la soif, le doute, décelables en transparence. Parce que aucune couche de peinture, si épaisse soit-elle, ne peut singer entièrement cet ancrage tranquille de ceux qui se savent aimés.

« Où sommes-nous ? »

La petite attend que les échos s'éteignent sous les voûtes pour répondre en souriant :

« Dans mon royaume. »

Ses mots de spectre ne résonnent pas. Les murs de l'église enterrée n'ont pas d'ondes à réverbérer. Quand elle parle, ce n'est que pour Félicité.

« Et au-dessus de nous, à l'air libre, qu'est-ce qui se trouve ?

— La montagne. Celle qui a avalé Rocabiera. »

Face à l'air perdu de Félicité, son visage s'éclaire. Elle se redresse et s'écrie :

« Tu n'as jamais entendu cette histoire ? C'est maman qui me l'a racontée. Une histoire terrible. »

Elle saute de son trône et récite à voix basse, en contournant l'autel :

« C'était il y a trop longtemps pour que tu t'en souviennes. Les gens qui n'ont pas été mangés par la montagne ce jour-là, ils sont depuis morts de vieillesse. Roquebillière se nommait encore Rocabiera. Son école et son clocher n'étaient pas ici ; ils se dressaient ailleurs, plus haut. Personne ne se rappelle où. On n'allait pas s'embêter à le noter, ça changeait tout le temps. Deux fois par siècle, au moins, la vallée s'énervait, la montagne tremblait, la rivière débordait, le village s'écroulait, et on déménageait. Mais là, ça faisait un moment que la Vésubie restait endormie. Les habitants ont perdu la mémoire du danger. Ils ont construit une église plus grande, plus belle, avec des couleurs qui coûtaient très cher puisqu'elles allaient durer toujours. Alors d'un coup, *paf* ! »

La fillette saute par-dessus le chancel.

« Ça leur est tombé sur la figure pendant leur sommeil. En pleine nuit, la montagne s'est réveillée avec une faim énorme, et elle les a dévorés. Juste ceux qui habitaient à gauche de l'église ; les autres, ils ont ouvert les yeux le matin, et ils ont vu la moitié de leur village – enfin, ils ne l'ont plus vue. Engloutie. Digérée par la montagne, comme si elle n'avait jamais existé. Bien sûr ils sont partis, très vite, sauf deux ou trois vieux qui n'avaient plus envie de courir, et à qui ça économiserait de toute façon les frais d'enterrement. La nuit d'après, ça n'a pas raté : la terre a encore eu le ventre qui gronde. Elle a avalé le reste. Les habitants qui n'habitaient plus nulle part sont descendus plus loin, plus bas dans la vallée, et ils ont reconstruit. Encore. Ils se sont rappelé qu'il fallait rester le village itinérant, toujours bouger, toujours danser d'un côté à l'autre des gorges pour éviter les coups de crocs de la montagne. »

Malgré ses doigts qui imitent les crocs de la montagne de chaque côté de son visage, les deux femmes ne lui paraissent pas très impressionnées. La moche ne l'a même pas écoutée. Alors elle abandonne son aura de mystère, se redresse et conclut d'une voix blasée :

« C'est moi qui l'ai découvert, cet endroit. Les autres, ils ne peuvent pas s'imaginer qu'un palais pareil existe sous leurs pieds, parce que les autres sont plus froussards et moins audacieux que moi. C'est maman qui le dit. »

Carmine, la véritable Carmine, celle qui est née avec ce nom couleur de chair à vif et qui ne l'a pas usurpé, s'approche d'Egonia et la renifle.

« Toi, tu es comme ma sœur. Tu as besoin d'une de mes pierres de beauté. »

Et sur ces mots, le fantôme disparaît à travers une fresque. À l'arrière de son crâne, Félicité aperçoit une large tache de sang noir.

« La petite est partie. Chercher une pierre pour toi, apparemment.

— Pour moi ? » s'étonne Egonia.

Comme elle préfère éviter de donner plus de précisions, Félicité s'éclaircit la gorge et appelle :

« Maman ? Maman, c'est moi. Je suis venue te voir… »

Sa voix, décuplée par les ogives, s'éternise dans la cathédrale. Personne n'y répond. Le faisceau de sa lampe balaie la foule intriguée sur les murs et projette des ombres démesurées sur la sacristie.

Elle se baisse alors et déballe son sac rempli d'objets phantopréhensibles.

« Tiens. Pose ça bien en vue un peu partout.

— Pourquoi ? C'est pas si grand, il suffit de la chercher…

— Si elle n'a pas envie de se montrer, je peux la traquer tant que je veux, elle traversera les cloisons avant que je la trouve. Ce genre de cache-cache peut durer longtemps, crois-moi. Les morts s'ennuient et ne sont pas pressés. »

Tasses, cuillers, miroir, peigne, bijoux et boîte à musique sont répartis sur les bancs.

Rien ne vient perturber le grand silence de l'église. Personne n'apparaît.

Elles reculent dans les galeries, lumières éteintes. Derrière les piliers, elles attendent, de longues minutes, un bruit qui trahirait une présence. Elles se taisent et patientent.

Clic. Félicité rallume sa lampe électrique, attrape son sac et le retourne.

« Attention, ta théière…

— Elle doit être ici. Maman, tu es là ? Elle est forcément là. Il faut juste trouver comment la faire venir. Maman ! C'est moi, c'est Félicité… »

Elle fouille furieusement parmi le bric-à-brac de tickets de caisse, de crayons et de pièces, étalé sur le sol où des milliers d'yeux peints la scrutent. Mais il ne lui reste plus aucun appât pour fantômes.

Un bref chant retentit alors, tout à coup, sous les voûtes. Trois notes simultanées, sèches, comme un chœur à trois voix qui sursauterait en symphonie.

Egonia repose prudemment l'harmonica qu'elle a trouvé par terre.

« Non, chuchote Félicité, c'est ça… Reprends-le…

— Quoi ?

— C'est l'harmonica du désert, celui qui appelait son ombre… Recommence. Souffle. »

La sorcière obéit, perplexe. L'accord siffle entre ses lèvres et enfle, envahit tout l'espace, se promène le long du déambulatoire, escalade les colonnes, s'infiltre jusque dans les hautes croisées que la lumière n'atteint pas, et s'éteint.

D'un confessionnal fondu dans l'obscurité sort, sans hâte, le fantôme de leur mère.

Cri

Félicité attrape le bras d'Egonia qui retient sa respiration. Tous les personnages des fresques se couvrent la bouche.

C'est bien leur mère qui avance, et ce n'est pas tout à fait elle. Pas tout le temps. Son fantôme grésille et tressaute, instable, à la manière d'une cassette trop souvent visionnée. Dans ses soubresauts clignotent des silhouettes innombrables, Carmine ridée, ratatinée dans sa vieillesse, la petite Carine, presque identique à sa sœur, Carmen, regard lointain et corps momifié de guerrière, Caridad la déesse et Caridad l'esclave, les cils chargés de sable, et des femmes dont Félicité ne sait pas le nom, en habits de chasseuse, de couturière, de serveuse, de bergère, même une dont le visage ressemble au portrait difforme, peint et repeint sur sa toile. Toutes ces femmes-là marchent du même pas, au sein du même fantôme partagé, sans porter aucun des stigmates de la mort violente qu'elles se sont infligée.

Je me suis souvent demandé ce que moi, à leur place, j'aurais ressenti. Après tant de jours à fouiller le désert et la montagne, à découvrir derrière chaque porte un nouveau masque, après avoir troué un toit et l'avoir réparé, perdu et retrouvé mon thé, reçu une verrière sur la nuque et cicatrisé, et croisé en chemin tant de fantômes. Tout ça pour une morte qui, là, ça y est, pour de bon, se tient enfin devant moi.

Eh bien, impossible de vous le dire. C'est le genre de moment, je crois, qu'on ne peut pas se figurer avant d'y être. Ou alors, on se l'imagine, on se monte des grands discours dans la tête, on se voit dans des effusions, on se crée des films avec le cœur qui bat et le souffle court et les mots qu'on n'osera pas dire et puis, pour finir, on fait tout autre chose.

Après, moi, si je devais chercher ma mère, ça me prendrait une demi-heure, vu qu'elle habite au Cannet. Allez, trente-cinq minutes le temps de me garer.

Pour Egonia et Félicité, c'est pareil. Elles aussi, elles se sont construit des scénarios par centaines, tous semblables, tous un peu différents. Et, bien sûr, aucun ne ressemble à celui qui se déroule tandis qu'approche cette femme qu'elles connaissaient si peu.

Egonia ne sent aucune colère fourmiller dans ses mains. Félicité ne s'effondre pas de soulagement, ne se précipite pas vers sa mère. Elle n'a même pas envie de demander pardon. Chacune se retient surtout de jeter un coup d'œil à sa jumelle, pour voir comment elle prend la chose.

La passeuse tend le bras vers la mallette, mais Carmine et ses compagnes secouent la tête. Pas de thé.

« Asseyons-nous quand même, maman. J'ai des questions à te poser. Et je voudrais… S'il te plaît, je voudrais que tu y répondes. Pour de vrai. »

Cette fois, le fantôme opine avec un sourire triste.

Félicité s'assoit sur un banc, sa sœur près d'elle. Le spectre prend place de l'autre côté de l'allée. Entre les vivantes et la morte, une lampe électrique éclaire, en face, l'autel et l'abside. Partout, sur les murs et sur le retable, sur les voûtes et sur les tableaux, les figures peintes s'installent pour écouter, coudes sur les genoux, menton entre les mains.

« Pose-lui ma question, murmure Egonia. Et répète-moi ce qu'elle te dit. »

Mais la détective spécialisée en spectres sent qu'il ne faut pas. Pas tout de suite. Et la fille de Carmine, elle, a d'autres phrases qui grincent entre ses dents, des centaines d'interrogations qui se bousculent et se pressent sous son palais. Aucune, pourtant, n'a le courage d'en sortir.

Félicité garde les yeux fixés sur les deux statues de vierges qui l'observent, maintenant assises en tailleur sur leur socle, chacune tendant toujours vers l'autre un bras accusateur. Elle finit par lâcher sa question, qui résonne à peine entre les bancs :

« Pourquoi tu ne m'as rien dit ? »

Alors le fantôme de sa mère, qui est aussi celui de dizaines de femmes, se met à parler.

Elle parle et son timbre est celui d'une chorale
entière,
d'un chant pour cinquante-sept voix qui respirent et
soufflent
exactement en chœur.
Elle parle et Félicité
en écho murmuré
devient sa voix pour Egonia,
pour cette sœur qui a tellement besoin
de réponses.

C'est vrai
Félicité
c'est vrai pourquoi mentir
nous ne sommes pas née sous le nom qui nous a vue mourir

notre spectre n'est plus Carine ni Carmine Carmen
ou Caridad
nous sommes bien plus que la somme
de ces morceaux de femmes
celles qui s'affrontaient réunies
sous la syllabe d'un seul nom

Cri

il faut pour comprendre arracher l'écorce
s'enfoncer dans le tronc jusqu'aux racines
remonter l'arbre de l'histoire pour en manger
les fruits acides

au commencement
on a donné à notre sœur puisqu'elle venait d'abord
le prénom de
Carmine
tissé de charmes et d'hymnes et de la couleur des cerises
pour nous jeter les restes de ce nom vidé de sa substance
un nom qui carillonne
et sonne creux

il nous manquait le *m* de mordre et de manger
de mâcher de matière

d'aimer
avec ce *m* nous aurions pris sûrement corps et consistance
trouvé le goût la texture et l'odeur des choses

Carmine avec son *m* avait un outrenom
qu'elle ne nous disait pas
ou bien savait s'étendre sans se diluer dans cet océan-là
puisqu'elle ne cherchait pas le jour dans son reflet
la nuit dans ses cauchemars
ses propres contours
les bords de son âme
elle était bien bordée son âme
comme sa couette le soir par maman
tandis que la nôtre restait défaite
lâche
un marécage sans rivage
la corde cassée d'un violon

parce que nous préférions attendre l'autorisation
gratteler nos rugosités pour plaire
chercher à contenir nos faims et circonscrire nos creux
comme le Pan cherche son ombre
et veut la coudre à ses semelles

Adélaïde nous trouvait irrespirable

les mains qui ne s'attardaient pas lorsqu'elle nous habillait
les yeux levés au ciel pour nos dessins trop sages
les silences qui suivaient toutes nos politesses
les jouets ordonnés retrouvés en fatras

nous n'étions que Carine et c'était bien trop peu
pour satisfaire l'écrasante Adélaïde Da Rocabiera
qui en attendait plus
tout en n'attendant rien d'assez précis

il nous aurait fallu un chemin
un miroir une recette quelque chose enfin
qui montre pas à pas sous quelle forme exister
sans nous laisser à ce vertige d'être sans bornes
de devoir se dessiner seule
sans modèle ni leçons
sa propre silhouette
esquisser nos démarcations dans l'espace infini
de celles que l'on peut être

sans attaches certains se déploient
d'autres se perdent

quand on n'a que trois ans comment savoir
si on veut danser ou jouer pour ceux qui dansent
si on a besoin de sommeil
ou d'une nouvelle histoire
s'il faut rire à table ou se taire
on n'en sait rien
on prononce une phrase on scrute les visages
pour y discerner des plis et des pleins
un sourire une moue
et voilà comment peu à peu
désir après désir

on bâtit ses soifs ses dégoûts
ce qui fait dire aux gens
Voilà Carine telle que je la connais

mais notre mère restait opaque
à observer de loin quels chemins nous prenions
parmi la carte immense où elle nous laissait
sans boussole ni panneau
estimant nous offrir ainsi
l'ultime liberté

pour Carmine elle avait ce sourire orgueilleux
qui claironnait
Voici ma fille
celle qui sait occuper sans frein
les recoins de son âme
et par ce sourire même elle lui donnait au moins
ce contour-là
d'être la digne fille de la nourrice-oracle
sublime ineffrayée supérieurement libre
avec ses crises de rire au petit déjeuner
ses dessins à la boue sur les murs du salon
son chant rauque et puissant jusque tard dans la nuit
ses ordres tranquilles toujours obéis
ses sanglots pour les pins fendus
ses jupes qui prenaient le vent

quand au marché quelqu'un disait à nos parents
elle est belle ta fille
chacun entendait tout à fait de quelle fille on parlait

même nez mêmes mains même voix
mais Carmine détenait son *m* et sa liberté folle
elle brillait de l'intérieur comme une luciole
pendant que sa jumelle cherchait un outrenom
sans en trouver d'autre parmi Carine
que la Craie et la Racine

c'est ce que nous sommes devenue
un grincement crissant le long d'un tableau noir
un tubercule enfoui qui ne sort pas de terre

personne ne veut d'une enfant triste
qui ne fait rien sans permission

nous avons si souvent menti pour trouver grâce
aux yeux des autres
et nous coudre en costume
une peau qui leur plaise
qu'il s'est formé au creux de nous
l'œil brûlant d'un cyclone
un fiel qui chaque soir nous tapissait la langue
même si on se lavait la bouche au savon noir
qu'on s'écrasait pour le chasser les doigts
au coin des portes
le venin revenait

rien n'est plus dur à museler que cette haine-là
celle de soi-même envers soi
qui rampe et s'insinue par la moindre fissure

Carmine n'avait pas de haine
elle avait faim de tout elle aimait tout le monde
et surtout elle s'aimait

nous on n'arrivait pas
personne ne nous montrait comment

alors puisque le fiel s'obstinait à rester
on l'a avalé
enfermé avec le cyclone dans un écrin
au fond du ventre où il ne blesserait personne
une boîte à miroirs où encoffrer
les difformités de notre âme

le pire
tu sais
c'est qu'on y a cru
qu'il suffirait d'être sans haine et de mentir

et puis il y a eu ce jour de nos sept ans
au mois d'août à Roquebillière
dans cette maison fraîche où notre mère
baptisait les enfants des autres
où notre père restait hagard
les yeux par-delà les fenêtres
à sentir chaque épine craquer sous le sabot des biches

mes brindilles à moi
celles qui s'embrasaient entre mes poumons

et mon foie
jamais il ne les a perçues

pour fuir le cortège de bambins Carmine
s'échappait en explorations
elle tentait de nous semer
à se glisser derrière un tronc à presser le pas
pour nous perdre
malgré tout nous restions jumelles
on savait bien où elle irait où elle choisirait de tourner
sans jamais en avoir eu l'idée avant elle

elle a couru jusqu'au vieux puits entre les oliviers
pierres moussues
seau vermoulu

cri d'excitation danse sauvage autour de la ruine
visage rose souffle frénétique
Carmine est montée dans le seau et nous a ordonné
Descends-moi tout au fond

elle voulait voir
ce que ça faisait d'observer le monde
à travers un trou de lumière très loin au-dessus
hurler à s'en crever la voix sans être entendue de personne

on a hésité un instant

alors elle a craché
qu'on n'oserait pas qu'on n'osait jamais rien

qu'on avait peur de tout et même de notre ombre
qui n'existait pas
voilà pourquoi maman n'aimait pas nous border
elle préférait Carmine
comme tout le monde d'ailleurs
Carmine qui brillait de l'intérieur et ne craignait personne
surtout pas un bête puits
où il fallait la descendre de suite sinon elle se grifferait
avec des épines et dirait à maman qu'on l'avait attaquée
et peureuse que nous étions nous n'avions pas bougé
qu'à cause de notre lâcheté elle finirait toute dure
de la tête aux pieds comme l'an dernier le monsieur
qui avait marché sur un clou
mentir ça ne l'effrayait pas
puisque c'était pour notre bien
pour une fois enfin briser nos barrières
nous rappeler qui nous étions
la fille qui n'a pas d'outrenom
la fille de la nourrice-oracle
la fille la plus libre de toute la Provence
pas une chèvre attachée par le cou à un pieu

pour notre bien

et qu'est-ce qu'elle en savait
elle
de ce qui nous ferait du bien
elle qui m'empêchait de dormir avec ses chants
qui pouvait étaler sa boue sur les murs de ma chambre
renverser son assiette s'enfuir par les fenêtres

sans jamais le moindre reproche
sa lumière après tout la rendait belle

que savait-elle de moi pour me traiter de chèvre
il fallait ravaler nos litres de venin
notre fiel par tonneaux
boîte intérieure fissurée étincelle brindilles en feu
séisme dans les mains

puis Carmine a ri
un petit rire de pitié

rafale

miroirs de la boîte éclatés le couvercle saute
œil du cyclone grand ouvert
tout à coup réveillé par ce torrent de rage
de la gorge a jailli un grondement d'orage
de tout le corps un vent violent marbré de foudre
nos éclairs ont pulvérisé le seau où elle s'était assise

sa figure pour la première fois
marquée d'une terreur profonde

voilà comment meurent les enfants
trop sûrs de leur propre puissance
l'été de leurs sept ans dans un puits de montagne

est-ce qu'elle s'est brisé le cou sur l'instant
a-t-elle crié à l'aide avant de s'éteindre

de là où elle était
personne ne pouvait l'entendre
comme elle l'avait désiré
puisque tout se pliait à ses désirs

la lune est arrivée avec des cris de loups
nous sommes descendue par la corde restée
dans cette cathédrale dont elle se croyait reine

un soir
un matin

on nous a retrouvée
l'heure approchait midi
allongée tout près d'elle et quasiment sans vie
papa nous a portée jusque dans la maison
notre mère silencieuse restait auprès du puits
attendant qu'on remonte le corps de sa fille

lit
fièvre
bouillons
thym brûlé

au long de ces longs jours maman ne disait rien
nous scrutait sans vraiment nous voir
et des spectres passaient au fond de son regard

puis elle s'est redressée
et de sa voix la plus normale a dit

Carmine ma chérie le soleil hivernal
n'attend que toi pour se lever

on a cru tout d'abord qu'elle s'était trompée
rien ne ressemble plus à un corps inconscient
que celui d'un jumeau
alors au cimetière on nous a emmenée
rendre visite à une pierre
qui portait le nom de
Carine

rien d'autre
un nom
deux dates
pas même une épitaphe

et nous y avons lu la vérité
maman préfère tant que Carine soit morte
et que Carmine reste
elle a décidé de le croire
par erreur ou par choix
elle s'est bâti ce monde où vivre est supportable
et papa qui l'aimait ne l'a pas contredite
il ne faudrait pas chagriner la grande Adélaïde
dont la Provence a besoin
pour prodiguer des ombres à de nouveaux bambins
pour ne pas propager ces tragédies secrètes
d'enfants sans outrenom
qui se changent en tempêtes

on n'a pas pris le masque de Carmine
ce n'est pas une peau qui nous a recouverte
nous sommes devenue ses entrailles et son nom
son *m* et sa mémoire
sa folie sa beauté

nous sommes devenue Carmine

les orages et le fiel ne nous atteignaient plus
on nous faisait enfin des compliments
on nous trouvait enfin le visage charmant

mais au fond de la boîte se débattait Carine
et il fallait parfois
en pleine conversation
vite effacer cette ombre dans nos yeux
de celle que nous n'étions plus
cloîtrer cette furie au bord de s'évader

alors les petits enfants
si lucides et cruels
se sont étonnés à voix haute
au milieu du salon encombré de miroirs
c'était Carmine qu'ils venaient voir
Carine ne sait pas transformer les artichauts en sceptres
un dessous-de-table en château
le graveur s'est trompé il manque un *m* à votre tombe
ou c'est la mauvaise fille qu'on a enterrée
ils ont traîné leurs jeux vers d'autres salons
leurs reflets ont quitté notre palais de glaces

papa ne voulait pas que notre mère entende
la vérité barbare l'aurait émiettée

le souvenir lui est venu de ce vague cousin d'Espagne
au milieu du désert
là-bas au moins
les questions
on pourrait les hurler
la chaleur les étoufferait
avant qu'elles montent dans le train

il a envoyé une lettre en Andalousie et
sans attendre la réponse
nous y a envoyée aussi

un an après la mort de notre sœur
nous avons quitté Nice dans une diligence
serrée entre de gros hommes aux parfums âcres
traversé des auberges où une fille de huit ans
ne devrait pas dormir seule
sur ce chemin qui nous éloignait de notre propre tombe

Carine s'est réveillée
la cage au fond de nous n'a pas pu retenir
son désespoir son besoin d'ancrage
contre ses barreaux les coups sourds

une autre geôlière apparut à notre secours
plus grave

plus sage
née sur la route de l'Espagne
qui portait le nom de
Carmen
elle a pris en Andalousie le relais de Carmine
pour retenir Carine
terminer le trajet
traverser le désert
rejoindre le château qu'on nous avait promis

les guerriers sans mémoire nous ont enrôlée
alors pour survivre à la guerre
pour survivre à l'oubli
au devenir déesse
aux chaînes de l'esclave
nous avons convoqué une force nouvelle
Caridad
née parmi les tirs et les canicules
son ombre a pris l'ampleur de nos nouveaux contours
idole monstrueuse
divinité captive
déjà presque éternelle

sur le mont Bégo après notre fuite
Carmine a réclamé ce royaume à trois reines
chargé Carmen et Caridad de couvrir la boîte aux miroirs
d'un lourd voile noir
comme on couvre la cage d'un oiseau
pour le laisser croire à la nuit
le forcer à dormir et bâillonner ses cris

auprès de Vera et de Gabriel
nous avons cru trouver le sommeil et la paix
même injuriée par Bégoumas même chassée
nous sommes sans colère retournée régner au désert

les filles de notre fille nous ont appelée grand-mère
nous paraissions toujours vingt ans

cette beauté n'avait rien d'un caprice
elle se dressait comme un rempart
tout autour de Carine
lui faisait un barrage une clé pour sa cage
on ne nous dirait plus que nous étions ternie

ce corps-là cimentait nos ombres
et nos noms trop mouvants
reflet toujours semblable toujours lisse
sans ride ni ravage
et hors de cette unique image
que restait-il de nous
qu'une nuée de fragments d'âme éparpillés

quarante ans de Provence
quarante ans de désert

à mesure qu'approchaient nos quatre-vingt-sept ans
sont venus nous hanter
le souvenir d'un puits
une corde tranchée

un cauchemar ancien
huit décennies de moins

nos pieds ont laissé l'oasis et les fleurs de Vera
longé des rives noires des routes des falaises
des galets et du sable
pour arriver enfin
déjà vieillie un peu
sur la tombe gravée aux lettres de Carine

morte
la preuve dans la pierre
morte avec ses cauchemars ses souvenirs
sa colère et son fiel
et son visage éteint pour toujours enfantin

nous lui avons tourné le dos

face à la stèle sur tout le mur on pouvait lire
une inscription nouvelle
des noms que nous taisions depuis quatre-vingts ans
Adélaïde et Zacario
Alors comme ça
ils sont morts
Voilà tout ce qu'on a pensé
de ces parents jamais aimés
jamais connus

une seconde stèle nous appelait à elle
juste un rocher gravé au milieu des Merveilles

pour notre Gabriel
nous avons pris refuge dans la bergerie

votre père s'en va vous naissez il faut
vous trouver un nom à chacune
bien serré bien étroit avec un outrenom distinct
vous offrir des confins bien nets et repérables
hors de ces profondeurs où les esprits se perdent
et se morcellent

La première a reçu le nom qui nous rendrait heureuse
et l'outrenom de Clé pour qu'elle ne parte pas
dommage
elle s'en est allée ouvrir des portes entre les mondes

et toi
toi qui n'aurais pas dû naître
je t'ai imposé l'outrenom qui nierait ton ego
et un prénom de mort pour redire à Carine
Ce monde ne veut pas de secondes jumelles
dommage
tes deux noms se sont inversés
tes fleurs ont porté la mort
et tu as réveillé celle qui dort

ton visage semblable au nôtre
où poussait une dent unique
notre reflet défiguré
ton don pour dévoiler de toute chose
le vieillissement avant l'heure

tout en toi ravivait ce qui rampait entre nos côtes
et voulait les escalader

l'éraflure à notre portrait
l'appel à la captive au fond de nos fractures
deux flèches enfoncées aux jours de notre armure

Carine s'agitait elle exigeait sa délivrance
il lui fallait un réceptacle pour ne pas tout dévaster
mais crois-nous
Nanie
pendant chacun de ces orages
Carmine Carmen et Caridad s'arc-boutaient sans relâche
pour contenir Carine et ses éclairs violents

mieux valait t'ignorer
si tu n'existais pas Carine n'existait pas
si tu ne parlais pas elle ne pouvait t'entendre
si elle n'entendait pas rien ne la réveillait

et puis cette nuit-là
exactement seize ans plus tard
cette nuit où Félicité impose à nos regards
ses cheveux blancs
cette nuit où ton insecte noir entre et nous poursuit
comme la laideur
comme la vieillesse
comme les fronts qui se délitent
quand il se pose sur nous quand ce corps tout à coup
ce corps solide et familier soudain

poudroie s'assèche se raréfie se fane
veines à travers les mains
taches sur les joues lèvres parchemin
sillons rayures ratures sur la peau
cheveux secs blanchis à leur tour
quand notre reflet même nous devient étranger
ce n'est pas notre vanité qui se lamente
c'est notre cuirasse qui se fissure
notre enveloppe qui se déchire
la colle évaporée qui défait nos morceaux

l'éraflure à notre portrait
l'appel à la captive au fond de nos fractures
deux flèches enfoncées aux jours de notre armure

d'un corps mutilé c'est le sang qui sort
notre beauté fanée a saigné des noms
qui passaient pour morts

notre ouragan cette nuit-là a ravagé les champs
la forêt le village et chassé tous les habitants

après la tempête
Carmine Carmen et Caridad ont reconstruit la boîte
recousu le voile
bouclé Carine plus profond
et appelé à l'aide de nombreux autres noms

puis un matin Félicité
après trente années de sommeil du dragon dans sa grotte

nous tire dans le cou comme un arc à trois flèches
miroir sous le nez reflet décrépit
portrait oublié sur sa toile ancienne
mémoire brutale d'une sœur jumelle

éraflure
dérive
libérée la captive
fracturée notre armure

la prison de Carine la tenait depuis si longtemps
son cyclone déborderait
cette fois toute la vallée
de la boue dans les chambres des enfants noyés
des vieux surpris dans leur sommeil
quand la terre les prendrait des animaux sauvages
emportés vers la mer des cités englouties
Saint-Martin-Vésubie Lantosque Venanson
La Bollène-Vésubie Utelle
Levens Roquebillière
Nice
ses vacanciers ses ouvriers ses mendiants
et ses milliardaires ses fantômes ses
ivrognes ses gendarmes et ses vendeurs
de glaces ses mannequins russes
et ses joggeurs de 5 heures du matin
ses cigales dans les cimetières ses élèves somnolents
ses nettoyeurs de rues ses peintres de voiliers
ses bateaux dans le port

et toi

alors autant mourir
après cette vie bien trop longue

car toi Félicité
avec toi nous étions
pleinement Carmine
la meilleure partie de nous-même
on ne voulait rien t'offrir d'autre
rien que cette Carmine de Bégoumas épouse du berger
pas de mensonge
quand nous rougissions ensemble nos cheveux
quand nous lisions toutes les deux
rien n'était plus vrai

il faut nous croire Félicité
ta mère
c'était Carmine
et cette vérité
peut se passer de thé

Clé

Les deux statues blanches ont baissé le bras. La bouche de celle qui hurlait sans bruit a retrouvé la paix. Les pieds percés de l'autre ne saignent plus.

Le spectre clignote de moins en moins et, bientôt, se stabilise sous la forme d'une fillette.

On dirait le fantôme de la petite Carmine, passé par une éternité de fatigues et de peurs. Le visage est le même mais les paupières sont cernées, les yeux suppliants, les épaules courbées. Plus encore qu'à Carmine, en vérité, c'est à Nanie qu'elle ressemble. En la voyant, Félicité repense à la grand-mère enfermée dans sa penderie. Une fin bien trop douce. Elle a tellement saccagé. Piétiné tellement de destins sous sa vanité galopante.

Moi je lui ai dit, à Félicité : « Adélaïde aussi aurait sans doute une histoire à vous raconter. Un récit sous sa poudre et la soie de sa robe. Avec assez de thé pour remonter ses siècles de mémoire, vous pourriez… » Mais Félicité m'a coupé net : « Non. Je ne veux pas d'explications. Je ne veux pas lui trouver d'excuses. »

Alors j'ai répondu : « Je vous comprends. Je ne suis pas d'accord, mais je comprends. »

Le silence qui suit la tirade de Cri s'étire.

Egonia regarde ses mains gantées. Elle a reçu une réponse qu'elle n'attendait pas. Qu'est-ce qu'elle attendait au juste ? Aucune idée. Carmine a toujours pris dans sa mémoire les traits d'un cauchemar. D'une mère qu'on approche de dos et qui, lorsqu'elle se retourne, a les yeux rouges et les dents pointues. Pourtant elle a senti deux ou trois fois, en écoutant sa sœur lui conter son histoire, s'attendrir ce cœur de sorcière qu'elle pensait aussi sec que du bois mort.

Dans la cathédrale lourde de solennité et des souvenirs de Cri, elle conclut à mi-voix :

« Et moi qui croyais avoir eu une enfance de merde. »

À côté d'elle, Félicité éclate d'un rire sec, incontrôlé. Elle se plaque une paume sur la bouche. Puis son rire lui échappe, un gloussement puéril qui retentit comme un vol de coucous et dont l'écho se mêle jusqu'au plafond au ricanement d'Egonia, les deux ensemble dans le noir comme la mélodie d'un orgue mal accordé, elle rit à devoir s'appuyer sur le banc de devant, à laisser les larmes couler sur ses joues, à chercher un mouchoir dans le fatras de son sac renversé et à faire sourire par contagion même les personnages nus, plongés jusqu'à la taille dans les laves de l'enfer.

Seul le fantôme de Carine, un peu vexé, lève les yeux vers l'autel en attendant que cette hilarité s'éteigne. Ses petites jambes balancent sous le banc.

Il n'y a presque plus besoin de lampes désormais : le rire de Félicité et ses échos par centaines ont tout illuminé. Elle soupire en s'essuyant les joues. Le spectre profite du calme revenu pour dire :

« Je veux que tu me fasses passer. »

Félicité a encore son sourire plaqué sur le visage, mais elle ne rit plus. Ce timbre. Elle le reconnaîtrait au milieu d'une foule hurlante. Elle l'a entendu trop de fois pour ne pas se le rappeler. Sur le parquet du couloir, téléphone contre le ventre, une nuit entière elle a écouté cette voix-là.

La phrase interrompue ne venait pas de sa mère. Elle appartenait à cette fillette aux paupières pesantes, aux doigts immobiles.

« Et que voulais-tu me dire au moment de mourir ?

— Rien. C'est à Nanie que je parlais. »

Le facteur ailé sur le mur en fait tomber sa cargaison de lingots d'or. La mâchoire du squelette se décroche de son crâne.

Félicité, elle, se contente d'avaler sa salive. Puis, lentement, se tourne vers sa sœur pour lui transmettre le message.

Egonia aimerait se cacher sous le bois ridé du banc. Ces derniers mots, elle n'en veut pas. C'est à Félicité qu'ils reviennent. Elle a l'impression de les lui arracher.

« T'es pas obligée. »

Les bouches peintes de l'église s'agitent sans bruit ; les mendiants et les reines se murmurent des questions. Peut-être que la passeuse se réservera ce fantôme-ci. Peut-être, bientôt, auront-ils une nouvelle compagne entre les murs. Une femme grise qui ne dira rien et reviendra, chaque mardi, descendre dans le puits comme elle montait sur la montagne, à tenter d'entrevoir sa mère parmi tous les noms qu'elle porte.

Leurs questions traversent Egonia. Elle n'en voudrait pas à Félicité. Si elle-même pouvait garder dans sa cave une dose de maternité souterraine, sans cesse offerte en cas de manque, elle ne s'en priverait pas.

Mais Félicité n'hésite pas. Après tout, même si ces derniers mois lui ont appris deux ou trois choses, elle n'aime toujours pas décevoir.

Elle ne laissera pas sa mère rester pour l'éternité la geôlière d'une enfant qu'elle ne voulait plus être. Une beauté muraille qui masque des verrous sur le point de sauter, une partie d'un tout, un cri mal contenu. Une théière brisée, au fond, une femme kintsugi traversée par trop de sillons.

Elle va faire passer ce fantôme et remonter là-haut, vers un monde en couleurs. Un monde d'églises secrètes à découvrir, de thés nouveaux à boire, de dimanches blanc et bleu. Cri s'évanouira sans tempête ni fracas. Après une existence de géante, lourde de foudres et d'incendies, Carmine et ses hôtes s'en iront, comme s'éteint une flamme soufflée.

Heureusement, Félicité a les yeux encore mouillés de son dernier éclat de rire.

Les deux vierges descendent de leurs piédestaux ; au milieu du chœur elles entremêlent leurs doigts. Lorsque Carine parle, sa voix est jeune et son ton celui d'une femme très vieille.

C'est moi
Carine
moi qui t'ai transpercée d'éclairs
flagellée d'ouragans
Carine la fille de sept ans
celle à qui tu ressemblais tant
si Carmine et Carmen Caridad et les autres avaient trouvé

le moyen de m'aimer
elles auraient pu t'aimer aussi
il est trop tard maintenant
elles sont presque sur moi c'est mon dernier moment
je le prends pour te dire avant qu'elles m'assassinent :
ne les laisse pas t'enfermer.
Ne laisse plus jamais
le souvenir de Carmine
te mettre sous clé.

Rapport du 1er juin 2005

Madame la directrice des archives départementales des Alpes-Maritimes,

J'ai l'honneur de vous remettre le rapport sur l'abandon du village de Bégoumas que m'avait commandé votre prédécesseur par une lettre en date du 1er avril 2003, jour de ma prise de fonctions.

Personne ne m'en a demandé de nouvelles depuis le départ de Madame la directrice, alors je ne sais même pas s'il intéressera encore quelqu'un. Mais bon, je l'ai terminé quand même, parce que je le devais bien à Félicité qui m'a transmis tout ce que vous allez lire ou presque.

Je voulais juste vous prévenir que personne dans l'équipe n'a eu le temps de le corriger, et que j'ai dû me débrouiller avec mes notes, les enregistrements de mes conversations et puis mes souvenirs, car parfois, je l'admets, je me suis tant laissé emporter par ce qu'on me racontait que j'ai oublié d'appuyer sur le bouton du dictaphone. Ou alors il n'avait plus de batterie. (J'en profite pour vous signaler que, depuis, le dictaphone du service a rendu l'âme et qu'il nous en faudrait un nouveau.)

Comme vous le constaterez, j'ai rencontré de nombreux anciens habitants de Bégoumas, dont aucun ne m'a accueilli avec beaucoup d'entrain. Je me suis surtout pris des poivrières sur l'arcade et quelques insultes intéressantes dont vous trouverez le lexique en annexe 2.4 de ce rapport. J'ai malgré tout mené ce travail à bien et les nouvelles recrues, désormais, peuvent m'être reconnaissantes de n'avoir plus à craindre les jets intempestifs de poivrières ou de tout autre objet contondant.

J'ai tout de même réussi à rassembler les faits rapportés dans ces pages, dont voici la synthèse :

La nuit du 15 au 16 août 1956, le village jusqu'alors florissant de Bégoumas, unique hameau habité de la vallée des Merveilles, est abandonné par la totalité de ses occupants. Aucun séisme ni orage ne sont enregistrés cette nuit-là par le réseau météorologique du département. Néanmoins, le matin du 16 août, le village est saccagé : murs écroulés, vitres soufflées, mélèzes déracinés sont abattus en travers des toits.

Après enquête, il semble que plusieurs événements successifs survenus dans la même nuit aient déclenché l'abandon du hameau :

— la mort d'une jeune famille dévorée par un garçon anthropophage ;

— un bras de foudre tombé sur la bergerie ;

— un vent violent arrachant tuiles et pavés, et déracinant les arbres de la forêt jusqu'à les abattre sur les demeures ;

— l'invasion d'une brume noire, chargée d'éclairs, dans les rues et sous les portes ;

— une panne brutale d'électricité, l'obscurité ajoutant à la panique générale ;

— un tonnerre assourdissant infiltré par les cheminées, éclatant au cœur des foyers ;

— une détonation dans les bois, poussant les bêtes sauvages à fuir le couvert des arbres et à prendre d'assaut le village.

J'espère que vous trouverez le détail de mon rapport utile. Parce que, à ce qu'on m'a dit, ce mystère de l'abandon de Bégoumas faisait un trou gros comme ça dans nos archives, ce qui déplaisait beaucoup à Monsieur votre prédécesseur. Peut-être que vous aussi, vous serez contente de le lire et de profiter enfin d'archives bien rangées et sans trou.

Je vous prie d'agréer, Madame la directrice des archives départementales, l'assurance…

Bon, je ne vais pas vous lire le reste maintenant. Tenez, prenez-le, j'en ai plusieurs copies à la maison. Ça vous fera un souvenir.

L'explosion de la sorcière dans la forêt par-dessus la tempête de sa mère, quand elle a brûlé pour de bon sa muselière et déchaîné la faune contre le village, je l'ai apprise bien plus tard, à force de questions. C'est pour ça que je l'ai ajoutée à la main dans la version que vous avez sous les yeux. Il n'y a pas si longtemps, en fait. Jusqu'à la mort de Félicité, elle a refusé d'avouer qu'elle avait participé à ce désastre.

Mais à mon avis, même sans Egonia, ils seraient partis tout aussi vite. Vous voyez maintenant pourquoi ils ne voulaient pas me parler. Les autres villages abandonnés, Rocca Sparvièra, Tournefort, ils ont subi une peste, puis un siècle après une inondation et, cent ans plus tard, une famine. Là, sur le mont Bégo, il leur est arrivé des choses bien pires en une seule demi-heure.

Après ça, qu'est-ce qu'on a d'autre à faire que se taire, se laisser oublier et allumer des cierges, en espérant que les malédictions ne trouvent pas notre nouvelle adresse ?

Surtout que moi, je n'avais pas d'étrange-thé pour les aider à s'épancher. Je venais d'entrer aux archives – pas les jolies archives municipales du palais de marbre ; moi, je travaillais aux départementales. Dans le bâtiment moderne, près de la sortie d'autoroute. Très laid, mais plus confortable que le vieux palais où la peinture craque et où le chauffage en décembre s'enfuit par le moindre interstice.

Et où il y avait Marine, c'est vrai. Marine qui valait bien qu'on se pèle l'hiver et qu'on s'étouffe l'été. Elle est morte peu de temps après mon arrivée. Je n'ai jamais eu l'occasion, et je le regrette, de faire sa connaissance.

Je venais de fêter mes cinquante-trois ans. Ce nouveau poste, c'était un peu mon cadeau de préretraite après trente ans de mairie. Alors, quand on m'a donné ce rapport à écrire, je n'ai pas tout de suite compris que leur cadeau, sous l'emballage, il puait le poison.

Après plusieurs mois d'échecs et quelques cicatrices, j'ai fini par me tourner vers Félicité. Elle se fournissait toujours chez moi en objets phantopréhensibles ; je me suis dit qu'en interrogeant les morts, peut-être, elle aurait plus de chance que moi face aux vivants. Et puis Mireille venait de me révéler qu'elle était née à Bégoumas.

Quand je lui ai demandé si elle pouvait m'aider, elle a rigolé.

« Il se trouve que je peux. Mais les fantômes, non. Pas pour cette histoire-là. Assieds-toi, je vais te raconter. Je te sers une tasse de thé ? »

La dernière lettre

La tombe de l'enfant est la plus fleurie de la colline. C'est aussi, sous les pétales aux teintes tuméfiées, la plus dépouillée. Un nom, deux dates presque effacées.

CARINE
1850-1857

Quelques semaines après leur descente dans le puits, Félicité a reçu un appel. Marine venait d'obtenir l'autorisation de consulter le document sous scellé. Bizarre. D'habitude, le Requin de la Côte ne signait jamais rien d'aussi insignifiant. Le fax est arrivé avec cette note :

Avec mes sincères remerciements,
Monsieur le président du conseil régional
de Provence-Alpes-Côte d'Azur

Dans la boîte que Marine a ouverte avec soin, on a trouvé une simple feuille. Le papier indiquait la date de naissance de Carine et, d'une autre écriture, sa date de décès avec l'emplacement de sa tombe, face à celle de ses parents. Zacario avait dû user de toute l'influence de la nourrice-oracle pour s'assurer que cette page reste préservée ici, loin des yeux et de la mémoire d'Adélaïde.

Les jumelles quittent le cimetière et redescendent l'escalier ombragé de la colline. En passant, la sorcière crie des nombres au hasard, histoire d'emmerder le gardien qui remplit sa grille de sudoku.

Félicité sort de sa poche un trousseau qu'elle donne à Egonia. Demain, elle partira à Bangkok pour rencontrer un nouveau producteur.

« Les thés thaïlandais, ça va bien pour les clients vivants. Mais c'est d'étrange-thé qu'on a besoin. Faut le dire à Marine : les morts commencent à râler. La comtesse, surtout.

— Angèle-Victoire, se plaindre ? Impossible. »

Sur le cours Saleya, quelques Niçois prennent le soleil aux terrasses avant que les premiers touristes d'avril viennent le leur voler. Le palais Caïs de Pierlas a gardé son allure de tournesol fané ; seul son rez-de-chaussée s'est transformé. En lettres composées de fleurs étranges, un mot s'étale sur la façade :

FÉLICITHÉ

C'était ça ou *Thégonia*. Heureusement, elles ont joué le nom du salon aux cartes.

Dans le hall sombre et frais de l'immeuble, Félicité ouvre les boîtes aux lettres et tend à sa jumelle une enveloppe qui porte son prénom, avant de monter l'escalier. L'ascenseur est en panne.

La lettre vient d'Espagne. Ce n'est pas encore la dernière ; ce jour-là de printemps, il reste à Egonia de nombreuses années à partager avec cette autre sœur. Mais elle a cessé de lui rendre visite peu de temps après : la ligne de train a été supprimée. Vous savez comment vont les choses. On ne laisse plus rouler les trains qui n'arrivent nulle part. On n'aime pas les rails qui mènent en plein désert.

Alors elles se sont écrit. Je peux vous le dire de première main puisque c'est la mienne, de main, qui a gratté pour Egonia sous la dictée. Chaque mois, une lettre reçue, une réponse envoyée. Une discussion très lente et gorgée de silences entre deux femmes qui en avaient le temps.

La toute dernière est arrivée un matin parmi les récépissés, les factures et les catalogues de supermarchés. Une petite enveloppe à l'encre floue, gondolée d'humidité. La main de Vera y avait écrit :

Ça y est, ma sœur, le moment est venu. Tous les voisins sont partis. Il n'y a plus de peuple du désert pour espérer ma pluie. Ne cherche pas mon fantôme : il n'existera pas.

Et en post-scriptum :

Le monde a besoin de tes fleurs, Egonia.
Ne laisse pas tes fleurs faner.
Tes fleurs sont nécessaires au monde pour se rappeler la beauté, et le péril, et ce qui vient.

Du thé, des fantômes et la nuit

La nuit tombe déjà ; le salon va fermer. Je n'ai pas envie de partir non plus, si ça peut vous consoler.

Deux ans à écouter Félicité. Juste là, dans ce fauteuil où vous êtes. En échange, je faisais le goûteur pour les crus qu'elle rapportait d'Asie.

Être ici avec Egonia, au milieu des théières et des fantômes, dans les vapeurs aux arômes verts et roux, c'est un peu retrouver Félicité.

Même après avoir rendu le rapport, je suis revenu. Le plus souvent possible.

En entrant dans ce lieu, j'ai trouvé autre chose qu'un joli document pour remplir un trou aux archives. J'ai reçu de la laque et de la poudre d'or. Des morceaux de récits, de la sève pour les réparer, et des gestes appliqués pour qu'à leur tour ils me réparent.

J'ai offert à Félicité tellement d'artefacts phantopréhensibles que la comtesse, là-haut, ne sait plus quoi en faire. Le salon de thé en est rempli. Même les ampoules des lampes, s'il prenait l'envie à un fantôme de les dévisser, ce ne serait pas un problème.

Je voulais la remercier, vous voyez. Parce que je suis fort pour parler des autres, mais quand il s'agit de moi, je sais pas. J'ai pas les mots à dire.

J'aurais aimé pouvoir lui expliquer ce que ça me faisait qu'elle me l'ait racontée à moi, son histoire kintsugi. D'avoir pris le garçon débraillé au fond du décor et de l'avoir changé en conteur.

Je n'ai pas eu le temps de trouver des mots comme il faut. L'année dernière, Félicité s'est tue.

Ce jour-là, au quatrième étage du palais Caïs de Pierlas, elle tenait entre ses doigts une tasse fumante. Elle avait les mains couvertes de rides, une robe en laine argentée, et sur les épaules une écharpe tricotée par Marine. Egonia, assise avec elle sur le canapé, lisait un recueil de contes en remuant les lèvres et n'hésitait quasiment pas. Le spectre de la comtesse somnolait sous le troupeau de théières.

Des mouettes tournaient sous la pluie au-dessus de la verrière. Plus loin, derrière les toits mouillés de Nice, la mer et les nuages se mêlaient aux galets. Et plus loin encore, au-delà des routes et des ruines, sous un ciel sans tempête, la terre profonde des Merveilles voyait naître de nouveaux bourgeons d'étranges-thés.

Félicité a fermé la bouche. Elle a inspiré ces parfums et ouvert grand les yeux.

La tasse est tombée de ses mains et a roulé, presque sans bruit, sur le parquet.

La flaque de thé sur le sol était son unique miroir.

REMERCIEMENTS

À toi qui as pour outrenom la Magie, celle du nez d'estampe et des yeux de pétrole, des voyages suspendus vers des îles nouvelles, des coursives nocturnes du lycée Masséna, et sans qui je serais déjà rassasiée de matins ;

à toi qui as pour outrenom les Mains, celles qui plantent et cueillent le thé, et qui m'as dévoilé les vrais arômes du Pai Mu Tan – moins délicats que ceux d'une amitié intouchée par le temps ;

à vous qui avez offert à ce texte un miroir sur mesure, lucide et transparent, révélé quels fragments coller et lesquels écarter, qui m'avez aidée à trouver les fissures et à les combler d'or ;

à mon père-cartographe qui connaît tous les chemins du pays, et qui m'a emmenée jusqu'au palais de marbre ; à ma mère-nourrice, qui a accueilli tant d'enfants et m'a transmis l'amour de sa cité des anges ;

et à vous, dont j'espère connaître bientôt l'outrenom, qui avez écouté patiemment ce récit comme Félicité celui de ses fantômes, qui êtes des passeurs d'histoires et des chercheurs de vérité :

merci.

Table

Composition : Utibi.
Achevé d'imprimer par Grafica Veneta S.p.A.
à Trebaseleghe (Pd), en juillet 2023.
Dépôt légal : juillet 2023
1er dépôt légal : avril 2023

ISBN 978-2-207-16993-3 / Imprimé en Italie.

618844